비탄의 문

1

HITAN NO MON
by MIYABE Miyuki

이 도서의 국립중앙도서관 출판예정도서목록(CIP)은
서지정보유통지원시스템 홈페이지(http://seoji.nl.go.kr)와
국가자료공동목록시스템(http://www.nl.go.kr/kolisnet)에서 이용하실 수 있습니다.
(CIP제어번호: CIP2018031011)

비탄의 문

미야베 미유키 장편소설

김은모 옮김

1

문학동네

차례

프롤로그

빗방울이 창문을 때린다. 바깥에는 겨울 폭풍우가 몰아치고 있다. 구름이 무겁게 드리우고, 빌딩 사이를 지나는 바람이 으르렁거린다.

빗방울이 리드미컬하게 창문을 두드린다. 마치 성미 급하게 노크하듯이, 수없이 많은 작은 주먹이 낡은 나무틀에 끼워진 창유리를 때린다.

퍼티가 닳아 삐딱해진 유리 너머에서는 어린 여자아이가 턱을 괴고 있었다. 이마와 콧등이 유리창에 닿을 만큼 바짝 다가앉았다. 외풍이 들이쳐서 아이의 삐죽삐죽한 앞머리가 이따금 휘날린다.

다다미 여섯 장*짜리 단칸 연립주택. 뒤에서는 아이의 어머니가 창문을 등지고 얇은 이불을 둘둘 감은 채 잠들어 있다. 아이는 물론 그 어머니보다도 스무 살은 많은 2층짜리 목조 연립주택은 서풍이 세게 불 때마다 토대부터 흔들린다.

아이가 가늘게 내쉬는 숨의 온기에 유리가 잠시 부예졌다가 곧 원래대로 돌아왔다.

방은 싸늘했다. 아이는 엄마의 코트를 머리 위에 덮어쓰고 있었다. 엄마가 한 시간쯤 전에 화장실에 가려고 일어났을 때 덮어준 것이다. 안감이 뜯어지고 후줄근하지만, 그래도 모직이라 두툼하고 묵직하다. 아이는 온몸을 코트로 감싸고 얼굴만 쏙 내놓았다.

그제 아이는 다섯 살 생일을 맞았다. 그날 집에 전기가 끊겼다. 모녀의 어려운 형편을 헤아린 수금원이 제법 오래 사정을 봐주었지만.

—열 달이나 밀렸으니 일단은 끊어야겠어요. 한 달 치라도 어떻게 마련 좀 해보세요. 그럼 바로 연결해드릴게요.

수금원은 그 밖에도 이런저런 이야기를 해주었다. 구청에 상담해보세요. 집주인에게 말하면 민생위원**을 소개해줄 거예요.

---

* 약 세 평.

** 지역 주민의 생활 실태를 파악하여 상담 및 지원연계 업무를 하는 민간 자원봉사자.

아무튼 이대로는 안 돼요. 아주머니는 몸이 안 좋아 보이고, 애도 아직 어린데.

예, 예, 하고 아이의 어머니는 대답했다. 그래볼게요. 마음 써주셔서 감사합니다. 한 달 치 요금은 금방 마련할 수 있을 거예요. 예, 친구한테 부탁해볼게요. 영업소로 가서 내면 되죠?

수금원은 자기한테 전화하라고 말했다. 바로 오겠습니다. 전화는 쓰실 수 있나요? 전화비 있어요? 있어요, 있어요, 하고 어머니는 대답했다. 휴대전화는 한참 전에 끊겼지만, 공중전화로 걸면 되니까요.

하지만 수금원이 돌아간 후 아이의 어머니는 자리에 드러눕고 말았다. 수금원의 말대로 그녀는 몸이 좋지 않았다. 수금원이 짐작한 것보다 훨씬 상태가 나빴다. 화장실에 다녀올 때도 제대로 걷지 못해 반쯤 기다시피 했다.

엄마 옆에 붙어 있으면 온기를 나눌 수 있다. 그러나 엄마는 아이를 가까이 오지 못하게 했다. 미안해, 하지만 감기 옮으면 안 되잖니. 엄마 말 들어야지. 조금만 자면 엄마 다 나을 거야.

그러고는 계속 자고 있다. 계속 따뜻하다. 뜨겁게 느껴질 만큼 따뜻하다. 그렇지만 손을 대보면 몸을 떨고 있음을 알 수 있다. 기침할 때마다 야윈 몸을 비비 꼬며 괴로워한다는 것도.

지금 몇시일까. 하늘이 어두컴컴해서 벌써 밤 같다. 어스름한 방에서 자명종 시계가 어렴풋이 형광빛을 발하고 있지만 아이는 아직 시계를 보는 것이 서툴다.

돌풍이 한바탕 몰아치자 낡은 연립주택이 또 진저리치듯이 흔들렸다.

아이는 텔레비전을 켜려고 몇 번 시도하다가 아무리 스위치를 눌러도 켜지지 않는다는 것을 깨달았다. 전기가 끊기면 텔레비전도 켜지지 않는다. 아이는 아직 그 사실을 이해하지 못했다. 어머니와 딸은 지금껏 여러 곤경에 처해왔고, 전기가 끊긴 것도 처음이 아니었다. 하지만 아이는 너무 어려서 엄마가 얼마나 큰 곤경을 이겨왔는지도, 왜 그런 곤경에 처했는지도 몰랐다.

또한 이번에는 이겨낼 수 없을지 모른다는 불길한 가능성도.

―추워서 다행이야. 냉장고 안의 음식이 상하지 않을 테니.

수금원이 돌아간 후 엄마는 말했다.

―배고프면 냉장고 열어봐. 마나가 좋아하는 곰돌이 빵이 있단다.

곰돌이 빵은 벌써 먹었다. 냉장고 안의 음식이 상하지 않는 것도 기온이 낮아서가 아니라 애초에 넣어둔 음식이 없어서다. 텅 비었다.

아이는 배가 고팠다. 추웠다. 아이는 지금, 고열에 들떠 발작하듯이 기침할 때 말고는 꿈나라를 헤매는 엄마보다 훨씬 심한 배고픔과 추위에 시달리고 있었다.

빗방울이 유리창을 두드린다. 수없이 많은 작은 주먹이 안달하듯 노크했다. 나오렴, 나오렴, 나오렴. 거기 있으면 안 돼. 엄마는 아파. 다른 사람한테 말해야 해. 엄마가 아프고 나는 춥고 배가 꼬르륵거린다고 말해야 해.

아이는 아직 말을 제대로 할 줄 모른다. 생활고에 시달리느라 어린이집에도 유치원에도 다닌 적이 없다. 어머니와 딸은 사회라는 커다란 케이크에서 숟가락으로 고스란히 떠내어졌다. 그 숟가락은 허공에 냉랭하게 떠 있을 뿐, 어머니와 딸을 어딘가로 날라주지도, 내려주지도 않았다.

아이는 유리창에 대고 입김을 호 불었다. 배가 고파도 입김은 나온다.

유리창이 부예졌다. 곧 원래대로 돌아왔다. 두꺼운 구름에서 은색 빗발이 쏟아지는 것이 보였다.

아이는 이 연립주택이 좋았다. 저멀리 줄줄이 늘어선 커다란 빌딩들이 보이기 때문이다. 빌딩의 모든 창문에 불이 켜져서 꼭 크리스마스트리 같았다.

여기 왔을 때 엄마가 알려주었다. 저 빌딩은 전부 40층 정도 돼. 무척 높아. 아주 빠른 엘리베이터를 타지 않으면 꼭대기까지 못 올라간단다.

저 빌딩 무리와 낡은 건물이 모인 이 동네 한구석은 결코 멀지 않다. 어른이라면 걸어서 오갈 만한 거리다. 실제로 많은 사람이 걸어다니는 모습을 아이는 본 적 있었다.

저쪽 빌딩과 이 연립주택 사이에도 건물이 많다. 동네는 건물로 가득하다. 크리스마스트리 같은 저 빌딩 중 하나를 떼내어 작게 줄인 것처럼 생긴 건물도 있고, 납작하게 생긴 회색 건물도 있다. 커다란 빨간색 지붕도 있고, 울퉁불퉁한 회색 지붕도 있다. 밤이 되면 간판에 화려하게 불이 켜지는 건물이 제일 많다. 작은 것도 있고 큰 것도 있다. 예쁜 것도 있고 더러운 것도 있다.

색깔과 모양과 크기 외에 아이가 가장 중요하게 생각하는 것은 건물에 불이 켜지느냐였다. 아이는 동네의 불빛이 좋았다. 건물이 뿜어내는 가지각색의 불빛. 전부 크리스마스트리. 언제나 크리스마스다.

그래서 아이는 눈에 들어오는 경치 중 딱 한 군데, 항상 불이 꺼져 있는 건물이 무서웠다. 집 창문에서 바로 정면에 보인다. 비가 보얗게 내리는 가운데 땅거미가 지는 지금도 그 건물만은 묵묵히 어둠에 잠겨 있었다.

숫자 세는 법은 엄마한테 배웠다. 하나, 둘, 손가락을 꼽으면 된다. 아니면 손가락으로 가리키며 소리내어 헤아린다. 그 방법을 써보니 그 건물은 이 연립주택에서 신호등을 세 개 건넌 자리에 있었다. 실은 건물 수로 헤아리고 싶었지만, 아이는 아직 열 손가락을 넘어가는 숫자를 모른다. 그래서 신호등을 헤아렸다.

희한하게 생긴 건물이었다. 엄마는 저것도 빌딩이라고 했지만 멀리 보이는 40층 넘는 빌딩들과는 모양이 다르며, 좀더 가까이 보이는, 벽이 전부 유리로 된 빌딩과도 다르다.

아이는 그 건물이 쿠키 캔을 닮았다고 생각했다. 오래전 엄마가 손님에게 받아온 쿠키 캔. 미키마우스 그림이 그려져 있었다. 안에는 코코아 맛 쿠키가 들었다.

—이런 모양을 '통'이라고 하는 거야.

엄마가 가르쳐주었다.

—모두 쿠키가 든 건 아니야. 차나 사탕이 든 것들도 있어.

그 통 모양 빌딩은 아이가 창밖을 내다보면 바로 눈에 들어온다. 아이와 저 너머 크리스마스트리처럼 반짝이는 고층빌딩들 사이에 박힌 시커먼 말뚝처럼.

하나, 두울, 셋. 엄마와 함께 손가락으로 가리키며 헤아려보니 그 통 모양 빌딩은 4층이었다.

—아마 지금은 안 쓰나봐.

아무도 살지 않는 곳일 거라고 엄마는 말했다.

텅 비었다. 그래서 불이 켜지지 않는다. 드나드는 사람도 없다. 밝은 낮에도 창문이 여닫히는 일은 없었다.

그 통 모양 건물은 꼭대기도 좀 특이했다. 난간이 아니라 규칙적으로 올록볼록한 벽이 빙 둘러싸고 있다. 그리고 그 벽이 모서리를 꺾어드는 부분, 아이 쪽에서 보았을 때 왼쪽 가장자리에 뭔가 앉아 있다.

처음 봤을 때는 사람인 줄 알았다. 이 집에 이사 온 날 낮, 그러니까 저 건물에 불이 켜지지 않는다는 걸 알기 전이다. 엄마, 엄마, 저런 데 사람이 앉아 있어!

아이와 함께 창밖을 내다본 엄마도 처음에는 놀랐다. 하지만 고개를 이리저리 뺀으며 자세히 살펴보더니 말했다.

—저건 사람이 아니야, 마나야. 무슨 동상 같은 게 있네. 아마 옥상 장식물일 거야.

동상. 장식물.

—공원에서 본 적 있지? 그런데 저건 좀 특이하네.

맞다. 다른 데서는 본 적 없다. 아이가 '사람이 앉아 있어'라고 말한 것은 달리 표현할 길이 없어서다. 저건 '사람'이 아니다. 왜냐하면 등에 날개가 달려 있으니까.

날개 달린 등을 웅크리고 커다란 발을 모은 채, 시커먼 말뚝 같은 건물 옥상에 앉아 있는 그것.

아이가 보기에 그것은 괴물이었다. 텔레비전 영화나 그림책에 나오는 어둠의 괴물. 날개를 펴고 날아올라 날카로운 갈고리발톱으로 사람을 덮친다. 가까이 가서, 가능하면 직접 옥상에 올라가서 자세히 보고 싶었다. 하지만 가까이 가면 저것이 움직일지도 모른다. 왜냐하면 괴물이니까.

아이는 매일 괴물을 보았다. 그것이 움직이지 않는다는 사실을, 이쪽으로 다가오지 않는다는 사실을 확인하기 위해. 좋아하는 창밖 경치 속에 웅크리고 있는 괴물을.

겨울 폭풍우가 치는 가운데, 아이가 엄마의 코트를 뒤집어쓰고 제 입김에서 온기를 얻으며 창밖을 내다보는 오늘밤도 그 괴물은 은색 빗방울을 맞으며 제자리를 지키고 있었다. 빗발이 거센 탓에 가끔 시야에서 사라지기도 했다. 그때마다 아이는 눈을 부릅떴다.

괴물은 저기 있다. 그냥 장식물이다. 하나도 안 무섭다.

다섯 살 아이 뒤에서는 아이의 유일한 보호자이자 본인도 보호가 절실한 어머니가 폐렴으로 죽어가고 있다. 죽음이 바싹 다가왔다는 사실을 아이는 모른다. 죽음을 받아들이고 이해하기에는 아직 너무 어렸다.

하지만 생물적인 본능으로는 알고 있었다. 죽음이 다가온다는 사실을. 엄마를 데리러 온다. 피로와 가난에 시달려 힘이 다해가는 불운한 싱글맘을 데려가고, 그녀의 외동딸, 엄마 말고는 '마나'라는 이름을 불러줄 사람조차 없는 아이를 이 어두운 방에 홀로 남겨두기 위해.

죽음이 닥쳐온다. 아이는 그것을 느낀다. 엄마가 가까이 오지 못하게 하니 창밖을 바라볼 뿐이지만 사실 아이는 감시하고 있다. 지금 죽음이 어디까지 왔는지. 그것은 저 괴물이 알려준다. 저것이 움직이면, 등의 날개를 펴면, 저 울록불록한 벽을 박차고 날아오르면.

매일 저 괴물을 보고 있던 게 잘못이었을까. 계속 보고 있어서 저 괴물이 엄마와 나를 눈치챈 걸까.

엄마가 또 거세게 기침하고 목구멍을 그르렁거렸다. 창틈으로 웃풍이 들 때처럼 쉭쉭대는 소리가 새어나왔다.

비가 창문을 적셔서 시야가 흐려졌다. 아이는 작은 손으로 유리창을 닦았다. 차가워서 팔에 소름이 돋았다.

괴물이 이쪽으로 온다. 움직인다. 보는 게 무서울까, 안 보는 게 무서울까. 이불 속으로 파고들어 엄마와 등을 딱 붙였다.

엄마, 괴물이 와.

엄마가 공기를 구하며 헛되이 헐떡였다.

그때였다.

새카만 말뚝 같은 빈 건물 옥상에 갑자기 커다란 무언가가 나타났다. 웅크리고 앉은 괴물 바로 옆에 훌쩍 내려서듯이.

그렇다, 그것은 살아 움직였다. 스위치를 눌러서 켜진 것도,

뒤편에서 나온 것도 아니고, 말 그대로 내려왔다.

—하늘에서 내려왔다.

두꺼운 구름 속에서, 은색 빛줄기를 뚫고.

새로 나타난 형체는 웅크리고 앉은 괴물보다 컸다. 그 칠흑같은 실루엣은 사람 모양이었다. 머리카락이 길다. 팔다리도 길다.

그리고 그 등에도 날개가 달려 있었다.

1장

사막의 모래 한 알

1

하품을 눌러 삼키면서 자전거를 끌고 가는데 새된 목소리가 들려왔다.

"고, 잠깐만."

바닥이 두툼한 사보 샌들을 짤각대며 급히 다가온다. 요란한 것은 목소리만이 아니다. 노랗게 물들인 머리에 새빨간 앞치마, 꽃무늬 스웨터에 줄무늬 바지. 화사하다기보다 정신 사납다. 여느 때와 다름없는 모습의 하나코 아주머니였다.

"아침부터 기운이 넘치시네요, 아주머니."

미시마 고타로가 말하자 아주머니는 갈색으로 선명하게 그린 눈썹을 치켜올렸다.

"어머나, 나 같은 노인네가 아침 아니면 언제 기운이 있겠니."

말은 그렇게 하지만 이 사람은 자신이 늙었다는 생각을 100분의 1초도 해본 적 없을 것이다.

"그리고 지금이 무슨 아침이니? 고, 너 지각이야."

"오늘은 오후에만 수업 있어요."

"그런 데를 학교라고 할 수 있니?"

"엄연한 학교죠. 미카가 대학생 되면 아주머니도 아실 거예요."

"아 참, 내 정신 좀 봐. 미카 일로 몰래 상담 좀 하려고."

고타로는 속으로 살짝 한숨을 쉬었다. 집 현관 앞에서 이렇게 큰 소리로 떠들면서 몰래는 무슨.

아아, 그러고 보니 미카는 벌써 학교에 갔겠구나. 중학교 1학년이니까. 막 오전 열시 오분이 지났다. 아주머니에게 붙들리지 않았다면 고타로도 큰길을 달려갈 시간이다. 역에서 JR 전철을 타고 도쿄역에서 갈아타 오차노미즈역까지. 목적지까지 걸리는 시간은 약 오십 분이다.

고타로가 사는 도쿄 외곽의 이 동네는 전형적인 베드타운이다. 계획적으로 정연하게 조성된 거리에서는 수학적인 아름다움마저 느껴진다. 알록달록한 보도와 세련된 가로등이 줄지은 1차선 도로를 따라, 대체로 비슷비슷하지만 옵션에 미묘한 차이를 둔 분양주택이 늘어서 있다. 이곳 개발업자가 작성한 계획도와 판매회사 팸플릿에 실린 완성예상도, 분양이 끝나고 사람이 입주한 현재 동네의 안내도 셋을 비교해보면 거의 차이가 없을 것이다.

그러나 이 '거의'를 무시해서는 안 된다. 계획대로 정연하고 아름다운 부분은 동네와 집 같은 하드웨어뿐이다. 이곳에 실제로 사는 주민이 더해지는 순간 혼돈이 발생한다. 고타로네 맞은편에 사는 소노이 미카의 할머니, 즉 하나코 아주머니는 그 혼돈을 체현하는 인물이었다.

하지만 본인은 전혀 개의치 않는다. 항상 자기중심적이라 이야기를 다 들어주다보면 정말로 지각해버릴 것이다. 다음에 보자고 말하고 싶었지만, '미카 일로'라는 말이 마음에 걸려 고타로는 자전거를 세웠다.

아주머니의 손녀인 소노이 미카는 고타로의 여동생 가즈미와 같은 중학교에 다니며, 연식 테니스부 일 년 후배다. 가즈미가 같은 동아리에 들자고 미카를 꼬드겼다.

두 사람은 유치원 때부터 친하게 지냈고 자매처럼 사이가 좋다. 고타로에게도 미카는 친동생이나 다름없었다.

"미카가 왜요?"

"고, 컴퓨터 잘하지?"

수다쟁이 아주머니와 대화하다보면 으레 이야기가 곁길로 샌다. 일부러 바로잡으려 하면 도리어 애를 먹는다. 미카네와는 이 인공적인 동네에 살기 전부터 알고 지낸 사이다. 역사가 길다. 고타로는 아주머니와 대화하는 방법을 충분히 터득하고 있었다.

"그렇지도 않아요. 보통이에요."

"너 컴퓨터회사에서 아르바이트하잖니. 엄마한테 들었다."

아주머니가 말한 '엄마'는 고타로의 어머니 미시마 아사코를 가리킨다. 고타로의 아버지 다카유키는 당연히 '아빠'라고 부른다. 반면 미카의 어머니이자 자신의 딸은 '다카코 씨'라고 이름으로 부른다. 친딸인데도 늘 '씨'를 붙인다.

"아르바이트를 하긴 하지만 컴퓨터회사는 아니에요. 프로그램을 다루는 것도 아니고요."

"컴퓨터가 다 프로그램이잖니."

"프로그램이 없으면 작동하지 않지만, 둘이 똑같은 건 아니에요. 어, 그러니까 제가 아르바이트하는 곳은 아주머니가 상상하는 컴퓨터회사가 아니라는 뜻이에요. 그런데 미카가 왜요?"

아주머니는 말하는 와중에 정작 무슨 이야기를 하려고 했는지 잊어버리므로 적절하게 일깨워주어야 한다.

"아, 미카가 말이지……"

하나코 아주머니가 뭔가를 경계하듯이 반쯤 실눈을 떴다.

"학교 뒤에 무슨 험담이 적혀 있는 모양이야."

다소 기묘한 이 발언을 해석할 때, 고타로의 부모님 세대라면 생략된 부분을 이렇게 추측할 것이다. 즉 '학교 뒷문 근처 벽에 험담 낙서가 있다'라고.

하지만 고타로는 21세기 젊은이다. 어릴 때부터 인터넷이 일상의 일부였다. 그러므로 곧 올바르게 해석해냈다.

"그러니까, 학교 뒷소문을 떠드는 비밀 사이트 말이에요?"

아주머니의 눈이 확 밝아졌다. "그래, 그래. 비밀 사이트인가 뭔가 하는 그거."

"거기 미카 험담이 적혀 있어요? 아주머니, 그 얘기는 미카한테 들었어요?"

"아니, 나한테는 아무 말 안 했어. 어제저녁 다카코 씨가 학교에 불려갔거든. 집에 돌아와서 설명해줬는데, 나는 영 못 알아듣겠더라고."

어쨌든 컴퓨터로 나돈 이야기라고 하니, 그렇다면 컴퓨터를 잘하는 고타로에게 물어봐야겠다 싶었다는 것이다.

"그렇군요."

고타로는 잠시 생각에 잠겼다. 여기서 더 끌었다간 정말로 지각이다.

“아주머니, 저 이만 가봐야 하니까 일단 충고 하나 드릴게요. 미카가 아주머니에게 아무 말 안 했다면 지금은 아주머니도 모르는 척하세요.”

“하지만 다카코 씨가 학교에 불려갔는걸. 엄청난 문제 아니니?”

“요즘 공립학교는 작은 일로도 바로 학부모 눈치를 봐요. 미카는 학교 갔죠?”

“응.”

“그럼 그렇게 걱정하실 필요 없어요. 가즈미가 뭔가 알지 모르니까 저도 슬쩍 한번 물어볼게요.”

“그래, 그러렴…… 하지만.”

아주머니는 성격이 급해서 이렇게 일을 미루는 것은 딱 질색이다. 아쉬운 듯 머뭇거리기에 고타로는 웃어 보였다.

“괜찮다니까요. 가즈미가 그러는데 미카는 동아리 활동에 열심이라 연초에 지역 대회에도 나갈 수 있을 것 같대요. 1학년이 지역 대회에 나가는 건 엄청 드문 일이라고요.”

“그렇구나. 걔는 다케시 씨를 닮아서 운동 신경이 좋으니까.”

다케시는 다카코 씨의 전남편이다. 미카가 태어난 지 얼마 되지 않아 이혼했다. 그래도 아주머니는 다케시 씨가 마음에 들었던지 가끔 그의 이야기를 꺼낸다.

"그럼, 저는 이만 가볼게요."

"조심히 가렴. 공부 열심히 하고."

고타로는 자전거에 올라타서 페달을 밟았다. 큰길로 나가는 모퉁이에서 뒤돌아보자 아주머니는 막 집으로 들어가는 참이었다. 늘 무릎이 아프다고 불평하면서 굽 높은 샌들은 그만 신으면 좋을 텐데. 넘어져서 뼈라도 부러지면 어쩌려고.

오늘은 12월 15일. 한 해 마지막 달의 한가운데다. 바람은 몸을 에는 듯 차갑고, 하늘은 구름 한 점 없이 파랗다. 겨울은 고타로가 좋아하는 계절이다. 자전거를 타고 달리면 봄이나 가을보다 더 상쾌하다.

하지만 오늘 아침은 다리가 좀 무거웠다.

고타로가 컴퓨터회사에서 아르바이트를 한다는 것은 아주머니의 오해였지만, 그런 걱정을 고타로에게 알린 것은 결과적으로 바람직했다.

―미카, 학교 비밀 사이트에서 왕따를 당하는 건가.

알아봐야겠다. 마키 씨에게 부탁하면 어떻게 해주겠지.

미시마 고타로, 열아홉 살 하고 석 달. 도쿄 도내에 캠퍼스가 있는 그저 그런 대학교의 교육학부 1학년이다.

이 학교도, 교육학이라는 전공도 고타로가 선택한 결과는 아니다. 다른 곳은 전부 떨어져서 여기 가는 수밖에 없었다. 이를테면 운명이 멋대로 (또한 가차없이) 선택해준 결과다.

장차 선생님이 될 마음은 없다. 설령 그러고 싶다 해도 현재 도쿄에는 학교 선생님이 되려는 사람이 넘쳐나는 반면 자리는 없다. 절망적일 만큼 없다.

"오빠, 앞날이 깜깜하네. 어쩔 거야?"

"어떻게든 되겠지."

취직을 고심할 시기까지는 이 년도 넘게 남았다. 지금은 일단 탈 없이 대학생이 된 걸 자축하자. 그리고 대학 생활을 즐기는 거다.

그렇게 마음먹었지만.

생각과 달리 대학 생활은 그다지 즐겁지 않았다. 입학한 지 얼마 되지 않아 고타로는 문득 그 사실을 깨달았다. 이 따분함은 뭘까. 스스로도 의외였다. 왜 이렇게 재미가 없을까.

주위에는 고타로처럼 목적도 목표도 없이 대학생이 된 사람들이 득실거렸다. 모두 즐거워 보인다. 인생에서 가장 즐거운 시기를 한껏 즐기고 있으며, 앞으로 더더욱 즐기겠다는 얼굴을 하고 다닌다.

하지만 고타로는 그러지 못했다. 가슴이 전혀 두근거리지 않았고, 애당초 뭘 즐겨야 할지도 몰랐다.

몇몇 동아리에 들어가보았지만 명목과 명칭이 다를 뿐 어디나

중심은 친목회와 술자리다. 그렇지 않은 '전문적인' 동아리는 너무 전문적이라 고타로가 따라갈 수 없다. 대학교 동아리는 재미있다고들 하던데.

하지만 곰곰이 생각해보면 "대학생 때가 인생에서 제일 많이 놀 수 있어" "동아리는 진짜로 재미있어"라고 말한 '사람들'은 과연 누구였을까.

고타로는 주위 사람들이 지루해죽겠다는 강의가 때때로 재미있게 느껴졌다. 일반교양 수업은 대체로 지루했지만, 그래도 가끔 지금까지 몰랐던 지식의 단편을 접할 수 있기 때문이다. 이름만 동아리인 곳에서 잇따라 가지는 친목회와 술자리에서는 새로운 것을 찾을 수 없었다. 고등학생 때 숨어서 하던 짓을 당당하게 할 수 있다는 차이뿐이다. 적어도 운명의 결정에 따라 고타로가 소속된 이 학교에서는 그랬다.

인생을 그르쳤는지도 모른다. 대학교 진학을 너무 안이하게 여겼는지도 모른다. 재수하는 한이 있어도 좀더 고민하고 전공을 선택해야 하지 않았을까.

아니면 나의 이런 심리는 이른바 5월병*인 걸까? 그렇다기에는 진이 빠져라 열심히 수험 준비를 하지도 않았다. 이 학교에

* 학기 초 적응 부족으로 우울이나 무기력에 빠지는 증상.

붙었을 때도 성취감이 없었다. 적어도 한 군데는 붙었다는 사실에 안도했을 뿐이다. 5월병은 좀더 진지한 학생이 걸린다.

고타로의 아버지 다카유키는 신용금고에서 일한다. 어머니 아사코는 엄밀히 말하면 전업주부지만 결혼 후 띄엄띄엄 여기저기서 파트타임으로 일해왔다. 일 년 전부터는 집 근처 대형 마트에서 캐셔 일을 한다.

둘 다 성실한 시민이다. 부지런히 일해 고타로와 가즈미를 키웠다. 자신들의 낙은 뒤로 미루고 아들딸의 교육비를 대느라 허리가 휠 지경이다. 부모라면 그 정도는 당연하다고 '사람들'은 말할지도 모르지만, 고타로는 장차 자기가 부모 입장이 되었을 때도 그들처럼 근면하고 참을성 있게 살 수 있을지 별로 자신이 없었다. 그 사실 하나만으로도 고타로는, 스무 살을 앞둔 건방진 대학생식으로 말하면, 부모님에게 한 수 접고 들어가는 셈이었다.

그런 부모님에게 자신이 진로 선택을 가볍게 여기다가 실패한 듯하고, 학교생활이 하나도 즐겁지 않으며, 주위 친구(친구 후보를 포함)들에게 친애와 공감의 정이 조금도 솟아나지 않는다고 털어놓기란 매우 면목없는 일이다. 어쩌면 부모님은 고타로에게 정신적으로 무슨 문제가 생긴 건 아닐까 걱정할지도 모른다. 하지만 고타로는 정신에 아무 문제도 없다는 것을 막연하게 알고 있다.

그렇다, 이 막연한 느낌이 문제였다. 고타로는 자신이 수험 준비에 진이 빠진 것도 아니고, 대학생이 되면서 맥이 풀린 것도, 아직 마음 맞는 친구나 이상형 여자친구를 만나지 못해 낙담한 것도 아니고, 그저 '지금 생활에 뭔가가 모자라서 따분하다'는 사실을 안다. 모르는 점은 그 '뭔가'가 '무엇이냐'는 것뿐이다.

아니, 뿐이었다. 이제는 과거형이다. 올여름 난생처음 지겨워질 만큼 기나긴 여름방학을 보내는 동안, 그 '뭔가'를 만났으니까.

역 앞에 자전거를 세우고 플랫폼으로 이어지는 계단을 뛰어올라갔다. 원래 타고 다니는 쾌속전철은 이미 지나갔으니 다음 차를 타야 한다. 교대 시간을 십 분만 미루어달라고 가나메에게 메일을 보내야겠다.

전철을 기다리며 고타로는 생각했다. 하나코 아주머니는 오해한 덕분에 적합한 상담 상대를 찾아왔다. 하지만 그 경위를 아주머니에게 설명하기란 아주 어렵다. 아주머니는 꼬부랑말에 익숙지 않으니까.

—저기, 아주머니. 제가 아르바이트하는 회사는 컴퓨터회사가 아니에요. 컴퓨터와 관계는 있지만.

그렇다, 깊은 관계가 있다.

—저는 지금 '사이버 패트롤'이라는 일을 하고 있어요.

그것이 고타로가 만난 '뭔가'였다.

2

주식회사 쿠마는 오차노미즈역 근처 아담한 오피스빌딩에 자리하고 있다. 휴게실 창문으로 니콜라이 성당이 보인다.

고타로가 처음 이곳을 찾은 것은 7월 초순이었다. 장마가 끝나 아침부터 푹푹 찌는 날씨에 진보초 헌책방 거리를 걷다가 마키 세이고와 마주친 것이 계기였다.

이름의 발음이든 한자든 다소 거창하게 느껴지는 이 사람은 고타로가 고등학교 때 들었던 풋살부의 졸업생 선배다. 고타로가 3학년이 되어 동아리 활동을 그만두기 전까지 거의 매주 얼굴을 보았다. 워낙 풋살을 좋아하던 마키는 후배를 지도하기보다 직접 풋살을 하려는 목적으로 뻔질나게 모교에 얼굴을 내밀었다. 나이는 당시 딱 서른이었다. 키 163센티미터에 약간 통통한 체격이라 얼핏 운동과는 연이 없어 보이지만, 알고 보면 실력 있는 풋살 선수이고 코치로서도 뛰어났다.

스루가다이시타의 산세이도 서점 앞에서 마주친 둘은 2층 카페에서 잠시 이야기를 나누었다. 고타로는 근황을 말하다가 그만 대학 생활이 따분하다는 속내를 털어놓고 말았다.

마키는 전혀 놀라지 않았다.

"아까 걸어올 때 표정 보니까 한눈에 알겠더라. 학교에서 풋살

동아리를 만들어보는 건 어때?"

"이미 있어요. 하지만 풋살은 거의 안 해요. 술판만 벌인다니까요."

"고대시는 자유롭고 행복하고 향락 넘치는 캠퍼스가 체질에 안 맞나보네."

고타로가 재학중일 때 풋살부에는 이노우에 고타로라는 학생이 있었다. 그래서 마키 선배는 이노우에를 '고', 고타로를 '고대시'라고 불렀다. 오십음도 순으로 따지면 이노우에가 미시마보다 훨씬 앞이니 고타로에게 '대시 기호'를 붙이는 게 타당하다면서. 그냥 고타로라고 부르는 게 편할 텐데도 어째서인지 이 별명이 동아리 전체에 정착됐다. 그만큼 부원들이 마키를 잘 따랐다는 뜻이리라.

오랜만에 그 별명을 들었다. 고등학교 때는 즐거웠는데, 하는 생각이 언뜻 스쳤다.

"정말로 진로를 바꿔볼까 싶기도 한데요."

"뭐, 편입하려고? 아서라. 상급공무원 시험이나 사법고시에 도전할 생각이 아니면 어딜 가든 별 차이 없어."

꼭 지금 학교를 그만두고 싶거든 차라리 경찰학교에 들어가라고 했다.

"아니면 자위대도 괜찮고."

고타로는 입안의 아이스커피를 뿜어낼 만큼 놀랐다.

"저한테 경찰이나 자위관이 되라는 말이에요?"

"뭐 어때?"

"말도 안 돼요. 저희 아버지는 평범한 회사원인걸요."

"아버지 직업이 무슨 상관이야? 관심 없어?"

그런 생각은 한 번도 해본 적 없다.

"왠지 험난한 세계잖아요? 게다가 계급사회고."

마키는 여름을 맞아 까까머리에 가까울 만큼 짧게 깎은 머리를 손으로 쓱쓱 문질렀다.

"흐음…… 그래, 고대시는 엄격한 상하관계라면 질색했지."

"아니, 그렇게 심각하게 받아들일 건 아니고요."

"하지만 난 진지하게 고대시가 경찰에 어울린다고 생각해. 스스로는 모르나? 네 가슴속에는 조금, 아주 조금이지만 이 세상과 다른 사람을 위해 일하고 싶다는 마음이 있어."

이번에는 고타로도 웃었다. "그런 마음은 전혀 없는데요."

"그런가? 동아리에서 다른 사람들이 귀찮아서 안 하는 일을 나서서 했잖아. 청소나 뒷정리 같은 거. 거들먹거리면서 운동장을 비워주지 않는 축구부 애들과 끈질기게 교섭했고, 애들끼리 싸우면 화해시키기도 하고."

"그 정도 가지고 저랑 같은 취급을 하면, 경찰이나 자위관이 기분 나빠할걸요."

"그래? 너무 성급하게 생각했나."

빨대로 소리내어 아이스커피를 마시는 마키를 보자니 고타로는 웃음이 났다. 선배는 몰라도 너무 모른다.

고등학생 시절 고타로에게 그렇듯 착실한 부분이 있었다면, 그것은 눈앞에 있는 마키의 영향 때문이다. 마키가 두루 마음을 쓰는 사람이어서였다. 재학생이든 졸업생이든 선배들은 다들 이유 없이 거들먹대기 좋아하는 존재라고(중학교 때 농구 동아리 선배들이 그랬기에) 믿었던 고타로의 생각을 마키가 바꾸어주었다.

인간은 의외로 자기 자신을 잘 보지는 못하는 법이구나 싶었다.

"고대시."

마키가 자잘한 얼음만 남은 컵을 테이블에 내려놓고 고타로의 얼굴을 보았다.

"그렇게 따분하면 사회 견학 한번 해볼래?"

"으음."

"아르바이트할 생각은 있어?"

그럴 생각은 충분하다. 실제로도 몇 군데 찾아보는 중이다.

"편의점 아르바이트라도 해볼까 하는데요. 심야 근무는 시급도 쏠쏠하니까."

"밤중에 아르바이트해도 상관없다는 뜻이야?"

"네, 시간은 조정할 수 있어요."

"학교 공부에 소홀해진다고 부모님이 걱정하시지는 않을까? 고대시는 아직 미성년자잖아."

그런 말에서도 상식적인 면이 엿보인다.

"괜찮아요. 공부는 알아서 할게요."

"그럼 당장 가자. 요 근처야."

마키는 계산서를 들고 싱글대며 일어섰다. 그러고서 고타로를 데려간 곳이 창밖으로 니콜라이 성당이 보이는 주식회사 쿠마였다.

"내가 일하는 회사야. 본사는 나고야에 있고, 여기는 도쿄 지사. 3층과 4층을 사무실로 쓰고 있어."

인테리어가 깔끔하고 아직 새것 느낌이 났다. 3층에 안내데스크가 있지만 카운터와 인터폰이 있을 뿐 직원은 없다. 스텐실 같은 기법을 써서 회사 이름과 로고를 양각으로 새긴 원형 유리판이 정면 벽에 걸려 있었다.

"쿠마라니, 회사 이름이 특이하네요."

"야마시나가 어릴 때 좋아했던 그림책 속 괴수 이름이래."

"야마시나 씨?"

"이 회사 창업자. 대학교 때 나랑 같은 학회 소속이었어. 참고로 나도 집행임원 중 하나고, 도쿄 지사장이기도 해."

고타로는 말 그대로 '눈이 등잔만해'졌다.

평일 방과 후 연습을 봐주러 오고, 주말이나 여름방학 때도 어울려주던 마키 선배와 이런 대화를 한 기억은 있다.

—회사 쉬는 날이에요?

—우리 회사는 유연근무제라서.

—주말인데 괜찮아요?

—챙겨야 할 가족이나 여자친구가 없어서 괜찮아.

하지만 굳이 직업과 사생활에 대해 깊이 캐묻지는 않았다. 그럴 필요도 느끼지 못했으니까.

창업자와 학회 친구? 집행임원? 혹시 이 회사 회장인가 사장인가 CEO인가 하는 야마시나는 대학 시절 창업한 걸까? 마키의 나이로 추측건대 그럴 가능성이 높다.

안내데스크를 지나치자 문이 나왔다. 오토록으로 잠겨 있다. 문 옆에 작은 인식판이 달려 있었다. 마키가 치노바지 호주머니에서 목에 거는 줄이 달린 카드를 꺼내 인식판에 대자 지잉 소리와 함께 잠금장치가 풀렸다.

"이쪽이야. 들어와."

무심코 고개 숙여 인사하며 들어가자 좌우로 뻗은 짧은 복도 양끝에 문이 있었다. 정면 벽은 가슴 높이까지 오고 위쪽은 통유리로 되어 있었다. 일부러 애쓰지 않아도 실내가 훤히 보였다.

"우아."

이번에는 소리내어 감탄해버렸다.

유리 너머는 사무실이었다. 어디서 어떻게 봐도 다른 용도 같지는 않았다. 줄지어 놓인 책상과 의자에 사람들이 앉아 있다.

모두 마키처럼 편한 복장이다. 티셔츠, 폴로셔츠, 청바지나 치노바지. 화려한 알로하셔츠를 입은 사람도 한 명 있었다. 다들 좀전에 마키가 문을 열 때 사용한 카드를 목에 걸고 있다. 나이는 대략 마키보다 적고 고타로보다는 조금 많은 느낌이었다.

여기저기 캐비닛과 바퀴 달린 커다란 화이트보드가 서 있었다. 뭐라고 빼곡히 적혀 있지만 글씨가 너무 작아 복도에서는 잘 보이지 않았다. 화이트보드 외에 선술집이나 이탈리안 레스토랑에서 흔히 '오늘의 메뉴'를 써놓는 데 쓰는 작은 칠판이 책상 한두 줄에 하나꼴로 걸려 있는데, 거기도 흰색, 분홍색, 파란색 분필로 뭐라고 적혀 있었다.

그것들만 따지면 딱히 특별한 점은 없다. 회사의 사무 공간은 보통 이런 모습이리라. 하지만 색다른 부분이 두 가지 있었다. 일단 대낮인데도 창문 블라인드를 끝까지 내려놓았다는 것. 그리고 모든 책상에 컴퓨터 모니터가 두 대씩 놓여 있다는 것. 책상 하나당 한 명씩 앉아 있으니 이 사무실에서 일하는 사람들은 각자 모니터 두 대를 마주하는 셈이다.

그렇다. 그들(더하기 몇 명 안 되는 그녀들)은 말 그대로 모니터를 마주하고 있었다. 창을 여러 개 열어놓고 스크롤한다. 그들과 몇 명 안 되는 그녀들은 이따금 키보드와 마우스를 누르는 것 말고 다른 일은 하지 않았다. 계산기를 두드리거나, 파일을 작성하거나, 턱 밑에 수화기를 끼운 채 통화하거나, 손님을 상대하지 않는다. 모두 자리에 앉아 제 앞의 모니터를 들여다볼 뿐이다.

조용했다. 전화벨조차 울리지 않았다.

"무슨 일을 하는 건데요?

놀라는 고타로에게 마키 세이고는 실눈을 뜨고 말했다.

"여기는 경비회사야."

인터넷 사회의, 라고 그는 덧붙였다.

하나코 아주머니에게 말했다시피 고타로는 컴퓨터를 잘 쓰는 편이 아니다. 인터넷 서핑에 빠진 적도, 블로그를 운영한 적도 없다. 가게를 찾거나 지도를 보는 등 일상적인 목적으로 휴대전화를 유용하게 쓰긴 하지만, 역시 갖춰진 기능의 절반도 사용하지 않을 것이다.

솔직히 말해 인터넷에는 별로 흥미가 없다. 날마다 좋아하는 연예인의 정보를 찾아다니는 여동생 가즈미가 더 훤할 것이다.

그래도 '사이버 패트롤'이라는 말은 들어본 적 있었다. 인터넷상에 존재하는 온갖 정보를 감시하며, 법률과 법령에 저촉될 우려가 있는 정보, 불건전하고 위험한 정보, 범죄로 이어질 가능성이 있는 정보를 찾아내 조사하고, 필요한 경우 대책을 세우는 일련의 활동을 가리킨다.

하지만 마키의 이야기를 듣기 전까지 고타로는 그 활동이 '일'이 될 수 있을 거라고는 생각지 못했다. 일부 숙련된 컴퓨터 사용자, 다시 말해 마니아밖에 할 수 없으며, 또한 마니아밖에 나서지 않는 자원봉사라고 믿었다.

"아, 그 생각이 꼭 틀린 건 아니야. 자원봉사자도 있으니까. 사이트 회원들이 자주적으로 감시활동을 하는 식이지."

"흠, 그렇군요. 저는 뉴스에서 얼핏 본 게 다라서요."

불법적인 약물과 권총, 아동 음란물이 인터넷에서 매매된다. 인터넷에서 동료를 모아 흉악 범죄를 저지른다. 묻지 마 사건의 범인이 인터넷에서 사전에 범행을 예고했다—뉴스 앵커는 그런 사례를 소개한 후 인터넷 사회에 난무하는 정보를 감시해 범죄 방지에 힘쓰는 사이버 패트롤에 대해 설명했다.

"저녁 뉴스였던 것 같은데. 특집 코너에서요."

"그렇군. 우리 회사에도 취재를 나온 적 있어."

사무실을 한차례 구경하고 나서 두 사람은 휴게실로 자리를 옮겼다. 깔끔하게 정돈된, 대학교 카페테리아 같은 구조였다. 만화책과 라이트노블이 가득 꽂힌 책장과 청량음료, 봉지과자, 컵라면 자판기가 비치되어 있지만, 고타로의 예상과 달리 텔레비전은 없었다.

근무시간이라서인지 다른 사람은 없었다. 그러나 바로 옆 가수면실을 지나칠 때 간이침대에 누운 사람의 머리가 얼핏 보였다.

"그 특집을 보고 호기심이 생기진 않았어?"

"뭐, 저와는 무관한 이야기니까요."

마키는 웃으며 창으로 시선을 던졌다. 니콜라이 성당도 한여름 햇볕에 더워 보였다.

"확실히 우리 회사는 계약사원도 모두 대졸이고, 정보공학 전공자가 많아."

마키가 몇몇 유명 대학의 이름을 꺼냈다.

"중도 채용한 경력자도 제법 돼."

이번에는 몇몇 유명 IT기업 이름을 꺼냈다.

고타로는 저도 모르게 놀란 티를 낼 뻔했다. 아까 사무실에 있던 사원들은 모두 젊고 복장도 털털한데다 (자신의 편견이겠지만) 오타쿠 같은 느낌이어서, 솔직히 그렇게 우수한 인재들처럼 보이지는 않았다.

죄송합니다. 고타로는 마음속으로 남몰래 식은땀을 흘리며 웃음으로 얼버무렸다. "하긴. 이 분야의 프로들이겠죠."

"응. 능력도 기술도 뛰어난 사람들이야. 그래야 할 수 있는 일이기도 하고. 그래서 지금까지는 대학생 아르바이트생을 쓰지 않았지만, 최근 들어 방침을 바꿔볼까 싶어서 야마시나와 상의했어."

인재를 좀더 다양화하지 않겠느냐고.

"지금 우리 회사 멤버는 연령층이 좁잖아? 제일 나이 많은 사람이 지사장인 나야. 서른셋이지. 제일 어린 사람은 올봄에 입사한 야마다라는 여자 사원인데, 스물두 살이야. 인터넷 업계에서 일을 제일 잘하는 나이대이기는 하지만, 앞으로 사용자 연령층이 위아래로 점점 벌어질 테니 우리도 그에 대응해나가야 해."

사용자 연령층이 넓어지면 인터넷 사회에서 발생하는 문제의 내용과 불건전하고 위험한 정보의 질도 달라진다. 그런데도 여전히 이삼십대의 '눈'으로만 감시하다보면 간과하는 부분이 나올지 모른다는 것이다.

"인터넷은 신조어나 은어처럼 매우 감각적인 말이 오가는 세계야. 말장난 같은 은어는 같은 일본어 문화권 사람도 전혀 이해 못할 수 있지. 앞으로 인터넷 사회에서는 세대차에 따른 언어감각의 차이가 점점 벌어질 거야. 바꿔 말해 그 집단이 지닌 문화적 자본에 차이가 생긴다는 뜻이기도 한데, 그걸 얕보면 안 돼."

마키가 풋살 말고 다른 이야기를 이렇게 열심히 하는 모습은 처음이었다.

“그러니까 일단 시니어 세대를 고용해볼까 해. 컴퓨터에 익숙한 예비 할아버지가 의외로 많거든.”

고타로는 그 말이 피부에 잘 와닿지 않았다. 고타로도 친할아버지가 있지만 히메지에 사는 이 할아버지는 자동응답기도 잘 못 다룬다.

“다만 문제는 그 사람들이 대부분 노안이라는 거야. 장시간 일하기는 힘들 테니 아무래도 시간제 아르바이트로 써야겠지.”

그야 그럴 것이다.

“그리고 대학 재학생. 시니어 세대와 달리 아직 자기 정체성을 잘 모르고 사회적인 기반도 없어. 그런 사람의 ‘눈’으로 봐야 잡아낼 수 있는 게 있을지도 몰라.”

그게 대체 무슨 ‘눈’이람.

“게다가 우리는 간접광고 효과도 노리고 있거든. 사실은 그 이유가 더 커. 사람을 채용하면 광고 효과가 제법 쏠쏠해. 요즘 젊은 애들은 한물가서 사라지는 소비품의 정보보다 미래와 직결되는 직업 또는 라이프스타일의 정보를 원하니까.”

아, 그건 피부에 와닿는다.

“그래서 말인데 고대시, 우리 회사에서 아르바이트해보지 않을래?”

마키는 상냥한 눈빛으로 고타로를 보았다.

"심심풀이 삼아서 해봐. 그만큼 가벼운 마음으로 시작해도 돼. 일은 내가 하나하나 가르쳐줄게. 근무시간도 너무 힘들지 않게 짜줄 거고."

더할 나위 없이 괜찮은 제안이다. 나쁜 이야기는 아니다. 솔직히 말해 일은 재미있을 것 같다. 흥미가 동했다.

—하지만.

"지금까지 들은 바에 따르면, 저는 주식회사 쿠마 아르바이트생 고용 프로젝트의 프로토타입 1호가 되는 거죠?"

마키가 밝게 웃었다. "절묘한 표현이네. 그래, 까놓고 말해 그렇지. 프로토타입 초호기라고 하는 편이 좀더 그럴듯하겠군."

요컨대 실험대다.

"그럼 제가 일을 제대로 못하면 역시 아르바이트생은 못쓰겠다는 결론이 나서 프로젝트 자체가 중지될 가능성도 있겠네요. 좀 부담스러운데."

"고대시는 역시 진국이라니까."

"아니거든요."

"걱정 마. 고대시 한 명한테 책임을 떠넘기지는 않을 테니까. 그리고."

실은, 하며 마키가 처음으로 목소리를 낮추더니 비밀 이야기를 하듯 머리를 가까이 댔다. 고타로도 따라 했다.

"도쿄 지사는 앞으로 일 년 후 닫을 예정이야. 경비가 너무 많이 들어서."

쿠마를 창업하고 한동안은 고객 확보를 위해 도쿄에 거점을 둬야 했지만, 이제는 경영이 본궤도에 올라 그럴 필요가 없어졌다.

"닫으면 여기 있는 사원들은 어떻게 돼요? 마키 씨는요?"

"삿포로로 옮겨. 그쪽에 작게나마 사옥을 짓고 있지. 난 도쿄의 열대야가 질색이라서 기대하는 중이야."

IT사업은 장소를 가리지 않는다. 다만 인재를 확보하려면 어느 정도 규모가 있는 도시에 거점을 두어야 한다. 외딴섬이나 산속 벽지에 아무리 훌륭한 하드웨어를 갖추어봤자 가장 중요한 소프트웨어, 즉 사람이 모이지 않는다. 결국 본사가 있는 나고야를 비롯한 큰 지방도시가 이상적이라고 한다.

"아버지 일 때문에 어릴 적 센다이에 살았거든. 지금도 좋아하는 곳이라 야마시나한테 권유했는데, 안타깝게도 강력한 라이벌 회사가 이미 그곳에 있어서 제외했어."

센다이와 삿포로 모두 수준 높은 이공계 대학이 있는 도시였지. 고타로는 생각했다.

"그러니까 고대시가 조금이라도 우리 일에 흥미가 있다면 지금이 기회야. 일 년의 시험 기간. 반대로 말하면 선배와 지긋지

긋한 인연을 끊지 못해 어쩔 수 없이 괴상한 아르바이트를 하게 됐다고 후회해도 일 년만 참으면 원만하게 작별할 수 있다는 뜻이지."

"어, 저 딱히 그렇게 생각하지는 않는데요."

"그래, 알았어. 아무튼 당장 대답하긴 힘들 테니 생각 좀 해봐."

다시 안내데스크로 내려와서 마키와 헤어졌다. 사무실로 돌아가는 마키의 발걸음이 가벼워 보였다.

고타로는 오늘 특별한 볼일이 있어서 진보초에 온 것이 아니었다. 간다의 헌책방 거리 산책을 즐기는 아버지를 따라 어릴 적부터 돌아다니다보니 그 취미가 옮았다. 할일 없고 심심하면 무심코 발길이 이쪽으로 향한다.

휴대전화를 확인하니 가즈미의 메일이 한 통 와 있었다. 아이돌 사진집과 만화책이 얼마얼마 이하의 가격으로 나와 있으면 사달라며 제목을 가득 적어 보냈다. 제목마다 믿기지 않을 만큼 낙관적인 '희망 판매 가격'이 쓰여 있었다.

—요즘 간다의 헌책방은 그렇게 만만치 않단다.

할 수 없다, 무시하면 뒷일이 귀찮아지니 일단 찾아나 보기로 하고 걸음을 옮기며 생각했다.

주식회사 쿠마의 일에는 관심이 간다. 그런데도 망설여지는 건 마키의 말처럼 내가 실패하면 안 된다는 기특한 마음가짐 때문이 아니었다.

그곳 사람들, 전부 우수하잖아? 내가 들어가면 초장부터 무능 딱지가 붙을 것 아냐.

가즈미가 부탁한 책을 찾아 여기저기 둘러보다 그림책과 아동서 전문점에 다다랐다. 새책과 헌책 둘 다 취급한다고 한다.

그리고 문득 떠올랐다. 쿠마라는 특이한 회사 이름의 유래가.

—야마시나가 어릴 때 좋아했던 그림책 속 괴수 이름.

마구잡이로 찾아본다고 그 책이 눈에 띌 것 같지는 않았다. 하지만 이 가게는 제법 크고, 혹시나 찾아내면 재미있지 않은가.

가게 안은 시원했다. 발소리를 죽이고 서가를 돌아다녔다. 찾겠다고 마음먹긴 했지만 단서는 '쿠마'뿐이다. 그림책 제목은 모르니, 생각해보면 무모한 짓이었다.

나도 참 멍청하구나 싶었을 때 뭔가가 눈길을 잡아끌었다. '영원한 스테디셀러' 판매대였다. 크기와 판형이 제각각인 알록달록한 그림책 사이에 한 권이 표지를 보이고 놓여 있었다.

『착한 괴물 쿠마』.

번역서였다. 가타카나로 적힌 작가의 이름은 한 번에 발음할 수 없을 만큼 길었다. 그림체와 색조는 귀엽지만 어쩐지 서구적인 느낌이다.

주변을 잠깐 둘러본 후 고타로는 그림책을 넘겨보았다.

―쿠마는 괴물입니다.

그것이 첫 문장이었다. 두 쪽 전체에 글자라고는 그것뿐이다. 그림 속에는 둥그런 호수를 감싼 산들과 푸른 하늘. 호수 옆 작은 마을. 삼각형 지붕의 집들이 늘어섰고, 교회 첨탑이 보인다.

다음 두 쪽.

―쿠마는 계속 이 산에 살았습니다. 피오르가 내려다보이는 이 산을 아주 좋아합니다.

그렇구나. 그런데 쿠마는 어떤 괴물이지? 일단 어떻게 생겼는지 보고 싶다. 책장을 쭉쭉 넘겼다. 계속 넘겨도 쿠마의 그림은 나오지 않았다.

한 대목에서 그 이유가 판명됐다.

―쿠마는 마을 사람들 눈에 보이지 않습니다. 쿠마는 몸이 투명합니다.

쿠마는 피오르가 내려다보이는 산에 예부터 살던 괴수였다. 아주 먼 옛날, 언제인지 쿠마도 잊어버렸을 만큼 옛날부터. 일본식으로 말하자면 산신 격일 것이다.

그리고 쿠마는 산과 피오르와 그 옆의 '요레'라는 마을을 나쁜 괴수들에게서 지켰다. 쿠마는 요레도, 요레에 사는 사람들도 좋아했다. 마을 사람들이 축제 때 부르는 노래와 연주하는 음악을 좋아했다. 마을에서 늘 풍겨오는 맛있는 팬케이크 냄새도 좋아했다. 마을 사람들의 웃음소리도 좋아했다. 교회 종소리도 좋아했다.

그래서 마을을 덮치려는 괴물이 나타나면 쿠마는 그들과 맞서 싸워 요레를 지켜냈다.

쿠마는 날 때부터 몸이 투명했다. 그런 괴물이다. 하지만 조금도 불편하지 않다. 불편하기는커녕 나쁜 괴물들과 싸울 때는 오히려 장점이 되었다. 나쁜 괴물들에게 들키지 않고 몰래 다가갈 수 있다.

그런데 어느 날, 쿠마는 마을에 숨어들려던 교활한 도마뱀 괴물과 싸우다가 방심하는 바람에 다치고 말았다. 상처가 깊어 몹시 아팠고 피가 줄줄 흘렀다. 머리꼭지에 달린 소중한 뿔도 부러졌다. 쿠마의 엄마 아빠가 '목숨 다음으로 소중한 것'이라고 일러준 뿔인데.

그리고 쿠마는 깨달았다. 어? 몸이 투명하지 않네. 손과 발이 보인다. 쿠마는 제 손발에 달린 갈고리발톱이 너무 날카로워서 깜짝 놀랐다.

쿠마가 몸을 투명하게 유지하려면 그 뿔이 필요했다. 부러진 뿔이 새로 날 때까지 쿠마는 투명해질 수 없다. 모습이 훤히 보인다.

—아아, 큰일이다.

더 큰일이 벌어졌다. 교회 종루에 올라온 종치기 할아버지와 어린 손녀가 쿠마를 발견한 것이다.

곧 요레에 큰 소동이 벌어졌다. 괴물이 나타났다, 괴물이 나타났다! 쿠마는 아픈 몸을 끌고 산속으로 달아났다. 마을 사람들은 밤새 불을 켜놓았고, 횃불과 램프를 들고서 산속으로 쿠마를 찾으러 왔다. 총과 도끼와 활도 가져왔다. 괴물을 찾아라, 괴물을 쓰러뜨려라!

—쿠마는 나쁜 괴물이 아니야. 쿠마는 괴물이지만 쿠마야.

쿠마는 슬픔의 눈물을 흘리며 요레를 둘러싼 산을 몇 개나 넘어 사람들의 추적을 피했다. 하지만 달아나고 또 달아나도 사람들은 쫓아왔다. 몇 날 며칠이고 계속 쫓아왔다.

쿠마는 지치고 배가 고팠다. 피오르의 물고기가 먹고 싶었다.

동트기 전 쿠마는 피오르로 내려왔다. 저멀리 요레가 보였다. 요레 너머에서 아침해가 떠올랐다.

그 빛을 받으며 쿠마는 보았다. 피오르의 수면에 비친 자신의 얼굴과 온몸을.

그 모습은 지금껏 싸워 쓰러뜨린 나쁜 괴물들과 똑같았다.

—쿠마는 나쁜 괴물과 얼굴이 똑같아. 색깔도 똑같아. 꼬리도 똑같아.

그래서 요레 사람들이 그토록 무서워하고, 화를 내며 쫓아오는 것이다.

쿠마는 피오르의 물속에 잠겨 있다가 헤엄치기 시작했다. 어딘가로 멀리 떠나야 한다.

—요레 사람들, 안녕. 언젠가 다시 만나.

교회의 아침 종소리를 들으며 쿠마는 요레를 떠났다. 그리고 두 번 다시 돌아오지 않았다. 깊고 차가운 피오르의 물은 상처입고 지친 쿠마를 집어삼켰다.

하지만 요레에는 전설이 남았다. 피오르를 건너와 마을을 습격한다는 무시무시한 괴물의 전설이.

책 끝에는 작가 소개가 간단히 실려 있었다. 긴 이름의 주인은 노르웨이 사람이었다.

고타로는 그림책을 덮고 조심스레 서가에 올려놓았다.

이 그림책을 사랑해서 회사에 쿠마라는 이름을 붙이고 지금까지 키워온 야마시나라는 사람을 만나보고 싶었다.

주식회사 쿠마에서 일해보자.

3

회사에 도착한 고타로는 엘리베이터를 기다리는 대신 계단으로 4층까지 올라갔다. 도중에 백팩 주머니에서 보안카드를 꺼내 목에 걸었다.

오늘 고타로의 근무시간은 오전 열한시부터 오후 두시까지다. 현재 시각 열한시 십이분 삼십초. 복도 사물함에 백팩과 코트를 집어넣고서 문을 열고 사무실로 들어가자 왼편 제일 안쪽 책상에서 아시야 가나메가 '야, 늦었잖아!' 하는 표정으로 바라보았다.

사과의 뜻으로 머리를 꾸벅 숙인 후, 안에서 일하는 사람들에게 "안녕하세요" 하고 인사했다. 사무실을 70퍼센트쯤 채운 사람들의 절반 정도가 띄엄띄엄 "어, 그래" "안녕" 하며 반응해주었다. 여기서는 드나들 때 꼭 인사를 하지 않아도 된다. 일에 방해된다며 인사를 안 하는 사원도 많고, 그렇다고 기분 나빠하는 사람도 없다. 인사를 받아주면서도 대부분 모니터에서 눈을 떼지 않고 작업을 계속한다.

문 옆 단말기에 코드번호와 출근 시각을 재빨리 입력하고, 고타로는 방음용(방취 효과도 있다) 니들펀치 카펫을 밟으며 자리로 향했다.

"미안, 미안. 나오는 길에 붙들려서 쾌속을 한 대 놓쳤어."

가나메는 짐짓 무서운 표정을 지었다. "이거, 갚아야 된다?"

"알았어. 다음에 맥도날드 쏠게."

"맥도날드 말고 사이제리야 런치 메뉴."

가나메는 스무 살 대학생이다. 학교는 고타로의 집에서 자전거로 갈 수 있는 거리다. 나고야 출신이고, 지금은 대학교 기숙사에서 생활한다.

척 보기에도 점잖고 참한 여자애다. 복장도 깔끔하고, 일할 때는 길고 검은 생머리를 하나로 묶는데 그게 또 잘 어울린다.

마키는 가나메를 보면 아시야 시의 고급주택지가 연상된다는 억지소리를 하며 '아씨'라고 부르지만 고타로는 꼭 '가나메'라고 부른다. 가나메도 "있지, 고타로" 하며 늘 이름을 부르지만, 속으로는 한자가 아니라 가타카나*로 부른다는 모양이다. 그 어감의 차이는 고타로도 안다. 그도 마찬가지기 때문이다.

두 사람은 회사에서 짝을 이뤄 같은 시간대에 같은 업무를 한다. 가나메는 야간근무를 하지 않으므로 시간대가 아침부터 저녁으로 한정되지만, 그래도 서로 수업시간과 회사 근무시간을 비교해 융통성 있게 조정할 수 있다. 그리고 자기가 갑자기 쉬면 누구에게 피해가 가는지 똑똑히 알 수 있는 이런 시스템은 근무태도가 느슨해지기 십상인 아르바이트생에게 책임감을 심어주는 데 상당히 유용하다. 이 또한 마키가 '주식회사 쿠마 아르바

---

* 일본어의 음절문자 중 하나. 외래어와 외국어를 표기할 때 주로 사용한다.

이트생 고용 프로젝트'를 위해 고안해낸 것이었다.

짝과 마음이 맞지 않으면 괴로워진다는 것이 이 시스템의 단점이지만, 고타로의 경우는 행운이었다. 가나메는 모난 데 없고 착실한 대학생이다. 전공은 국문학. 가끔 고타로는 하나도 못 알아들을 근대문학 이야기를 한다. 그리고 겉보기와 다르게 대식가다. 먹는 모습을 보고 몇 번 놀랐다. 아르바이트생으로는 고타로가 한 달쯤 선배라 처음에는 이것저것 자세히 가르쳐주었지만, 지금은 혼자 알아서 잘한다. 국문학 전공답게 언어감각이 뛰어난지 일을 금방 배웠다.

"그럼, 교대하자."

고타로는 가나메가 비워준 의자에 앉아 업무 준비를 했다.

"우리 섬은 텅 비었네."

다른 책상에는 아무도 없었다.

'섬'이란 사내에서 사용하는 은어로, 담당 분야별로 나눈 부서를 가리킨다. 4층 사무실에서 고타로가 속한 부서는 불법·탈법 약물 매매에 관한 정보를 감시하는 '약물섬', 옆줄 책상은 자살 사이트를 담당하는 '자살섬', 그 옆은 성인 사이트를 담당하는 '성인섬'이다. 여기에는 아동 음란물도 포함된다. 섬 하나는 보통 대여섯 명으로 구성되는데, 약물 관련 사이트는 그 수만큼 인원도 많이 필요하므로 사원 여덟 명에 고타로와 가나메까지 총

열 명이다.

"회의중이야."

가나메가 머리끈을 풀어 긴 머리를 어깨 위로 늘어뜨렸다.

"야마시나 씨가 왔거든."

야마시나 사장은 평소 나고야 본사에 있다. 도쿄 지사 사무실에는 한 달에 한두 번 얼굴을 내민다.

"무슨 일 있었어?"

"아닐걸. 삼십 분 전쯤에는 '성인섬' 사람들이 회의실로 불려갔거든. 차례대로 불러서 삿포로 지사 이야기를 하는 거 아닐까?"

도쿄 지사를 닫기로 결정됐으니 정사원이든 계약사원이든 삿포로 지사가 완성되기 전에 함께 옮겨갈지 퇴사할지 정해야 한다. 독신은 몰라도 가정이 있는 사람은 꽤 고민될 것이다. 직원 대우에 변화가 생길 가능성도 있다.

"우리랑은 상관없네."

"그렇지. 아, 이거 확인해."

가나메가 왼쪽 모니터 구석에 붙여둔 포스트잇을 가리켰다.

"처리는 끝났지만 다른 반응이 나올지 몰라. 어젯밤 허브마약* 에 취해서 오토바이로 다마가와 강둑을 질주한 고등학생이 그 동

---

* 환각물질과 허브를 섞어 담배 형태로 만든 신종 마약.

영상을 올렸거든."

포스트잇에는 가나메의 동글동글한 글씨로 닉네임 몇 개가 적혀 있었다.

"참 할일도 없다."

"이쪽에서는 처음 보는 닉네임들인데, 그 고등학생의 친구들 같아. 동영상을 봐달라는 얘기에 접속한 모양이지. 마키 씨 말이, 이걸 계기로 몹쓸 연결고리가 생기면 큰일이니까 당분간 주의를 기울이래."

각 섬의 팀장은 보통 경력이 긴 사원이 맡지만, 약물섬에는 신입이 배속될 때가 많고 단기로 고용되는 계약사원도 자주 들락날락해서 지사장 마키가 팀장을 겸한다.

"알았어."

가나메는 손목시계를 흘끔 보더니 "나도 쾌속 놓치겠다. 그럼 내일 봐" 하고는 서둘러 사무실을 나섰다. 고타로는 모니터에 시선을 고정한 채 대충 손을 흔들었다.

사내 연락 메일을 확인하고 있자니 약물섬 사람들이 회의실에서 돌아왔다. 그중에는 마키도 있었다.

"오, 왔구나."

마키는 한마디 던지고 사무실 상석인 자기 자리로 슬렁슬렁 돌아갔다. 다른 사람들도 일을 시작했다.

고타로는 최근 찾아낸 한 사이트에 주목하고 있었다. '앨리스 토끼'라는 사람이 운영하는 사이트인데, 얼핏 보면 평범한 원예 사이트 같고 내용도 향신료나 차로 쓰이는 허브의 재배 일기지만 레몬그라스니 민트니 바질이니 하는 호칭이 등장하는 것이 어쩐지 수상했다. 진짜 레몬그라스, 민트, 바질이 아니라 각각 탈법 허브를 위장해 그렇게 부르는 듯한 냄새가 났다. 학교 도서관에서 조사해보니 '앨리스 토끼'가 사이트에 올린 재배법은 진짜 레몬그라스와 민트, 바질의 재배법과 달랐고, 가끔 '아는 사람은 안다'는 식의 의미심장한 구절이 나오기도 했다. 또한 '앨리스 토끼'가 허브 재배를 추천하며 씨앗과 모종을 교환하자는 둥 자기가 교배한 모종을 주겠다는 둥 제안하는 게시글이 아무래도 어딘가 미심쩍었다. 마키는 이런 걸 '오멘'이라고 부른다. 언뜻 평범해 보이는 사이트에 어른거리는 흉조라는 뜻이다.

하지만 아직 꼬리를 못 잡았다. '앨리스 토끼'는 오늘도 부지런히 사이트를 관리하면서 한 시간 전쯤 신종 레몬그라스의 향에 감싸여 꿈나라에 다녀왔다는 수상한 글을 올렸다.

또하나, 이쪽은 블로그인데 미대생으로 보이는 주인이 창작의 벽에 부딪혀 고민에 빠졌다는 글을 매일같이 올렸다. 그런데 최근 '고차원적인 창조력을 해방하려면 외부의 도움이 필요하다'고 구슬리며 약물을 팔려는 녀석이 접근했다. 마약 밀매꾼인지 아닌지는 아직 완전히 판단할 수 없지만, 그는 댓글로 '나는 뮤지션인데 슬럼프에 빠졌을 때 이것의 도움을 받았다'는 번지르르한 소리를 늘어놓았다. 고뇌하는 미대생의 블로그를 찾은 방문자들이 자칭 뮤지션의 댓글을 놓고 논쟁을 벌였지만, '이런 유혹에 귀기울여서는 안 된다'고 충고하는 사람보다 '나도 고민되니 같이 해보자'고 부추기는 사람이 더 많은 듯했다. 어쩌면 이 사람들은 자칭 뮤지션과 처음부터 한패인지 모르고, 어쩌면 자칭 뮤지션 혼자 여러 사람을 연기하는 것일 수도 있다.

고뇌하는 미대생은 오늘도 졸업작품을 제때 완성 못할 것 같다는 둥 선배의 개인전에 갔는데 그의 재능에 압도당해 잠을 이룰 수 없다는 둥 부정적인 글만 올렸다. 글을 올린 시간을 확인하니 오전 세시 사십분이었다. 그런 시간에 고민하는 것부터가 잘못이다. 얼른 잠을 자야 기분이 나아질 텐데.

그때 사무실 앞쪽에서 사람들 목소리가 들렸다. 눈을 들자 몇 명이 마키 책상 주위에 모여 모니터를 보면서 무슨 이야기를 나누고 있었다.

"우아." 고타로 옆에서 마에다라는 사원이 목소리를 높였다. 감시용이 아니라 작업용 모니터를 보고 있다. 모니터 화면에 인터넷 뉴스가 떠 있었다.

"그 사건이야. 지사장님 말이 맞았네. 세번째 사건이 터졌어."

고타로도 같은 뉴스로 들어갔다. 단신 속보였다. 'NEW'라고 표시되어 있다.

'시즈오카 현 미시마 시 산림에 버려진 의류보관함에서 시체 발견, 오른발 가운뎃발가락 결손'.

고타로는 마에다의 얼굴을 보았다. 삼십대 초반의 선 굵은 남자다. 취미로 카포에이라를 해서 티셔츠 아래 근육이 울끈불끈하다.

"그 사건이라니요?"

"왜, 마키 씨가 말했잖아. 맨 처음은 홋카이도. 구시로였나. 불법 투기된 냉장고에서 남자 시체가 발견됐어. 머리를 얻어맞고 밧줄 같은 것으로 목이 졸려 죽었는데, 왼발 엄지발가락이 잘려 나갔지."

"언제 일어난 사건이에요?"

"반년쯤 전이던가. 잠깐만."

마에다는 마우스를 움직여 작업용 모니터에 메모장 화면을 띄웠다. 여기서는 보통 이렇게 한다. 종이를 잘 사용하지 않는다. 가나메처럼 포스트잇을 쓰는 사람은 극소수다.

"아, 6월 1일이다. 구시로가 아니라 도마코마이였고. 피해자는 생전에 선술집을 운영했고 나이는 마흔한 살, 이름은 나카노메 시로. 희성이네."

6월이면 고타로가 아직 이 회사에 오기 전이다.

"그거, 제가 들어오기 전인데요."

"그래? 넌 한 십 년 전부터 여기 있었던 것 같아서 착각했어."

"십 년 전이면 저 아홉 살이에요."

어리구나, 하며 마에다가 웃었다.

"이 사건이 일어났을 때 마키 씨가 예삿일이 아니라고 했어. 일부러 엄지발가락을 자른 게 꺼림칙하다며."

확실히 엽기범죄 같긴 하다만.

"그때는 나도 마키 씨가 좀 오버한다, 사이코 서스펜스 작품을 너무 많이 본 거 아닌가 싶었지. 시신의 신원은 일찌감치 밝혀졌고, 범인을 잡고 보면 어차피 금전이나 치정이 원인일 테고, 엄지발가락이 없는 것도 대단한 의미는 아닐 거라 여겼어."

"피해자가 무슨 조직에 있었다면요?"

"그렇더라도 발가락을 자르진 않을걸."

그후 도마코마이 사건의 속보는 없었다. 그래서 마에다는 마음에 깊이 담아두지 않았지만,

"9월 22일. 이번에는 아키타 시였지. 시영주택 쓰레기장에서 여자 시체가 발견됐어. 사후 이틀이 지났고, 사인은 역시 교살. 그리고."

오른발 약지발가락이 잘려나가고 없었다. 절단면이 깔끔한 것으로 보아 예리한 날붙이로 자른 모양이라고 한다.

"마키 씨, 이 뉴스를 봤을 때 의자에서 벌떡 일어났다니까."

—이건 연쇄살인이야.

마키는 상식적인 사람이다. 보통은 그런 일로 야단법석을 떨 만큼 구경꾼 기질이 강하지 않다.

"마키 씨는 이미 낌새를 챘었구나 싶어서 나도 놀랐지."

감이 온 것이다. 인터넷이라는 커다란 바다를 둘러보다가 굶주림으로 사나워진 작은 물고기떼를 발견했을 때처럼.

"아키타에서 발견된 피해자의 신원은요?"

"그게, 안 밝혀졌어."

마에다는 고개를 젓고는 아는 사람 얘기인 양 괴로운 표정을 지었다.

"이십대에서 사십대 여자라는 것밖에 몰라. 실마리가 없어. 시신이 발견된 현장에는 소지품이 하나도 남아 있지 않았고, 옷은 입은 채였지만 상표가 전부 잘려나갔어. 신발 깔창도 빼내갔는지 없었대."

고타로도 조금 섬뜩했다. 발가락을 자르는 것은 잔혹한 짓이다. 한편 피해자의 신원을 감추려고 그 정도로 공을 들이는 것은 몹시 계산적인 행동이다. 그 두 가지가 한데 모이자 섬뜩함이 덧셈이 아니라 곱셈으로 늘어나는 기분이었다.

"경찰이 실종자를 대상으로 추적해보지 않았을까요?"

"피해자가 그 지역 사람이라는 보장은 없으니까. 게다가 세상에는 훌쩍 행방을 감춰도 누구 하나 실종신고를 해주지 않는 사람도 있거든. 이 일을 하다보면 그런 사람의 목소리가 들려오곤 하지?"

고타로는 고개를 끄덕였다. 고독하다고 한탄할 수도 없을 만큼—자신의 한탄을 구체적인 누군가가 들어주리라는 것을 애초에 포기했고, 또한 포기할 수밖에 없을 만큼 고독에 찌든 목소리를 마주칠 때가 분명 있다.

"경찰은 연쇄살인이라는 걸 알아차렸을까요?"

"모르지." 마에다는 못마땅하다는 듯 입꼬리를 늘어뜨렸다. "경찰도 공무원이다보니 영역 의식이 강해. 관할 밖에서 일어난 사건에는 오히려 둔감할 거야. 세번째 사건이 터졌으니 슬슬 알아차리면 좋겠는데."

마키의 책상을 둘러싼 고리가 흩어졌다. 사원들이 자리로 돌아가자 마키는 책상 위 수화기를 들어 전화를 걸었다.

고타로도 다시 작업에 집중했다. 오전 열한시까지 근무한 팀원이 새 검색어를 두 개 추가했다. 하나는 '팔러', 또하나는 '몰트'다. 물론 위스키 얘기는 아니다.

누가 어깨를 두드려서 고개를 들자 어느새 마키가 옆에 와 서 있었다.

"미안, 잠깐 고대시 좀 빌릴게."

마키는 옆자리의 마에다에게 말하고 고타로에게 사무실을 나가자고 눈짓했다. 고타로는 허둥지둥 컴퓨터를 끄고 서둘러 마키를 쫓아 복도로 나갔다. 마키는 3층으로 내려가는 계단으로 향했다.

"대형 게시판을 핥을 거니까 BB섬 좀 도와줘."

'핥다'란 검색어를 여러 개 입력해 연관된 정보를 찾는 '크롤링'이 아니라, 말 그대로 모니터에 나오는 정보를 구석구석 핥듯이 읽는 방법을 가리킨다. BB섬의 BB는 'Black Box'의 약자로, 이미 발생한 흉악범죄의 정보 및 앞으로 그런 유의 사건을 일으키겠다는 범행 예고, 살인·유괴·강도 등의 공범자를 모집하는 게시글이 올라오는 사이트를 전문으로 감시하는 부서다. 이른바 '리벤지 청부 사이트' 등도 여기서 담당한다.

"마에다랑 이야기하던데. 미시마 시 의류보관함에서 시체가 발견됐다는 이야기 들었어?"

두 사람은 계단을 나란히 내려갔다. "들었어요. 오른발 가운뎃발가락이 잘려나갔다면서요."

"이번에도 일부러 자른 건지는 아직 확실하지 않지만……"

신중한 말투였지만 마키는 조금 초조해 보였다.

"마키 씨는 도마코마이에서 처음 사건이 발생했을 때부터 연쇄살인이라고 생각했죠?"

"응. 내 생각이 틀리길 바랐는데 말이야. 우선 오늘내일은 이 사건과 관련된 글이 늘어날 테니 BB를 증원해서 훑어보려고."

"알겠어요."

보안을 해제하고 3층 사무실로 들어가자 BB섬에서 사람들이 웅성거리고 있었다. 고타로 외에 다른 섬 팀원도 지원 요청을 받고 온 듯 자리를 맡고 기기와 모니터를 배치하고 있었다. 벽 앞 화이트보드에는 문제의 사건 정보가 항목별로 적혀 있었다.

"이노, 약물섬 고타로를 데려왔어."

마키는 엄지손가락을 세워 고타로를 가리켰다. 그가 이노라고 부른 이노세 신야는 BB섬 팀장으로, 재작년에 정보공학 박사 학위를 받고 쿠마에 입사한 능력자다. 하지만 외모는 까다로워 보이지 않고, 몸집이 작고 둥그런 얼굴에 눈이 가느스름하고 늘 싱글벙글 웃는다. 가나메 말로는 집 근처 두부가게 아저씨를 닮았다고 한다.

"도우미로 활용해."

"알겠습니다." 이노세가 가볍게 손을 흔들더니 그대로 창가에 줄지은 책상을 가리켰다. "저기 앉아."

그 줄에는 먼저 온 손님이 있었다. 모리나가 겐지다. 역시 아르바이트생으로, 토목과 3학년 대학생이다. 고타로와 같은 시기에 쿠마에 들어왔다. 처음 며칠 함께 연수를 받아서 구면이다.

"왔어?" 모리나가가 입을 열었다. 고타로가 옆에 앉자 "우리, 여기서 짝이래"라고 말했다.

"잘 부탁합니다."

인사를 나누면서 고타로는 속으로 '잘됐다'고 생각했다. 모리나가는 학교섬 소속으로 학교 비밀 사이트를 감시하는 역할을 맡고 있기 때문이다. 기회를 봐서 하나코 아주머니가 부탁한 일을 마키에게 이야기해볼 생각이었는데, 임시로나마 짝이 되었으니 모리나가에게 직접 상의할 수 있다.

모리나가는 안경으로 멋을 부리는 편이라 컴퓨터용 안경만 몇 종류를 가지고 있다. 오늘은 에메랄드그린색 테를 꼈다.

"가나메는 잘 지내?"

이런 상황에 그런 질문을 하는 것은 그가 가나메에게 마음이 있기 때문이다. 가나메가 들어왔을 때부터 예쁘다며 수선을 피웠다. 모리나가는 '보쿠'*라는 일인칭을 써도 얄밉지 않은 도련님 타입이라(실제로도 그런 모양이다) 요조숙녀 느낌의 가나메와 잘 어울린다. 하지만 정작 가나메는 그에게 관심이 전혀 없는 듯

* 남성의 일인칭 중 하나. 어린이와 청소년층이 많이 사용하며, 나이가 들면 동년배에게는 '오레'라는 일인칭을 주로 사용한다.

해서 안쓰럽다.

"오늘 제가 지각해서 밥 사기로 했어요."

"오, 내가 대신 사도 되는데."

자자, 주목, 하고 이노세가 손뼉을 쳤다. "우리 섬 2분단과 도우미 두 사람이 이 사건을 전임할 거야. 검색어를 확인해봐."

작업용 모니터 화면에 단어 여러 개가 떠 있었다. 도마코마이, 아키타, 미시마 같은 지명과 도마코마이 사건 피해자의 이름, 프로파일링, 시신 손괴, 토막살인, 사이코 킬러—확인하는 동안에도 점점 늘어났다. 영화나 소설 제목도 섞여 있는 것 같았다.

"1분단과 3분단은 평소처럼 업무를 보다가 관련 정보가 나오면 바로 넘겨줘. 내일 3교대가 끝날 때까지 이 인원으로 싹싹 핥을 거니까 다들 힘내자."

쿠마는 3교대제다. 1교대는 오전 여덟시부터 오후 세시, 2교대는 오후 세시부터 열한시, 3교대는 오후 열한시부터 다음날 아침 여덟시다. 아르바이트생은 그 사이사이 적절히 투입되지만, 상황이 이렇게 되면 이야기가 달라진다.

"고, 오늘 근무 몇시까지야?" 모리나가가 물었다.

"열한시부터 두시까지인데, 괜찮아요. 수업은 째면 되죠."

오후 세시부터 수업이 두 개 있지만 나중에 친구에게 노트를 빌리면 된다.

"아직도 수업 남았어? 난 벌써 종강하고 겨울방학이라 온종일 있을 예정이었는데."

3학년이면 보통 취업을 준비할 시기지만, 모리나가는 대학원에 진학할 예정이라 여유가 있다.

"20일부터 방학이에요. 뭐, 이제는 종강한 거나 마찬가지인 수업만 남았고요."

"그래도 수업은 너무 빼먹지 않는 게 좋아. 내가 이런 소리를 해본들 설득력이 없나."

"없네요. 저도 공부할 때는 공부한다고요."

화이트보드 앞에서 대화하던 마키와 이노세가 사람들 쪽으로 돌아섰다. 마키가 입을 열었다.

"이 사건, 오래 끌 거 같으니 사내 호칭을 정해놓자. '발가락 페티시 킬러'."

열 명 넘는 사람 사이에 작은 웃음소리가 퍼졌다. 마키도 쓴웃음을 지었다.

"센스 없는 호칭이지만 그게 좋겠어. 우리가 범죄를 미화해서는 안 되니까."

"말할 필요 없겠지만, 인터넷에서 다른 명칭이 붙었다면 검색어에 추가해." 이노세가 덧붙였다. "사건의 명칭에 집착하는 네티즌이 있다면 그쪽도 신경써서 확인하고."

다들 수고하라는 인사를 남기고 마키가 사무실을 나섰다. 이노세도 자기 자리에 앉았다. 의자를 당기고 본격적으로 작업에 착수하려는 모리나가에게 고타로가 작게 말했다.

"미안해요, 모리나가 씨. 전혀 다른 건인데 지금 말해두지 않으면 잊어버릴 것 같아서요. 이따 휴식시간에 저랑 얘기 좀 해요."

"무슨 일인데?"

"동생한테 학교 비밀 사이트 관련으로 문제가 생겨서요."

산뜻한 에메랄드그린색 안경테를 손가락으로 누르며 모리나가가 고개를 갸웃했다.

"고, 중학교 다니는 여동생이 있다고 했지?"

가즈미 이야기를 한 적이 있는지 없는지 고타로 본인도 긴가민가했는데 모리나가는 기억하고 있었다. 쿠마에서 일하는 사람들은 대체로 기억력이 좋다.

"다행히 제 동생은 아니에요. 이웃집 애인데, 요즘 왕따를 당하는 모양이더라고요."

"알았어. 나중에 자세히 이야기하자."

두 사람은 업무를 시작했다.

인터넷 대형 게시판을 처음 훑어본 고타로는, 방대한 정보가 시시각각 모여드는 그곳에 범죄 관련 글이 막연히 상상했던 것보다 두 배 이상 많을뿐더러 활발한 대화가 이루어지고 있다는 사실에 놀랐다.

마키가 사건이 처음 발생했을 때부터 연쇄살인의 낌새를 알아챘다는 얘기에 감탄한 것은 어찌 보면 실수였다. 대형 게시판에 글을 올리는 사람들 중에는 그처럼 후각이 뛰어난 이가 한둘이 아니었다. 게다가 그들은 마키보다 더 열심히 '발가락 페티시 킬러'의 동향에 주목하며 독자적인 가설을 세우고 추측해나갔다.

아키타 사건이 보도되기 전까지 그들은 '두번째 사건은 어디서 발생할 것인가'를 두고 추리 대결을 벌였고, 다음으로 희생될 '잠재적 피해자'를 프로파일링하기까지 했다. 범인이 아니라 피해자를 프로파일링한다는 얘기는 처음 들었는데 미국 드라마에는 곧잘 등장하는 모양이다.

도마코마이에서 발견된 피해자의 신원은 일찌감치 밝혀졌지만, 당시에는 피해자가 고작 한 명이었다. 당연히 프로파일링의 재료도 한정된다. 개중에는 '나카노메'라는 피해자의 성씨에 집착해 범인이 희성을 지닌 사람을 죽일 거라는 가설을 의기양양하게 주장하는 사람도 있었다.

그런 과거 글들의 요지를 간추린 '정리 사이트'도 생겨나, 지금까지 등장한 가설과 앞으로 검토할 사항이 일목요연하게 정리되어 있었다. 거기서는 이 연쇄살인(추정)의 범인을 '발가락 빌'

이라고 불렸다. 유래는 분명치 않았다. 유명한 스릴러 소설에 나오는 사이코 킬러의 이름에서 차용했다는 설명이 달려 있을 뿐이었다. 여기 모여드는 사람들은 그 정도 설명만으로도 알아듣는 것이리라.

이 사례만 봐도 알 수 있듯이 그들 대부분은 이 사건을 소설이나 드라마처럼 받아들이며 열중했다. 두번째 사건 발생 전, 다음 사건이 또 홋카이도에서 일어날지 혼슈나 그외 지역으로 번질지를 놓고 논쟁을 벌인 이들은 아키타 사건이 보도되자 서로 맞혔다느니 틀렸다느니 신나게 떠들어댔다. 화면을 스크롤하며 글씨와 이모티콘의 물결을 보고 있자니 고타로는 경마장에서 경주가 끝난 뒤 마권을 내던지며 난리법석을 떠는 군중의 모습이 떠올랐다.

'훑기' 작업을 하다보면 당연히 발가락 페티시 킬러와 전혀 상관없는 내용도 잔뜩 눈에 들어온다. 인터넷 대형 게시판은 원래 그런 곳이다. 처음에는 그런 글들까지 집중하며 읽는 것이 귀찮았지만, 발가락 페티시 킬러에 열광하는 인터넷 '프로파일러'와 '범죄 심리학자'들을 한참 지켜보다보니 아무 관계 없는 글이 나오면 도리어 마음이 편해졌다. 정치인 험담, 연예계 스캔들, 서평, 영화평 등등.

두 시간 후 십 분간 쉬면서 고타로는 어머니에게 메일을 보냈다. 저녁은 안 차려도 돼, 아마 밤샘할 것 같은데 오늘이랑 내일 학교 수업은 문제없음. 그리고 조금 망설이다 가즈미에게도 메일을 보냈다.

'갑자기 미안한데, 최근에 미카가 무슨 고민 얘기를 하지 않았어? 아주머니한테 들었어.'

고타로를 비롯한 이들이 작업에 몰두하는 동안에도 미시마 시에서 발생한 세번째 사건의 속보가 나왔지만 새로운 정보는 없었다. 아직 피해자의 신원은 밝혀지지 않았고, 오른발 가운뎃발가락이 없다는 정보 역시 자세한 내용은 불분명한 상태다.

그러나 인터넷상은 물론이고 텔레비전 뉴스에서도 세 사건을 관련짓기 시작했다. 도마코마이와 아키타가 연결될 때는 아무 반응이 없던 미디어가 미시마 사건으로 삼각형이 완성되자 술렁댔다.

고타로도 이 아르바이트를 시작하고 나서야 알게 되었는데, 사실 인터넷을 많이 사용하는(특히 자주 글을 올리는) 사람들은 텔레비전도 자주 본다. 텔레비전 보도 내용은 순식간에 인터넷에서 화제가 된다. 발가락 페티시 킬러 사건 역시 텔레비전을 켜지 않고 인터넷의 글만 좇아 읽어도 지금 어느 채널의 어느 아나운서가 이 사건에 대해 어떤 내용을 보도했고, 패널이 어떤 코멘트를 했으며, 어느 리포터가 어디 있는지 거의 실시간으로 알 수 있다.

미디어 관련 지식인과 평론가들은 "텔레비전 방송은 조만간 인터넷에 밀려 망할 것이다"라고 하는데, 그건 큰 착각이다. 인터넷 사회의 시민들은 정보 대부분을 텔레비전에서 얻는다. 물론 인터넷상에서 화제나 논쟁이 된 소재를 텔레비전이 뒤늦게 방송할 때도 있지만, 그런 현상을 일으킬 만큼 글솜씨와 정보 판별 능력이 뛰어난 인터넷 사용자는 한 줌에 불과하다. 대부분은 텔레비전이나 동영상 사이트에서 1차 정보를 얻고, 그 정보에 관한 글을 쓸 뿐이다. 혹은 발언력이 강한 네티즌의 글을 통째로 퍼오거나, 그 글에 자기 의견을 약간 덧붙여 퍼뜨리는 정도다. 그 대상이 아이돌 연예인이 주연을 맡은 신작 드라마든, 인기 그룹의 신곡이든, 정치인의 동향이든 흐름은 마찬가지다.

오후 일곱시, 모리나가와 고타로는 저녁도 먹을 겸 휴식하기로 했다.

"아르바이트생들은 같이 먹고 와. 시간은 오십 분이야."

다른 직장이라면 식사시간을 무슨 분 단위로 주나 싶겠지만, 정보가 분 단위로 바뀌는 이곳에서는 딱히 별난 일도 아니다.

"사장님이 고생 많다고 도시락 사주셨어. 휴게실에 있어."

한 사람당 하나라며 이노세가 웃었다. 쿠마 사원 중에는 가나메 정도는 아니어도 제법 대식가인 사람이 몇 명 있다.

"후딱 먹고 커피 마시러 가자."

모리나가는 아까 고타로가 한 이야기를 기억하고 있었는지 밖으로 나가자고 제안했다.

두 사람은 휴게실에서 도시락을 먹어치우고 사물함에서 코트를 꺼냈다. 모리나가는 노트북 가방도 끄집어냈다. 밖으로 나오자 추운 날씨에 하얀 입김이 나왔다.

고타로는 셀프서비스 카페로 걸어가면서 사정을 설명했다. 가게에 들어와 고타로가 블렌드 커피 두 잔을 사는 동안 모리나가는 테이블에 자리를 잡고 노트북을 켰다.

"고마워. 200엔 맞나?"

"됐어요. 상담료."

"하하, 비싼 것 같기도 하고, 싼 것 같기도 하고."

그의 노트북에는 사무실에서 사용하는 크롤링 프로그램이 깔려 있다. 사무실 밖에서 프로그램을 사용하려면 지사장의 허가가 필요하다. 프로그램을 설치할 컴퓨터를 제출해 파일 공유 프로그램이 깔려 있지 않은지 확인을 받는다. 그후에도 일주일에 한 번 의무적으로 비밀번호를 변경하고 팀장에게 보고한다. 매우 엄격한 절차임에도 많은 사원이 개인 컴퓨터에 크롤링 프로그램을 깔고 근무시간 외에도 감시 작업을 한다. 의무감과 책임감 때문이라기보다는 습관이 돼서라고 예전에 마에다가 말한 적이 있다. 고타로는 아직 그 정도로 푹 빠지지는 않았지만 모리나가는 일찌감치 그 습관에 감염된 부류다.

"학교 비밀 사이트를 감시하는 것도 기본은 약물 쪽과 똑같으니 고도 금방 할 수 있을 거야."

모리나가는 일회용 물티슈로 손가락을 닦고 노트북으로 고개를 돌렸다.

"그애랑 가까운 사이라면 일단 내가 보는 편이 낫겠다. 우리가 담당하는 구역에는 살벌한 표현이 난무하거든. 인터넷에 익숙해도 마음의 준비 없이 보면 충격받아."

모리나가는 화면에 창 두 개를 나란히 띄웠다. 오른쪽이 작업용, 왼쪽이 감시용이다.

"도내 공립중학교랬지? 이름은?"

"아오바중학교. '아오바'는 히라가나예요."

"아오바로 시작하는 학교가 많은데."

"아, 이쿠노 시립 아오바중학교요. 학교는 니반초, 저희 집이랑 미카네 집은 오토초라는 동네에 있어요."

모리나가는 고타로가 말한 대로 검색창에 적어넣었다.

"오토초면 앵두나무라는 뜻인가. 동네 이름 예쁘네."

"그냥 흔한 신흥주택지예요."

"흐음. 미카는 1학년이고. 별명은 있어?"

"글쎄요…… 제 여동생은 그냥 미카라고 부르는데요."

"직접 메일 받은 적 있어?"

"휴대전화 메일은 받은 적 있어요."

"거기서 미카가 본인을 뭐라고 지칭했는지 기억나?"

바로 생각나지 않았다. 휴대전화를 가지고 나올 걸 그랬나.

"본인도 미카라고 했을 거예요."

모리나가가 실행키를 누르자 잠시 후 왼쪽 창에 짤막한 문장이 나왔다.

'검색 결과가 너무 많아서 표시할 수 없습니다.'

"오호, 중학교치고는 보기 드문 일이네."

그렇게 많다니 좀 불길한데.

"일단 설명해두자면, 학교 비밀 사이트라는 카테고리가 인터넷 사회에 존재하는 건 아니야. 학교 사이트는 그 학교가 운영하는 공식 사이트, 즉 정규 사이트지. 비밀 사이트가 '앞쪽'에 나선 공식 사이트와 대비를 이루어 '뒤쪽'에 존재하는 게 아니라, 학생들이 학교 내부의 화제를 저 좋을 대로 써서 올리는 사이트나 블로그에 문제로 발전할 만한, 혹은 현재 진행중인 문제를 반영한 내용이 있을 경우, 편의상 '비밀 사이트'라고 부르는 거야."

같은 시기에 채용된 아르바이트생이지만 말투만 들으면 모리나가는 숙련된 사원 같다.

"그래서 최근에는 '비밀 사이트'라는 명칭 자체를 바꾸어야 한다는 움직임도 있어. 공식과 비밀이라는 표현을 쓰면 비밀 사이트가 정규 사이트와 양립하는 인상을 주잖아?"

고타로도 방금 전까지 왠지 모르게 그런 인상을 품고 있었다.

"적절한 호칭은 뭘까요?"

"엄밀하게 가면 '학교 비공식 사이트'겠지." 그렇게 말하고 모리나가는 살짝 웃었다. "그보다 '학교 뒷담화 사이트'가 좋겠다고 제안한 건 우리 사장님."

야마시나 씨답다고 고타로는 생각했다.

"아무튼, 아오바중학교에서는 이 뒷담화 사이트가 아주 활발한 것 같아."

고타로는 고개를 끄덕였다.

"고등학교라면 모를까, 휴대전화와 개인 컴퓨터를 가진 학생이 많지 않은 중학교에서 방금 넣은 검색어로 다 띄우기 불가능할 만큼 많은 정보가 검색됐다는 건, 이름이 미카인 1학년 여자애가 열 명쯤 되고, 걔들 전부 인터넷에서 친구들이랑 열심히 수다떨기라도 하는 게 아닌 이상."

"성지 순례를 하고 있다?"

인터넷에서 성지 순례란 어떤 화제가 네티즌들의 관심을 끌었을 때, 처음 글에 모여들어 댓글을 남기는 것을 가리킨다.

모리나가는 커피를 한 모금 마셨다. "아니, 난 그 용어는 안 써. 그냥 열을 올리는 거야. 그리고 그 이유는 두 가지로 볼 수 있지. 하나는 현재 진행중인 대화에 다수의 학생이 참가한 경우. 또하나는 제한된 몇 명의 학생이 끊임없이 이야기를 나누는 경우."

그건 '성지 순례'와는 다른가.

"지금 시간대가 중학생이 인터넷에 접속하기 딱 알맞은 시간이야. 그러니까 양쪽 다 가능성이 있다고 할 수 있지."

고타로는 고개를 끄덕였다. 그럼, 하며 모리나가가 손을 마주 비볐다.

"좀더 좁혀보자. 미카는 동아리 활동을 해?"

"연식 테니스부예요."

대답하고 나서 고타로는 잠시 망설였다. 그 표정을 보고 모리나가가 한쪽 눈썹을 치켰다.

"미카가 괴롭힘을 당하는 이유는 모르지만, 험담할 때 뭐라고 할지 하나는 짐작이 가요."

"그게 뭔데?"

"토박이."

모리나가는 대놓고 어리둥절한 표정을 지었다.

"이상하죠. 하지만 정말이에요." 고타로는 쓴웃음을 지었다. "모리나가 씨, 아까 동네 이름이 예쁘다고 했죠? 확실히 예쁘긴

해도, 너무 인공적이잖아요. 참고로 덧붙이면 옆 동네는 '고모레비*초'고요."

모리나가는 웃지 않았다.

"즉 개발업자가 예전에 잡목림과 농지였던 곳을 대규모로 개발해서 만든 동네죠. 예전이라고 해도 기껏해야 이십 년쯤 전이지만."

"흠."

"저희 집 얘기를 해보면, 아버지는 히메지 출신이고 어머니는 이쪽 사람이에요. 외갓집은 농사를 지었어요. 비닐하우스에 토마토 같은 걸 길렀는데, 외동딸인 어머니가 뒤를 잇지 않았고 외할아버지가 비교적 일찍 돌아가시는 바람에 결국 그만뒀죠. 저는 당시 일을 잘 모르지만 이야기는 많이 들었어요. 저희 동네뿐 아니라 이쿠노 시에는 그런 예가 무척 많아요."

"도시 근처 농가가 사라지고, 농지가 차례로 택지화되는?"

"맞아요. 그래서."

이 이야기를 동네 밖에서 하기는 처음이었다.

"오토초나 고모레비초 같은 이쿠노 시 신흥주택지에 사는 사람은 크게 둘로 나뉘어요. 원래부터 이쿠노에 살았고 주로 예전

---

* 나뭇잎 사이로 비치는 햇살이라는 뜻.

에 농사를 지었던 사람들과, 택지화가 진행된 뒤 이쿠노로 이사 온 사람들로요."

모리나가가 천천히 고개를 끄덕였다.

"원래 이 지역 주민이었던 사람들은 새로 만들어진 주택지에 들어올 때 혜택을 받았어요. 주택 융자금 금리를 낮춰주거나, 시에서 보조금을 주는 식으로요. 아니면 주택지와 등가교환으로 땅을 처분한 사람도 있고요."

"그렇구나."

"외부에서 오토초나 고모레비초로 유입된 사람들에게는 그런 혜택이 없었죠. 그리고 제 입으로 말하려니 창피하지만, 저희 집 주위는 비교적 고급주택지 이미지가 있어요."

"내 느낌도 그런데. 고는 부잣집 애구나, 라고 아까 잠깐 생각했어."

모리나가의 그 말투에는 야유하거나 비꼬는 느낌이 없었다. 눈빛도 진지했다.

"사 년 전 시부야까지 한 번에 갈 수 있는 지하철이 개통되고 나서 땅값이 더 오르는 바람에 왠지 부자가 많이 사는 동네라는 이미지가 생겼죠. 실제로도 도심에 있는 대기업 사원이나 기업가 등 유복한 사람이 많기는 해요."

"응, 알 것 같다."

모리나가는 눈을 깜박였다.

“그런 유복한 집의 자녀들—혹은 부모들은 자존심이 상당히 세고, 같은 동네에 살기는 하지만 원래부터 이쿠노에 살던 사람들과 자기들은 수준이 다르다고 여기는 거구나.”

“실제로도 경제력에 차이가 있어요.”

“그래서 원래 이 지역에 살던 사람을 ‘토박이’라고 부르는 거고. 물론 차별의 의도로.”

“맞아요. 미카네도 원래는 농사를 지었죠. 지금도 이쿠노에서 작게 주말농장을 하고 있어요.”

보통 일이 아니네, 하며 모리나가는 눈을 깜박였다. 그대로 아무 말 없이 검색창에 ‘토박이’를 추가하고 실행키를 눌렀다.

이번에는 왼쪽 창 가득 글자가 떴다.

“잠깐 기다려. 일단 내가 볼게.”

고타로가 화면을 들여다보려고 하자 모리나가는 노트북 방향을 돌려서 막았다. 고타로는 미지근해진 커피를 마시며 잠시 가게 안에 흐르는 음악에 귀기울였다.

모리나가가 노트북에 시선을 고정한 채 화면을 스크롤하며 말했다. “미카한테 최근 남자친구가 생겼다는 얘기 들은 적 있어?”

금시초문이다.

“고백받았다는 이야기는?”

"못 들었는데요. 가즈미라면 알지도 모르지만."

"미카가 자기를 미카잉이라고 부른 적은 있어?"

고타로는 당황스러웠다. "미카는 얌전한 애라서, 그렇게 튀는 짓은 안 해요."

툭하면 대찬 성격인 가즈미의 등뒤에 숨는 부끄럼쟁이다.

"양이 꽤 많네."

여전히 노트북 화면을 가리며 모리나가가 말했다.

"방금 훑어본 바로는 그렇게 많은 사람이 관여한 건 아닌 것 같아. 전부 연식 테니스부원 같은데."

1학년만이 아니라고 한다.

"수험 이야기가 나오는 걸 보니 3학년도 있어. 네 동생 가즈미는 2학년이랬나?"

"네."

"가즈미 이름도 가끔 나와." 모리나가는 서둘러 손을 내저었다. "악담은 없어. 다만 미시마 가즈미한테 들키면 성가시다고 적혀 있네."

고타로는 저도 모르게 입술을 깨물었다.

"글을 거슬러올라가봐야 확실해지겠지만, 아무래도 3학년 남학생 하나가 원인인 것 같아. 연식 테니스부 선배야."

3학년이라면 이미 동아리 활동에서 손뗐을 것이다.

"그 자식이 앞장서서 미카를 괴롭히는 거예요?"

"그게 아니라, 걔가 미카에게 호감을 품어서 다른 여자 부원들이 질투하는 거야. 그 일이 거듭 화제에 오르고 있어."

고타로가 더이상 참지 못하고 몸을 내밀었다. "뭐라고 적혀 있는데요?"

모리나가는 마우스 휠을 돌려서 화면을 올리더니, "상당히 세다"라고 말하고는 노트북을 고타로 쪽으로 돌렸다.

손때 묻은 표현에는 진실이 담겨 있다. 그러므로 손때가 묻도록 쓰이는 것이다. 고타로는 자기 눈을 의심했다.

'그 걸레년이 아직도 학교에 나오다니 믿기지가 않네.'

'토박이는 낯가죽이 두껍잖아.'

'미카잉은 신경이 없으니까 죽여도 안 죽을지도.'

'빨리 좀 안 죽나. 진짜 빡친다.'

노트북 화면에서 고개를 들자 모리나가와 눈이 마주쳤다.

"너무하네요."

고타로는 식은땀이 났다. "걸레라니, 애들은 그게 무슨 뜻인지 알고 쓰는 건가."

식어버린 커피에 얇게 우유 막이 꼈다. 커피 향도 다 날아갔다.

"물 좀 가져올게."

모리나가가 자리에서 일어나 물컵을 들고 금세 돌아왔다. 두 사람은 말없이 물을 마셨다.

노트북 화면의 밝기가 낮아졌다. '걸레년' '빨리 좀 안 죽나'라는 말이 조금 어두워졌다.

"학교에서 미카 어머니를 불렀다고 했지?"

모리나가가 목소리를 낮춰 물었다. 고타로는 컵을 쥔 채 고개를 끄덕였다.

"그렇다면 학교측에서도 이 비밀 사이트에 대해 알고 있을 거야. 어머니를 불러 무슨 이야기를 했으려나."

그때 고타로는 깨달았다. 반대일 가능성도 있다. "미카 어머니가 불려갔다는 건 어디까지나 미카 할머니 말씀이에요. 어쩌면 어머니가 직접 학교에 가신 걸지도 몰라요."

"미카가 이 일을 어머니한테 상의했다면 그렇겠지."

"본인은 이런 사이트가 있다는 걸 알겠죠?"

"가령 사이트의 존재를 모르더라도, 이런 글을 쓰는 애들이 교실이나 동아리에서 미카와 원만하게 지낼 리 없어. 분명 무슨 일이 있었을 거야. 미카는 자신이 공격받고 있다는 걸 알아."

다만 그 사실을 다카코 아주머니나 가즈미에게 털어놓았는지는 알 수 없다.

모리나가는 컵을 내려놓고 노트북을 껐다. 가게 시계를 보니 오후 일곱시 사십오분이었다.

"일단 고는 나서지 않는 편이 좋겠어. 어차피 방법도 없고."

모리나가는 노트북 뚜껑을 닫아 가방에 넣고 한숨을 쉬었다. "학교가 대처하고 있으니 그나마 다행이야. 미카 할머니께는 너무 걱정하지 말라고 말씀드려. 그리고 부모님께도."

"이혼하고 어머니 혼자 계세요."

모리나가는 가슴 아프다는 표정을 지었다. "그렇구나. 어머니는 어떤 분이셔? 이런 일이 생기면 당황해서 쩔쩔매는 성격인가?"

소노이 다카코는 그런 사람이 아니다. "어지간한 남자보다 나은 분이에요. 일도 엄청 잘하시고. 그래서 바쁘신 모양이에요."

"그럼 네가 무슨 아르바이트를 하는지 어머니께만 슬쩍 설명하고, 우리 회사와 상담하라고 말씀드려. 공식적인 창구는 없지만 학교 비밀 사이트 관련으로는 개인 상담도 받으니까."

"일이 더 꼬이지 않을까요?"

"학교는 이럴 때 제 몸 챙기기에 급급해. 반드시 미카의 편을 들어준다는 보장이 없어. 변호사처럼 미카와 어머니께 조언해줄 수 있는 존재가 있는 편이 좋지."

가방을 어깨에 메고 일어서면서 모리나가는 명심하라는 듯이 말했다. "절대 고 혼자서 상의해주면 안 돼. 나나 고나 아직 그럴 수준은 아니야. 알았지?"

"알았어요."

몸이 무거웠다. 고타로는 발을 질질 끌다시피 사무실로 돌아갔다.

자리에 앉자 시즈오카 현 미시마 시 의류보관함에서 발견된 시체에 대한 속보가 나와 있었다. 당초 피해자의 성별조차 보도되지 않았던 이유를 알았다. 오른발 가운뎃발가락이 없는 시신은 유방 확대술을 받은 흔적이 있는 트랜스젠더였다.

4

"잠깐 산책 안 갈래요?"

베란다로 통하는 커다란 유리문을 닫으며 도시코가 말을 걸었다. 남향이라 햇살이 가득한 베란다에서 방금 도시코가 넌 빨래가 하늘거렸다.

"오늘은 추워."

쓰즈키 시게노리는 텔레비전 앞에 앉아 방바닥에 신문지를 깔고 발톱을 깎는 중이었다. 도시코가 유리문을 여닫을 때 불어든 바람에 신문지가 젖혀져서 깎은 발톱이 조금 흩어졌다.

"12월이니 추운 게 당연하죠. 하지만 오늘은 날씨가 괜찮은

걸요."

도시코는 유리문으로 푸른 하늘을 올려다보다 눈부신지 실눈을 떴다. 쓰즈키 부부는 신주쿠 구 와카바초의 한 모퉁이, 지은 지 삼십 년 된 5층 맨션의 동남쪽 끄트머리 집에 살고 있다. 베란다가 초등학교와 공원에 면한 덕분에 볕과 바람이 잘 든다는 것이 장점이다.

"선생님도 무리만 안 간다면 산책 다니라고 하셨잖아요. 다리 혈액순환에 좋다고."

"오늘은 무리가 가."

쓰즈키는 노안경을 손가락으로 밀어올렸다.

"컨디션이 안 좋아요?"

"양치질하려고 서 있기만 해도 다리가 아팠어."

도시코는 한숨을 쉬었다. "그럼 그렇게 웅크리고 발톱 깎으면 안 되죠. 내가 깎아줄 텐데."

말도 안 되는 소리라고 쓰즈키는 생각했다. 아내가 발톱을 깎아주다니 거동도 못하는 노인네 같지 않은가. 나는 아직 예순세 살이다.

"그럼 장 보러 다녀올게요…… 발톱, 정말 괜찮겠어요?"

"내가 알아서 깎을게."

"점심은 뭘 먹고 싶어요?"

"아무거나."

"저녁 반찬은?"

"아무거나."

그런 게 제일 난감하다고 투덜거리며 도시코는 현관에서 코트를 팔에 꿰었다. 문이 여닫히는 소리가 울려퍼졌다.

텔레비전에서는 오전 여덟시에 시작된 아침 뉴스쇼가 연예계 정보를 내보내고 있었다. 곧 열시가 되면 다음 프로그램으로 바뀐다. 바뀌어봤자 제목과 사회자만 다를 뿐 내용은 엇비슷하니 또 그 뉴스가 나올 거라고 기대하며 쓰즈키는 텔레비전을 계속 틀어놓았다.

어제 오후 시즈오카 현 미시마 시에서 시체가 발견됐다는 뉴스가 보도됐다. 지난밤까지 보도된 내용은 시신이 여자 옷을 입었지만 생물학적 성별은 남성이다, 유방 확대술을 받았다, 오른발 가운뎃발가락이 없다, 라는 것이 다였다. 오늘 아침 조간신문에도 그외의 정보는 실려 있지 않았지만 텔레비전은 좀더 발이 빠르다. 뉴스쇼는 첫머리에서 시신의 신원을 밝혔고, 벨트 같은 것에 목이 졸려 사망했으며, 오른발 가운뎃발가락은 피해자 사망 후 가위로 잘라낸 듯하다는 사실을 보도했다.

그렇다, 미시마 시 산림에 방치된 의류보관함에서 발견된 시신은 오늘 아침 명백한 '피해자'가 됐다. 그것도 '세번째 피해자'가.

현재 쓰즈키는 매일이 일요일이나 다름없어서 조간과 석간 신문을 구석구석 핥듯이 읽는다. 덕분에 6월 1일 홋카이도 도마코마이에서 일어난 사건도 알고 있었다. 그후 9월 22일 아키타에서 발생한 두번째 사건도. 쓰즈키는 그때부터 기사 스크랩을 시작했다. 이 두 사건은 연결되어 있으며, 또다른 사건이 발생하리라는 감이 왔기 때문이다.

그 감은 들어맞았다. 그러나 쓰즈키는 조금도 기쁘지 않았다. 도마코마이와 아키타 사건 때는 토막 기사 취급하던 각종 신문과, 아이돌 연예인의 열애설 및 정치인 추문에만 열을 올리던 텔레비전 뉴스쇼가 이제 와서 연쇄살인이니 사이코 킬러니 떠들어대는 것을 보자니 괜히 머쓱한 기분이었다.

미시마 시에서 발견된 세번째 피해자의 이름은 도오 마사미, 나이는 서른다섯이다. 하마마쓰역 근처에서 스낵바 '호노카'를 운영했으며, 친하게 지내는 단골손님들은 그를 '마사미 마담'이라고 불렀다 한다. 물론 주위 사람들은 그가 유방 확대술을 받고 정기적으로 여성호르몬을 투여한다는 사실을 알고 있었다. 마사미 마담은 자신처럼 성동일성장애로 고민하는 젊은이들에게 상담해주는 자원봉사단체에서 활동하기도 했다.

리포터의 취재에 응한 손님들은 하나같이 놀라움과 슬픔을 감추지 못했다. 한 젊은 여자는 인터뷰 도중 울음을 터뜨리기도 했다. '좋은 사람이었다' '늘 밝고 기운이 넘쳤다' '술이 세고 요리도 잘했다' '마사미 마담은 남의 원한을 살 만한 사람이 아니다' 등등.

영상에는 얼굴이 나오지 않았지만, 그들이 표출하는 감정에 거짓이 없음을 쓰즈키는 알 수 있었다. 이 또한 오랜 세월을 살면서 얻은 감이다. 주위 사람들은 도오 마사미를 사랑했고, 또한 필요로 했다. 주위에 그를 따르고 의지하는 사람들이 모여 있었다. 연인은 딱히 없었던 모양인데, 곧잘 멋진 사랑을 하고 싶다고 말했다고 한다.

도오 마사미는 그제 12월 14일 오전 한시경 마지막으로 목격됐다. 가게를 닫으면서 마지막까지 남아 있던 단골손님 회사원 두 명을 배웅했다고 한다. 여자 아르바이트생이 한 명 있지만 대학생이라 매일 밤 열시에는 퇴근한다. 그래서 평소 도오 마사미는 혼자 가게문을 닫고 직접 운전해서 가게에서 십 분 거리인 집으로 돌아간다. 오래된 단독주택을 빌려 혼자 살았으며, 고양이를 두 마리 길렀다.

그후 15일 오전 열시경 미시마 시 산림에서 시신으로 발견될 때까지, 도오 마사미가 어디서 뭘 하다가 변을 당했는지는 아직 밝혀지지 않았다. 시즈오카 현경은 수사본부를 세우고 도오 마사미의 집과 가게를 조사중이다. 둘 중 한 곳이 살해현장이리라.

아니라면 그의 차량 안이거나.

도오 마사미가 애지중지했다는 노란색 폭스바겐은 아직 발견되지 않았다. 그는 그 차를 '내 옐로 서브마린'이라 불렀다고 한다. '내 행운의 부적'이라고도 했다.

도오 마사미는 미시마 시 출신이었다. 자영업을 하는 아버지와 어머니는 아직 그곳에 산다. 고향에서 고등학교를 졸업하자마자 도쿄로 올라왔지만, 서른 살을 앞두고 시즈오카 현으로 돌아와 하마마쓰에서 '호노카'를 열었다. 미시마와 하마마쓰는 별로 멀지 않은데 기껏 시즈오카로 돌아와놓고도 나고 자란 미시마에서 어느 정도 거리를 두고 장사를 시작한 것은 부모님과 미처 해결하지 못한 갈등 혹은 알력이 남아 있었기 때문으로 보인다. 그의 부모님은 취재에 응하지 않았다. 리포터가 끈질기게 인터폰을 누르자 아버지가 갈라진 목소리로 "마사요시와는 이미 의절했습니다"라고 짧게 대답했을 뿐이다.

도오 마사미를 살해하고 시신을 의류보관함에 유기한 범인은 그런 사정을 알고 있었을까. 그랬으리라고 쓰즈키는 짐작했다. 그래서 일부러 미시마 시까지 가서 시신을 유기한 것이다. 하지만 양심의 가책과 일종의 온정 탓에 그를 고향으로 데려간 것은 아니다. 마사미가 나고 자랐지만 어느 시기 뛰쳐나와야만 했고, 부모에게 의절당해 돌아갈 수도 없었던 곳에다. 철 지난 옷처럼 의류보관함에 시신을 쑤셔넣어 유기한 행위에서 지독한 야유가 느껴진다.

손톱깎이를 치우고 신문지를 뭉쳐 버리면서 쓰즈키는 속으로 고개를 저었다. 안 돼, 너무 많이 나갔다. 상상이 지나치다. 현역 시절에도 쓰즈키는 이런 버릇 때문에 종종 상사와 동료에게 주의를 받았다.

쓰즈키는 은퇴한 경찰이다. 도쿄 서민가 출신으로, 도립 고등학교를 졸업하고 경시청에 들어갔다. 대략 이십오 년간 지역과 제복경찰로 도내 파출소를 전전하다가 오사키 서에서 비로소 형사 신분이 되어 형사과에 배속됐다. 그때부터 또 관할서를 전전했지만, 쉰 살을 앞두고 본청 수사1과로 옮겨갔다. 형사로서의 실적을 뒤늦게 인정받아서는 아니다. 당시 수사1과장이 관할서에 있던 시절 쓰즈키를 알고 있었는데, 어느 때든 감정에 치우치지 않고 상사와 현장에서 뛰는 젊은 형사들의 조율을 담당하는 쓰즈키의 성품을 높이 평가해준 것이다.

21세기 들어 흉악범죄 수 자체는 감소했지만, 시민이 몸으로 느끼는 치안은 악화됐다. 발생하는 사건의 내용이 악랄하고 잔학하고 냉혹하고 종종 불합리하고 부조리해 시민의 불안감을 부추긴다. 그런 분위기에서는 사건을 수사하는 쪽도 신경이 날카로워지고 매사 까칠해진다. 쓰즈키가 느끼기에도 자신이 젊었을 때보다 정신적으로 케어가 필요한 현장 인력이 늘었다. 즉 쓰즈키는 수사1과라는 최전선의 쿠션 역할이자 롤 모델 격으로 불려온 것이었다.

쓰즈키는 수사1과 3계, 반장 이름을 따서 통칭 '에다노 반'으로 불린 2반 소속이었다. 퇴관 때까지 계속 1과에 붙어 있지는 못하리라 예상했지만, 설마 제 손으로 이동 신청을 하는 신세가 될 줄은 몰랐다.

에다노 반으로 옮겨 육 년 차에 접어들면서 쓰즈키는 가끔 다리에 피로를 느꼈다. 처음에는 환절기나 일교차가 심할 때만 그러다가 점점 빈도가 늘더니 저리고 아프기까지 했다. 왼쪽 허벅다리 뒤쪽이 땅기는 느낌에 걷기 힘들었다.

정기 건강검진에서도 정형외과 검사는 하지 않는다. 일부러 병원까지 가기 귀찮았고, 시간도 좀처럼 나지 않았다. 어차피 쓰즈키는 이것이 일찌감치 찾아온 노화현상일 뿐이라고 여겼다. 동료 중에는 허리 디스크로 고생하는 사람도 많다. 발로 뛰는 형사에게는 으레 요통과 무릎관절통이 따르기 마련이다. 어느 정도 나이를 먹으면 다들 어딘가 고장난 몸을 어르고 달래며 일한다. 그래서 쓰즈키도 짬을 내어 마사지를 받거나 파스를 붙이는 것으로 만족했다.

하지만 다리 통증은 점점 심해져 더는 그냥 넘어갈 수 없을 정도가 되었다. 추위가 심해진 연말에는 아침에 제힘으로 침대에서 일어나기도 힘들어졌다. 걸을 때뿐 아니라 서 있기만 해도 다리가 저렸다.

그때까지 쓰즈키가 다리를 파스로 도배해도 참견하지 않던 도시코가 화난 얼굴로 병원 예약을 했다. 머뭇거리는 쓰즈키를 끌고 가서 검사해보니 의사는 가벼운 허리 디스크라고 했다. 신경블록이라는 시술을 받고 하룻밤 입원했다. 여전히 저리기는 했지만 통증이 거짓말처럼 사라져서 쓰즈키는 흡족한 기분으로 해를 넘겼다. 그러나 매화꽃 필 무렵이 되자 다시 통증이 느껴졌다. 또 신경블록 시술을 받고 몸이 가벼워졌지만 몇 달 후 도로아미타불이 됐다. 그 짓을 세 번 되풀이했는데도 또다시 저림과 통증으로 다리를 끌게 되자 쓰즈키는 더이상 가망이 없다고 판단했다. 이 상태로는 에다노 반에 짐이 될 뿐이다. 의사의 진단서에 지금까지의 치료 과정을 설명하는 글을 제 손으로 덧붙여 이동 신청서를 제출하자, 사복형사 생활을 시작했던 오사키 서 방범과로 발령이 났다. 거기서 방범 상담원으로 삼 년을 일한 후 쉰아홉 살 때 퇴관을 눈앞에 두고 자료과로 이동했다. 그 무렵 쓰즈키는 지팡이 없이는 걷지도 못하는 상태였다.

나는 운이 없다. 이건 체질이다. 어머니도 무릎이 좋지 않아 만년에는 운신을 못했고, 아버지도 요통을 달고 살았다. 어쩔 수 없는 일이라는 쓰즈키의 말에 도시코는 눈에 쌍심지를 켜더니 이번에는 전문의한테 진찰을 받아보라고 다그쳤다. 쓰즈키는 못 들은 척했다.

퇴관 후 방범 주임 자리를 소개받아 도내 마트에 재취업했다. 일주일에 사흘 출근해서 일지를 확인하고 경비회사 담당자와 협의하는 것이 전부인 한직으로, 말하자면 조촐한 낙하산을 탄 셈이다. 현역 때보다 몸이 훨씬 편하고 마음도 가벼워진 덕분인지 다리의 통증도 (기분상) 줄어들었으므로 도시코의 충고에는 더더욱 귀기울이지 않았다. 원래 쓰즈키는 의사와 병원이라면 질색이었다.

퇴관을 계기로 한곳에 터를 잡기로 하고 이 맨션을 샀다. 60제곱미터가 못 되는 방 두 개짜리 집이다. 도심이지만 지은 지 오래되어 매매가가 적당했고, 만듦새가 튼튼해 보여 마음에 들었다. 이곳 신주쿠 부근은 쓰즈키가 파출소 순경이었던 젊은 시절 배속되었던 지역으로, 이를테면 경찰로 청춘을 보낸 동네다. 그래서인지 향수가 느껴졌다.

쓰즈키와 도시코는 자식이 없다. 그래서 자기집을 갖고 싶다는 마음은 딱히 없었지만, 나중에 연금만으로 생활하게 되면 임대계약을 하고 싶어도 못할지 모른다. 그러니 이곳을 마지막 거처로 삼고 노후를 보내자. 이제 완전히 익숙해진 지팡이와도 죽을 때까지 함께할 줄 알았다.

그런데 올해 5월 중순 사정이 달라졌다. 쓰즈키는 웬일로 감기에 걸렸다. 열이 38도까지 올라 하룻밤 드러눕고 나니 두 다리가 저려서 화장실도 가지 못했다. 도시코의 부축을 받아 간신히 몸을 일으키자 왼쪽 허벅다리 뒤쪽이 철판을 끼운 것처럼 팽팽하게 땅겨서 들어올릴 수조차 없었다.

쓰즈키는 다시 신경블록 시술을 받으면 된다고 했다. 도시코는 그 말을 무시했다. 컴퓨터로 이것저것 알아보더니 평판 좋은 정형외과로 쓰즈키를 데려갔다. 거기서 진찰을 받아보니 분명 가벼운 허리 디스크가 있긴 하지만, 다리가 저리고 아픈 원인은 그게 아니라고 했다.

—척추관 협착증입니다.

요추가 틀어져서 다리 신경을 압박하는 거라고 한다.

—일반적으로 폐경기 이후 여성이 많이 걸리는 병이지만, 남성 환자도 있습니다.

운동선수나 클래식 지휘자들도 자주 걸리는 병이라고 한다. 그러고 보니 매일 텔레비전에서 보는 인기 남자 사회자가 몇 년 전 이 병으로 수술을 받았다는 사실을 도시코가 기억해냈다.

—원인은 불분명하지만, 치료는 가능합니다.

수술로 틀어진 요추를 바로잡고 볼트로 고정한다고 한다.

—진즉 오셨다면 몇 년씩 고생 안 하셔도 됐을 텐데요. 너무 오래 압박당하면 신경이 원래대로 돌아오는 데 시간이 걸립니다.

이치에 맞지 않는 병이라고 쓰즈키는 생각했다. 아픈 곳은 다리인데 원인은 허리에 있다니. 쓰즈키는 요통을 느낀 적이 없었다. 허리 탓일 줄은 꿈에도 몰랐다.

진즉 와야 했다고 의사가 말한 이유는 하나 더 있었다. 도시코가 기를 쓰고 찾아낸 이 병원은 전국적으로 유명하고 특히 척추관 협착증 치료로 정평이 난 곳이라 환자들이 줄지어 수술을 기다리고 있다고 한다.

—병실이 날 때까지 석 달에서 반년은 기다리셔야 합니다.

그후 반년이 넘어 12월에 들어선 현재까지 쓰즈키는 순서를 기다리고 있다. 마트 방범 주임도 그만두고 지금은 무직이다.

오로지 일밖에 모르던 사람이 정년퇴직 후 제2의 삶을 찾는 것은 요즘 드문 일이 아니다. 집안일의 재미에 눈뜨거나 새로운 취미를 즐기기도 한다. 쓰즈키도 은퇴가 다가오자 자신의 노후를 막연하게나마 이리저리 상상해보았다. 고생만 시킨 도시코를 조금쯤 호강시켜주고 싶었다. 여행을 가볼까. 요리를 배워 식사 준비를 맡는 것도 괜찮겠다. 원래부터 주방일은 싫지 않았다. 아주 젊었을 때를 제외하고는 기회가 없었을 뿐이다.

그런 다양한 예정 내지 공상도 지금은 전부 보류한 상태다. 경찰은 수사 분야뿐 아니라 어떤 직무에서나 인내심이 가장 중요한 직업이다. 용기와 더불어 끈기와 참을성이 없으면 감당하기 힘들다. 쓰즈키는 그런 면에서 우수한 경찰이었다. 스스로 자부하기를 넘어 주위 사람들도 그렇게 평가할 때가 많았다.

—한번 더.

에다노 반에 있을 당시의 쓰즈키를 상징하는 이 말은 다른 반 사람들도 알고 있을 정도였다. 영 수확이 없는 탐문수사를 계속할 때, 발견 가망성이 희박한 목격자를 찾을 때, 범인이 남기고 간 물건의 출처를 더듬어갈 때, 주위 사람들이 이제 틀렸다, 해봐야 수확이 없다며 두 손 들었을 때, 쓰즈키는 언제나 말했다. 한번 더 가보자. 한번 더 물어보자. 한번 더 조사해보자.

하지만 지금처럼 오로지 기다리기만 하는 건 아무래도 괴로웠다. 하루 더 기다리자, 또 하루 기다리자. 그렇게 쌓이고 쌓여온 부담이, 틀어진 요추가 신경을 압박하듯이 쓰즈키의 희로애락을 압박하고 마비시킨다. 그 결과 날마다 부루퉁한 얼굴을 하는 통에 도시코도 힘든 것 같았다. 오히려 쓰즈키가 바빠서 집을 비우기 일쑤였던 시절이 편하지 않았을까. 그렇게 생각하니 어쩐지 안타깝기도 하고 괘씸하기도 했다.

매일 할일이 없으면 발톱 깎기 같은 사소한 일이 오히려 귀찮아진다. 쓰즈키는 느릿느릿 깎은 발톱을 버리고 신문지를 정리했다.

어이쿠, 하며 소파에 앉아 유리문으로 12월의 푸른 하늘을 바라보다가 역시 산책을 나갈 걸 그랬나 후회하고 있는데 현관 인터폰이 울렸다. 도시코의 제안으로 설치한 카메라 달린 인터폰이다. 작은 화면에 노로 시게루의 얼굴이 비쳤다.

"안녕하신가."

쓰즈키가 문을 열자 노로는 정중하게 인사했다.

"오전부터 찾아와서 미안하이. 부탁할 게 좀 있어서."

노로는 올해 일흔여덟 살이다. 와카바초에서 태어났고, 태평양전쟁이 막판에 접어들었을 때 도호쿠 지방에서 학동소개* 생활을 했던 것을 제외하면 뿌리를 내린 듯이 계속 이곳에서만 살아온 사람이다. 오랜 세월 와카바초 주민회 회장을 맡고 있다.

"일단 들어오세요."

쓰즈키가 몸을 구부려 손님용 슬리퍼를 꺼내려고 하자 노로는 아니야, 여기면 돼, 하며 싹싹하게 말했다. "쓰즈키 씨는 어서 앉게나."

현관에는 쓰즈키가 신발을 신고 벗을 때 쓸 수 있도록 등받이 없는 의자를 놓아두었다.

* 2차대전 말기 대도시의 초등학교 학생을 농촌이나 산촌으로 피난시킨 것.

"실은 좀 봐줬으면 하는 게 있어서 들렀어."

노로의 집안은 대대로 담뱃가게를 운영해왔다. 가게가 작고 혐연권이 대두되는 시대다보니 장사가 시원치 않다고(특히 타스포라는 성인 식별 카드가 생긴 뒤로 더 심한 모양이다) 하지만, 연립주택에서 집세가 들어오므로 경제적으로는 윤택한 편이다.

오늘도 후드 달린 알파카 코트에 화려한 로고가 들어간 운동화 차림이 세련되면서도 따뜻해 보였다. 노로는 코트 호주머니에서 작지만 기능이 다양한 디지털카메라를 꺼냈다. 그리고 익숙하게 버튼을 조작하면서 말했다.

"쓰즈키 씨, 이다초에 있는 차통빌딩 알지?"

이다초는 와카바초와 이웃한 동네다. 이 두 곳은 '번화가'라는 표현도 부족한 신주쿠에서 외따로 남겨진 낡은 동네다. 2차대전 전부터 사람이 살던 목조가옥이 남아 있다. 전쟁이 끝나자마자 지어진 문화주택이 늘어선 구역도 있다. 1980년대 중반부터 1990년대 초의 거품경제 시절 투기꾼들이 날뛰어 오래된 건물이 사라지고 새 맨션과 잡거빌딩이 세워졌지만, 이 일대 전체가 새로 태어나기 전 거품이 덧없이 꺼지는 통에 부동산 투기 붐도 끝나고, 건물 없이 텅 빈 땅이 이 빠지듯 동네 곳곳에 생겨나서, 방범상 바람직하지 않은 환경으로 변했다.

그로부터 이십 년 동안 점점 회복이 진행되어 이 빠진 곳에 잡거빌딩과 임대 원룸맨션, 주차장 등이 생기며 동네는 일단 제 모습을 되찾았다. 이제 그런 호황은 두 번 다시 오지 않을 테니 앞으로도 천천히 변화할 것이다. 노인의 병이 더디 진행되는 것처럼 늙은 동네도 느리게 변한다.

노로가 말한 '차통빌딩'은 거품경제 이후 2000년대 초 IT 거품이라는 것이 찾아왔을 때, 원래는 월정액 주차장이 있던 이다초 한구석에 세워진 건물이다. 아담한 4층짜리 건물인데 꼭 차통같이 생겨서 근처 사람들은 그렇게 불렀다.

IT 거품은 태풍 같았던 이전의 거품경제에 비교하면 게릴라성 호우와도 같아서, 기간도 짧거니와 효과(혹은 피해)도 국소적이었지만, 그래도 몇몇 사람은 어마어마한 혜택을 누렸다. 이노초의 월정액 주차장을 사들여 차통빌딩을 지은 사람도 젊은 IT기업가였다. 노로 회장이 파악한 정보에 따르면 아무래도 젊은 사장이 측근들과 모여 노는 데 사용한 모양이다. 일종의 사교클럽이다. 아무리 작다 해도 고작 그런 이유로 건물 한 채를 세우다니 대단하다 싶지만, 얼핏 보기에도 사무용으로 적당한 건물은 아니니 나중에 질리면 세를 줄 생각이었으리라.

겉모습은 아무리 봐도 차통 같지만 세부적으로 미묘하게 공을 들였다. 튀어나온 창문에 독특한 형태(아트워크라고 하던가)의 철창살이 달려 있고, 벽면에는 부조가 되어 있으며, 옥상 둘레를 중세 성채의 탑처럼 만들어놓았다. 쓰즈키 눈에는 이 건물이 세계유산에 등록된 유럽의 고성이나 수도원에 딸린 탑의 저속한 모조품처럼 보였다. 실제로 차통빌딩이 전성기를 구가한 무렵에는 출입문 양쪽에 갑옷 차림의 기사와 로브를 걸친 여신 석상이 놓여 있었다고 한다.

IT 거품이 꺼지고 건물주인 젊은 사장이 순수한 사업가가 아니라 도박꾼 기질이 다분한 갑부에 지나지 않았다는 사실이 드러난 후, 이 건물은 운명의 물결에 휩쓸렸다. 감세 대책이었는지 법인 명의로 되어 있던데다 이중 삼중으로 저당권이 설정된 탓에 소유권과 사용권을 주장하는 권리자가 한둘이 아니라서 분쟁이 끊이지 않았다. 민사소송이 진행되어 관재인이 건물 출입을 금지한 적도 있다. 그 일은 어찌어찌 해결된 모양이지만, 그후 후다닥 공사해서 인테리어를 바꾸고 무슨 가게들(미용실, 바, 레스토랑 등)이 들어오는가 싶더니 얼마 못 가 폐업하고, 또 후다닥 공사해서 다음 가게가 들어오는 일이 되풀이되었다.

쓰즈키가 와카바초의 맨션으로 이사 왔을 무렵에는 그런 움직임도 멈추어서 차통빌딩은 완전히 빈 건물이 되어 있었다. 소문으로는 소유주였던 IT기업가의 전처가 토지건물 소유권의 절반을 획득했지만 나머지 절반의 권리가 정리되지 않아 매매가 불가능하다고 한다. 역에서 거리가 어중간하게 멀고 내력이 불길해서 임차인도 나오지 않는 모양이다.

"그 빌딩이 왜요?"

"그게……"

"순찰중 무슨 일이라도 생겼습니까?"

차통빌딩은 출입구를 막아놓았지만, 아무도 없는 빈 건물이라 감시하는 눈이 없다. 그래서인지 이런 곳을 선호하며 눈치 빠르게 찾아내는 젊은이 무리가 안에서 소란을 피우기도 하고, 일 년쯤 전에는 작은 화재도 났다. 그후 이다초를 포함한 이 지역 연합 주민회에서 정기적으로 순찰을 하고 있다. 순찰이라고 해봤자 건물 밖에서 상황을 살펴보는 정도가 전부지만.

"그런 현실적인 이야기가 아닐세. 뭐랄까, 좀더 이상야릇한 일이야."

보여주려는 사진을 찾았는지 노로는 조그만 액정 화면을 쓰즈키 눈앞에 내밀었다.

"이걸 봐."

화면에는 차통빌딩의 옥상 부분이 찍혀 있었다. 땅에서 올려다보며 찍은 것이 아니라 높이가 비슷하고 10미터쯤 떨어진 곳에서 찍었다.

"지구사 씨네 집 창문에서 찍은 거야." 노로가 말했다. 지구사 다에, 이다초 주민회 부회장인 독거 노부인이다.

쓰즈키는 말 그대로 눈을 깜박깜박했다. "이게 뭐 어때서요?"

분명 이상야릇한 사진이지만, 차통빌딩을 아는 근처 주민들에게는 낯익은 모습이다.

"이거, 그 괴상한 조각상이잖습니까."

차통빌딩 옥상 가장자리에는 서양풍 괴물 조각상이 하나 떡하니 자리잡고 있다. 쓰즈키도 처음 봤을 때는 놀랐다.

이 괴물은 '가고일'이라고 하는데, 대강 설명하자면 등에 날개가 달린 도깨비 같은 형상이다. 다만 얼굴과 귀는 일본의 도깨비라기보다 흉악한 박쥐처럼 생겼다. 조금 알아보니 고딕건축 특유의 장식품이고 본래는 빗물이 빠지는 구멍 역할을 했다고 한다.

그러나 차통빌딩의 가고일은 그냥 장식품일 것이다. 이 가고일은 정면 출입구 거의 바로 위에 위치해 있고, 주위에 물받이 홈통 같은 설비는 보이지 않으니까, 만약 장식품이 아니라면 비가 내릴 때 건물을 드나드는 사람들 머리 위로 물이 줄줄 흘러 떨어지게 된다.

쓰즈키가 의아해하자 노로는 장난스럽게 웃었다. 차림새뿐만 아니라 노로 본인도 나이보다 훨씬 젊어 보여서 그런 웃음이 잘 어울렸다.

"그건 그렇지만, 한번 틀린 그림 찾기를 해보겠나? 이 괴물 조각상, 지금까지 우리가 봐온 것과 조금 달라."

쓰즈키는 액정 화면을 다시 들여다보았다. 이번에는 노로에게서 디지털카메라를 받아들고 가까이서 찬찬히 살폈다.

"지구사 씨가 발견했어. 그 사람 집 창문에서는 좋든 싫든 이 녀석 뒷모습이 바로 보이거든."

아아, 이건가. 쓰즈키는 고개를 끄덕이고 화면에 시선을 고정한 채 말했다.

"뭔가 들고 있네요."

그렇지, 하고 노로가 조금 기쁜 듯이 말했다. "들고 있다고 할까, 걸치고 있다고 할까. 이거, 막대기지?"

노로 말이 맞다. 웅크리고 있는 가고일의 오른쪽 어깨에서 위로 긴 막대기가 비스듬히 튀어나와 있었다. 이런 것은 지금까지 없었다.

"제 눈에는 막대보다 무슨 자루처럼 보이는데, 언제부터 이랬죠?"

"지구사 씨 말로는 일주일쯤 전부터래. 왜, 큰비가 내렸잖아?"

쓰즈키도 기억났다. 12월인데도 한여름 태풍처럼 사나운 날씨에, 얼음처럼 차가운 비가 내렸다.

"다음날 아침 이를 닦으며 무심코 창밖을 봤는데, 이 녀석 어깨에서 이 막대기가 튀어나와 있었다더군."

지구사 다에는 처음에는 잘못 본 줄 알았다고 한다.

"나이가 나이라 눈이 나쁘니까. 그런데 마음에 걸려서 다음날도 살펴보니 역시 막대기가 있더래. 그래서 이상하다, 저게 뭔가 싶었다지."

노로는 다시 쓴웃음을 지었다. "그리고 이제부터 이야기가 더 이상해지는데."

차통빌딩 위 괴물이 매일 조금씩 움직이고 있다고 한다.

"지구사 씨 말로는 지금껏 이렇게 열심히 괴물을 관찰한 적이 없으니 확실하대."

어제는 완전히 등을 돌리고 있던 괴물이 하룻밤 지나자 조금 오른쪽을 향했다. 또는 날개가 접힌 모양이 조금 다르다. 앉은 위치가 바뀐다. 머리를 기울인 각도가 다르다. 오른쪽 어깨에서 튀어나온 막대기가 거의 직각으로 서 있을 때도 있고 45도 정도로 기울어져 있을 때도 있다.

쓴웃음을 지은 노로를 따라 쓰즈키도 웃었다. "꼭 살아 있다는 소리 같군요."

"뭐, 사실은 나도 웃었어. 그러다 야단맞았지."

동상인지 석상인지는 모르지만 아무튼 이건 장식물이다. (지구사의 표현을 빌리면) 취향 한번 고약한 장식물. 그런 물건이 저절로 움직이거나 어디서 막대기를 가져와 어깨에 걸쳐놓을 리는 없으므로 누가 장난친 게 뻔하다.

"보통 일이 아니다, 아주 뒤숭숭하다고 해."

"그야 그렇겠죠."

일단 빈 건물에 누가 들어갔다는 것만 해도 위험하고, 이 막대기 같은 물건을 나중에 가져다놨다면 (아마도) 프로가 설치했을 가고일 석상보다는 대충 얹어놨을 테니 자칫하면 떨어질 가능성도 있다.

안 그래도 전부터 빈 건물 옥상에 그런 장식물을 방치해놓아도 되는지 걱정이었다. 비바람을 맞고 재질이 약해지거나 금이 갔을지도 모른다. 부드러운 재질이 아닐 테니 어디가 깨져서 떨어지면 충분히 위험하다.

"그래서 지구사 씨가 이토 씨한테 상의하러 갔는데, 하필이면 입원중이라서."

노로가 머리를 긁적였다. 이토 고로는 이다초 주민회 회장이다. 역시 나이가 지긋한데 지병이 있어서 정기적으로 입원한다.

"그래서 노로 씨가 떠맡은 거군요."

"뭐, 오래 알고 지낸 사이니까."

노로는 어제 오전 지구사를 찾아가 이야기를 들었고, 그때 사진도 찍었다.

"지구사 씨가 좀 야단스럽다 싶기는 했지만, 나도 신경이 쓰이

긴 하더군. 그래서 조사해보려고 어제 한나절 여기저기 돌아다녔어."

지금 현재, 차통빌딩에 들어가려면 누구의 허가를 얻어야 할까.

"보통 일이 아니더라고. 결국 예전 주인의 전처와 재혼한 남자가 경영하는 회사에서 그 건물 관리를 맡고 있다고 해서, 그쪽 허가를 얻었지."

듣기만 해도 성가시다.

"그럼 안에 들어갈 수 있다는 거군요."

"응. 그 회사 사람이 곧 열쇠를 가져올 거야."

그래서 말인데 쓰즈키 씨, 하고 노로가 목소리를 낮춰 말했다.

"이럴 때 파출소 순경한테 부탁해서 함께 갈 수는 없을까?"

쓰즈키는 건강 때문에 당장은 주민회 간부로 활발하게 활동할 수 없다. 그러나 쓰즈키의 전직을 안 뒤로 노로는 여러모로 그에게 의지하게 되었다. 쓰즈키도 가능한 한 기대에 부응하려고 노력한다.

"글쎄요……" 쓰즈키는 팔짱을 꼈다. "그, 관리를 맡은 회사는 뭐라고 하던가요?"

"침입자라니 너무 걱정이 심하다며 웃더군. 만약을 위해 확인하는 것뿐인데 경찰을 불렀다가 소문이라도 나면 난처하다고."

"이제 와서 난처하니 뭐니 따질 계제는 아닌 것 같지만, 그럼 안 되겠는데요."

"역시 그런가. 뭐, 도둑맞거나 망가진 게 있는지도 아직은 확실치 않으니까. 안 될 것 같긴 했지만 그래도 영 으스스해서."

팔팔하게 주민회 회장의 임무를 다하고 있지만 노로도 엄연한 고령자다. 처음 보는 사람과 단둘이 빈 건물에 들어가려면 마음이 불안할 것이다.

쓰즈키는 말했다. "제가 같이 가드릴까요?"

노로는 놀랐다. "안 돼, 쓰즈키 씨. 그 다리로 어딜."

"천천히 걸으면 괜찮습니다."

"전기가 끊겨서 엘리베이터를 못 써. 옥상까지 계단으로 올라가야 해."

"회장님이 올라가신다면야 저도." 쓰즈키는 웃어 보였다. "나이는 제가 훨씬 아래인데요."

"그야 그렇지만."

"지금 바로 가실 거죠?"

노로는 손목시계를 힐끗 보았다. "응, 빌딩 앞에서 만나기로 했어."

"그럼 지팡이를 가져오겠습니다."

거실로 돌아간 쓰즈키는 일단 도시코에게 메모를 써서 자석으로 냉장고에 붙였다.

'노로 씨랑 나갔다 올게.'

낡아서 얄팍해진 다운재킷을 입고 머플러를 둘렀다. 휴대전화를 호주머니에 넣었을 때 문득 생각나 몇 가지 물건을 함께 챙겼다.

"기다리게 해서 죄송합니다."

알파카 코트를 입은 노로와 함께 나가니 옷차림뿐 아니라 지팡이와 걸음걸이 탓에 쓰즈키가 더 나이들어 보였다.

차통빌딩의 정식 명칭은 '니시신주쿠 센트럴 라운드 빌딩'이다. 빈 건물이 된 지금도 그 명칭을 에칭 기법으로 세련되게 새긴 동판 문패가 정문에 걸려 있다. 열쇠를 가져온 젊은 사원은 말끔한 트렌치코트 차림에 검은색 가방을 들고 그 문패 옆에 무료한 듯이 서 있었다. 쓰즈키의 걸음이 느려서 약속 시간보다 팔 분 늦은 탓이리라.

"아아, 오시느라 고생 많았습니다."

두 사람이 인사를 나누고 명함을 교환하는 사이 쓰즈키는 젊은 사원을 관찰했다. 나이는 이십대 후반, 키는 180센티미터가 안 되고, 몸무게는 80킬로그램 정도일 것이다. 그저 덩치만 큰 게 아니라 잘 단련된 근육질이다. 이 체격이라면 혹시 무슨 일이 생겨도 도움이 될 것 같았다.

—'혹시'는 무슨. 그런 일이 생길 리가 있나.

노로는 쓰즈키를 주민회 간부라고 소개했다. 쓰즈키도 짐짓 그런 척했다.

"러블러 테크노퓨전 영업부의 아이자와라고 합니다. 저희야말로 폐를 끼쳐 죄송합니다."

젊은 사원은 뜻밖에 공손한 투로 말했다.

"저는 아직 입사한 지 얼마 안 돼서 이 건물의 자세한 내력을 몰라요. 다만 이런 상태니 주민회 여러분께 사과드리고 오라고 사장님께 지시받았습니다."

말씨에서 아직 어린 티가 느껴졌지만, 성의는 전해졌다. 쓰즈키는 러블러 테크노퓨전이라는 곳이 우량 기업이기를 바랐다.

"아니요, 금방 와주셔서 고마워요. 들어가볼까요?"

건물 정문은 판자를 대서 만든 중후한 두짝문으로, 작은 보트의 닻으로 써도 될 만큼 투박한 금속 문고리가 한 쌍 달려 있었다. 그 문고리를 묵직해 보이는 체인으로 둘둘 감고, 도시코의 콤팩트만큼 큼지막한 맹꽁이자물쇠로 잠가놓았다.

아이자와는 검은색 가방에서 열쇠다발을 꺼냈다. 절렁거리는 소리가 났다.

"이 자물쇠의 열쇠는 있습니다만, 정문 자물쇠는 안쪽에서만 풀 수 있다더군요. 뒤쪽 통용문으로 가시죠."

앞장서서 건물을 나지막하게 둘러싼 콘크리트 블록담 사이로 들어가려는 아이자와를 쓰즈키가 제지했다.

"잠깐만요. 회장님, 이 자물쇠와 체인을 사진으로 찍어두죠."

노로는 디지털카메라를 꺼냈다. "이걸 찍으라고?"

"네. 나중에 증거가 될 테니까요."

거창한 소리 같지만, 만약을 위해서다.

쓰즈키가 보기에 체인이나 자물쇠에는 누가 손댔거나 망가진 흔적이 없었다. 오히려 체인 고리 사이에 거미줄이 쳐져 있을 정도다.

"이 담을 따라 건물 뒤로 갈 수 있나요?"

"네, 그런데요."

"그럼 좀 비좁지만 한 바퀴 돌아보죠."

사진을 찍은 노로가 디지털카메라를 들고 아이자와에게 웃어 보였다. "쓰즈키 씨는 예전에 형사님이었다오."

아이자와의 눈이 커졌다. "우아, 정말요! 저 진짜 형사는 처음 봐요."

"지금은 그냥 백수 아저씨입니다."

"한 바퀴 돌면서 뭘 조사하시게요? 침입 흔적? 사다리를 놓은 자국이나 발자국? 이 건물 1층은 전부 붙박이창이고, 2층부터 위쪽 창문에는 철창살이 끼워져 있는데요."

어쩐지 신나 보였다. 경찰을 부르기 싫어한 그의 고용주는 사람을 잘못 골라 보낸 게 아닐까.

"그냥 한번 둘러보려고요. 그런데 이 건물이 영업하던 당시 일하는 사람들은 통용문으로 드나들면서 늘 이 담 사이로 지나갔습니까?"

그 질문에는 노로가 대답해주었다. "아니야, 뒷길에서 통용문으로 이어지는 통로가 있어서 그쪽을 사용했지."

지금은 바리케이드로 막아두었다고 한다.

"불을 낸 녀석들이 통용문으로 들어왔거든."

"아아, 그렇군요."

콘크리트 블록담과 건물 벽면 사이의 폭은 30센티미터 정도였고, 낙엽과 쓰레기가 쌓여 있었다. 1층에 환기용으로 내놓은 크고 작은 통풍구 몇 개에도 먼지와 거미줄이 붙어 있었다.

통용문으로 이어지는 통로는 뒷길에서 1미터쯤 들어와 있고, 콘크리트 블록담도 그쪽은 트여 있었다. 예전에는 꽃과 나무가 있었을 양쪽 화단에는 잡초가 조금 자라 있을 뿐이다.

노로가 말한 바리케이드는 합금 소재 의자를 쌓아올리고 튼튼한 노끈으로 칭칭 감아둔 것이었다. 의자끼리 단체체조를 하듯 얼기설기 얽혀 여기저기 튀어나오거나 들어간 부분이 있었고, 무게도 상당해 보였다.

"이 의자는 종업원 대기실에 있던 거야. 디자인이 특이해서 가져가려는 사람이 없었는지 계속 방치되어 있었지."

"이거, 굉장하네요."

아이자와가 감탄조로 말하며, 다리를 하늘로 향한 의자를 잡고 흔들어보았다.

"꿈쩍도 안 하네. 잘 묶어놨네요."

"우리 동네 운송업자 양반이 만들었다오." 노로가 약간 뿌듯한 듯이 말했다. "순찰 때마다 이것도 점검해서 고쳐 묶으니까 튼튼해."

통용문은 불이 났을 때 문짝을 통째로 갈았다고 한다.

"쇠지레로 비집어서 열었더라고. 불을 낸 놈들이 그랬는지 다른 사람들 짓인지는 모르겠지만. 불이 안 났다면 우리도 몰랐을 거야."

쇠지레로 문을 비집어 여는 난폭한 방법은 외국인 절도단이 자주 써먹는다. 아마 내부에 값진 물건이 남아 있지 않을까 싶어서 그쪽 방면의 프로가 숨어든 것이리라. 그들에게 값진 물건은 가전제품이나 비품 유가 아니다. 전선이나 피복코드 정도로 충분하다. 안에서 난장판을 친 젊은이들은 그저 문이 망가진 것을 보고 들어온 것일 테다.

아이자와가 열쇠다발을 절렁거리며 통용문을 열었다. 이어서 검은색 가방에서 큼직한 손전등을 꺼냈다.

“혹시나 몰라서 가져왔습니다.”

“아이고, 고마워라. 준비성이 철저하시구먼.”

니시신주쿠 센트럴 라운드 빌딩 1층은 조금 어리벙벙해질 만큼 휑뎅그렁했다. 파티션도 남아 있지 않아서 통용문 안쪽에 서니 겉모습과 똑같은 원형 공간이 한눈에 들어오다시피 했다. 불이 났던 흔적은 눈에 띄지 않았다. 소동이 벌어진 후 누가 정리했든가, 정리를 시켰으리라.

“생각보다 깨끗하군요.”

맑은 날씨지만 창문이 작아서 아이자와의 손전등이 유용했다.

“여기는 갤러리였다고 해. 예전 주인이 팝아트 작품을 많이 사모았다고 들었어.”

고딕풍 외관과 달리 내부는 현대예술품으로 장식한 셈이다.

건물 벽면을 따라 호를 그리는 계단이 북쪽에 보였다. 그쪽으로 가려는 아이자와를 쓰즈키가 제지했다.

“미안하지만, 발에 이걸 씌우십시오.”

호주머니에 챙겨온 물건을 꺼냈다. 도시코가 깔끔히 접어서 보관해둔 얇은 마트 비닐봉지와 커터가 달린 셀로판테이프다.

“테이프를 붙여서 발목에 비닐봉지를 고정하세요. 미끄러우니까 조심조심 걸어야 합니다.”

아이자와가 또 흥분했다. “꼭 CSI 같네요.”

쓰즈키가 의아한 표정을 짓자 노로가 가르쳐주었다. "과학수사를 하는 미국 경찰이야. 우리 손자들이 자주 보는 드라마지."

셋이서 비닐봉지를 발에 씌웠다. 쓰즈키가 노로와 아이자와를 거들어주었다. 쓰즈키는 지팡이 끝에도 비닐봉지를 씌웠다가 너무 미끄러워서 위험할 것 같기에 다시 벗겼다.

"이걸 씌워도 막 돌아다니지는 않는 편이 좋겠죠?"

"그렇게 조심하진 않아도 됩니다."

노로가 1층 사진을 찍은 후 셋이서 계단으로 향했다. 어쩌다보니 쓰즈키가 앞장섰고, 아이자와가 그 뒤를 따랐다.

"불이 난 건 일 년 전이죠?"

노로가 대답했다. "작년 11월 중순이었던가."

당시 소방대원들이 드나들었던 뒤로 일 년 하고도 한 달 가까이 지났다. 아무리 문을 꼭 닫아놓아도 사람이 살지 않는 건물 안에는 자연스레 먼지가 쌓이는 법이다. 쪼그리고 앉아 손으로 쓸어보자 계단 발판에서 거칠거칠한 감촉이 전해졌다.

발자국 같은 것은 없었다. 먼지가 흐트러진 자국도 없다.

2층에는 바 카운터의 잔재가 남아 있었다. 동그란 테이블 두 개도 버려져 있다. 창문으로 햇빛이 비쳐들어 아이자와가 손전등을 껐다. 노로가 꼼꼼하게 사진을 찍었다.

"쓰즈키 씨, 다리는 괜찮나?"

"네, 걱정 마세요."

계단이 가파르지 않아서 다행이었다.

"여기도 이상은 없군요."

나이든 두 사람에 대한 배려인지 3층에 올라갈 때는 아이자와가 앞장섰다. 벽에 바짝 다가붙어 계단 가장자리를 밟고 올라갔다. 2층에서 3층으로 이어지는 계단에도 발자국이나 사람이 드나든 흔적은 없었다.

3층은 일부가 파티션으로 구분되어 있었다. 주거 공간으로 사용한 것이리라. 문이 활짝 열려 있었다.

아이자와가 뺨을 긁적이며 말했다. "음, 여기는 원래 침실 자리였다고 합니다."

문으로 고개를 들이밀고 살펴보자 한눈에도 고급스러운 세면대가 남아 있었다. 변기는 떼어내고 없었다.

쓰즈키는 물었다. "여기 가게가 들어온 적도 있었죠?"

계단을 오르기가 쓰즈키보다 힘들었는지 노로는 가볍게 숨을 헐떡였다.

"1층과 2층에만. 당시 내장 설비는 가게가 나가면서 전부 철거했다지. 그래서 화장실 설비도 남아 있지 않은 거고."

"저기……"

여전히 뺨을 긁적이며 아이자와가 머뭇머뭇 말했다. "주민회 여러분은 모르세요? 3층에서 사람이 죽은 적이 있다는데요."

주민회 여러분에 해당하는 두 연장자는 이구동성으로 "뭐요?" 하고 되물었다.

아이자와는 당황했다. "최근 일은 아니고요. 예전 소유주가 이 건물을 짓고 반년 후에 생긴 일이래요."

동네 주민들은 이 건물이 화려함을 뽐내던 시절의 사정에는 오히려 어둡다. 노로가 몰라도 이상한 일은 아니었다.

"누가 죽었는데?"

"사건이었습니까?"

아이자와가 목을 움츠렸다. "젊은 여자가 파티에서 술을 너무 마시고 뻗었다나요. 그래서 3층에서 쉬게 했는데, 나중에 가보니 이미 죽었더랍니다."

급성 알코올중독일지 모른다. 아니면 술에 약물을 탔을 가능성도 있다. 어쨌거나 이런 곳에서 열린 파티니까.

"잘도 별 소란 없이 마무리했구먼."

노로가 근처 벽에 몸을 기댔다. 쓰즈키도 노로를 흉내내어 휴식을 취했다.

"뭐, 누가 해코지해서 죽은 건 아니었던 모양이니까요."

아이자와는 안절부절못했다. 노로가 놀리듯이 웃었다.

"아이자와 씨는 부동산회사에서 일하면서, 사람이 죽은 건물이 무서운가?"

아이자와가 고개를 휘휘 저었다. "그런 건 아니에요. 그리고 저희 회사는 부동산회사가 아닙니다. 연예기획사예요."

그 말에는 쓰즈키도 놀랐다. 러블러 테크노퓨전이 부동산회사라는 건 노로의 오해였지만, 쓰즈키도 그와 비슷한 인상을 받았기 때문이다.

"예전 건물주와 이혼한 사모님이 모델이었습니다. 한때는 인기가 많아서 텔레비전에도 자주 나왔죠."

아아, 그런 경로로 이어진 거군.

"아무튼 아이자와 씨는 사람이 죽은 건물이 무서운 거야." 노로가 끈덕지게 물고 늘어졌다.

"역시 좀 으스스하죠." 청년은 부끄러워하면서 텅 빈 실내를 둘러보았다. "죽은 여자는 예전 건물주와 불륜 관계였던 모양이에요. 보통 사이가 아니었다고 선배가 그랬어요."

"그래봐야 소문이겠죠."

"뭐, 그야 그렇지만요. 그 여자는 건물주와 사모님을 원망했을 테니……"

"귀신이 나올 거라고 선배가 겁을 줬구먼." 노로가 웃더니 손에 든 디지털카메라를 가볍게 흔들었다. "여기 이상한 게 찍혀 있으면 어쩌나."

아이자와가 목을 움츠렸다. "으아, 그런 말씀 마세요. 하지만 유령이 나와도 이상할 건 없잖습니까. 이 건물 3층에 가게가 들어오지 않은 것도 그런 이유 아니겠어요?"

쓰즈키는 웃었다. "그냥 불편해서 그랬겠죠. 어쩐지 불길하기도 하고."

"형사님은 길흉은 따져도 유령은 안 믿으십니까?"

"나는 오히려 이 건물주가 악연을 맺지 않았을까 무섭습니다. 그 젊은 사장에게는 암흑가에서 굴러먹는 놈들이 각다귀처럼 붙어 있었을 거예요."

"형사님의 감인가요?"

"일반적인 상식에 비춰봐도 마찬가지죠. 그런 벼락부자에게는 질 나쁜 놈들이 우글우글 몰려드는 법이거든요. 그 결과 이 건물도 여태 이런 꼴인 거고."

세 사람은 휴식을 마치고 4층으로 올라갔다. 3층에서 4층으로 이어지는 계단도 먼지로 뒤덮여 있었다.

"누군가 이곳에 숨어들었다 쳐도, 계단을 사용하진 않은 모양입니다."

쓰즈키는 한 번에 오래 걷기는 힘들지만 쉬엄쉬엄 걸을 수는 있다. 조금 쉬면 통증도 저림도 가라앉는 것이 척추관 협착증의 특징이다. 오히려 노로가 힘들어 보였다. 헉헉대고 다리도 무거워 보였다.

"실례가 안 된다면, 잡아드릴까요?"

노로는 아이자와가 내민 손을 순순히 붙잡았다.

"아이구, 고맙네."

4층의 절반은 텅 비었고 나머지 절반, 칸막이벽 너머는 기계실이었다. 엘리베이터 기기와 급수펌프, 전기 설비가 모여 있었다.

"희한하군. 여기가 제일 전망 좋은 방인데."

노로가 어이없다는 듯이 말했다.

"처음에는 지하에 기계실을 만들 예정이었답니다. 그런데 허가가 나지 않았다나봐요."

"살 집이 아니니까 굳이 연연하지 않았을지도 모르죠. 전망이 좋다고 해봤자 고작 4층이고요."

건물주에게는 오히려 건물을 엄중히 단속하고 실내에 틀어박혀 하고 싶은 일을 하는 게 더 중요했으리라. 전망을 즐길 초고층빌딩은 신주쿠에 얼마든지 있다. 벼락부자는 어디든 마음대로 골라서 살 수 있었을 것이다.

옥상으로 올라가는 계단은 없었다. 천장에 위로 열리는 뚜껑이 있고, 비치된 기구로 잡아당기자 사다리가 내려왔다.

"옥탑이 없네요."

시공주의 뜻이 반영된 부분인 듯했다. 이 건물이 어디까지나

탑으로 보이게 짓고 싶었으리라.

"그러면 그 괴물 조각상도 여기로 끌어올렸단 얘기인가."

노로는 허리에 손을 대고 불안한 듯이 사다리 위를 올려다보았다.

"노로 씨는 여기 계세요. 제가 아이자와 씨와 함께 올라갔다 오겠습니다."

"어? 쓰즈키 씨, 괜찮겠어?"

"조심할게요. 죄송합니다만 디지털카메라 좀 빌려주십시오."

아이자와가 뚜껑을 열고 먼저 올라갔다. 그러고 나서는 쓰즈키의 손을 잡아 도와주었다. 옥상으로 나오자 햇빛이 눈부셨다.

"우아."

아이자와가 소리를 질렀다. 눈이 부셔서도, 비록 4층 높이지만 사방이 탁 트인 경치에 놀라서도 아니었다.

"저게 뭔가요?"

쓰즈키도 잠깐 굳어버렸다.

옥상 한구석에 웅크리고 앉아 있는 괴물, 가고일 주위에 무슨 조각이 이리저리 흩어져 있었다. 다가가서 살펴보자 뾰족한 귀가 눈에 들어왔다. 갈고리발톱이 달린 손도 있었다. 날개 끄트머리도 있었다. 커다란 것은 몸통 부분 같았다.

쓰즈키는 심호흡을 한 번 했다.

이 건물이 완공되었을 때 설치된 뒤로 동네 주민들에게 언짢음과 약간의 재미를 안겨주며 지상을 바라보던 가고일이 산산이 부서졌다.

하지만 지금은 그것이 있던 곳에 또다른 가고일 조각상이 떡하니 앉아 있었다. 대걸레 자루 같은 막대기를 오른쪽 어깨 위로 비스듬히 내민 채.

가고일 조각상이 바뀌었다. 지구사 다에의 증언을 참고하자면 일주일 전쯤, 폭풍우가 몰아친 밤에.

"금속이 아니네요. 그렇다고 돌도 아니고. 합성수지일까요."

쪼그리고 앉아 조각을 만지작거리던 아이자와가 실망한 듯 말했다. "싸구려네."

그는 아직 이게 무슨 상황인지 모른다.

"원래는 한 쌍이었죠? 그중 하나가 부서졌네요."

쓰즈키는 신중하게 새로운 가고일 조각상으로 다가가 관찰해 보았다. 얼핏 보기에는 색깔도 모양도 예전 것과 똑같았다. 하기야 예전 가고일 조각상을 가까이서 본 적이 없으니 자세하게는 모르지만, 아무튼 비슷하기는 하다.

"아니. 원래 하나뿐이었어요. 즉 이건 바꿔치기된 겁니다."

아이자와가 "네?" 하고 물었다. 조각을 내던지고 다가왔다.

조각상 반대편으로 돌아간 쓰즈키는 깜짝 놀랐다.

새 가고일 조각상이 오른쪽 어깨에 걸쳐놓은 것은 단순한 막대기가 아니었다. 역시 무언가의 자루다. 하지만 대걸레는 아니다. 끝부분에 커다란 초승달 모양 날이 달려 있고, 괴물은 그 날을 몸으로 가려서 숨기고 앉아 있었다.

이것은 낫이다.

새 가고일 조각상은 무기를 들고 있었다.

재질은 뭘까. 가고일부터 낫까지 전부 균일하게 똑같은 색을 띠고 있다. 그러니 물론 낫도 진짜 무기가 아닌 장식품이겠지만.

가고일의 오른쪽 어깨에 손바닥을 얹었을 때 쓰즈키는 또다시 굳어버렸다.

따뜻하다.

겨울이지만 정오에 가까운 시간이니 햇빛이 머리 위에서 비치고 있다. 그래서 조각상도 따뜻해진 것이리라. 논리상으로는 그렇다. 그러나 한순간 손에 전해진 감촉에는 논리를 넘어서는 무언가가 있었다.

마치 피가 도는 몸 같다.

"이건 뭘로 만든 걸까요?"

아이자와가 가고일의 정수리를 탁탁 두드렸다. 둔탁한 소리가 났다.

"금속인가. 합성수지는 아닌 것 같네요."

"상당히 무거워 보이는데." 쓰즈키는 조각을 턱으로 가리켰다. "저것과는 재질이 달라."

"그러게요." 아이자와가 또 탁탁 두드렸다. "따뜻하네. 여기는 볕이 잘 드니까요."

그리고 가늘게 뜬 눈으로 주변을 둘러보았다.

"아무튼 낡은 물건을 망가뜨렸으면 정리를 제대로 할 것이지. 청소할까요?"

"아니, 이것들이 아래로 떨어질 염려는 없어 보이니 이대로 놔둡시다."

가능하다면 현장을 보존하는 것이 제일이다. 쓰즈키는 노로의 디지털카메라로 사진을 몇 장 찍었다. 낫자루를 쥐고 있는 가고일의 손은 접사했다. 살펴보니 괴물의 손가락과 손가락에 잡혀 있는 낫자루 부분은 용접한 것처럼 빈틈이 전혀 보이지 않았다. 그렇다면 낫만 떨어질 일은 없을 듯하다.

신기한 것은 조각상 본체였다. 받침대가 없고, 볼트 따위도 전혀 눈에 띄지 않았다. 그런데도 안정된 자세로 앉아 있다. 시험 삼아 아이자와와 함께 밀어보았지만 꿈쩍도 하지 않았다. 대체 어떻게 고정한 걸까.

"아이자와 씨, 내려가죠. 엘리베이터를 봐야겠습니다."

신중하게 사다리를 내려가 아래서 기다리던 노로와 합류했다.

"어땠나?"

"그게, 역시 이상합니다."

눈짓으로 '나중에 이야기하겠다'는 뜻을 전하고는 셋이서 계단을 내려갔다.

엘리베이터는 1층 계단 뒤편에 있었다. 전기가 끊겼으니 문은 손으로 열어야 한다.

"저한테 맡기세요. 유령은 질색이지만 힘쓰는 일은 자신 있습니다."

아이자와가 끙끙대며 문을 열기 시작했다. 금속의 질감이 느껴지는 문에 그의 손바닥과 손가락 자국이 남았다. 문에도 먼지가 앉은 것이다. 문이 30센티미터쯤 열리자 쓰즈키와 노로도 도왔다.

세 사람이 노력한 덕에 문이 활짝 열렸다. 어두운 공간이 뻐끔히 드러났다. 엘리베이터는 위층 어디에 멈춰 있는 모양이었다.

쓰즈키는 문 가장자리를 붙잡은 채 아이자와가 건네준 손전등을 켜서 위쪽을 비춰보았다.

"조심, 조심." 노로가 걱정스럽게 말했다.

쓰즈키는 깜짝 놀랐다.

엘리베이터가 없다.

엘리베이터는 철거됐다. 4층까지 이어지는 네모난 공간에는 아무것도 없었다. 그저 케이블이 늘어져 있을 뿐이다.

"으어어어어."

옆에서 몸을 내밀어 올려다보더니 아이자와가 괴상한 소리를 질렀다.

"저 가고일, 어떻게 옥상까지 옮긴 걸까요?"

모르겠다. 쓰즈키는 달리 할말이 없었다. 때마침 생각났다는 듯이 다리가 저려왔다.

아이자와와 차통빌딩 앞에서 헤어진 후, 쓰즈키는 노로의 담뱃가게로 가서 커피를 마시며 옥상의 정황을 설명했다. 노로는 디지털카메라로 찍은 사진을 침착하게 확인했다.

"영문을 모르겠군."

어이없으면서도 흥미가 동한 눈치였다. 자기도 직접 보고 싶었던 모양이다.

"이거 무슨 준비 작업 아닌가? 거 뭐더라, 〈전국의 신기한 풍경〉이라는 버라이어티 방송 있잖아."

그랬다면 적어도 러블러 테크노퓨전 쪽에 양해를 구했을 것이다. 무단으로 무슨 준비를 했다고 해도 엘리베이터나 계단을 통하지 않고 옥상까지 옮긴 방법은 여전히 수수께끼다. 건물 밖에서 크레인으로 들어올렸다면 지금껏 근처 사람들이 몰랐을 리 없다.

"일단 어쩌는 게 좋을까?"

"지켜보는 수밖에 없겠죠. 회장님 말씀대로라면 조만간 촬영하러 사람들이 올 겁니다."

"그래야겠지? 당장 무슨 피해가 생긴 것도 아니니까."

"지구사 씨께는 사정을 이야기하고, 너무 걱정 말라고 하세요."

"그럼. 괴물이 다른 것으로 바뀌었을 뿐인걸. 녀석이 들고 있는 막대기도 떨어질 염려 없다고 말해둬야겠어. 그 사람, 무서워서 그 건물 쪽으로는 지나다니지도 않는대. 장 보러 갈 때도 빙 돌아서 간다는군."

그렇지만, 하고 노로가 생각에 잠긴 눈빛으로 말했다.

"그 괴물이 가끔 움직인다는 얘기는 어쩌지. 확실하다고 어찌나 우기던지."

쓰즈키는 바로 입을 열었다. "인간의 눈은 곧잘 착각하는 법입니다. 잘못 보았는데도 확신에 차서 틀림없다고 믿기도 하죠. 저는 그런 일을 많이 겪어봐서 잘 압니다."

"그런가. 지구사 씨한테 그렇게 말해두겠네."

웃는 얼굴로 배웅하는 노로에게 마주 웃으며 헤어졌다. 하지만 혼자 지팡이를 짚으며 돌아오는 길에는 도저히 웃을 기분이 나지 않았다.

그 조각상은 가끔 움직여서 위치나 자세를 바꾼다고 한다.

—그리고 따뜻했다.

체온이 있는 것처럼 느껴졌다.

말도 안 된다. 지구사 다에의 목격증언은 착시 때문이고, 쓰즈키의 생각은 지나친 억측이다.

하지만 이왕 시작한 김에 좀더 말도 안 되는 생각을 해보자. 만약 그것이 저절로 움직인다면 어떻게 옥상까지 옮겼느냐는 수수께끼는 간단히 풀린다. 스스로 올라간 것이다. 날개를 펼치고 날아올라서.

쓰즈키는 걸음을 옮기며 지팡이를 들지 않은 손으로 제 이마를 때렸다.

집에 돌아가자 도시코가 와 있었다.

"여보, 무슨 일이었어요?"

"응, 그냥."

쓰즈키는 건성으로 대답하고 컴퓨터 앞에 앉았다. 은퇴한 뒤에야 일상에서 컴퓨터를 사용하게 되었으니 아직 잘 다루지는 못한다. 특히 검색 실력은 형편없다. 적절한 검색어를 고르기 어렵다.

그래도 세계 각지의 유명한 건축물에 설치된 가고일 조각상의 이미지를 찾아내는 데는 성공했다. 차통빌딩 옥상에 있는 것은 가고일 조각상치고 딱히 디자인이나 공법이 독특한 유는 아니었다.

낫을 찾을 때는 애를 먹었다. 이런저런 검색어로 검색한 결과 판타지 영화와 소설에 등장하는 무기 및 도구를 일러스트와 함께 설명하는 웹페이지를 찾아냈다. 그중 그 괴물이 들고 있던 낫과 아주 비슷한 것이 있었다.

이름은 사이스. 'scythe'라고 쓴다.

'긴 자루가 달린 낫. 무기보다 농기구로 사용된 역사가 길다.'

16세기 후반부터 서양의 농부들이 풀을 베는 데 사용한 도구라고 한다. 이후 농민병들의 무기가 되었다. 그런 까닭에 이 도구를 정식으로 채용한 군대는 존재하지 않는다. 언제나 비정규군의 무기였다.

끝부분에 설명이 한 줄 더 붙어 있었다. 쓰즈키의 시선은 거기 꽂혔다.

'서양의 이야기에 등장하는 해골 형상의 사신은 반드시 이 낫을 들고 있다.'

이것은 사신의 무기다.

5

고타로는 사흘간 BB섬에서 인터넷 대형 게시판을 훑는 작업을 했다. 나흘째는 학교 시간표가 꽉 차서 아르바이트를 쉬고 다음날 오후에 출근했더니, 마키가 다시 약물섬 업무로 돌아가라고 지시했다.

"수사에 진전이 없으니 인터넷 쪽도 좀 진정된 분위기라서."

이렇다 할 수확은 없었다. 인터넷 외의 미디어에서도 정보가 들어오지 않았다.

"또 무슨 움직임이 보이면 도울게요."

"응."

마키는 가볍게 고개를 끄덕이고는 걱정스러운 표정을 지었다.

"그건 괜찮은데 고대시, 너무 빠져들지는 마."

"제가 그렇게 열 올리는 것처럼 보여요?"

"꼭 그렇다기보다 표정이 어두워서. 사건 정보에 중독된 거 아니야?"

아닌 게 아니라 타격을 받았는지도 모른다. 하지만 그 원인은 '발가락 페티시 킬러'가 아니다. 소노이 미카를 터무니없이 헐뜯는 학교 비밀 사이트다.

학교섬의 모리나가에게 도움을 받은 다음날, 고타로는 큰맘 먹고 개인 노트북에 쿠마의 크롤링 프로그램을 설치하겠다는 신청서를 냈다. 마키는 이유를 캐묻지 않고 프로그램을 외부로 반출할 때의 주의사항을 한차례 설명한 후 바로 허가해주었다. 고타로가 집에서도 '발가락 페티시 킬러'의 정보를 추적하려나보다 생각했을 것이다.

고타로의 의도는 달랐다. 모리나가의 충고를 유념하는 한편, 미카 주위에서 일어난 일을 좀더 자세히 알아볼 작정이었다.

학교 비밀 사이트에서 미카를 대상으로 한 공격은 여름방학에 시작됐다. 시초는 휴대전화용 고유 사이트의 자기소개 페이지, 이른바 프로프에 '반짝반짝 키티'라는 닉네임의 여학생이 올린 글이었다.

'가쿠 선배가 연습을 보러 와줘서 기쁘지만, 미카만 편애해서 열받아.'

아무래도 이 '가쿠 선배'가 여학생들에게 인기 있다는 연식 테니스부 3학년 남학생인 듯했다. '보러 와줘서'라는 건 3학년이라 동아리 활동에서 빠졌는데도 여름방학에 1, 2학년을 지도하러 나왔다는 뜻이리라.

'반짝반짝 키티'는 여름방학 내내 이 일을 두고 투덜거렸다.

'나는 계속 가쿠 선배바라기였는데.'

'미카는 순 불여우야.'

미카가 다니는 이쿠노 시립 아오바중학교 연식 테니스부에는 동아리 친목 사이트가 있다. '반짝반짝 키티'도 그쪽에는 이런 글을 올리지 않는다. 다른 부원들도 지극히 건전하고 모범적이며 허울좋아 보이는 글만 올린다. '가을에 열리는 도 대회 4강을 목표로 힘내자.' '오늘은 다들 집중해서 연습 잘했어!' '요즘 우리 복식팀 호흡은 환상이야. 도토부속고등학교와의 교류전에서는 어떤 경지에 도달한 것 같았어.'

즉, '반짝반짝 키티'도 질투 섞인 불평을 실제 인간관계에 엮어 넣지 않고 학교 밖에서만 표출했다. 연식 테니스부원들이 '반짝반짝 키티'가 글을 올린 휴대전화용 고유 사이트에 반응하는 일도 없었다. 당시는 아직 그 존재가 알려지지 않았을지도 모른다. '반짝반짝 키티'가 이 프로프의 존재를 일부러 숨겼을 가능성도 있다.

게시글에 따르면 가쿠 선배는 연식 테니스부 여름 합숙에도 참가한 모양이다. 거기서도 미카를 열심히 지도해주었는지 '반짝반짝 키티'는 또 불만을 표출했다.

'미카 진짜 짜증나. 짜증나서 토 나올 것 같아.'

다만 이때는 어디까지나 혼자만의 불만이었다. 이 상태는 2학기 들어서도 이어졌다.

그러다 10월 말 상황이 돌변한다. '반짝반짝 키티'가 활동하는 사이트에 연식 테니스부원들(대부분 여자다)이 거듭 찾아와 다 함께 미카를 비난하는 댓글을 달기 시작한다. 미카는 건방지다느니, 잘난 척한다느니. 이런 흐름은 연식 테니스부의 동아리 친목 사이트로도 번져나가서,

'최근 동아리 규율을 어지럽히는 사람이 있습니다. 반성을 촉구합니다.'

'테니스가 좋아서가 아니라 다른 목적으로 동아리 활동을 하는 것은 옳지 않다.'

같은 글이 올라오기 시작했다. 이 시점에 무슨 일이 있었던 걸까. 글만 읽어서는 확실히 알 수 없다. 프로프에 '가쿠 선배 잘못이 아니야'라는 댓글이 있었던 걸로 봐서 그가 얽힌 일 같긴 하지만, 여기서 대화하는 아이들은 이미 다 아는 사실이니 굳이 글로 설명해주지는 않는다. 무슨 분쟁이 일어났을 때는 일정 시점에 '정리 사이트'를 만들어 사실관계를 정리해둬야 한다는 인터넷상의 상식을 모르는, 그 정도까지 인터넷에 익숙하지는 않은 아이들의 모임이니, 그저 한데 모여 왁자지껄 떠들어댈 뿐이다.

아이들이 소노이 미카를 '미카잉'이라고 부르기 시작한 것도 이 시점이다. 흔한 애칭 같지만 '잉잉 콧소리내며 아양 떤다'는 뜻이니 심술궂기 그지없다. 고타로가 아는 미카는 어디서도 남에게 함부로 아양 떨지 않거니와, 오히려 그런 데 서투른 아이다.

그래도 동아리 친목 사이트에서는 담당 교사가 일부 선배에게 주의를 준 모양이었다. 불만이 있으면 본인과 이야기해라, 뒤에서 험담하는 건 바람직하지 않다, 그러려고 사이트를 이용하는 건 잘못된 일이다, 라고.

일반적으로는 타당한 충고다. 하지만 여기서는 불에 기름을 끼얹은 형국이었다. 미카의 험담을 하던 아이들은 그후로 '반짝반짝 키티'가 활동하는 프로프로 장소를 옮겨 더욱 거세게 공격하기 시작했다. '반짝반짝 키티'에게 지지 않겠다는 양 자기가 활동하는 프로프에서 미카를 헐뜯는 아이도 여럿 나타났다. 고타로가 카페에서 모리나가와 함께 목격한 것도 그런 글들이었다.

미카가 왜 이런 일에 말려들었을까. '가쿠 선배'는 누구이고 미카와는 어떤 사이일까.

의혹을 풀려면 다시 가즈미에게 물어보는 수밖에 없다. 하지만 한 지붕 아래 사는 남매인데도 그러기 쉽지 않다.

일단 가즈미는 고타로가 모리나가에게 이 이야기를 하기 전에 보낸, '최근에 미카가 무슨 고민 얘기를 하지 않았어?'라는 메일을 싹 무시해버렸다. 그야말로 무반응이다.

그것은 그것대로 하나의 대답이며, 고타로에게는 불안한 단서였다. 가즈미는 이 일에 대한 내 질문을 피하고 싶어한다. 뭔가 숨기고 싶어한다.

한 가족이라지만 대학교 1학년 오빠와 중학교 2학년 여동생이다. 특히 동생은 한창 예민할 나이이다. 남자 가족과는 빨래를 같이 돌리지 않는 것은 물론, 화장실과 세면실도 다른 곳을 사용한다. 욕조에도 가즈미가 제일 먼저 들어간다. 아버지나 고타로가 깜박하고 먼저 들어가면 야단난다. 우리가 그렇게 더러워 보이느냐고 따지고 싶을 만큼 꼼꼼하게 욕실 바닥을 물로 씻어내고, 목욕물에 뭐라도 떠 있지 않은지 확인하고 나서야 들어간다. 그런 면에 다소 무신경한 아버지가 거실에 셔츠나 양말을 벗어놓으면 세균병기라도 발견한 것처럼 난리를 친다. 아버지가 깜박하고 가즈미의 컵이라도 쓰면 다시는 그 컵에 손도 대지 않는다.

가즈미가 아버지와 오빠를 싫어하는 것은 아니다. 그냥 여자아이는 누구나 그런 시기를 겪는 법이라고 어머니가 설명했다. 그러므로 고타로는 납득 내지 타협을 하고(덧붙여 아버지는 전혀 개의치 않고 지적도 하지 않는다), 평소 가즈미의 민감한 센서에 감지되지 않도록 주의하지만, 무슨 이야기를 하고 싶을 때는 정말이지 불편하다.

결국 대화 기회를 잡기까지 나흘이 걸렸다. 고타로가 아르바이트 없이 학교 수업으로 꽉 찬 일과를 마치고 오후 여섯시가 지나 집에 돌아오자, 이미 해가 져서 어두운데 가즈미가 현관에서 운동화를 신고 있었다.

"나가?"

"편의점 좀."

"그럼 같이 가자."

가즈미는 노골적으로 싫은 티를 냈다. "내가 사다줄게."

"아냐, 직접 가는 게 편해."

입을 꾹 다문 가즈미를 막무가내로 따라나섰다. 걸음을 떼자마자 고타로는 입을 열었다.

"너, 내 메일 씹었더라."

가즈미는 자기가 좋아하는 체크무늬 머플러가 정신없이 흔들릴 만큼 바삐 걸었다.

"메일 보냈는데. 봤지?"

"몰라."

"거짓말하지 마. 하루종일 휴대전화 붙잡고 살면서."

가즈미가 갑자기 멈춰 서는 바람에 바로 뒤에서 따라가던 고타로는 하마터면 부딪힐 뻔했다.

"그 이야기는 하기 싫어."

가즈미가 고타로를 노려보았다.

"어, 그러냐. 근데 난 듣고 싶은데. 나뿐만이 아니야. 하나코 아주머니도 걱정하신다고."

수다쟁이에 활기 넘치고 나이에 비해 요란한 차림을 즐기는 등 여러모로 난감한 사람이지만, 예전부터 고타로 남매를 예뻐해줬다. 둘 다 하나코 아주머니에게는 약하다.

"오빠, 그런 쪽으로는 머리가 잘 돌아가네."

가즈미는 어깨를 축 늘어뜨리고 천천히 걸으면서 띄엄띄엄 말을 꺼냈다.

"미카 얘기지? 알아."

'반짝반짝 키티'를 위시한 공격대는 '미시마 가즈미한테 들키면 성가시다'고 적었다. 하지만 가즈미는 이미 안다고 한다.

"미카가 사람들한테 걱정 끼치고 싶지 않으니까 비밀로 해달랬어."

이런 일에서 실로 자주 보이는 패턴이다.

"전부 가쿠 선배 잘못이야."

가즈미의 말투에 가시가 돋쳐 있었다.

"가쿠 선배가 그렇게 철없는 짓을 해서 그래."

중학생이 보기에 '철없는 짓'이란 뭘까?

"어떤 놈이야? 이름은?"

"시모카와 가쿠. 3학년. 동아리 선배야."

"인기 많은 모양이던데."

"여자애들한테 인기가 많지. 잘생긴데다 운동도 잘하고 성적도 좋고."

가즈미 취향은 아닌 걸까, 이번 일로 싫어진 걸까. 판단을 내리기 애매했다.

"내가 지금 무슨 아르바이트를 하는지 알잖아. 너만큼은 아니지만 나도 사정을 어느 정도 알고 있어."

고타로는 지금까지의 경위를 설명했다. 편의점을 지나쳤지만 남매는 걸음을 멈추지 않았다.

"미카 어머니가 학교에 불려갔어."

가즈미는 놀란 표정을 감추지 않았다.

"몰랐어?"

"응, 못 들었어."

"미카가 너한테도 걱정 끼치기 싫었나보지."

"선생님이랑 엄마가 알았으니까 무슨 조치를 취하겠지?"

"나도 그렇게 기대하고 있어."

고타로는 코트 호주머니에 양손을 넣고 걸었다.

"10월 말 무슨 일이 있었던 거야?"

가즈미는 한숨을 쉬었다. "며칠이었더라. 마지막 주 일요일에 동아리 활동이 끝나고 가쿠 선배가 미카한테 고 투 더 백 했어."

무슨 뜻인지 아느냐고 가즈미가 미심쩍어하는 투로 물었다.

"알아. 좋아한다고 말한 거잖아. 사귀자고."

"맞아. 이제 곧 수험이니까 그전에 고백해서 마음의 정리를 하고 싶다고 했대."

순정파 중학교 3학년이 할 법한 일—일까?

"그전에도 가쿠 선배의 태도를 보면 미카를 좋아한다는 게 뻔했어."

"응, 게시판에도 적혀 있더라. 편애한다고."

"그런 눈으로 보다니, 미카가 정말 불쌍해. 미카는 달갑지 않아했다고."

"미카는 선배한테 마음이 없었나?"

"걔는 아직 어린애인걸."

너랑 한 살 차이밖에 안 나거든.

"그럼 고백을 거절한 거네?"

가즈미는 입을 다물었다. 머플러 끝이 또 이리저리 흔들렸다.

"거절 안 했어?"

"그딴 식으로 고백하는데 미카보고 뭘 어쩌라는 거야."

"그딴 식이라니?"

가즈미는 마치 고타로에게 화난 것처럼 날선 눈빛으로 말했다. "몰래 고백한 게 아니야. 모든 부원 앞에서 선언했어. 나는 소노이 미카를 좋아한다고. 그 마음 때문에 지금까지 부원들에게 오해를 일으켜서 미안했다고."

고타로는 너무 놀라 앞에 있던 전봇대에 부딪힐 뻔했다.

"돌아이네!"

"응, 완전히 돌아이야. 미카의 기분도, 미카의 입장도 전혀 고려하지 않았어."

고백한 덕에 자기 속은 시원해졌다. 상대가 난처해질 줄은 꿈에도 모른다. 상대도 자신을 좋아한다고 철석같이 믿기에 이제 전부 잘될 거라 생각한다.

"나는 이제부터 동아리 활동에 참가하지 않겠다. 다들 열심히 해라. 그러고 끝."

미카는 연식 테니스부에 홀로 남겨졌다. 그리고 주위에서는 총공격을 퍼붓기 시작했다.

"미카는 개인적으로 어떻게 대처했어?"

"개인적이라니?"

"사귈 마음이 있는 거야, 없는 거야?"

"당연히 없지."

"가쿠 선배한테 그렇게 말했어?"

"메일은 보냈대. 하지만 선배가 믿겠어? 괜히 부끄러워서 그런다고 생각하겠지. 그런 사람이니까."

뭐든지 자기 뜻대로 이루어온 사람이니까.

"게다가 자기중심적이야. 정식으로 데이트하고 사귀는 건 고등학교 수험 이후로 미루자고 했대. 그러니까 학교에서 선배의 입장은 하나도 달라지지 않았어."

확실히 자기중심적이다. 거들먹거리는 타입은 아니지만 이 또한 일종의 '자백' 유형일 것이다. 자백 왕자님이다.

고타로는 발걸음을 늦추고 동생에게 고개를 돌렸다.

"너, '반짝반짝 키티'가 누구인지 짐작 가?"

가즈미는 잔뜩 골난 표정을 지었다. 그 위에 한순간 무표정을 덮어씌우려고 했다. 그래서 도리어 속내가 드러났다.

"아는구나."

가즈미는 입을 시옷자 모양으로 꾹 다물었다.

"말인즉슨, 미카도 알아. 자기를 공격하는 주범이 누구인지 아는 거야. 맞지?"

그나저나 완벽한 시옷자다. 이래서야 대답을 기대하긴 글렀다.

"나한테 알려달라고는 하지 않을게. 하지만 다카코 아주머니한테는 쿠마에 한번 상담해보라고 말해볼 생각이야. 이런 문제를 해결하는 데는 프로니까."

가즈미는 무심결에 어리둥절한 표정을 짓고 나서야 오빠가 일하는 회사 이름이 쿠마라는 것이 생각난 모양이었다.

"그 회사 이름은 몇 번을 들어도 희한하다니까."

"시끄러워. 어엿한 의미가 있는 이름이야."

모리나가가 쿠마에 상담하라고 권했다는 이야기는 하지 않았다. 딱히 자기 공으로 삼으려 한 것은 아니다. 이런 이야기가 생판 남에게 알려졌음을 알면 미카와 아주머니가 싫어할 것이다. 애초에 고타로가 눈치채기를 바라지도 않았을 것이다.

"나도 다카코 아주머니한테 어떻게 말해야 좋을지 모르겠어. 학교에서 이 사태를 어떻게 설명했는지도 모르겠고. 하지만 이미 알아버린 이상 모른 체할 수는 없어."

가즈미는 말이 없었다.

"내가 다카코 아주머니랑 이야기하고 나서 아주머니가 너한테 뭔가 묻거든, 나한테는 하기 힘든 말도 전부 해드려. 그것만 좀 부탁하자."

"알았어." 가즈미는 짧게 대답하고 멈춰 서서 고타로의 얼굴을 보았다. "그런데 오빠, 미카 엄마한테 직접 얘기해야 해."

"응?"

"중간에 우리 엄마를 끼워넣으면 안 된다고."

그런 과정은 생각도 해보지 않았다.

"물론 직접 말할 거야. 왜 그런 소리를 해?"

"미카 엄마는 우리 엄마랑 친하지만."

가즈미는 말하다 말고 목구멍에 걸린 걸 토해내려는 양 인상을 썼다.

"우리 엄마한테 좀 세게 나오는 면이 있어."

남자는 모르겠지만, 이라고 내뱉고 재빨리 걸음을 옮겼다. 내버려진 고타로는 허둥지둥 뒤쫓아갔다.

"야, 그게 무슨 뜻이야?"

"무슨 뜻인지 몰라도 돼."

"되기는 뭐가."

총총 걷는 가즈미가 한숨을 쉬자 하얀 입김이 뒤로 흘렀다.

"우리 엄마는 평범한 가정주부지만, 미카 엄마는 이혼한 싱글맘이잖아. 친하기는 해도 껄끄러운 구석이 있어."

"껄끄러워?"

애매하게 되묻자 가즈미는 답답하다는 듯이 목소리를 높였다.

"미카 엄마는 우리 엄마한테 약한 모습을 보여주기 싫어해. 싱글맘이라 부족한 데가 있다고 평가받기 싫은 거야. 난 그 마음 이해해. 그러니까 이번 일은 엄마한테 비밀로 해줘. 알았어?"

고타로는 진심으로 놀랐다.

—아직 중학교 2학년인데.

여자는 이렇게 미묘한 데까지 신경쓰는구나.

"……알았어."

고타로는 순순히 대답하고 가즈미와 나란히 걸었다. 결국 동네를 한 바퀴 돌고 집에 돌아왔다.

집의 불빛이 보이자 고타로가 입을 열었다.

"넌 엄마한테 걱정 끼치지 마라."

가즈미는 내뱉듯이 말했다. "바보 같긴. 참견하지 마."

다음날 고타로가 학생식당에 있는데 휴대전화가 울렸다. 소노이 다카코였다. 서둘러 일어나 인기척 드문 건물 뒤편으로 갔다.

"느닷없이 전화해서 미안하구나. 가즈미가 번호를 알려줬어."

여느 때처럼 시원시원한 말투라 목소리만 들어서는 걱정이나 고민의 낌새를 챌 수 없었다.

"어젯밤 가즈미가 메일을 줬는데…… 미카 일로 고한테도 여러모로 걱정을 끼친 모양이구나."

어찌된 일인지 짐작이 갔다. 다카코 아주머니에게 이야기를 꺼내기 전에 가즈미가 먼저 언질을 준 것이다.

"아니요, 음, 죄송해요. 쓸데없는 짓을 했네요."

"쓸데없는 짓이라니. 고맙지."

다카코는 거두절미하고 현재 상황을 설명해주었다. 미카가 학교 비밀 사이트에서 공격당하고 있다는 사실은 일주일 전쯤 담임선생님 전화를 받고 알았다고 한다. 미카에게서는 아무 말도 못 들었다.

"그래서 바로 시간을 내서 선생님을 뵈러 갔어. 안 그래도 미카가 영 기운이 없어 보여서."

"그랬군요."

"담임선생님은 소에지마라는 분이야. 나랑 나이가 비슷한 남자 선생님인데, 인터넷도 잘 모르고 여학생들 관계를 파악하는 데 둔하다며 사과하셨어. 비밀 사이트도 같은 반 여학생이 알려줘서 아셨대."

―소노이를 심하게 헐뜯는 말이 적혀 있는데, 선생님이 어떻게 좀 해주세요.

"선생님도 놀라서 연식 테니스부 담당 선생님과 상의해보고 나한테 연락을 주셨는데, 현재는 사이트에 미카의 험담이 올라올 뿐이고 학교생활에는 별다른 변화가 없다는구나."

고타로는 그 말을 곧이곧대로 받아들이지 않았다. 선생님들의 눈에만 보이지 않거나, 혹은 교묘하게 은폐된 것이 아닐까.

"미카와 이야기는 해보셨어요?"

"응, 학교에 다녀온 날 바로."

"뭐라고 하던가요?"

"비밀 사이트에 대해서는 알지만 그렇게 수선 떨 일은 아니라면서 오히려 나한테 뭐라고 했어."

역시 미카는 어머니에게 걱정 끼치기 싫은 것이다.

"자기가 아무 일 없다는 듯이 행동하면 저절로 잠잠해질 거래. 미카는 그 시모카와라는 3학년 선배랑 사귈 마음이 없고, 그애도 지금은 수험 공부에 매진하고 있잖아? 일이 더 커지지는 않을 것 같은데."

너무 낙관적인 생각이다. 본인들이 일을 키울 생각이 없더라도 상황은 멋대로 확대되고, 점점 심각해지고 있다.

"제 생각은 다른데요……"

"고도 학생이니까." 다카코는 작게 웃었다. "학교에서 일어나는 일을 민감하게 받아들이는 건 당연하지. 정말 미안해. 미카도 괜찮다고 하니 걱정 더 안 해도 된단다."

"하지만."

"확실히 사이트에 적힌 글만 보면 좀 심하지만, 그게 어디까지 진심인지는 모르잖니. 우리가 어렸을 때는 그런 울분은 일기에다 풀고 치웠어. 하지만 요즘 애들은 인터넷에다 풀잖아. 인터넷이 공개된 장소라는 인식이 없는 거야."

그 말은 고타로도 이해가 됐다. 쿠마에서 일하기 시작한 뒤로 더더욱 실감한 부분이다. 인터넷이 하나의 사회임을 인식 못하고 사회에 참가한다는 의식도 없이 개인적인 감정을 쏟아내는 사람들이 있다. 그것도 아주 많이.

"사춘기 여자애들이 욱해서 쓴 말을 진지하게 받아들여서 야단치면, 오히려 좋지 않은 결과가 나올 것 같아."

"담임선생님이 그렇게 말씀하셨나요?"

"응, 그런데 나도 동감이야. 우리 직장에도 비슷한 문제가 있어봐서 이런 말썽을 생판 처음 접하는 건 아니거든."

그건 그렇겠지만, 어른과 아이는 사정이 다르고 마음을 쓰는 방식도 다르다.

"미카는 매일 활기차게 학교에 다니고, 동아리 활동도 열심히 해. 잠깐 기운이 없어 보인 건 사실이지만 그건 비밀 사이트가 제일 기승을 부리던 시기였어. 이제 고비는 넘겼지."

고타로가 본 그 글들도 절정이 지난 시기의 것이었을까.

"그래도 충분히 악질적인데요."

"악질적이지. 버릇 나쁘고. 그렇지만 기껏해야 중학생 여자애들이 쓴 험담일 뿐이야."

다카코 아주머니. 고타로는 휴대전화를 움켜쥔 채 숨죽였다.

강한 척하시는 거 아닌가요?

가즈미의 눈은 정확했다. 아주머니, 우리 엄마뿐 아니라 우리 가족 모두에게 세게 나오는 것 아닌가요? 아니, 어쩌면 이 경우 '우리 가족'은 그저 '세상 사람들'을 대표하는 말일 뿐일지도.

아니면 반대일까. 다카코 아주머니는 무서운 걸까. 견딜 수 없을 만큼 무서워서 일부러 일을 작게 생각하려는 건 아닐까.

"일단 미카 일은 가만둬주겠니? 가즈미뿐 아니라 고한테도 걱정 끼친 줄 알면 미카는 면목없어서 책상 밑에 숨어버릴 거야."

"아주머니가…… 그렇게 말씀하신다면 그럴게요."

"고마워."

이야기는 이걸로 끝일까. 내가 너무 설레발을 쳤을 뿐일까. 그렇다면 왜 이렇게 숨막힐 듯 꺼림칙한 기분이 드는 걸까.

"아주머니."

"응?"

"혹시 또 무슨 곤란한 일이 생기면 말씀해주세요."

"응, 그럴게."

"저도 그럴 일이 없기를 바라지만요."

"응. 미안, 점심시간이 끝나가서 이만 끊어야겠다."

전화가 끊겼다. 고타로에게는 전화가 끊겼다기보다 소노이 다카코의 목소리가 달아난 듯 느껴졌다.

낙관적으로 받아들인 걸까, 은폐한 걸까. 강한 척하는 걸까, 겁에 질린 걸까. 가만두는 것과 모른 척하는 것은 어떻게 다를까.

고타로의 입속에 꺼끌꺼끌한 감촉이 남았다. 방금 수화기를 통해 씁쓸한 모래가 불어들어온 것처럼.

그날은 오후 다섯시부터 열한시까지 근무였다. 교대를 기다리던 가나메가 고타로의 얼굴을 보고 물었다.

"무슨 일 있어?"

"왜?"

"미간에 주름 한 줄이 또렷한데."

고타로는 손가락으로 미간을 문지르며 자리에 앉았다.

"오늘 사장님을 취재하러 나왔었어."

인수인계 도중에 가나메가 모니터 뒤로 머리를 감추고 작게 말했다. 기본적으로 사무실 자리에서 사담은 금지다.

"취재?"

"방송국. 한 달 내내 야마시나 씨를 밀착 취재한대. 이번에 도쿄에 오래 머무는 것도 그래서인 모양이야."

고타로는 만나지 못했지만 야마시나 사장은 벌써 일주일도 넘게 도쿄 지사에 출근중이다.

"어떤 방송?"

"〈빛나는 러너〉. 모르니? 심야방송인데, 진지한 인물 다큐멘터리야."

야마시나 사장은 현재 가장 활약하는 여성 기업가 중 한 명으로 소개될 거라고 한다.

"여기도 촬영 왔어?"

"우리한테는 안 왔지만, BB섬을 찍어갔나보더라고."

"가나메, 텔레비전에 나가고 싶었나보네."

"아니, 난 그런 데 흥미 없어. 학구열에 불타는 착실한 학생이니까."

고타로가 보기에 야마시나 사장도 매스컴에 얼굴을 팔고 싶어 하는 타입은 아니다. 마키에게 듣기로는 지금까지 잡지사에서도 몇 번 취재 요청이 왔지만 거절했다.

—우리 같은 일을 하는 사람들은 무방비하게 대중에 알려지지 않는 편이 나아.

방침을 변경할 만한 이유가 생긴 걸까. 삿포로 지사 설립과 관계있을지도 모르겠다고 억측의 나래를 펼칠 필요는 없었다. 오후 여덟시에 사십 분의 휴식시간이 주어졌을 때, 오늘은 다른 사람과 어울릴 기분이 아니라 혼자 휴게실에 가려고 사무실을 나서다가 사장과 딱 마주쳤기 때문이다.

"어머, 미시마."

검은색 정장에 흰색 하이넥 셔츠. 검은색 하이힐. 7센티미터는 되는 뾰족한 굽이다. 손에는 큼지막한 비즈니스백과 카멜색 코트를 들고 있었다.

"어, 안녕하세요."

사원이 사내에서 사장을 만났을 때 어떻게 인사하면 적절한지 고타로는 아직 잘 몰랐다.

"음, 퇴근하시나요? 고생 많으셨습니다."

"넌 휴식시간?"

"네."

야마시나 사장은 고개를 끄덕이더니 왜 그런지 고개를 갸웃했다. 검은 머리를 땋아서 위로 틀어올렸다. 풀면 등 가운데까지 내려올 만큼 길다고 가나메가 알려주었다.

야마시나 아유코, 서른다섯 살. 키 172센티미터, 늘씬하고 팔다리가 길다. 나고야의 명문 현립고등학교에 다닐 때는 여자 배구부 주장이었다고 한다. 지금도 운동을 좋아해서 틈만 나면 피트니스 클럽에 나간다. 회사에서도 손님과 함께가 아니면 엘리베이터를 타지 않는다.

"집에 갈 생각이었는데."

마음이 바뀌었다며 고타로에게 웃음을 지었다.

"미시마, 메밀국수 좋아하니?"

"네?"

"쯧쯧. 이럴 때는 '네, 사장님. 아주 좋아합니다' 하면 돼."

가자, 하고 야마시나 아유코가 고타로의 어깨를 탁 두드렸다.

야마시나 사장이 데려간 곳은 바로 뒤쪽 건물의 지하 1층이었다. 손님이 반쯤 들었지만 가게 안은 조용했다. 클래식을 작게 틀어놓아 차분한 분위기다. 그냥 국숫집이 아니라 메밀 코스 요릿집이었다.

자리에 앉아 메뉴판을 펼친 야마시나 사장은 고타로에게는 아무것도 묻지 않고 척척 주문하더니 잘 아는 사이인 듯한 점장에게 "한 시간 이내로 부탁할게요"라고 말했다. 그리고 비즈니스 백에서 스마트폰을 꺼내 재빨리 메일을 보냈다.

"세이한테, 사장 면담을 할 테니 미시마의 휴식시간을 한 시간으로 늘려달라고 했어. 그러니까 서두르지 않아도 돼."

역시 일사천리다.

"가, 감사합니다."

야마시나 사장은 메밀차가 담긴 찻잔을 들고 고타로의 얼굴을 똑바로 바라보았다. "세이한테 들었어. 일 열심히 한다고."

같은 학회에 있던 시절의 습관인지 야마시나 아유코는 아직도 마키 세이고를 '세이'라고 부른다. 마키는 어떤 상황에서도 '사장님'으로 부르는데.

두 사람은 어떤 관계일까? 사업 파트너이자 친구. 하지만 그뿐만은 아닌 듯하다고 가나메가 말한 적이 있다. 가나메는 보통 남의 사정에 별로 흥미를 가지는 편이 아닌데 이 두 사람은 특별하다고 서론을 깔았다.

—나도 동경하니까.

실은 연인관계일까. 각자 사는 곳은 다른 모양이지만 가깝게 왕래한다는 건 마키의 태도를 보면 짐작이 간다.

고백하자면 고타로는 가나메 이상으로 두 사람이 어떤 관계일지 신경쓰였다. 흥미 있는 정도가 아니다. 신경쓰여서 어찌할 수 없는 수준이다.

동경이라고 딱 잘라 말할 수 있을 만큼 고타로는 순진하지 않다. 그 점이 가나메와 다르다. 연상 연하든, 사장과 아르바이트생이라는 관계든, 고타로도 남자 나부랭이이므로 여자에게 '동경한다'는 표현은 쓰고 싶지 않다.

그저 푹 빠진 것이다. 자신도 알았다. 무더웠던 여름날, 그림책 매대에서 발견한 『착한 괴물 쿠마』를 읽고 나서 이 애틋한 이야기를 사랑하는 기업가가 과연 어떤 사람일지 궁금해졌다. 그후 면접에서 얼굴을 마주한 그 사람은 뜻밖에도 여자였고, 게다가 고타로가 지금껏 살면서 만난 어떤 여자보다도 아름답고 당당했다. 그런 사연이 있으니 푹 빠지는 것도 무리는 아니지. 딱히 남에게 해명할 필요도 없는데 혼자 그렇게 생각하곤 한다.

실제로 지금도 고타로는 떨리는 손을 들키지 않으려고 몸에 힘을 잔뜩 주고 앉아 있었다. 뺨이 달아오른 건 난방이 너무 센 탓이라고 둘러댈 수 있으려나.

사장과 둘이서 식사하는 것은 물론 처음이다. 이런 기회가 두 번 있을 리도 없다.

"저는 아직도 배울 게 많아요."

"그래? 세이는 미시마가 와준 덕분에 전력이 상승했다는데."

요리가 나왔다. 반찬이라고 하면 안 된다. 이런 건 '전채'라고 불러야 할 것이다.

"먹어. 배고프지?"

야마시나 사장이 냉큼 젓가락을 집어들었다. 고타로는 어색하게 손을 놀리다가 젓가락을 떨어뜨릴 뻔하고는 뺨이 더욱 달아올랐다.

"일이 일이다보니 학업과 병행하기 어려울 텐데, 힘들지 않아?"

"괜찮아요. 가나메, 아니, 아시야 씨가 있으니까요."

"걔도 우수하지." 야마시나 사장은 고개를 끄덕이고 재미있다는 듯이 쿡쿡 웃었다. "가나메, 잘 먹잖아. 그 몸의 어디로 다 들어가나 싶어서 놀랐다니까."

"사장님도 아세요?"

"보름 전쯤이었나. 같이 고기 뷔페에 갔었어."

그것도 '사장 면담'인가. 신규 채용한 대학생 아르바이트생들이 어떻게 지내는지 사장이 개별적으로 확인하는.

—그래, 그런 거겠지.

고타로만 특별한 취급을 받는 것이 아니다. 가나메도 보름이나 앞서 함께 식사를 했고, 지금도 우연히 회사에서 마주쳐서 마침 잘됐다 싶어 데려왔을 뿐이다.

조금 낙담했다. 바보 같지만 낙담했다. 난 도대체 뭘 기대한 거람.

"발가락 빌 사건 때문에 세이가 차출했다는 이야기도 들었어. 세이의 몹쓸 습관이라고나 할까."

음식을 먹으면서 말하는데도 미인이라니. 무슨 사람이 이러냐.

"그 사람, 걱정을 사서 하는 편이거든. 언젠가 일본에도 미국에서 이름을 날린 연쇄살인범과 비슷한 유형의 살인자가 나타날 거라고 십 년도 전부터 불안해했어."

"실제로 심상찮은 사건이 발생했죠."

"그렇지만 사건의 양상은 달라. 규모도 다르고. 왜, 미국 전역에는 체포되지 않고 활동중인 연쇄살인범이 항상 서른 명쯤 있다고 하잖아."

고타로는 BB섬 일을 며칠 도와주었을 뿐이지만, 일본에도 잠재적인 연쇄살인범 후보가 그 정도 존재한다는 느낌을 받았다. 인터넷 대형 게시판에 모인 범죄 마니아 중에는 분명 가해자 쪽 시점에서 사건에 열광하는 사람들이 있다.

"아직 표면화되지 않았을 뿐이라는 생각도 드는데요."

"범죄로 기운 마음이 구체적인 행동으로 이어지지 않았을 뿐이라는 뜻?"

고타로는 메밀 초밥을 삼키고 고개를 끄덕였다. 목이 멜 것 같았다.

"그럴지도 모르지. 하지만 그렇기 때문에 더더욱 너무 그런 방향으로 생각하지 않는 편이 좋다고 봐."

야마시나 사장은 젓가락을 든 채 우아하게 한 손으로 턱을 괬다.

"사람의 생각은 언젠가 현실로 나타나니까."

생각하면 현실이 된다?

"난 심리학을 배우지 않았으니 올바른 용법인지는 모르겠지만, '집합적 무의식'이라는 게 있잖아? 말하자면 수많은 사람이 하나의 프로그램을 머릿속에 설치하거나, 혹은 설치당하는 것과 비슷하지 않을까."

이 경우는 연쇄살인범의 수법이고, 하고 말을 이었다.

"또는 연쇄살인범의 행동 패턴이나 동기 부여. 바다 건너에서 넘어오는 정보가 이 나라 사람들의 머릿속에 스며드는 거야. 만약 일본이 아직까지 문화적으로 빗장을 건 상태였다면 자력으로 만들어내거나 길러낼 수 없었을 유형의 범죄 수법과 동기가 그렇게 탄생하는 거지."

생선회에 이어 주요리가 나왔다. 튀김 메밀국수다. 갓 튀겨서 고소한 냄새가 코를 간질였다. 고타로는 배가 절로 꾸르륵거렸다.

"하지만 세상 어딘가에서 일어나는 일은 언젠가 이 나라에도 일어나게 돼 있어. 특히 일본은 미국 문화의 영향을 고스란히 받으니까."

빈 전채 그릇을 옆으로 치우며 야마시나 사장이 한숨을 쉬었다.

"따라서 예측과 대비가 중요해. 하지만 그러기 위해 정보를 얻는 행위가, 그 정보 때문에 어떤 유의 사건이 발생하는 원인이 되기도 하지. 그야말로 표리일체에 닭과 달걀 같은 관계야. 그러니까 나도 괜한 걱정이라고 세이를 비웃을 마음은 없지만, 이번 사건에서는 의욕이 지나친 게 아닐까 싶어."

상당히 진지한 이야기를 하고 있는데 고타로의 배가 또 꾸르륵거렸다. 창피해서 진땀이 났다.

덧붙여 고타로는 별 상관없는 부분에 감동했다. 야마시나 사장이 자신을 '아타시'라고 칭한 것이다. 지금까지 몇 번 잠깐 말을 나눌 때는 '와타시'라고만 했는데.*

"튀김 별로 안 좋아해?"

"네?"

"식기 전에 먹어야 맛있지."

"네, 잘 먹겠습니다."

---

* '와타시'는 일반적인 여성 일인칭이고, '아타시'는 좀더 친근한 상대에게 격의 없이 대하는 느낌을 준다.

나, 얼굴이 새빨개진 것 같네. 꼴사납게 이게 뭐람.

"미안해." 야마시나 사장이 밝게 웃었다. 눈초리에 살짝 주름이 잡혔다. 주름이 이렇게 귀여운 거였구나, 고타로는 생각했다.

"실은 아까 세이와도 이 이야기를 하다 나왔거든. 제법 열띤 토론을 벌였어."

일이 바쁘니까 오늘은 이만 하자고 마키가 쫓아냈다며 입을 삐죽였다.

"사장님은 이야기를 더 하고 싶으셨군요."

"그런 셈이지. 미시마한테는 마른하늘에 날벼락일지 모르겠지만, 아무튼 들어봐. 세이는 나야말로 생각이 지나치다면서 웃더라고."

호쾌하게 메밀국수를 후루룩 삼키고 말을 이었다.

"미시마, 이번 발가락 절단 사건의 범인이 왜 '발가락 빌'로 불리는지 알아?"

그건 고타로도 궁금했다. 인터넷 대형 게시판에서는 이미 '상식'인 듯 아무도 굳이 설명하지 않았다.

"『양들의 침묵』이라는 소설이 있어. 영화로도 만들어졌고."

"스릴러소설이죠. 전 그쪽에는 별로 흥미가 없어서."

"그렇구나. 그 소설에도 연쇄살인범이 등장하는데, 여자를 죽이고는."

야마시나 사장은 조용한 가게 안을 슬쩍 둘러보고 목소리를 낮추었다.

"피해자의 가죽을 벗겨. 여러 피해자의 가죽을 꿰매서 인형옷처럼 착용하는 여성의 몸을 만들려고 하지."

그 범인에게 붙여진 별명이 '버펄로 빌'이라고 한다.

"'발가락 빌'의 빌은 거기서 유래한 거야. 이번 사건의 피해자는 여성만이 아니지만, 피해자의 신체 일부를 취한다는 점은 같지. 그래서 갖다붙인 거야."

고작 그런 이유였나.

"원래 『양들의 침묵』의 범인도 실존한 연쇄살인범 에드 게인의 범행에서 영감을 얻어 만들어낸 거야. 그렇게 창작된 작품의 2차 창작 형태로 '발가락 빌'이라는 억지스러운 캐릭터가 탄생했고."

요컨대 사실이 이야기화한 거지. 야마시나 사장은 진지한 표정으로 말했다.

"어떤 사실에서 이야기가 태어나고, 그 이야기가 다른 사실에 흡수되어 다시 이야기로 부풀어올라. 그러니까 사건의 중심인물인 범인 말고 전혀 상관없는 제삼자도 '이 이야기의 뼈대가 무엇인가'만 파악하면 사건이 어떻게 전개될지 미리 읽어낼 수 있어."

열이 올랐는지 야마시나 사장은 목소리를 낮추는 것도 잊어버렸다.

"실제로 미국의 많은 연쇄살인범은 대부분 예전에 발생한 유명 연쇄살인범의 범행을 모방하는 것으로 시작해. 그와 더불어 업그레이드하지. 좀더 많은 희생자를 내거나, 수법을 화려하게 바꾸는 식으로 말이야. 안 그러면 사회가 반응해주지 않고, 반응이 없으면 연쇄살인범은 만족을 못하거든."

사람은 명백한 골자가 없는 현상에는 마음을 빼앗기지 않는다고 덧붙여 말했다.

"그 자체가 현실의 이야기화나 마찬가지야. 그래서 그들을 추적할 때도 과거에 사건을 저지르고 체포된 범인의 동기와 행동 패턴을 추출해서 적용하는 '프로파일링'이라는 수법이 유효한 거지."

고타로는 그저 고개만 끄덕일 뿐이었다.

"난 그런 경향이 건전하다고 생각지 않아. 물론 범죄니까 건전이고 뭐고 할 것도 없지만, 뭐랄까, 이야기화에 익숙해져서 사건을 놀이처럼 해석하는 사람이 늘어났잖아. 그래서 이런 경향이 없었다면 발생하지 않았을 사건까지 유발시키는 것 같거든."

그리고 갑자기 찰싹 소리내며 손으로 눈가를 가렸다.

"왜, 왜 그러세요?"

"나도 참, 또 이러네."

일장연설을 해버렸다고 부끄러운 듯이 작게 말했다. "이러니까 세이가 놀리는 거야."

"괜찮아요. 정말 재미있는 이야기였어요. 저는 한 번도 그런 식으로 생각해본 적이 없는걸요."

정말로 이야기가 하고 싶으셨군요, 사장님.

"저기, 오늘 취재에서도 이런 이야기를 하셨어요?"

야마시나 사장은 눈에서 손을 떼더니 놀란 듯이 고개를 저었다. "절대 아니야! 전혀 다른 용건이었어."

"다른 용건요?"

"응."

야마시나 사장은 고개를 크게 끄덕이더니 정신을 차린 것처럼 앉음새를 고쳤다.

"새로운 일을 시작해보려고 구상중이거든. 그러려면 후원자가 필요하니까 홍보 활동의 일환으로 취재를 수락한 거야."

고타로의 표정이 미묘했는지 사장은 달래듯 웃었다.

"걱정 마. 쿠마와는 관계없는 계획이고, 쿠마를 끌어들일 생각도 없어. 나 혼자 진행하려는 일이야. 아직은 말할 수 없지만, 머지않아 공표할게."

자칭이 '아타시'에서 '와타시'로 돌아왔다.

"벌써 시간이 이렇게 됐네."

손목시계를 흘끔 보고 야마시나 사장은 당황한 표정을 지었다. 그리고 카운터 뒤쪽의 점장을 향해 손을 들었다.

"미안해. 편하게 못 먹었지?"

"아니에요. 맛있었어요. 잘 먹었습니다."

점장이 계산서를 들고 오자 야마시나 사장은 신용카드를 건네주었다. 계산이 끝나자 야마시나 사장은 회사 상사의 얼굴로 고타로를 바라보았다.

"크롤링 프로그램을 개인 노트북에 설치했다고 들었어."

"네."

"너무 깊이 빠져들지 마. 미시마의 본분은 학생이니까."

"마키 씨도 자주 주의 주세요. 조심할게요."

"이 일 해보니 어때?"

고타로는 잠시 생각하고 대답했다.

"저는 이 아르바이트를 할 때까지 인터넷에 능한 편이 아니었으니까, 아마추어 같은 감상이겠지만요."

"응, 괜찮으니까 말해봐."

"인터넷에는 엄청난 지혜나 지식이나, 요긴한 것이 많기는 하지만, 제법 한정된 곳에 흩어져 있어요. —마치 섬처럼요."

무슨 말인지 알겠다며 야마시나 사장은 고개를 끄덕였다.

"나머지, 이를테면 바다에 해당하는 부분은 심심풀이와 기분전환을 위한 장소 같아요. 아, 꼭 나쁜 의미는 아니고요."

친구들과 하잘것없는 잡담을 나눈다. 현실 세계에서는 절대 만나지 못할 만큼 멀리 떨어진 곳에서 취미가 같은 사람을 발견하는 기쁨을 누린다. 불평을 늘어놓고 위로받거나, 고민을 털어놓고 상담한다. 좋아하는 영화나 만화책 이야기에 열을 올리고, 연예인의 추문으로 이야기꽃을 피운다.

"요긴한 부분을 한 움큼 쥐면 위험한 부분도 한 움큼 따라오죠. 전체적으로 보면 혼란스럽지만 활기가 도는 바다라는 느낌이에요."

"그렇구나."

야마시나 사장이 미소지었다.

"미시마는 기분전환 삼아 글을 올리기도 해?"

"아니요. 비밀 엄수 의무에 대해 마키 씨한테 귀가 따갑도록 들었는걸요."

"그런 의미가 아니라."

사장은 턱을 괴고 고타로를 응시했다.

"매사에 공격적인 사람 있잖아."

"자극적인 글을 써서 유명해지려는 사람요?"

"그 정도는 아니더라도, 예를 들어 영화나 연예인을 평할 때 정곡을 찌르기는 하지만 몹시 신랄한 표현을 쓴다거나, 매사 비판만 한다거나."

고타로도 짐작이 갔다. "아아, 있죠…… 요전에 인터넷 대형 게시판을 훑았을 때 많이 봤어요."

"내 친구 중에도 있어. 아주 상식적인 사람인데다 일도 잘하고 가정도 원만해. 그렇지만 아무래도 스트레스가 쌓일 테지. 그 스트레스를 인터넷에 악플을 달면서 풀더라고."

매우 있을 법한 이야기다.

"인터넷상의 인격은 자기 진짜 인격과 다르다, 확실히 구분하고 있으니 인터넷상에는 아무리 독하고, 매정하고, 실제 생활에서는 입에 담지 못할 말을 써도 괜찮다며 웃더라. 그런 용도로 인터넷을 사용하는 사람들도 분명 있을 거야."

고타로는 고개를 끄덕였다.

"하지만 난 그건 잘못됐다고 봐."

말은 남으니까, 라고 덧붙였다.

"내 친구 같은 태도로 글을 쓰는 사람은 말을 내뱉고 나면 그만이라고 생각해. 익명으로 저멀리 내던지고 나면 그걸로 끝. 누가 주목해도 일시적이니까 괜찮대. 하지만 그건 터무니없는 착각이야."

"인터넷에 발신한 정보는 대부분 어딘가에 남으니까요."

"아니, 그런 뜻이 아니야."

야마시나 사장은 딱 잘라 부정했다.

“인터넷에 올린 말은 그게 얼마나 사소한 한마디든 간에, 올리는 순간 그 사람의 내부에도 남아. 내 말은 그런 뜻이야. 즉 ‘축적된다’는 거야.”

말은 사라지지 않는다.

“여자 연예인 누구 죽어라. 그렇게 쓴 사람은 마음에 안 드는 여자 연예인에게 악플을 달면서 하루의 스트레스를 발산했을 뿐이라고 여기겠지. 하지만 ‘죽어라’라는 말은 글 쓴 사람의 내면에 남아. 그렇게 써도 상관없다, 써주마, 라는 감정과 함께.”

그리고 그것은 고인다.

“고이고 쌓인 말의 무게는 언젠간 그 말을 쓴 사람을 변화시켜. 말은 그런 거야. 어떤 형태로 꺼내놓든 절대로 자신과 떼어놓을 수 없어. 반드시 자신도 영향을 받지. 닉네임을 몇 개씩 번갈아 쓰며 아무리 교묘하게 정체를 감춰도, 글을 쓴 사람은 그게 자기 자신이라는 걸 알아. 스스로에게서 달아날 수 있는 사람은 아무도 없어.”

우리 엄마라면 ‘인과응보’라는 표현을 쓰겠지, 고타로는 문득 생각했다.

“그러니까.”

야마시나 사장은 코트와 가방을 들고 일어서서 말했다.

“미시마는 그런 짓 하지 마. 현실에서 받은 스트레스는 아무리

꼴사나워도 좋으니 현실에서 처리할 것. 알았지?"

유념하겠습니다, 하고 고타로는 대답했다.

지극히 평범하게 시작된 하루가 끝날 무렵에는 특별해질 때가 있다. 그것은 행운이지만 의외로 피곤하기도 하다. 밤 열한시가 지나 근무 관리 단말기에 코드번호와 시간을 입력하면서 고타로는 하품을 삼켰다.

여러 이유로 저녁을 먹은 것 같지 않게 먹어서인지 허기가 졌다. 자판기에서 뭐라도 사오려고 휴게실로 향하자 모리나가가 혼자 벽 앞 테이블에 앉아 컵라면을 먹고 있었다.

"오, 수고가 많다."

"고생하시네요. 야간근무예요?"

"응, 아침까지. 고는 끝났어?"

"네."

캔커피를 사서 앉자 모리나가는 오늘 있었던 취재 얘기를 꺼냈다. 카메라가 와서 학교섬도 촬영했다고 한다. 같이 온 여자 기자가 미인이었다느니 어쩌느니 한바탕 떠들더니 화제를 바꾸었다.

"그러고 보니 그후로 어떻게 됐어?"

미카와 관련된 학교 비밀 사이트 이야기다. 여전히 마음에 두고 있었구나.

“요전에는 고마웠어요. 무슨 사정인지 알긴 했는데.”

고타로는 간략하게 설명했다.

“그렇구나. 뭐, 크게 보면 연애 문제였군.”

중학생 일인데도 모리나가는 진지한 표현을 썼다.

“저절로 가라앉으면 제일이지만, 고는 별로 탐탁지 않은 모양이네.”

속마음을 제대로 꿰뚫어보았다. 고타로도 솔직하게 고개를 끄덕였다.

“답답하네요.”

“이런 일은 으레 그렇지.”

점점 심각해질 거라고 모리나가는 중얼거렸다.

“얼마 전 통계에 따르면 수도권 중학생의 49퍼센트가 휴대전화를 가지고 있대. 고등학생은 98퍼센트고. 관련 교육은 전혀 이루어지고 있지 않은데 말이야. 앞날이 두려워.”

“오늘 그런 실태를 걱정하는 말을 두번째로 듣네요.”

모리나가는 웃었다. “그럼 난 이 정도로 끝낼게.”

빈 용기에 나무젓가락을 넣고 모리나가가 물었다. “그나저나고, 세이부신주쿠선 부근에 대해서 잘 알아?”

고타로는 어리둥절했다. “갑자기 그건 왜요?”

“음…… 난 지방 출신이라.”

기억이 맞다면 모리나가는 호쿠리쿠 출신이다.

"도쿄 쪽은 스트리트뷰로만 봐서는 잘 모르겠더라고. 야마노테선 바깥의 민영 노선이니 주택지일 것 같지만."

"그래도 저희 동네보다는 훨씬 번화해요. 학원가도 있고."

"중학생들의 '노숙자 사냥'이 우리 섬 안건으로 올라와서 내가 담당중이거든."

반쯤 재미로, 혹은 기분전환 삼아 몇 명 패거리를 이뤄 노숙자를 습격해서 다치게 하거나, 심하면 죽음으로 몰아넣는다. 벌써 몇 번 경찰이 수사에 나섰고 신문에도 기사가 실렸다.

"요즘은 초등학생도 그런 패거리에 끼곤 한대. 진짜 말세야."

지당하신 말씀이다.

"노숙자 사냥을 자행하는 멍청이들은 인터넷 사회에서도 활개치지. 수시로 접촉하며 공로를 경쟁하거나 정보를 교환해. 습격 현장을 찍은 동영상을 사이트에 올리기도 하고."

모리나가는 실로 불쾌하다는 투로 말했다.

"우리 섬과 핫라인센터에서 보기에 노숙자 사냥은 아주 큰 안건이야."

핫라인센터의 정식 명칭은 '인터넷 핫라인센터'다. 육 년 전 경찰청이 창설한 조직으로, 인터넷상의 위법 정보와 유해 정보에 대한 신고를 받아 관할 경찰서에 통보하거나 인터넷 프로바이더에게 삭제를 의뢰한다. 말하자면 관에서 운영하는 사이버 패트롤 총괄기관이다.

또한 이 핫라인센터는 쿠마 같은 민간기업에 업무를 위탁하기도 한다. 입찰을 거쳐 일 년 계약을 맺는데, 쿠마는 재작년에 위탁받아 업무를 했다고 한다.

마키에게 그 이야기를 들었을 때 고타로는 자신이 아르바이트하는 동안 쿠마가 또 핫라인센터와 계약하기를 바랐다. 그런다고 평소 업무가 달라지는 것도 아니고 민간기업과 고문계약을 맺는 편이 훨씬 이익이라는 것도 알지만, 멋지지 않은가.

"그래서 나도 계속 감시중이야. 상해와 폭행에 이르기 전 단계, 예를 들면 노숙자를 놀리고 종이상자로 만든 집을 부수거나 생필품을 훔치는 정도에 그치는 애들도 언제 더 심해질지 모르니까."

사이트에서 대화하다가 서로 부추기는 일도 있기 때문이다.

"요즘 그런 녀석들 사이에 이상한 정보가 떠돌아."

노숙자가 사라지고 있다고 한다.

"사라진다고요?"

"응. 녀석들 입장에서는 놀리고 장난칠 대상이 모습을 감춘다는 뜻이지. '사냥감이 안 보인다' '이쪽도 그래' 하는 대화가 오가더라고."

세이부신주쿠선을 따라서 일어나는 현상이라고 한다.

"그렇다면 꽤 많은 사람이."

"응, 같은 현상을 알아채고 비슷한 정보를 내놓고 있어."

고타로는 창밖에 펼쳐진 거리의 불빛을 보며 눈을 몇 번 깜박였다.

"그냥 녀석들이 하도 괴롭히니까 노숙자들이 거처를 옮긴 것 아닐까요?"

"그래도 갑자기 멀리 가지는 않겠지. 노숙자에게도 노숙자의 영역이 있을 테고, 게다가 그 사람들은 걸어서 이동한다고."

듣고 보니 그렇다. 고타로는 생각을 가다듬었다.

"그럼 녀석들이 모를 뿐, 지자체에서 보호를 강화해서 노숙자들을 시설에 수용했다든가."

"나도 그렇게 생각하고 몇몇 시설에 문의해봤어."

그런 조치는 없었다고 한다.

"구보와 시보도 확인해봤지만, 그런 유의 기사나 보고는 실리지 않았어. 선로 부근에 새로운 보호시설이 개설되지도 않았고."

모리나가의 꼼꼼한 성격은 이런 데서 빛을 발한다.

"몇 명이나 사라졌는데요?"

"몇몇 패거리에서 멋대로나마 별명을 붙인 덕에, 내가 판별한 것만 다섯 명이야."

적지 않은 수다. 현재 '발가락 빌'에게 당한 피해자보다 많다.

"언제부터 그랬는데요."

"이 주 전쯤부터"라고 말하고 모리나가는 인상을 찌푸렸다. "그런데 사라진 다섯 명 외에도 마음에 걸리는 게 있어. 이달 5일이었는데."

고타로는 휴대전화를 꺼내 달력을 보았다.

"장소는 신주쿠 구 햐쿠닌초라는 곳이야. 세이부신주쿠선 신주쿠역에서 가깝지. 여기서 이노 고자부로라는 일흔두 살 노인이 사라졌어. 이 사람은 노숙자가 아니야. 햐쿠닌초의 연립주택에 살고 주민등록도 되어 있었지. 다만 생업이 좀 그래."

빈 깡통이나 상자 따위를 모아서 팔았다고 한다. 노숙자로 오해받을 수도 있다.

"이 사람이 말 그대로 홀연히 자취를 감췄어. 집도 그대로고, 이노 씨가 돌아다니던 길에는 늘 끌고 다니던 리어카가 방치되어 있었어. 재활용 쓰레기가 산더미처럼 쌓인 채 말이야."

"그 사람도 예전부터 중학생들의 표적이었나요?"

"아니, 그 근방에는 노숙자를 사냥하는 패거리가 없어. 사이트 글을 검색하다가 발견한 거야. 햐쿠닌초에 사는 중학생이 '우리 집 근처에도 지저분한 영감탱이 노숙자가 있었는데 사라졌다'고 올렸더군."

그 글을 실마리 삼아 다시 검색하다가 지역의 미니FM* 방송국 홈페이지를 발견했다. 거의 매일 이노 고자부로와 얼굴을 마주했다는 카페 점장이 '이러이러한 사람이 5일 이후로 모습을 감추었으니, 뭔가 아는 분이 있으면 알려주십시오'라고 게시판에 요청했다고 한다.

고타로는 기억을 더듬어보았다. 이달 5일이면—

"4일에 한여름처럼 폭풍이 몰아쳤죠? 비바람이 엄청났어요."

가즈미가 무섭다고 난리를 쳐서 기억하고 있다.

"도내에서도 집이 침수되거나 전봇대가 넘어지는 피해가 발생했고요."

"응. 우리 동네는 도로가 물에 잠겨서 야단났었어."

"이노 씨라는 사람도 폭풍 때문에 사고를 당한 것 아닐까요? 날씨가 안 좋아도 리어카를 끌고 일하러 나갔을 테니."

하지만 모리나가는 고개를 저었다. "사고라니, 무슨 사고? 물이 불어난 강에 빠졌다? 거기는 아라카와 강이나 다마가와 강가가 아니야."

고타로도 떠오른 생각을 그냥 말해보았을 뿐이라 조금 난처했다. "폭풍에 뭐가 쓰러졌는데, 거기 깔렸다거나."

---

* 방송 수신 범위 반경이 3에서 5킬로미터 이내인 소출력 라디오방송.

“그런 사고가 났다면 구조돼서 병원에 실려갔겠지. 주거지가 확실한 사람이니 본인이나 병원 직원, 아니면 경찰이 집주인에게 연락해줬을 거야.”

모리나가의 현실적 판단 앞에 고타로의 발상은 금방 바닥났다.

“역시 연쇄실종사건일까요?”

“그래. 출발점인 이노 씨는 겉모습 때문에 노숙자로 오해받은 거고. 내 생각은 그래.”

이미 ‘누군가 노숙자들을 납치하고 있다’고 단정한 말투였다.

“팀장님에게는 보고했어요?”

“했지. 다른 신고 안건과는 성격이 다르지만, 일단 핫라인센터에 정보를 제공해줬어. 그쪽에 아는 사람이 있대.”

위탁 업무 시절 알게 된 사람일 것이다.

“하지만 경찰이 당장 움직일 것 같지는 않아.”

모리나가는 한숨을 쉬더니 의자 등받이에 몸을 기대고 머리 뒤에 손깍지를 꼈다.

“여섯 명이나 없어졌는데도요?”

“이노 씨 말고는 원래부터 행방불명이나 다름없던 사람들이니까.”

그 표현에 측은한 감정이 솟았다. 모리나가의 미심쩍어하는, 아니, 명백히 걱정스러워하는 옆얼굴도 한몫했다.

"인터넷에서 모은 정보만으로는 경찰이라는 현실적인 집단을 움직일 수 없어." 모리나가가 중얼거렸다. "그래서 내 발로 직접 조사해볼 생각이야."

"조사하다니, 어디서부터 어떻게요?"

"출발점인 이노 씨 사건부터 차례대로 따라가봐야지. 아마추어한테는 무리일까."

고타로는 어떤 말로 말릴지 망설였다. "네, 무리죠"라는 말로는 제동을 걸 수 없을 것이다. "너무 깊이 파고드는 것 같은데요"는 어떨까—

굳이 현실에 직접 뛰어들 필요는 없다. 그건 우리 담당이 아니다. 핫라인센터에 정보를 제공한 것만으로 패트롤회사의 역할은 충분히 하지 않았는가.

고타로의 의문을 읽었는지 모리나가는 손깍지를 풀고 자세를 바로했다.

"난 공감해."

집을 잃은 사람들의 아픔을.

"초등학교 5학년 때 가족들과 야반도주한 경험이 있거든."

아버지가 사업에 실패한 탓이라고 한다.

"빚쟁이에게서 달아나려면 어쩔 수 없었지만, 난 아직 어렸잖아. 불안하고 억울하고, 매일 비참하고 부끄러워서 죽고 싶을 정도였어."

고타로는 상상도 가지 않았다.

"친척이며 지인들에게 신세 지면서 여기저기 전전하다가 원래 생활을 되찾기까지 이 년 가까이 걸렸지."

그 이 년 동안 절실히 느꼈다고 한다.

"집에서 전기와 가스와 수도를 마음껏 쓰고, 삼시 세끼를 챙겨 먹고, 어른은 일하고 아이는 학교에 가는 생활. 그런 건 생각보다 박살나기 쉬워. 약간의 그릇된 판단에 불운이 겹치면 순식간에 와르르 무너져버리지."

모리나가는 일찍이 그런 일을 몸소 경험했다.

"그래서 지금도 다리 아래나 공원 구석에서 종이상자나 방수포로 지은 집을 보면 왠지 여기가 욱신거려."

모리나가는 심장 위를 가볍게 두드렸다.

"사람 하나하나는 모래알처럼 작아. 이 사회는 무수히 많은 모래알로 이루어진 사막이야. 사막은 모래 한 알 한 알을 일일이 배려해주지 않고, 애당초 배려를 요구할 수도 없어."

그렇지만, 하고 쑥스러운 듯이 웃었다.

"같은 모래알끼리는 서로 챙겨줄 수 있겠지. 난 그러고 싶어. 사라진 사람들을 아무도 찾아주지 않을 거라고 생각하면 견딜 수가 없어."

이 말은 아까보다 더 강하게 고타로의 마음을 때렸다. 이래서야 말려봤자 소용없다.

"그럼 조사해보는 게 좋겠네요."

모리나가는 기쁜 표정을 지었다. "고는 그래줄 줄 알았어."

"하지만 이제 곧 사람들이 일 년 중 가장 들뜨는 시기인데요. 크리스마스, 연말, 새해까지. 조사가 잘 진행될까요."

고타로의 집에서도 오늘 아침 어머니와 가즈미가 케이크와 치킨 예약 얘기를 하고 있었다. 거실을 조그만 트리로 장식하고, 현관에 리스도 걸었다.

맞아, 크리스마스지. 고타로는 문득 혼자 납득했다. 오늘밤 야마시나 사장과 식사한 것은 하늘에서 미리 내려준 크리스마스 선물이었다. 그렇게 생각하면 좀더 센스 있게 말할 걸 그랬다는 둥, 시간이 너무 짧아서 아쉬웠다는 둥 미련을 품지 않아도 된다. 운좋게 깜짝 선물을 받은 셈 치자.

"무슨 일이야? 갑자기 표정이 확 밝아졌는데."

모리나가가 의아하다는 듯이 바라보았다. 고타로는 허둥지둥 표정을 고쳤다.

"아무것도 아니에요. 어, 그러니까 그런 조사를 하기에는 시기가 안 좋겠다 싶어서요. 귀성하거나 여행 가서 집을 비우는 사람도 많을 테니."

"뭐, 일단 나가서 부딪쳐보는 거지. 자취를 감춘 이노 씨를 걱정하는 사람도 있고, 집주인을 찾아내면 그쪽 이야기도 들을 수 있을 거야."

다만, 하고 모리나가는 눈살을 찌푸렸다.

"스트리트뷰로 확인했더니 이노 씨가 살던 연립주택은 아직 무너지지 않은 게 신기하다 싶을 만큼 낡았더라고. 다른 세입자들도 대부분 생계가 어려울 테고, 어쩌면 빈곤 비즈니스가 얽혀 있을지도 몰라."

"어? 그러면 이야기가 다르죠!"

빈곤 비즈니스란 생계가 어려운 사람에게 집과 식사를 제공하고 그 대가로 생활보호수당이나 각종 사회보조금의 일부를 가로채는 장사다. 빈곤자를 돕는 선의의 활동으로 위장한 악덕 비즈니스.

"그럴 가능성이 있다면 아마추어 혼자 조사하는 건 너무 위험해요!"

"그냥 가능성일 뿐이야. 내 추측이라고. 그 정도로는 경찰이 움직여주지 않는다니까."

"아무리 그래도."

"위험할 것 같으면 바로 피할게. 그리고 위험할지 모르니까 보험 삼아 너한테 얘기한 거야."

"보험?"

"나한테 무슨 일 생기면 마키 씨와 경찰한테 잘 설명해줘."

얼토당토않은 소리다.

"말도 안 되는 소리 그만해요! 그럴 거면 저도 도울게요."

"안 돼. 그럼 의미가 없잖아. '보험'은 안전한 곳에 있어야 보험이지."

모리나가는 괜찮다고 웃으며 고타로의 어깨를 두드렸다.

"최악의 사태를 상정해봤을 뿐이야. 난 꼼꼼하고 신중한 성격이거든."

저런 속 편한 소리. 고타로는 식은땀이 났다.

마키는 고타로에게 쿠마 일을 제안하며 이렇게 말했다. 네게는 조금이지만 세상과 다른 사람을 위해 일하고 싶다는 마음이 있다고.

고타로만 그런 것이 아니다. 모리나가도 같은 타입이다. 야마시나 사장과 마키 씨는 쿠마에 그런 인재들을 모았다. 두 사람이 입을 모아 '너무 빠지지 말라'고 충고하는 것도 그런 까닭이 아닐까.

"조건이 하나 있어요." 고타로가 말했다. "학교섬 팀장님에게도 모리나가 씨가 조사를 시작한다고 말해둬요."

모리나가는 알았어, 알았어, 하고 대화를 마무리했다.

"올해는 다시 얼굴을 못 볼지도 모르겠네. 연말연시 동안 내가 성과를 거두기를 기대해줘."

"부디 몸조심하고요."

"그래, 그래."

그리고 두 사람은 헤어졌다. 이것이 고타로가 살아 있는 모리나가를 만난 마지막날이었다.

2장

사신

1

차통빌딩에서의 소소한 수색활동은 역시 쓰즈키 시게노리의 요추에 부담을 준 모양이었다. 다리가 심하게 아프고 저려서 한때는 앉아 있기도 힘들었다. 발목이 부어서 발 전체가 못생긴 순무 같은 모양이 되었다.

"나이랑 몸을 생각해야죠."

도시코에게 야단맞고, 쓰즈키의 몸상태를 걱정하며 찾아온 노로 회장에게는 사과를 받았다.

"정말 미안하이."

"마음에 두지 마세요. 이쯤이야 수술 받으면 씻은듯이 나을 테니까요."

수술을 집도할 예정인 주치의에게 한 해가 가기 전 진찰을 받으러 가자 역시 "무리하면 안 됩니다"라고 주의를 주었다. 약을 처방한 뒤 내년 1월 20일 전후에 병실이 날 거라고 알려주었다.

"한 달쯤 입원하셔야 합니다. 사전 검사에서 별문제가 발견되지 않으면 바로 수술할 거예요. 감기 걸리지 않게 주의하세요."

오랜 기다림 끝에 드디어 순서가 돌아왔다. 몸상태가 별로여도 마음은 상쾌하고, 눈앞이 확 밝아지는 기분이었다.

설날에는 기운차게 일어나서 도시코와 함께 떡국과 오세치 요리*를 먹었다. 형사 시절에는 동료들이 알아주는 술꾼이었지만 다리가 안 좋아지고 나서는 딱 끊었다. 답답하고 짜증날수록 술에 의존해서는 안 된다는 생각에서다. 이제는 도소주** 한 잔에도 얼굴이 붉어진다.

신년 분위기로 떠들썩한 텔레비전에 뉴스는 별로 나오지 않았다. 신문도 특별 지면이 더해져 꽤 두툼했지만 사건사고 보도에는 힘을 뺐다. 발가락을 절단하는 연쇄살인사건의 속보도 뚝 끊겼다. 연말에는 그나마 '올해의 중대 뉴스' 등에서 다루었지만,

* 신년 연휴 동안 먹는 명절 요리.

** 나쁜 기운을 물리치고 장수를 기원하는 의미로 설날 아침 마시는 술.

새해가 밝자 일언반구도 없었다. 아키타에서 발생한 두번째 사건 피해자의 신원은 여전히 밝혀지지 않은 듯했다.

보도되지 않는다고 수사에 진전이 없다 단정할 수는 없다. 경험자인 쓰즈키는 안다. 그만큼 이 세 건이 난항을 겪고 있다는 뜻이리라.

—힘들겠군.

얼마나 고생일지 짐작하고도 남지만, 쓰즈키는 더 생각하지 않기로 했다. 이미 은퇴한 마당에 무슨 생각을 한다고 수사에 도움이 될 리 없고, 그 사건보다 더 가까운 곳에 해결해야 할 문제가 있다.

차통빌딩의 움직이는 가고일. 쓰즈키는 본격적으로 조사해보기로 결심했다.

다리상태도 불안했고, 그렇게 미안해하던 노로의 입장을 헤아려 해가 바뀔 때까지는 외출을 삼갔다. 대신 컴퓨터 앞에 앉았다. 인터넷에 정보가 있을지도 모르기 때문이다.

빈 건물 옥상에 방치돼 있는 괴물 조각상이 움직인다. 요즘이 어떤 세상인가, 이 재미있는 이야기를 그냥 놔둘 리 없다. 지구사 다에처럼 '내가 직접 봤다'는 목격자가 또 있다면, 분명 한두 명은 인터넷에서 화제로 삼았을 것이다.

그러나 그런 글은 찾지 못했다. 검색 실력이 신통찮은 탓이다.

급할수록 돌아가라는 속담대로 쓰즈키는 벼락치기 공부를 했다. 도시코에게 부탁해 인터넷 활용법 책도 사서 보았다. 그리고 혼자 악전고투하는 사이 인터넷 속 의문은 인터넷에서 답을 찾을 수 있다는 사실을 알았다. 어떻게 해야 될지 모르겠다고 질문을 던지면 반드시 누군가가 나서서 가르쳐준다. 원래 그렇게 사용하는 커뮤니케이션 도구임을 깨닫고, 장님이 눈을 번쩍 뜬 듯한 기분을 맛보았다. 책 형태의 사전이나 참고서와는 그것이 가장 큰 차이다.

덕분에 검색 실력이 향상된 쓰즈키는 다시 차통빌딩의 가고일에 대해 검색하고 몇 가지 정보를 찾아냈다.

전부 눈에 잘 띄지 않는 짧은 글이었다. 장소가 확실히 쓰여 있지는 않고, 사진도 없었다. '직장 창문에서 보인다' '학교 옥상에서 보고 알았다'라는 걸 보면 각각 회사원과 학생이리라.

—의외로 잠잠하군.

허탕 친 기분이었지만 동시에 이렇듯 신기하고 기괴한 현상, 이른바 도시전설을 좋아하는 사람들이 모이는 사이트를 여기저기 둘러보니, 빈 건물 옥상의 조각상이 움직이는 정도는 이 바닥에서 그다지 대단한 일이 아니구나 하고 놀라운 깨달음을 얻었다.

도시전설은 좀더 이야기성이 강하고 자극적이다. 동상이 움직인다는 이야기는 쓸어서 버릴 정도로 많으며, 그저 움직이는 데 그치지 않고 말을 하거나 사람을 쫓아가거나 저주를 걸어 돌로 만드는 등 다양한 유형이 있다. 차통빌딩의 가고일은 도시전설이 되기에는 너무 단순하고 재미가 없다. 움직이면 무슨 일이 일어난다든가, 움직이는 이유는 이러저러하다는 식으로 나름의 기승전결을 갖추어야 한다.

그래도 앞으로 어떻게 될지는 모른다. 적게나마 글이 돌아다니면 누군가가 그것을 바탕으로 이야기를 부풀릴 가능성이 있다. 도시전설이란 그렇게 태어난다는 것을 쓰즈키는 깨달았다. 그리고 '움직인다'는 사실만으로는 재미없지만, '어느새 손에 뭔가 들고 있더라'는 요소가 더해지면 대번에 사람들 입에 오르내릴지도 모른다. 그렇게 되면 어느 것이 증거가 뒷받침된 진짜 정보인지 쓰즈키도 구분할 수 없다.

꾸물댈 여유가 없다. 지구사 다에 말고도 목격자가 있다는 사실을 알았다. 상상과 소문이 덧붙어 변질되기 전 진짜 목격담을 모아야 한다. 내게 익숙한, 직접 발로 뛰는 방법을 사용하자. 다시 다리가 안 좋아진다 해도 어차피 곧 입원해서 수술한다. 그때까지 할 수 있는 일은 다 해둘 생각이었다.

그때 노로에게서 전화가 왔다. 정중하게 새해 인사를 나눈 후 이렇게 말했다. "쓰즈키 씨, 몸은 좀 어때? 오늘은 못 나오려나."

"못 나오다니, 어디를요?"

"연합 주민회 새해 모임 말이야. 아직 걷기 힘든가?"

쓰즈키는 곁에 있는 달력을 보았다. 정말이다. 1월 4일에 제 글씨로 메모가 돼 있었다. 오후 두시, 이다 주민회 사무소, 새해 모임.

"아니요, 다리는 문제없으니 참석하겠습니다."

"아아, 다행이구먼."

"그나저나 노로 씨, 차통빌딩 쪽에 무슨 진전은 없었습니까?"

노로는 다소 진절머리 난다는 듯한 목소리로 대답했다. "아무 진전도 없다오. 그 일은 이제 됐어. 건물주가 뭘 준비하는 모양이니 신경쓰지 말라고 했더니 지구사 씨도 알아듣더군."

새빨간 거짓말은 아니지만 여러모로 생략된 보고다.

"그 젊은이, 아이자와 씨라고 했나? 싹싹한 청년이지만 말단 사원이니 진행되는 기획을 모를 수도 있겠지. 그냥 놔두게나. 그 괴물이나 막대기나 바닥에 단단히 붙어 있으니 아래로 떨어질 걱정은 없댔지?"

"네, 그건 걱정 안 하셔도 됩니다."

이쪽에는 새로운 정보가 없다. 노로도 관심을 잃었다. 탐문을 다니다가 들키면(분명 들킬 테지만) 그때 사과하면 될 것이다.

쓰즈키는 지팡이를 짚고 새해 모임에 나갔다. 주민회장과 부회장, 소방단 단장과 부단장, 회계 담당, 교대로 맡는 주민회 반장들이 모여 탁자에 건어물이며 마트에서 사온 안주들을 늘어놓고 맥주와 잔술로 건배했다. 딱딱한 인사는 짧게 끝내고 소박한 술자리를 벌였다. 지구사 다에도 참석해 노로와 나란히 앉아 있었다. 직접 이야기를 듣고 싶지만 여기서는 참아야 한다.

쓰즈키는 간부가 아니다. 노로와 친분이 있고 전직 형사라는 이유로 존중받는 일반 주민일 따름이다. 이런 자리에서는 누가 시키지 않아도 싹싹하게 돌아다니면서 술을 따라준다. 아이고, 쓰즈키 씨가 이러면 미안하네, 하면서도 방범 부장은 기분이 좋아 보였다. 쓰즈키는 맥주잔으로 건배만 하고 우롱차를 마셨다.

노로도 쾌활하게 술을 마셨다. 쓰즈키는 나름대로 분위기를 즐기면서도, 이렇듯 허물없는 자리에서 혹시 누군가가 차통빌딩을 화제로 삼지 않을까 예의 주시했다.

술자리가 시작되고 한 시간쯤 지났을 때 문 쪽에 모여 있던 여자들이 놀란 듯이 바깥쪽을 살폈다. 네, 하고 미닫이문을 열고 뭐라고 대화를 나누는가 싶더니 이쪽을 향해 소리쳤다.

"저기, 손님이 오셨는데요."

검은색 다운재킷과 청바지 차림에 운동화를 신고 검은 테 안경을 낀 젊은이가 미닫이문 옆에 서 있었다. 키 173센티미터에 몸무게 68킬로그램 정도라고 쓰즈키는 짐작했다. 대학생으로 보인다. 스물에서 스물한 살. 운동과는 거리가 멀다. 얼굴이 파리하고, 옷을 껴입었는데도 체격이 빈약했다.

"방해해서 죄송합니다."

젊은이는 고개를 꾸벅 숙였다. 역시 운동과 거리가 멀다. 발성으로 보아 복근이 약하다. 긴장했는지 겁먹었는지 입가가 움찔거렸다.

"손님이라니, 댁은 누구요?"

오랫동안 주민회장을 맡아온 노로가 갑작스러운 상황에 가장 먼저 반응했다.

"저는 모리나가라고 합니다." 젊은이는 이름을 밝히고 다시 한번 공손하게 고개를 숙였다. "느닷없이 찾아와서 죄송합니다. 길을 걷다가 게시판 알림장을 봤어요. 오늘 여기서 주민회 새해 모임이 열린다고 적혀 있어서."

흐음, 쓰즈키는 속으로 고개를 끄덕였다.

"지금 하는 게 새해 모임인데."

이다초 주민회장 이토 씨가 말했다. 혀가 조금 꼬였다.

"그런데 어쩐 일로?"

"네, 그게 말이죠."

젊은이는 조금 쩔쩔매며 말했다.

"하쿠닌초 주민회장님은 안 계세요? 여쭙고 싶은 게 있는데."

술자리 사람들이 서로 얼굴을 마주보았다. 노로가 입을 열었다. "미안하네만 하쿠닌초는 우리 연합 주민회 소속이 아니야. 그쪽에는 따로 신주쿠니시 연합 주민회라는 게 있거든."

모리나가라는 젊은이가 벙찐 표정을 지었다. "어, 그럼."

"여기에는 없대도. 햐쿠닌초 일이라면 햐쿠닌초에 가보게."

쓰즈키는 영차, 하고 몸을 일으켜 문으로 다가갔다. 노로도 잔술을 들고 따라왔다.

"나는 이 동네 사람인데."

쓰즈키는 그렇게 말하고 젊은이의 얼굴을 뜯어보았다. 차분하지 못하게 눈을 깜박거리지만 켕기는 구석이 있는 것 같지는 않았다.

"모리나가라고 했지? 여기 사람은 아닌 것 같은데."

"아, 네."

"왜 햐쿠닌초 주민회장님을 만나고 싶은 건가?"

"그게……"

젊은이는 쓰즈키와 노로의 얼굴을 번갈아 보았다. 뒤쪽에서는 다시 술판이 벌어졌다. 노로 씨와 쓰즈키 씨에게 맡기자고 생각한 것이리라.

술기운이 없는 사람과 대화하는 편이 낫겠다고 판단했는지, 모리나가라는 젊은이는 쓰즈키 쪽으로 몸을 돌렸다.

"하쿠닌초에 '아사히장'이라는 연립주택이 있어요. 아주 낡은 건물인데요."

"아아, 알지." 노로가 대답했다. 그리고 젊은이가 아닌 쓰즈키에게 "2차대전 직후 지어진 목조 연립주택이야"라고 말했다.

젊은이가 바로 반응했다. "그곳 집주인이 누군지 아세요? 연립주택 세입자들에게 물어봐도 도무지 알 수가 없어서요."

"거기 사는 사람들은 늙은이들뿐이니까." 노로는 고개를 끄덕였다. "이웃끼리도 친하게 안 지내는데 모르는 사람이 물어본들 대답하겠나."

쓰즈키는 젊은이의 눈을 똑바로 보았다. "자네, 왜 그런 걸 알고 싶은 건가?"

"어, 그러니까."

은퇴했지만 이런 때 쓰즈키의 눈빛에는 아직 위압감이 감돈다. 젊은이는 눈에 띄게 허둥댔다.

"거기 사는 사람을 찾고 있어요. 이노 고자부로라는 일흔두 살 할아버지요. 지난달 5일부터 행방이 묘연해졌어요. 집주인이면 그분에 대해 뭔가 아실지도 모르겠다 싶어서요."

노로는 미심쩍다는 듯이 입술을 오므리더니 잔술을 옆에 내려놓고 목소리를 낮추었다.

"젊은이, 리어카 영감의 가족인가?"

쓰즈키는 놀랐다. "노로 씨, 그 사람을 아십니까?"

"암. 리어카를 끌고 다니면서 빈 깡통이나 폐지를 모으는 영감이야. 그렇지, 젊은이?"

네, 하고 젊은이도 고개를 크게 끄덕였다.

"말이 영감이지, 나이는 내가 더 많네만." 노로는 살짝 웃었다.

"직접 본 적도 있고, 우리 가게 손님한테 소문도 들었지. 주변 맨션과 잡거빌딩에서 나오는 재활용 쓰레기를 멋대로 가져가는 바람에 몇 번 말썽을 빚었다더군."

그런데 행방이 묘연하다니—노로는 인상을 찌푸렸다.

"벌써 한 달째예요. 집주인도 난감한 상황 아닐까요?"

"하긴 방세를 못 받았을 테니."

잠깐만, 하고 쓰즈키는 두 사람 이야기에 끼어들었다. "젊은이, 아직 질문의 대답을 못 들었는데. 이노 씨 가족인가?"

큰 소리를 내지 않았는데도 모리나가는 목을 움츠렸다. "어, 네. 가족이에요. 그래서 걱정돼서."

거짓말이라고 쓰즈키는 직감했다.

"그야 걱정되고말고. 아무튼 우리는 아사히장에 대해 잘 몰라."

노로 주민회장이 친절하게 대답했다.

"아사히장 주인은 아마 이 동네 사람이 아니라는 것 같더구먼.

현재 하쿠닌초 주민회장도 그곳의 무슨 레지던스라는 커다란 맨션 이사장인데, 아사히장처럼 낡은 건물에 대해서는 잘 모를 거야. 내가 아는 사람이 술집을 하니까 거기 가서 물어보구려."

노로가 대강 가는 길을 알려주자 젊은이는 "네, 네" 하고 바쁘게 대답했다. 지그시 자신을 관찰하는 쓰즈키의 시선을 애써 피했다.

"감사합니다."

그러고는 정말로 자리를 피했다. 미닫이문이 탁 닫혔다.

"무슨 일이람." 노로가 중얼거렸다. "리어카 영감이 대체 어디 갔을꼬."

형사도 아닌 일반인이 빤한 거짓말을 늘어놓으며 행방불명 노인을 찾고 있다. 쓰즈키는 그 점이 더 마음에 걸렸다.

—잇따라 뭐가 벌어지는군.

도대체 뭐지. 불길함에 가슴이 두근거렸다.

2

단순히 '독거노인'으로 구분하는 순간 간과하게 되는 커다란 요소가 있다. 바로 그의 경제상태다. 지구사 다에는 유복했다.

한눈에 알 수 있었다.

"갑자기 찾아와서 미안합니다."

구석구석 청소된 거실로 안내받았다. 어제 새해 모임 이야기로 시작해, 상사에 다니는 외동아들이 현재 방글라데시로 발령받아 갔다는 이야기와 며느리가 억센 성격이라 골치 아프다는 불평까지, 향긋한 옥로차를 마시며 다에의 수다를 한동안 상대해준 뒤에야 쓰즈키는 본론을 꺼낼 수 있었다. 차통빌딩의 가고일 이야기다.

"쓰즈키 씨, 노로 씨랑 일삼아 다녀오셨다면서요."

"지구사 씨 말고도 그 가고일이 가끔 움직인다는 걸 아는 사람이 있지 않을까 해서 그뒤에 좀 알아봤는데, 몇 명 나오더군요."

큼지막한 거실 붙박이창 거의 한복판에 차통빌딩 일부가 비쳤다. 4층 위쪽. 옥상 한 귀퉁이에 웅크리고 앉은 가고일이 쓰즈키의 손바닥만하게 보였다.

"오늘 아침에도 움직였어요."

"어디가 달라졌습니까?"

"어제는 지금보다 10센티미터쯤 왼쪽에 있었어요."

여기서는 가고일의 뒷모습만 보인다. 설령 상대가 살아 있는 인간이라도 과연 이 정도 거리에서 그만한 차이를 알아볼 수 있을지 의심스러웠지만, 다에는 매우 진지했다.

"노로 씨는 제가 잘못 봤다고 하더군요. 그런 일이 곧잘 있다고 쓰즈키 씨가 말씀하셨다면서요."

"네. 그래놓고 다시 문제삼는 것 같아서 죄송합니다만, 역시 좀 마음에 걸려서요."

노로 씨에게는 비밀로 해달라고 덧붙였다.

"제가 호기심이 동해서 그런 거니까요."

"그런 건 상관없어요."

지구사 다에는 선선히 수긍했다.

"노로 씨는 친절하지만, 장사하는 사람이라서인지 현실적이지 못한 일에는 별로 관심 없어요. 그래도 주위에 달리 상담할 만한 사람이 없어서요. 방문 요양사한테 말해봤자 치매로 생각할 게 뻔하고."

직접 이야기를 들어봐도 노로가 전해준 것 외에 새로운 부분은 없었다. 딱히 덧붙일 만한 특이사항도 없었다. 옥상 가장자리가 벽으로 가려져 있으므로 지구사 다에는 지금의 가고일 주위에 예전 가고일의 파편이 흩어져 있는 것도 몰랐다.

다만 언제 처음으로 가고일에 변화가 일어났는지는 똑똑히 기억했다. 지난달 폭풍우가 친 다음날, 즉 5일이라고 한다. 저녁 무렵에야 알아차렸지만.

"노로 씨에게 알리고 나니, 너무 빤히 바라보면 어쩐지 안 좋은 일이 생길 것 같더군요."

일부러 커튼을 치고 지내기도 했다고 한다.

"불길하다고 할까. 꺼림칙해요."

"안 그래도 괴물 조각상이니까요. 그다지 기분좋은 물건은 아니죠."

다에는 고개를 끄덕거리고 손바닥만한 가고일을 바라보면서 말했다.

"그래도 새해가 밝으니 기분이 좀 바뀌었어요."

저 조각상이 쓸쓸해 보였다고 한다.

"정초 사흘 내내 날씨가 맑았잖아요. 하늘이 푸르고 역 근처 고층빌딩까지 훤히 보였고요. 밤이면 야경용 조명을 켜놓는 곳도 있어서 눈이 부실 지경이었어요."

그런 가운데 차통빌딩만 어둠에 잠겨 있었다. 괴물은 그 옥상에 웅크리고 앉아 있다.

"너도 외톨이구나 싶었죠."

아무리 유복하고 잘난 아들을 뒀어도 혼자 새해를 맞은 지구사 다에의 고독이 투영된 것이리라.

"그러고 나니 꺼림칙함이 가셨어요. 이제는 아침저녁으로 인사를 해요. 좋은 아침이야, 잘 자, 하면서요."

흐뭇한 이야기지만 쓰즈키는 한 가지가 마음에 걸렸다. "그러면 지구사 씨는 밤에 저 조각상을 보신 적은 없겠군요."

"네. 해가 지면 암막커튼을 치거든요."

걷어놓으면 주위 건물과 맨션 창문에서 집안이 훤히 들여다보이기 때문이라고 한다.

"어디서 훔쳐보고 할머니 혼자 산다는 사실이 알려지면 큰일이잖아요. 워낙 흉흉한 세상이니."

"그렇죠. 방범상으로도 그렇고, 사생활 보호를 위해서도 필요한 조치입니다. 그런데 전혀 안 보셨어요? 단 한 번도?"

대답 대신 다에가 물었다. "보는 편이 나을까요? 쓰즈키 씨 수사에 보탬이 된다면 도울게요."

"아니요, 수사라고 할 만큼 거창한 건 아닙니다. 다만 녀석이 실제로 움직일 수 있다면 대낮보다는 어두운 밤중에 더 대담해지지 않을까 싶어서요."

저 괴물이 등의 날개를 펼치고 사신의 낫을 들고 일어선다. 한순간 엉뚱한 상상이 쓰즈키의 머릿속을 스쳤다.

"그렇군요. 알았어요, 늦은 시간이 좋겠죠? 한밤중같이."

"그렇긴 한데, 부탁드려도 될까요?"

"맡겨주세요. 자명종을 맞춰놓고 일어날게요."

의욕이 넘친다. 역시 평소 생활이 단조로운가보다. 조금이라도 변화가 생기면 즐거운 것이다.

이만 가려는 쓰즈키에게 다에가 문득 생각났다는 듯 말했다.

"그러고 보니 리어카 아저씨가 없어졌다면서요?"

어제 새해 모임에서 있었던 일이다. 대학생으로 보이는 모리나가라는 남자가 찾아와 이것저것 물었다. 노로는 행방불명 노인 이노 고자부로를 '리어카 영감'이라고 불렀지만 다에한테는 '리어카 아저씨'인 모양이다.

"네, 무슨 사정인지는 확실치 않습니다만. 어제 얘기 들으셨어요?"

"나중에 노로 씨한테 들었어요."

"지구사 씨, 그 이노라는 사람과 안면이 있지는 않았죠?"

"지나가다 가끔 보는 정도였어요. 그나저나 그 사람도 혼자 살았잖아요. 홀연히 사라져서 아무 소식도 없다니, 남 일 같지 않네요."

쓰즈키는 심각한 투로 말하는 다에가 딱하게 느껴졌다.

"지구사 씨는 전혀 불안해하실 것 없습니다. 동네 사람들과 가깝게 지내고, 노로 씨도 계시잖아요. 필요하면 제 연락처도 알려드리겠습니다. 가고일 일도 있고 하니."

자기는 이쪽이 더 편하다며 다에가 부랴부랴 휴대전화를 들고 왔다. 둘 다 노안경을 쓰고 적외선통신으로 연락처를 교환했다.

"참 오랜만에 남이랑 연락처를 교환하네요. 이제 쓰즈키 씨랑 메일 친구군요."

다에는 꾸밈없이 기뻐했다.

쓰즈키는 일단 집으로 돌아와서 다리를 쉴 겸 컴퓨터 앞에 앉았다.

그리고 가고일 목격담을 올린 사람들에게 메일과 게시판으로 접촉했다.

'저는 문제의 건물 근처에 사는 사람입니다. 예전부터 괴담과 도시전설에 흥미가 있어 개인적으로 정보를 수집중입니다. 좀더 자세한 목격담을 들려주시지 않겠습니까? 가능하면 직접 뵙고 싶은데요.'

무반응을 포함해 여러 반응이 왔다. '굳이 말씀드릴 만한 일은 아닌데요.' '실은 그걸 본 건 친구예요. 죄송합니다.' '직장에서 소문을 들었을 뿐입니다.'

신나서 응하는 분위기는 아니다. 그만큼 상식적인 사람들이라고 해석할 수도 있겠다. 한편 쓰즈키가 말도 안 했는데 '잡지에 글 쓰시는 분인가요?' '혹시 도시전설 연구가 ○○씨 아니세요?' 하고 설레발을 치는 사람도 있었다. '이야기를 들려주면 사례하시나요'라는 답변도 있었는데, 쓰는 글을 보면 아무래도 중학생 같으니 야박하다기보다 영악하다고 해야 할 것이다.

대체로 다들 소극적이었다. 별일 아닌데 뭘 그렇게 야단스럽게 구느냐는 심정도 있을 테고, 쓰즈키의 부탁이 너무 정중해서 오히려 경계심을 품었을지도 모른다. 정말이지 얼굴이 보이지 않는 상대와 교섭하기는 어렵다.

오늘도 이렇다 할 반응은 없었다. 형사 쓰즈키 시게노리가 은퇴할 당시에도 이미 인터넷 사용은 활발했지만, 지금처럼 블로그니 프로프니 트위터니 하는 것들이 난립하지는 않았다. 직접 사이버 관련 사건을 다룬 적도 없다. 다만 언뜻 듣기로 인터넷 세계는 불법 약물과 아동 음란물의 온상이다. 그런 걸 취급하는 놈들은 도대체 어떻게 듣도 보도 못한 거래 상대와 신뢰관계를 쌓는 걸까. 끼리끼리 통한다고 해야 하나.

하는 수 없다, 직접 발품 팔아보자 싶어 시계를 보니 점심때였다. 이제 그 남자도 일어났을 것 같아서 수화기를 들었다.

번호는 아직 외우고 있었다. 신호가 세 번 가고 나서, 이상한 비유지만 부루퉁한 얼굴 같은 목소리가 대답했다.

"네. 누구세요."

"오랜만이야, 야마초 씨."

상대는 잠깐 침묵을 지키다가 다소 나긋한 목소리로 말했다.

"……혹시 쓰즈키 씨?"

"기억하는군."

"그야 당연하지. 내 생명의 은인인데."

변함없이 과장이 심하다.

"여전한가."

"응, 그럭저럭 살지. 쓰즈키 씨는 어때? 관절염은 나았어?"

이 남자의 도움을 받던 당시 쓰즈키는 아픈 다리를 멋대로 관절염이라고 판단했다.

"그게, 결국 수술하게 됐어."

"어? 그거 큰일이네. 언제?"

"아마 이달 20일 이후쯤."

"입원하면 알려줘. 꽃이라도 보낼게. 아니면 과일바구니가 좋을까?"

"고마워. 생각해보지."

야마베 초이치, 통칭 '야마초'. 쓰즈키와 동년배인 베테랑 열쇠공이다. 스기나미 구의 집 일부를 개조해 가게를 냈지만, 예순이 넘은 뒤로 영업은 제자한테 맡기고 오래된 자물쇠 수집과 연구에 힘쓰고 있다. 열쇳집에는 시간을 가리지 않고 손님이 찾아온다. 휴일이고 국경일이고 없다. 한밤중에 손님이 찾아와 밤을 꼬박 새우기 일쑤라, 술독에 빠져 살다 간경변증이 생긴 야마초는 더 버티기가 힘들었던 모양이다.

그리고 야마초에게는 또다른 얼굴이 있다. 오늘 쓰즈키의 용건도 그쪽이다.

"야마초 씨, 실은 부탁이 하나 있는데."

오호, 왔다, 하듯이 상대가 웃었다. "어디를 열면 돼? 윗사람한테는 또 비밀이지?"

이런. 본인 왈 '열쇠공의 길'에 매진중인 야마초는 시간이 멈춘 세계에 살고 있는 모양이다.

"난 벌써 퇴직했어."

야마초는 큰 소리를 내며 놀랐다. "정말이야? 어이쿠, 쓰즈키 씨가 그렇게 영감님이었나?"

"당신보다 겨우 두 살 많아. 세상 사람들 눈에는 둘 다 영감탱이라고."

"그럼 지금은 백수야?"

"응. 시간이 넘쳐서 심심풀이로 뭣 좀 조사하고 있어. 그래서 어디 드나들 여벌열쇠가 필요해."

야마초는 이렇듯 비밀스러운 의뢰를 받아주는 소중한 열쇠공이다. 쓰즈키를 비롯한 현직 형사들이 수색영장을 받아오지 못했거나 심증은 있지만 달리 수색할 근거가 없을 때, 야마초는 어떤 잠금장치나 자물쇠도 열어주었고 여벌열쇠도 만들어주었다.

나중을 위해서도 차통빌딩에 자유로이 드나들 방법을 마련하는 게 좋다. 야마초에게 부탁하자. 건물 수색을 마치고 아이자와와 헤어졌을 때부터 쓰즈키는 그렇게 마음먹었다.

"건물 통용문 열쇠야. 문을 열 때 보니까 거 뭐라고 하는 신형 열쇠던데. 시침바늘 끄트머리만큼 작은 구멍이 송송 뚫려 있어."

"아아, 딤플키 말이군. 그것뿐이야? ID인증이나 경보장치는 없고?"

"예전에는 있었겠지만, 지금은 빈 건물이니까. 그렇게 번거로운 것들은 없어."

"그럼 식은 죽 먹기지. 장소는 어디야?"

"니시신주쿠. 언제 착수할 거야?"

"오늘밤 갈 수 있어. 약도랑 건물 겨냥도만 주면 내가 알아서 할게."

이게 야마초의 방식이었다. 늘 혼자 작업한다. 가능하면 밤을 선호한다. 집중하기 좋아서라고 한다.

"자네 혼자 있다가 혹시 들키기라도 하면 골치 아파. 나도 같이 갈게."

"쓰즈키 씨가 같이 있으면 더 성가셔져. 나 혼자 있으면 어떻게든 둘러댈 수 있어. 자물쇠 연구가라서 현장답사를 나왔다고 하면 돼."

쓰즈키는 웃었다. 정말이지 여전하다.

"여벌열쇠는 몇 개나 필요해?"

"하나면 돼. 물건은…… 그러고 보니 내가 이사했다는 말도 안 했군."

"이사했어? 그럼 새 주소도 알려줘. 한꺼번에 팩스로 보내. 어지간히 버거운 상대가 아니면 내일 아침 우편함에 열쇠를 넣어 둘게."

야마초는 잠금장치나 자물쇠를 늘 '상대'라고 부른다.

"빈 건물이라 전기가 끊겨서 캄캄하니까 조심하고."

"오케이."

"수고비는?"

"열쇠랑 같이 청구서 넘길게."

야마초는 이야기를 척척 마무리짓더니 물었다.

"제수씨는 잘 지내?"

"덕분에 나보다 훨씬 건강해."

"우리집 여편네도 그래. 여자는 다들 그런가? 나이를 먹을수록 팔팔해진다니까."

"그야 우리 같은 영감탱이들 기운을 빨아먹으니까 그렇지."

"하하, 맞는 소리네."

오랜만에 유쾌한 기분으로 전화를 끊자 아내 도시코가 이쪽을 보고 있었다.

"점심 들어요."

그러고 보니 메밀국수 냄새가 났다.

"여보, 요즘 뭘 하고 다니는 거예요? 이상하게 기운이 넘친단 말이야."

"그래? 수술 일정이 잡히고 마음이 편해져서 그렇겠지."

점심을 먹은 후 쓰즈키는 작은 가방을 어깨에 메고 지팡이를 짚으며 차통빌딩으로 향했다. 야마초가 오늘밤 온다니 미리 한 번 둘러보자.

좁은 통로를 따라 건물 뒤쪽으로 돌아갔다. 의자들을 쌓고 노끈으로 묶어서 만든 바리케이드는 여전히 제자리에 있었지만—움직였다.

콘크리트 지면에 희미한 자국이 있었다. 누가 이 튼튼한 의자 더미를 밀거나 당긴 것이다.

요전에 체격 좋은 청년 아이자와도 살짝 흔들어보고 "꿈쩍도 안 하네" 하며 놀랐다. 그런데 흔적이 남은 것으로 보아 누구인지 몰라도 그뒤에 바리케이드를 건드린 사람은 좀더 적극적으로 시도한 듯하다.

쓰즈키는 차통빌딩을 올려다보았다. 달라진 낌새는 없다. 물론 업자가 들어와서 곤돌라를 설치하거나 유리창 청소를 하지도 않았다. 오늘도 인기척 하나 없이 황량하다.

다가가서 통용문을 살펴보자 자물쇠는 단단히 잠겨 있었고, 그새 먼지와 티끌이 앉아 지저분했다.

쓰즈키는 신중하게 건물 주변을 살폈다. 정문도 꼭 잠겨 있다. 하지만 체인 고리 사이의 거미줄이 군데군데 걷혔다. 누가 건드린 것이다.

쓰즈키는 팔짱을 끼고 잠시 생각에 잠겼다. 이어서 건물을 둘러싼 나지막한 콘크리트 담 가장자리에 걸터앉아 야마초에게 줄 약도와 건물 겨냥도를 그렸다.

'최근 정체 모를 인물이 접근한 흔적이 있음. 작업할 때 주의할 것.'

그림 구석에 그렇게 적어넣었다.

근처 편의점에서 팩스를 보내고 그곳을 출발점 삼아 시계 방향으로 탐문하기로 했다. 원을 그리며 점점 범위를 넓혀나간다. 혼자니까 그게 제일 효율적일 것이다.

쓰즈키도 이제 동네 주민이므로 근처에 알고 지내는 가게 주인이 많았다. 그런 사람들에게는 '의사가 산책하라더라'는 핑계로 잠깐 말을 나누다가 차통빌딩을 화제에 올렸다. 계속 비어 있어서 기분이 뒤숭숭하네요. 가게라도 들어오면 좋을 텐데. 경기가 이렇게 안 좋아서야 힘들죠, 쓰즈키 씨.

이 부근 잡거빌딩에 들어와 있는 상점은 대부분 술집이므로 낮에는 영업을 하지 않는다. 문을 연 곳은 미용실과 의원, 십오분 만에 뭉친 어깨를 풀어주는 건전한 마사지숍 정도다. 그런 곳은 지역사회와 유대감이 약할뿐더러 아예 창문을 막아버린 곳도 있으므로 목격정보를 기대하기 힘들고, 실제로도 그랬다. 얼마 전 또 저 차통 모양 빌딩에 도둑이 들었는데요, 여기는 뭔가 수상한 일 없었습니까? 저는 주민회 방범 담당입니다. 그러시군요, 고생 많으세요. 그런데 저희는 관계없어요.

오피스빌딩에는 경비원이 있고, 맨션에는 관리인이 있다. 역시 방범 담당이라는 명목으로 찾아가보았지만 그쪽도 수확이 없기는 마찬가지였다. 입주자가 무슨 불만을 제기하지 않았느냐고 묻자 한 맨션 관리인은 주민회가 그런 것까지 참견할 권리는 없다며 화를 내기도 했다.

경찰신분증은 참으로 편리했다. '경찰이라는 직업'이 아니라 신분증에 더 큰 고마움을 느끼는 것은 그만큼 현역에서 멀어졌다는 뜻이리라.

쓰즈키는 이따금 멈춰가며 쉬엄쉬엄 걸었다. 두번째 원을 다 그렸을 때쯤 누군가 "쓰즈키 씨" 하고 불렀다. 맨션 틈새에 있는 꽃집 '플로리스트 야마다' 앞에서 앞치마를 한 여자가 고개를 숙였다.

"그간 잘 지내셨어요?"

야마다 씨는 주민회 반장 중 한 명이다.

"새해 모임 때는 수고 많으셨습니다." 쓰즈키도 인사했다.

“나가시는 길이에요?”

“네, 산책 좀 하려고요.”

“혹시 리어카 할아버지를 찾고 계시진 않나요?”

대뜸 물어보는 바람에 쓰즈키는 놀랐다.

“이노 씨는 하쿠닌초 연립주택에 사신다지요.”

야마다가 고개를 끄덕였다. “계속 행방이 묘연하대요.”

“새해 모임 때 그분 가족이라는 젊은이가 찾아와 소식을 물었습니다.”

“저도 들었어요.”

“사장님은 이노 씨와 아시는 사이인가요?”

야마다는 주위를 살피며 쓰즈키에게 다가섰다.

“실은요, 원래는 구청에서 지정한 장소에 쓰레기를 내놔야 하지만, 그 할아버지가 워낙 부지런히 돌아다니셔서요. 그분은 그걸로 먹고살잖아요. 그래서 그만……”

하긴. 꽃집에서는 매일 종이상자가 산더미처럼 나오니까.

이노 고자부로도 독거노인이었지만 재활용 쓰레기를 모으는 일을 통해 어느 정도 지역사회와 유대관계를 유지한 것이다.

“겉으로는 그렇지만, 실은 모아놓은 돈이 꽤 된다는 소문이 있었어요.”

“흐음.”

"그래서 나쁜 사람이 노린 것 아닐까요?"

확실히 쓰즈키도 그런 걱정이 들었다.

"그런데 몸은 불편한 모양이더라고요. 뭐랄까, 보고 있는 사람이 불안해질 정도였어요."

야마다는 관자놀이를 가볍게 가리켰다.

"계속 혼자 뭐라고 중얼거리고, 있지도 않은 걸 보고, 이상한 말도 하고요. 앞으로 계속 혼자 살기는 힘들지 않겠냐고 저희 남편도 걱정하더라고요."

"이상한 말이라니요?"

"묘하게 흥분해서 잠꼬대 같은 소리를 했어요. 오늘 이른 아침 괴물처럼 커다란 새가 나타나 머리 위를 날아갔다나."

쓰즈키는 심장이 덜컹했다.

야마다가 웃었다. "그 할아버지, 맨션이나 잡거빌딩의 재활용 쓰레기를 멋대로 가져갔어요. 수거차가 오기 전에 가져가니까 밤중이나 동트기 전에 리어카를 끌고 돌아다녔겠죠. 아직 컴컴할 때요. 그래서 뭘 잘못 보고 착각한 거예요. 작년 초봄에는 요 앞 교차로에 어린아이 유령이 나온다고 난리를 친 적도 있어요. 거기서 교통사고가 났었거든요."

유령은 자기최면이나 착각, 환각일 것이다.

하지만 괴물처럼 커다란 새는.

"언제 그 이야기를 들으셨습니까?"

"어머나, 진지하게 받아들이지는 마세요."

"네, 그 이야기를 곧이듣는 건 아닙니다. 다만 커다란 새 하니까 좀 짚이는 데가 있어서요."

야마다는 쓰즈키 씨야말로 괜찮으냐는 시선을 보냈다.

"언제였습니까? 기억나세요?"

"그게…… 작년 12월 초 태풍 때처럼 날씨가 궂었던 날이 있었잖아요?"

그 다음날 아침이라고 한다.

"날이 개자마자 이노 씨가 또 리어카를 끌고 나왔어요. 그런 날씨 뒤에는 온갖 물건이 길가에 굴러다니니까 벌이가 쏠쏠하다고 일전에 들었거든요."

쓰즈키는 가방에서 수첩을 꺼냈다. 일기는 쓰지 않지만 날씨는 매일 기록한다. 형사 시절 생긴 습관이다.

"4일 오후부터 폭풍이 몰아쳤군요. 밤새 비와 바람이 거셌고."

다음날 오전 다섯시경 비바람이 잦아들더니 빠르게 개고 기온이 올랐다. 그런 점도 태풍과 같았다.

—오늘 이른 아침 괴물처럼 커다란 새를 봤다.

즉 이노 고자부로는 5일 아침 날이 개자 겨울철 늦은 일출을 기다리지 않고 밖으로 나와서 그것을 목격한 것이리라. 그리고 깜짝 놀라 바로 야마다에게 알렸다.

그리고 그날 자취를 감추었다. 적어도 새해 모임에 찾아온 모리나가라는 젊은이의 말로는 그렇다.

"사장님은 이노 씨가 사라졌다는 걸 바로 아셨습니까?"

"아니요, 우리 가게에 매일 오시던 건 아니라서요."

요즘 안 오네, 다른 데를 돌아다니기로 했나. 그 정도로 생각했다. 이노 고자부로가 행방불명이라는 건 새해 모임에서 알았다.

이노 고자부로가 언제, 어떤 상황에서 사라졌는지 확실히 밝혀야 한다. 쓰즈키는 인사를 하는 둥 마는 둥 걸음을 뗐다.

노로는 모리나가라는 남자에게 지인이 운영하는 햐쿠닌초의 술집을 알려주었다. 쓰즈키도 옆에서 들어 기억한다. 덕분에 애먹지 않고 찾아냈다. 아담한 맨션 1층에 자리한 작은 술집이었다.

주인은 젊었다. 잘해야 서른 살이리라. 제법 유서 있는 가게인 듯 계산대 뒤쪽에 빛바랜 사진이 든 액자 몇 개가 걸려 있었다. 물어보니 4대째라고 한다. 노로의 소개로 왔다고 하자 금방 말이 통했다.

"아아, 그 대학생요. 왔었습니다."

"자기가 대학생이라고 하던가요?"

"이상하게 우물쭈물해서 저도 좀 경계했거든요. 세상이 험하다보니."

신분을 증명할 만한 물건을 보여달라고 했더니 대학교 학생증을 꺼냈다고 한다.

"이노 씨 외손자라고 했어요."

그건 거짓말일 것이다. 어쨌든 가명을 쓰지 않은 것은 칭찬할 만하다.

"뭘 물어보던가요?"

"사실 저희는 그 영감님을 잘 몰라요. 이름도 몰랐는걸요. 리어카를 끌고 지나가는 모습을 본 게 다입니다."

"그럼, 재활용 쓰레기를 주진 않았다?"

"그러면 규칙 위반이잖습니까."

엄밀히 따지면 그렇다.

"그 대학생은 아사히장에 대해 물어봤어요. 집주인은 어떤 사람이냐, 그 건물은 어떤 곳이냐, 제법 끈덕지게 물어봤죠."

"실제로 어떤 곳입니까? 집주인은 이 동네 사람이 아니라고 하던데요."

"하지만 좋은 사람입니다."

독지가라고 할까, 라고 덧붙였다.

"홀몸이 되어 마땅히 살 곳 없는 노인에게 공짜나 다름없이 집을 빌려줘요. 뭐, 일단 철거되면 건축기준법 위반이라 다시는 건물을 세울 수 없어서 그런다는 말도 있지만요."

2차대전 직후 지어진 연립주택이 아직까지 남아 있는 이유로는 타당하다 하겠다.

"그 대학생, 이노 씨가 행방불명이라는 소식을 라디오로 알았답니다."

"라디오?"

"요 근처에 미니FM방송국이 있거든요. 저희 가게에서도 가끔 듣죠. 거기다 이노 씨 행방을 아는 사람 없느냐고 사연을 보낸 사람이 있었대요."

"그 FM방송국이 어디 있는지 아십니까?"

"굳이 찾아가지 않아도, 홈페이지를 보면 사연 보낸 사람을 알 수 있어요."

주인은 친절하게 계산대 컴퓨터로 홈페이지에 들어갔다. 신청곡과 사연을 받는 게시판을 거슬러올라가자 찾는 글이 나왔다. '가도마 카페'의 가도마 야스시.

"여기, 이 근처입니까?"

"오른쪽으로 쭉 가다가 첫번째 모퉁이에서 왼쪽으로 돌고, 두번째 모퉁이에서 오른쪽으로 돌면 나옵니다."

쓰즈키의 다리는 이미 한계였다. 아픈 정도가 아니라 너무 저려 감각이 없었다. 다리를 들어올리기도 힘들었다. 가도마 카페 간판이 보일 때까지 지팡이에 의지해 비척비척 걸어가려니 온몸에 식은땀이 흘렀다.

그래도 찾아간 보람은 있었다. 겨우 의자에 앉아 살 것 같은 기분을 맛보는 쓰즈키에게, 코밑에 깜찍한 수염을 기르고 포마드 바른 머리와 빨간색 조끼로 (약간 시대착오적이지만) 멋을 부린 주인이 말했다.

"네, 이노 씨가 저한테도 말씀하셨어요. 5일 아침, 아직 어두웠지만 분명히 봤답니다. 이렇게 커다랗고 새카만 새가 머리 위를 날아갔대요."

이렇게, 라는 대목에서 주인은 두 팔을 활짝 펼쳤다.

가도마 카페 주인은 쓰즈키가 궁금했던 점을 거의 다 알려주었다.

이노 고자부로는 지난달 5일, 전날 밤 몰아치던 폭풍이 잦아들자마자 동트기도 전에 재활용 쓰레기를 주우러 나갔다. 그리고 플로리스트 야마다에 들러 '괴물처럼 커다란 새를 봤다'라고 말한 후, 오전 여섯시 반 가도마 카페에 나타났다.

"매일 아침 여섯시 반 정각에 오세요."

이노 노인은 가도마 카페의 단골이었다. 개점 시간은 오전 일곱시지만 다른 손님들이 궁상맞은 행색의 노인을 꺼렸고, 이노 고자부로도 그런 대접을 받기 싫었는지 문 열기 전에 와서 모닝세트를 포장해 가는 것이 습관이었다. 노인이 카페 안에서 뭔가를 먹고 마신 적은 한 번도 없었다.

가도마 야스시가 기억하기에도, 5일 아침의 이노 노인은 묘하게 흥분한 상태였다.

"인사도 하는 둥 마는 둥 이상한 걸 봤다는 이야기를 꺼내시더라고요."

야마다와 마찬가지로 가도마도 얼마 전부터 이노 노인의 언동이 다소 불안하게 느껴져 그 이야기를 귀담아듣지는 않았다. 전날 비바람에 젖어 꿉꿉한 옷을 껴입고 나온 노인이 감기 걸릴까봐 수건을 건네고, 안에서 난로를 쬐다 가라고 권했다.

노인은 카페에 들어오지 않았다. 추워 보였지만 오히려 기운찼다.

"집에서 나오자마자 그렇게 희한한 걸 봤으니 오늘은 되는 날이다, 벌이가 쏠쏠하겠다며 리어카를 끌고 가셨죠. 뭐, 저도 너무 무리하지는 말라면서 평소처럼 배웅했고요."

그게 끝이었다. 그뒤로 이노 노인은 가도마 카페에 나타나지 않았다.

"6일 아침에는 역시나 감기 걸려서 드러누우신 줄 알았죠. 그런데."

오후 두시가 지나 단골 회사원 손님이 "왜, 상자 받으러 오시던 영감님의 리어카가 2번가 교차로 옆 공터에 내버려져 있던데요."라고 알려주었다.

가도마가 놀라서 가보니 아닌 게 아니라 정말 이노 노인의 리어카였다. 종이상자와 빈 깡통, 폐지 등이 잔뜩 쌓여 있었다.

처음에는 노인이 단속에 걸린 줄 알았다. "하지만 경찰이라면 리어카를 몰수하든지 압수하지, 그냥 내버려두지는 않겠죠."

당시 가도마는 이노 노인의 집이 어딘지 몰랐다. 근처 연립주택에 혼자 산다는 이야기는 들었지만,

"실은 노숙자가 아닌가 싶었어요."

그렇게 반신반의했다고 한다.

찾을 방도가 없었다. 그 공터는 손바닥만하지만 밧줄을 쳐서 막아놓은 것도 아니고 항상 쓰레기가 너저분하게 굴러다닌다. 리어카를 놔둔다고 당장 문제되지는 않을 것이다.

"그래도 왠지 불안하고 걱정되더라고요."

그 리어카는 이노 노인의 재산이다. 길가에 내버리고 사라지다니 이상하다.

그래서 미니FM방송국에 사연을 보냈다고 한다.

"방송이 나가면 이노 씨를 보호하고 있거나 입원 사실을 아는 사람이 듣고 알려줄 것 같았거든요."

현명한 판단이었다. 섣불리 여기저기 찾아다니는 것보다 훨씬 효율적이다.

"5일 아침 이후로 소식을 모르는데 누구 아시는 분 없느냐고 보냈어요. 그러자 사흘쯤 지나서 아사히장에 산다는 사람이 제보를 했더군요. 옆집 사람인데, 이노 씨가 집에도 안 들어왔다고. 그제야 이노 씨한테 진짜로 집이 있다는 걸 알았어요."

그 이웃은 라디오를 듣고 걱정되어 베란다 너머로 이노 노인의 집을 살펴보았다고 한다.

"1층이고, 커튼도 걷어놓아서 훤히 보였답니다."

실내에 이렇다 할 세간살이는 없었다. 텔레비전과 이부자리와 밥상, 그리고 그릇 몇 개뿐이었다. 누가 어지른 낌새도 없고 창문과 문은 단단히 잠겨 있었다고 한다.

"그게 제가 아는 전부입니다."

그 이상은 아무것도 모르는 채로 별다른 진전 없이 시간만 흘러갔다. 연말에 모리나가라는 남자가 찾아오기 전까지는.

"언제였더라. 크리스마스트리를 치운 다음이니 26일이나 27일일 겁니다. 열시쯤이었나. 들어오자마자 미니FM방송국 홈페이지를 봤다며 이노 씨 이야기를 꺼냈죠."

공교롭게도 모리나가도 정보를 가진 쪽이 아니라 구하는 쪽이었다.

"별건 없지만 제가 아는 대로 얘기해줬더니, 근처를 돌면서 물어보고 아사히장에도 가보겠다고 하더군요."

그의 언동에 부자연스러운 구석은 없었다. 이노 고자부로의 소식을 들으려고 일단 가도마 카페를 방문했다. 그리고 아사히 장과 주위를 탐문했다. 아마도 이렇다 할 수확 없이 탐문을 이어갔을 것이다. 그러다 해가 바뀌어 4일 게시판에서 새해 모임 알림장을 보고 찾아와 정보를 수집하려 했다. 모리나가가 아사히 장 주인을 찾은 것은 이노 노인의 집에 들어가고 싶었기 때문이리라. 그러려면 집주인의 허가가 필요하니까.

주인과 이야기하다가 한 가지 재미있는 사실을 알았다. 가도마 카페에서 모리나가는 '나리타'라는 이름을 댔다고 한다.

"이노 씨 외손자라고 했는데요. 뭐야, 가명이었습니까?"

주인이 신분 증명을 따로 요구하지 않았으므로 여기서는 통했다. 하지만 여기저기 탐문하고 다니다가 가명이 탄로나서 상황이 여의치 않아지자 결국 본명을 대기로 한 것이다. 이 또한 아마추어다운 실수다

―누굴까.

정말로 이노 노인의 가족이 그를 걱정해 찾는 거라고 보기는 힘들다. 그렇다기에는 찾기 시작한 시기가 늦고, 방법도 뜬금없다. 가족이라면 경찰에 실종신고부터 하라고 주인이 충고했더니 신고해봤자 찾아주지 않을 거라면서 슬슬 빼는 눈치였다고 한다.

—영감과 어떻게 연결되는 거지.

이노 고자부로는 왜 행방을 감췄을까. 무슨 일이 일어났고, 지금 어디 있을까.

재활용 쓰레기를 주워 팔며 근근이 살아온 독거노인이다. 과연 그런 생활 어디에 행방불명이라는 위험한 말이 끼어들 여지가 있을까.

플로리스트 야마다에서는 노인이 몰래 모아놓은 목돈이 있다는 소문을 들었다. 가장 현실적이고 불안감을 자극하는 요소다. 하지만—

괴물처럼 커다란 새를 봤다.

형사로 뛰던 시절부터 쓰즈키는 여러모로 생각이 지나친 구석이 있었다. 자주 지적받았고, 본인도 인정한다. 하지만 그 '지나친 생각'은 어디까지나 현실에 뿌리내린 것이다. 상상일지언정 공상은 아니다.

그래도 생각을 멈출 수 없었다.

이노 고자부로는 커다란 새가 머리 위를 날아가는 광경을 목격했다. 그 다음날 홀연히 자취를 감췄다. 마치 하늘로 솟은 듯이.

리어카는 6일 오후에 발견됐지만, 이노 노인이 리어카와 떨어진 것은 훨씬 전이었을 것이다. 다만 5일에 그랬다고는 보기 힘들다. 그랬다면 리어카도 그날 발견됐을 테니까.

노인의 집은 문단속이 돼 있고 커튼도 걷혀 있었다고 한다. 그렇다면 이노 고자부로는 6일 아침 평소처럼 일어나서 날이 채 밝기 전에 리어카를 끌고 나섰을 것이다. 그리고 지상에 아직 어둠이 남아 있고 동네가 완전히 잠에서 깨기 전, 2번가 공터 근처에서 사라졌다.

밤이라는 사실에 집착하는 건 그것이 괴물이기 때문이다. 어둠을 틈타야 대담하게 움직일 수 있는.

가고일이 웅크리고 앉은 차통빌딩에서 리어카가 버려진 공터까지는 직선거리로 500미터 정도다.

커다란 새라면 단번에 날아올 수 있다.

뭔가 윙윙거리는 소리가 났다.

쓰즈키는 깜짝 놀라 눈을 떴다. 베개 옆에 둔 휴대전화가 깜박이며 진동하고 있었다. 액정화면에 '지구사 다에'라고 떴다.

오전 세시 이십이분. 늘어선 숫자가 눈에 들어왔다. 쓰즈키는 전화를 받았다.

"지구사 씨입니까? 어쩐 일이세요?"

바스락거리는 잡음이 들렸다. 쓰즈키는 이부자리에서 일어나 바로 앉았다. 옆에서는 도시코가 미동도 없이 푹 잠들어 있다.

"여보세요? 지구사 씨, 쓰즈키입니다. 무슨 일 있습니까?"

계속 묻다가 바스락거리는 잡음이 흐트러진 숨소리임을 깨달았다.

"죄, 죄송해요."

다에의 목소리다. 쓰즈키는 무심코 바닥에 한 손을 짚을 만큼 안도했다.

"이런 시간에 죄송해요."

울먹이는 목소리였다.

"저야말로 죄송합니다. 정말로 이런 시간에 일어나셨군요. 춥죠? 기분은 괜찮으세요?"

다에는 가쁜 숨만 몰아쉴 뿐 대답하지 않았다.

"지구사 씨, 숨쉬기 힘드신 것 같은데요. 어디 안 좋으세요?"

여기서 구급차를 불러줘야 할까.

그때 다에가 신음을 토해내듯이 말했다.

"……무서워요."

쓰즈키는 당황했다. 옆에서 도시코가 몸을 뒤척였다.

"무서워요. 무서워서 커튼을 걷을 수가 없어요."

지구사 다에가 흐느껴 울었다.

"제가 그것을 보려고 하는 걸, 그것도 눈치챈 것 같아요. 분명해요."

도대체 무슨 소리지?

"……괜찮으십니까?"

"그것은, 제가 보는 게 싫은 거예요."

쓰즈키는 아직 잠이 덜 깬 기분이었다. 꿈인가?

"지구사 씨, 그것이라면 그 괴물 말이죠? 차통빌딩의 가고일."

수화기 너머에서 침묵이 흘렀다.

"지구사 씨?"

"지금 그게 창밖에 있어요."

기척이 느껴져요, 라고 속삭였다. 흐트러진 목소리에 쓰즈키는 한기를 느꼈다.

"죄송해요, 너무 무서워서 오늘밤은 안 되겠어요. 밖을 못 보겠어요. 이대로 가만히 숨어 있을래요."

이거 큰일이다. "지구사 씨, 저기, 그건—"

다시 한번 "죄송해요"라고 한 후 전화가 끊겼다.

쓰즈키는 자리에 누웠지만 잠을 이루지 못하고 한 시간쯤 이것저것 생각했다. 그 '이것저것'에는 반성할 부분이 다분했다.

홀로 집에 틀어박혀 지내서 현실감각이 떨어진 지구사 다에를 너무 자극했다. 일종의 들뜬 기분—이 표현이 부적절하다면 '비일상적인 기분'—이 다에에게 옮은 모양이다.

척추관 협착증 진단을 받고 쓰즈키는 인내로 점철된 나날을 보냈다. 병실이 날 때까지 기다리기. 수술받을 수 있을 때까지 기다리기. 인내는 괴롭고 따분했다.

그래서 그 따분함에서 벗어날 수 있는 소일거리를 발견하자 그만 몰두하고 말았다. 괴물 조각상이 움직인다고? 어처구니없는 소리다. 조사하면 이유가 밝혀질 것이다—

어쩌면 미스터리한 가고일이 아니라 뭐든 상관없었는지도 모른다. 현역 시절처럼 돌아다니고, 조사하고, 생각할 수 있다면. 도시코도 말하지 않았는가. 생기가 넘친다고.

복잡한 표정으로 메모를 노려보며 생각에 잠겼지만 사실 쓰즈키는 즐기고 있었다. 그건 자유지만, 무엇에 어떻게 마음을 쏟든 혼자서 해야지 남을 끌어들여서는 안 된다.

아침 일찍 지구사 다에를 찾아가서 사과하자. 잘 알아듣게 달래고 평온한 일상을 돌려줘야 한다.

결국 비몽사몽 중에 날이 밝았다. 쓰즈키는 도시코보다 먼저 일어나 우편함으로 조간신문을 가지러 갔다. 광고지와 전단지를 잔뜩 끼워넣어 두툼해진 신문 사이에서 봉투 하나가 고개를 내밀었다.

야마초다. 몇시에 왔을까. 내가 깨어 있을 때 오면 좋았을 것을.

—버거운 상대는 아니었나보군.

반짝거리는 딤플키 하나와 청구서. 쓰즈키가 보낸 팩스도 함께 들어 있었다. 꼼꼼한 성격도 예전과 다름없었다.

팩스 용지에 메모지가 붙어 있었다.

'작업 개시—오전 두시 십오분. 작업 종료—오전 네시 오분. 말한 대로 캄캄했음.'

줄을 바꾸고, 망설인 듯 공간을 좀 띄워서 이렇게 적었다.

'작업중 머리 위에서 이상한 소리가 몇 번 들렸음. 커다란 새의 날갯짓 소리 같았음. 아무것도 보이지 않았고, 정체 모를 인물과 마주치지도 않았음. 정체 모를 인물이 새는 아니지?'

쓰즈키의 발치에 조간신문이 툭 떨어졌다.

3

"연락이 안 된다니 무슨 소리예요?"

저도 모르게 말투가 날카로워졌다. 고타로 앞에서 마키와 학교섬 팀장 나리타가 얼굴을 마주보았다.

1월 6일, 오전 아홉시 십분. 고타로의 올해 아르바이트 첫날이다. 실은 4일부터 바로 일하고 싶어서 손이 근질근질했다. 학교는 아직 겨울방학이다. 오늘은 하루종일 일할 생각이었다.

그런데 자리에 앉자마자 마키가 부르더니, 나리타도 다가와서는—

"언제부터요? 모리나가 씨가 언제부터 행방불명인 건데요?"

나리타가 달래듯이 쓴웃음을 지었다. "야, 너무 앞서나가지 마. 아직 행방불명이라고 단정할 순 없으니까."

나리타는 나이 마흔이 넘은 전직 고등학교 선생님이었다. 쿠마에서 경력이 이채롭기로 손꼽히는 사람이지만 일솜씨가 뛰어나고 인품도 좋아서 마키는 높이 평가한다. 그러나 지금 고타로에게 그런 건 아무 상관도 없었다.

"무슨 느긋한 소리예요. 팀장님도 모리나가 씨가 뭘 하고 있었는지 알죠? 행방불명사건을 조사하고 있었다고요. 그것도 여러 사람이 실종된 사건을요. 그랬던 사람과 연락이 안 된다면, 행방불명이라고 보는 게 자연스럽죠!"

마키와 나리타가 또 얼굴을 마주보았다. 이번에는 아까보다 불안해 보였다.

"고대시, 좀 진정해."

목소리가 크다며 곤란한 듯한 표정으로 말했다. 주위 사원들이 불안한 눈으로 힐끔거렸다.

"모리나가한테 주기적으로 보고를 받았어."

나리타가 손에 든 스마트폰을 살짝 들어올렸다.

"나도 너처럼 그 녀석 혼자 돌아다니는 건 별로 바람직하지 않다고 생각했거든. 그래서 꼬박꼬박 연락하라고 말해뒀지."

메일이 많았지만 전화할 때도 있었다고 한다. 모리나가 씨, 나는 '보험'으로만 삼고 나리타 팀장에게는 그랬구나.

"아마추어가 하는 일이 그렇게 잘 풀릴 리 있겠어? 첫번째 단서인 카페에 가봤더니 24, 25일은 휴일이었대. 아사히장이라는 연립주택에선 실례한다고 백 번쯤 말하고 돌아다녀도 누구 하나 나와보지 않았고. 드라마처럼 술술 흘러가진 않는다며 웃더라."

다른 노숙자들이 실종된 현장에도 가보았지만, 그쪽 현실도 생각보다 냉혹했다.

"노숙자한테 말을 걸어도 대답을 제대로 듣기 힘들다더군."

뒤숭숭하게 최근 들어 모습을 감춘 사람 얘기를 꺼내니 더했을 것이다.

"결국 연말까지도 별다른 수확이 없었지. 그래도 설날과 2일은 본가에서 보내겠다며 야간 버스를 타고 내려갔어."

3일 오후 도쿄로 돌아와 다시 이노 노인과 아사히장 주위를 맴돌기 시작했다. 외지인이 무턱대고 부딪쳐서 알아낼 수 있는 사실은 매우 제한적이다. 게다가 섣불리 파고들었다가는 바로 경계를 받는다.

"현실을 너무 만만히 봤나보다 하기에, 그럼 조사를 그만두라고 했지."

나리타는 약간 변명하는 듯한 눈으로 마키를 보았다. "모리나가 녀석, 묘하게 고집을 부리더라고요. 성에 찰 때까지 해보겠다면서."

"뭐, 겉으로는 얌전해 보여도 이런저런 사연이 있을 테니."

마키가 의미심장한 말을 꺼냈다. 어쩌면 모리나가의 어린 시절 이야기를 들었는지도 모른다.

"아무튼 그래서 현재 녀석한테 마지막으로 받은 연락은 이거야. 그제, 4일 오후 아홉시 삼십사분에 온 메일."

나리타가 스마트폰 화면을 보여주었다.

'마음에 좀 걸리는 게 있어서 오늘은 야간에 조사해보려고요.'

고타로는 그 문장을 두 번 되풀이해 읽었다.

"이 메일을 보내고 어딘가로 갔겠군요."

나리타는 고개를 끄덕였다. 마키는 인상을 쓰고 있었다.

"어디 가느냐고 메일을 보냈는데 답장은 없었어. 영 걱정돼서 밤에 전화를 몇 번 걸어봤지만, 연결이 안 되더군. 전원을 꺼놨을지도 모르겠어."

그후로 계속 연락이 되지 않는다고 한다.

"집에는요?"

"없었어. 문단속은 단단히 해놨더군."

"고향 부모님은 뭔가 아실까요?"

"어제저녁에 연락해봤어." 마키가 대답했다. "하루종일 연락이 안 돼서."

부모님은 놀랐다고 한다. 설날을 맞아 고향에 돌아온 모리나가에게 평소와 다른 점은 없었다. 잘 먹고 잘 마시며 쾌활하게 굴었고, 학교생활이나 아르바이트나 바쁘지만 재미있다고 말하고는 도쿄로 돌아갔다고 한다.

"경찰에 신고하실 거예요?"

"오늘 하루 더 기다려보고, 상황에 변화가 없으면."

"자세한 사정도 전부 밝힐 거죠? 모리나가 씨가 진행하던 '조사'랑, 노숙자가 사라진 사건도."

"물론이지."

"저, 언제든 불러주세요. 모리나가 씨가 뭐라고 말했는지 똑똑히 기억해요. 그때 아주 진지했다는 것도 잘 설명할 수 있어요."

알았어, 알았어, 마키가 달래듯이 연신 고개를 끄덕였다.

"모리나가가 너한테는 연락했니?" 나리타가 물었다.

"아니요. 팀장에게 보고하는 게 맞다고 생각한 것 아닐까요."

"아니, 보고를 떠나서, 넌 친구니까 그냥 잡담 같은 거라도."

말하다가 어, 하는 표정을 지었다.

"그러고 보니……"

스마트폰을 켜고 뭔가 찾았다. 손이 멈췄다. "이거다."

다시 고타로에게 스마트폰을 내밀었다. 마키도 옆에서 들여다보았다.

“녀석은 내게 구체적인 내용을 일일이 보고하지는 않았어. 오늘은 어디 다녀왔다, 그 정도였지. 하지만 이건 좀 달라.”

사진이 첨부된 메일이다. 지난달, 12월 30일 오후 세시 삼분에 보냈다.

“받자마자 바로 전화가 왔지.”

—재미있죠? 팀장님, 이거 뭘로 보이세요?

“뭐긴, 그림이잖아.”

“어린애가 그린 그림이네요.”

마키와 고타로는 마주보고 고개를 끄덕였다.

어린아이 솜씨임을 한눈에 알 수 있을 만큼 서툰 그림이었다. 도화지에 크레파스로 그린 듯하다. 커다란 회색 새가 종이 가득 그려져 있다. 스마트폰 화면의 해상도가 컴퓨터 못지않아서, 어린 작가의 손이 흔들려 선이 삐뚤빼뚤해진 부분까지 분명히 보였다.

“새 그림이지?”

마키가 눈을 들자 나리타가 웃었다.

“그렇다기에는 이상하지 않나요?”

고타로는 말했다. “날개가 있으니까 새 같은데, 다리는 인간처럼 생겼네요.”

"그래. 그리고 얼굴은 그리지 않았으니 모르겠지만, 적어도 부리는 없어. 그 점도 새보다는 인간에 가깝지."

"어린애 그림이잖아. 이것저것 뒤섞인 거겠지."

사실과 공상이 섞여 있다.

"모리나가는 흥미롭다고 했어요. 실제로 이 그림은 아주 표현을 잘했고요."

환수 그림이라고 나리타는 말했다. 지극히 현실적인 인간인 마키는 무슨 뜻인지 알아듣지 못하고 물었다.

"그게 뭐야?"

"환상의 생물요. 도시전설에서 찾자면 '모스맨'과 비슷하네요. 마키 씨, 모르십니까?"

"모스버거는 아는데."

고타로는 스마트폰 화면에서 눈을 떼지 않았다. "모리나가 씨가 다른 이야기는 안 했나요?"

"응. 너한테는 안 보냈구나."

"네. 그 사진 저한테도 보내주시면 안 돼요? 좀더 자세히 보고 싶어서요."

고타로의 반응이 너무 진지해서인지 나리타는 눈을 깜박였다.

"알았어. 그렇지만 이건 그냥 잡담거리야. 큰 의미가 있을 것 같지는 않은데."

아무튼 지금 단계에서는 너무 허둥대지 말라고 마키가 못박았다. 고타로는 자리로 가서 앉았다.

작업에 집중하기 힘들었다. 다른 일을 하고 싶다는 유혹을 견디는 것도 고역이었다. 정신이 흐트러져서 모니터 화면에 빠질 수가 없었다. 글자들이 눈앞을 흘러갈 뿐 읽고 내용을 이해할 수 없었다. 외국어를 보는 것 같았다.

겨우 두 시간을 버텼다. 딴에는 열심히 일했지만 고개를 드니 마키가 이쪽을 보고 있다가 뚱한 표정으로 손짓했다.

"쓸데없는 생각만 하고 있네."

반박할 수 없었다.

"모리나가가 말한 미니FM방송국에 연락해볼까, 홈페이지를 검색해볼까, 하면서."

"지, 진짜로 하지는 않았어요."

"안 했지. 그건 잘했어."

감시당하고 있었나.

"행방불명된 영감님을 처음 찾던 사람이 그 동네 카페 주인이었던가? 모리나가도 찾아갔을 게 분명하니."

나리타 씨와 함께 가볼까 했다고 한다.

"어제 둘이 상의했다가 그만뒀어. 우리가 그렇게 설레발을 친다고 뾰족한 수가 생기는 것도 아니니까."

고타로는 이의를 제기했다. "왜요? 좀더 빨리 모리나가 씨 발자취를 쫓는 게 낫지 않나요?"

"아니. 지금은 차분히 경과를 지켜보고, 수사나 추적이 필요하다면 경찰에 맡기는 편이 나아."

그렇게 말하고 마키는 표정을 조금 누그러뜨렸다.

"야, 고대시. 이것들 다 단순한 해프닝으로 끝날 수도 있어."

"……하지만 모리나가 씨가 정말로 사라졌잖아요."

"그냥 연락이 안 되는 걸 수 있잖아. 집에 못 들어올 사정이 생겼는지도 모르고. 그것도 녀석의 '조사'와는 전혀 다른 이유로."

하필 이런 때 그런 우연이 생길 수 있을까.

"학생이라 해도 모리나가는 성인 남자야. 연락이 끊긴 지 아직 이틀도 안 지났고."

"꼬박 하루는 넘었는데요."

고타로가 고집스럽게 대꾸하자 마키는 한숨을 쉬었다.

"그만 됐어. 집에 가. 지금 고대시는 컴퓨터 학원에서 막 본체 전원 켜는 방법을 배운 노인보다 도움이 안 돼."

"어, 저 열심히 일했는데요."

"거짓말하지 마. 점수 깎인다."

마키가 이런 식으로 말하는 건 처음이었다.

"집에 가서 머리 좀 식혀. 알겠지? 곧장 집으로 가는 거야. 그리고 나나 나리타 씨가 연락할 때까지 얌전히 있어. 여기 일 말고도 재미있는 게 한두 가지는 있을 거 아냐. 기분전환 좀 해."

그러고는 쓴웃음을 지으며 타이르듯이 고타로의 어깨를 두드렸다.

"가나메 아씨는 스키 타러 갔지? 군마랬나, 니가타랬나. 아무튼 지금이라도 연락해서 끼워달라고 해."

고타로는 작은 목소리로 중얼거렸다. "나가노예요."

"응?"

"그리고 스키가 아니라 스노보드예요."

그렇게만 말하고 부모님에게 반항하는 아이처럼 어깨를 들썩이며 마키에게 등을 돌렸다.

오늘 노트북을 가지고 나오기를 잘했다. 고타로는 백팩을 메고 카페로 향했다. 모리나가가 학교 비밀 사이트 얘기를 해준 가게다.

런치타임이 가까워서인지 가게 안은 붐볐다. 겨우 구석자리를 찾아 앉자마자 옆에서 4인용 테이블을 차지한 젊은 여자들의 말소리가 귀에 날아들었다.

"어휴. 계속 지방에서만 일어나서 안심하고 있었는데, 이번에는 요코하마래."

"요코하마가 아니라 요코하마 시 도쓰카 구야. 어감이 좀 다르다고."

"암튼 가깝잖아. 우리집은 무사시코스기란 말이야. 무서워."

넷 다 패셔너블한 옷차림에 풀메이크업이다. 근처 공예 관련 전문학교 학생들이리라. 도대체 뭐가 무섭다는 걸까.

고타로는 모리나가가 보냈다는 사진을 열었다. 작은 스마트폰 화면으로 봤을 때는 못 보고 넘어간 사실을 알아차렸다.

이 그림, 선이 삐뚤빼뚤하고 조잡한 티가 확 난다. 어린애가 그렸다는 것을 금방 알 수 있다. 하지만 아이라면 좀더 다양한 색깔을 사용해 그리지 않을까. 설마 이 그림을 그린 아이가 회색과 검은색, 진녹색 크레파스만 가지고 있는 건……

"지금까지보다 잔인하지 않아?"

"잔인함으로 따지면 처음부터 그랬지."

"그렇지만 이번에는 무릎을 싹 잘랐는걸. 발가락하고는 차원이 다르지 않나?"

고타로는 테이블에 팔꿈치를 짚은 채로 굳어버렸다. 옆자리 여자들은 자못 무서운 이야기를 나누는 듯 찌푸린 얼굴로 어깨를 움츠린 채 이마를 맞대고 있었지만, 흥분한 낌새도 느껴졌다.

허둥지둥 인터넷 뉴스를 확인했다. 고타로는 눈을 깜박였다. 제일 위에 떠 있다. 옆에서 다시 소곤대는 목소리가 들렸다.

"이젠 '발가락 빌'이 아니네. 뭐라고 불러야 하나."

'발가락 페티시 킬러'의 네번째 희생자가 발견됐다.

"호칭이 뭐가 중요해? 그냥 살인자일 뿐인데."

한 여자가 화난 투로 말하자 다른 세 명이 머쓱한 듯이 눈짓을 교환했다.

"뭐, 그야 그렇지만."

"다들 떠들썩하잖아."

"난 남들이 그런다고 덩달아 떠들기 싫어. 사람이 죽었다고."

"하지만 인터넷이나 텔레비전에서 떠들어줘야 범인이 빨리 잡히지 않겠어? 언제였더라, 왜, 도주중인 용의자를 감시카메라 영상으로 추적한 사건이 있었잖아."

"아, 맞아! 엄청 선명하게 찍히더라. 깜짝 놀랐어."

대화를 한 귀로 들으며 고타로는 몇몇 뉴스 사이트를 확인했다. 네번째 희생자는 삼십대에서 사십대 추정 여성. 사인은 아직 확실치 않다. 신원도 불명. 오른쪽 무릎이 절단된 그 시신은 도쓰카 구의 한 주유소 화장실에서 발견됐다. 십 분쯤 전 올라온 뉴스로, 더 자세한 내용은 아직 어느 사이트에도 실리지 않았다.

쿠마 사람들도 모두 네번째 사건 발생에 놀랐을 것이다. 마키는 또 특별팀을 편성하겠지. 인터넷 대형 게시판 훑기는 힘들지만 사이버 패트롤에 딱 맞는 작업이다.

순간 돌아갈까 싶었다. 분명 도울 일이 있을 것이다. 그러면 마키의 화도 풀리겠지.

하지만 다음 순간 고타로는 속으로 고개를 저었다.

'발가락 페티시 킬러'의 정보를 좇으며 지금까지 한 번도 생각해보지 않았다. 피해자의 가족과 친구는 어떤 기분일까. 주위 사람이 행방불명이면 새로운 희생자가 발견됐을 때 가슴이 철렁 내려앉지 않을까. 그런 생각은 해본 적이 없었다.

지금은 그 기분을 안다. 모리나가의 행방을 모르니까. '발가락 페티시 킬러'와 비교하면 사소한 사건이지만, 고타로에게 냉엄한 현실을 가차없이 일깨워줄 만큼의 무게는 있었다.

사람의 소식이 끊긴다. 목숨을 잃고 시신으로 발견된다. 그것은 아주, 아주 무서운 일이다. 지금 고타로는 모리나가의 안부 말고 다른 데 신경쓸 여유가 없었다.

옆 테이블 여자들이 왁자지껄 떠들며 자리를 떴다. 다음에는 회사원 두 명이 앉았다. 선후배 사이인 듯했다. 앉자마자 돈 이야기를 시작했다.

고타로는 뉴스 사이트를 닫았다. 다시 아이의 그림이 떴다.

회색과 검은색에 진녹색 조금. 색조는 어둡다. 선 끄트머리가 희끄무레하게 옅어지는 걸 보니 분명 크레파스다. 크레파스 상자를 옆에 두고 도화지를 펼쳐 그림을 그리는 아이 모습이 떠올랐다.

등에 날개가 돋았다. 하지만 부리는 없다. 다리는 인간처럼 생겼다. 그러니 새보다는 인간에 가깝다고 나리타는 말했지만, 인간이라고 단정하기에는 모자란 점이 있다. 두 팔이다. 이 녀석한테는 날개가 있고 팔이 없다.

그리고 한결 뚜렷한 특징이 있었다. 이 특징 때문에 더욱 정체불명으로 느껴진다. 머리가 길다.

아까는 몰랐다. 스마트폰 화면이 작은데다 그림 배경에는 '새 같은 것'이 날아가고 있다는 것을 표현하려 했는지 비스듬한 선이 죽죽 그어져 있었다. 그것에 묻혀 보이지 않은 것이리라.

이것은 머리카락이다. 바람 속을 날고 있는지 '새 같은 것'의 머리가 옆으로 휘날리고 있다. 허리까지 내려올 만큼 길다.

이어 한 가지가 더 눈에 들어왔다. 아이는 이 '새 같은 것'의 얼굴을 그리지 않은 것이 아니다. 그릴 필요가 없었다. 이건 이 녀석의 뒷모습이니까.

고타로는 눈을 깜박거렸다. 그렇다면 팔을 그리지 않은 것도 이해가 간다. 이 녀석에게 팔이 없어서가 아니라, 팔이 보이지 않는 자세를 그려서가 아닐까. 아니, 아니다. 이 그림을 그린 아이는 그 정도로 그림의 구도를 이해하지는 못했을 텐데.

어린 티가 잔뜩 묻어나는 아이가 인간이든 환수든 굳이 뒷모습을 그렸다는 것도 마음에 걸렸다. 어린아이의 그림에는 정신

상태가 반영된다는 이야기를 들은 적이 있다.

—이렇게 생긴 생물이 어디 있던가?

예전에 무슨 일러스트로 보았던 켄타우로스는 헝클어진 긴 머리였다. 하지만 다리가 네 개고 날개는 없다.

페가수스? 그건 누가 봐도 말이다. 날개가 달린 말일 뿐, 새의 요소도 인간의 요소도 없다. 나리타가 말한 '모스맨'은 미국 도시전설에 나오는 미확인생물이다. 나방과 인간을 합친 것처럼 으스스하고 기분 나쁘게 생겼다.

—팀장님, 이거 뭘로 보이세요?

모리나가는 '흥미롭다'고 말했다. 사진을 보내고 바로 전화를 걸어서.

그냥 잡담거리. 쓸데없는 이야기.

아니다. 분명 의미가 있다.

턱을 괸 채 그림의 일부를 확대하거나, 흑백을 반전시키거나, 거꾸로 뒤집어 보면서 생각하다가 갑작스러운 의문에 몸을 일으켰다.

그런데 이 그림은 어디 있었지? 모리나가 씨는 어디서 이 사진을 찍었담?

아이의 그림이 전시되는 장소는 한정적이다. 학교나 어린이집 정도. 그리고 그곳에 일반인이 드나들 수 있는 기회도 한정적이다. 설령 어딘가에서 아이들 그림으로 전시회를 열었다고 해도,

그런 장소 역시 몇 안 될 것이다.

고타로는 노트북 화면으로 눈을 돌렸다.

아까부터 계속 그림만 뜯어보았다. 반대다. 한 발짝 물러나 전체를 보아야 한다. 이 그림 주위에 뭔가 다른 것이 찍혔는지 찾아야 한다.

공교롭게도 고타로는 사진의 외곽선을 잘라내 확대하고, 그 화질을 선명하게 만드는 방법을 몰랐다. 이럴 때 검색이 필요하다. 인터넷이라는 질문 상자에 물어보는 것이다.

따뜻한 커피를 마시는 사이 필요한 정보가 모였다. 무료로 제공되는 그래픽 편집 프로그램을 다운로드했다. 아주 초보적인 수준의 프로그램이지만 지금은 이걸로 충분하다.

화면 위, 오른쪽, 아래, 왼쪽. 시계 방향으로 네 변의 바깥쪽을 확인했다. 오른쪽 한가운데 갈색으로 흐릿하게 찍힌 것이 보였다. 0.1초 후 뭔지 알았다. 스마트폰을 쥔 모리나가의 손가락이다.

옷의 일부 같은 것. 조금 떨어진 곳에 있는 사람의 턱 같은 것. 손가락의 일부. 그런 것들이 그림 둘레에 찍혀 있었다. 고타로는 약간 혼란스러웠다. 도대체 이 그림은 어떤 상태로 전시된 걸까. 일단 액자에 들어 있지는 않다. 벽이나 판에 붙여놓은 것도 아니다. 뒤에 서 있는 사람이 보이니까. 그럼 투명 시트 아니면……

유리구나.

유리창이다. 이 그림은 유리창에 붙어 있다. 유리 이쪽에서는 그림이 보이고 유리 저편에서도 이쪽의 뭔가가 보인다. 그래서 사람이 서 있는 것이다.

그렇다면 학교는 아니다. 모리나가가 이 사진을 보낸 것은 작년 12월 30일이다. 학교에 학생이 있을 날짜가 아니다.

일단 공공시설이다. 구청? 아니, 관공서는 30일에 문을 닫는다. 구민 홀이나 문화센터? 그런 곳이라면 아이들 그림을 전시할 것 같기도 한데.

편집 프로그램으로 확대해보니 왼쪽 바깥쪽이 오른쪽 바깥쪽보다 폭이 넓었다. 이 그림을 촬영할 때 모리나가는 오른손으로 스마트폰을 들고 약간 왼쪽으로 서 있었다.

거기에 커다란 힌트가 찍혀 있었다. 빨간색 상자의 일부와 그 상자에 그려진, 혹은 부착된 포스터 같은 것의 일부. '연하'라는 글씨였다.

우편배달 오토바이다. 오토바이 뒤쪽에 달린 빨간색 수납상자. '연하'라는 글씨는 분명 '연하장은 일찍 보냅시다'나 '연하장은 25일 전 우체통에 넣어주세요' 같은 문장의 일부일 것이다.

우체국이다!

모리나가는 여기저기 돌아다닌 모양이지만, 원래 목적은 다름 아닌 이노 고자부로의 실종이었다. 노인이 살던 햐쿠닌초를 비롯한 니시신주쿠 일대부터 찾아보자.

검색하자 우체국 이름이 쭉 떴다. 상당히 많다. 거의 꽉 찬 카페가 너무 시끄러워서 고타로는 일단 밖으로 나왔다. 근처에 버스가 한 시간에 한 대 정도 오는 정류장이 있다. 그곳 벤치로 가자.

마키에게 야단맞으며 하루를 시작했지만, 오늘의 조사 운은 좋았다. 세번째 우체국에 전화를 걸었을 때 친절한 목소리의 여자 직원이 알려주었다.

"네. 지난달 저희 우체국에서 어린이들 그림을 전시했어요."

찾았다!

"죄송합니다만 위치가 어디죠?"

"니시신주쿠 사카에초입니다."

사카에초. 지도를 띄워서 확인하니 하쿠닌초 바로 근처였다.

"이제는 끝났죠?"

"네. 다른 전시회로 바뀌었어요."

"그때 전시된 그림이 마음에 들어서 한번 더 보고 싶은데요. 어느 학교 학생 작품인지 알 수 없을까요?"

직원은 말을 머뭇거렸다. "아이 이름을 알려드리기는 좀."

"학교 이름만 알려주세요. 학교에 직접 문의해볼게요."

"아, 학교가 아닌데요."

"네?"

"모르셨어요? 전시회 제목이 〈'빛의 집'의 작은 화가들〉이었잖아요."

이번에는 고타로가 입을 다물었다.

"그쪽 아동부에 직접 알아보시는 편이 나을 거예요."

"알겠습니다. 감사합니다."

검색. 빛의 집. 아동부?

화면에 뜬 검색 결과를 보고 고타로는 "아아" 하는 소리를 냈다. 버스 정류장 옆을 지나가던 사람이 의아하다는 듯이 바라보고는 고타로에게서 멀찍이 떨어졌다.

'빛의 집'은 종교법인이었다.

신주쿠교엔에서 그리 멀지 않은, 낡은 맨션이 늘어선 동네 한 구석. 빛의 집은 그중에서도 제일 허름해 보이는 맨션 1층에 있었다. 구조를 보아하니 원래는 사무실을 겸한 상업시설이었을 것 같았다. 시설명이 적힌 표시판이 따로 있는 게 아니라 맨션 입주자를 기록하는 안내판에 '빛의 집 아동부 사무국'이라고 올려놓았을 뿐이었다.

폐쇄적인 곳이리라는 고타로의 생각은 보기 좋게 빗나갔다. 문을 열어둔 빛의 집 앞에서는 쉰 살쯤 되어 보이는 덩치 큰 남자가 점퍼 차림에 야구모자를 쓴 노인과 웃는 얼굴로 이야기를 나누고 있었다. 짐칸에 천막을 친 고풍스러운 소형 트럭이 맨션 앞길에 세워져 있었다. 짐칸에는 온갖 채소가 담긴 상자가 쌓여 있었다. 노인은 트럭을 몰고 다니며 장사하는 사람인 모양이었다.

"그럼 그렇게 하자고."

노인이 모자챙에 가볍게 손을 대고 발걸음을 돌려 트럭 운전석에 올랐다. 빛의 집 앞에 선 남자가 노인에게 말했다.

"다들 기대하고 있습니다. 다른 분들께도 안부 전해주세요."

알았어, 라고 대답하고 노인은 트럭을 출발시켰다. 고타로는 길 건너편에서 그 모습을 지켜보았다. 트럭이 가고 나자 빛의 집 앞에 선 남자와 눈이 똑바로 마주쳤다.

"안녕하세요."

남자가 싹싹하게 인사를 건넸다.

"학생, 이 근처에 삽니까? 내일 여기서 다들 함께 나나쿠사가유*를 먹기로 했어요. 혹시 시간 되면 오세요."

채소장수 노인과도 그 이야기를 한 모양이다.

고타로는 문득 뭉클했다. 모리나가도 여기를 찾아왔을까. 그 그림에 의미가 있었다면 분명히 그랬을 것이다. 여기 와서 이 사람과 이야기를 나누었을 것이다.

---

* 일곱 가지 봄나물을 넣어 쑨 죽. 한 해 동안 건강하길 기원하며 1월 7일 먹는다.

이건 실마리다. 나는 실마리를 잡았다. 실마리가 내게 말을 걸어주었다.

"실례합니다."

고개 숙여 인사하고 고타로는 길을 건넜다.

"실은 사람을 찾는 중이에요. 제 친구인데, 지금 행방이 묘연해서요."

그림을 보여줘야 한다. 고타로는 백팩에서 노트북을 꺼냈다.

"이거, 지난달 30일에 그 친구가 보낸 사진인데요. 현재 그 친구의 행방을 짐작할 만한 단서라곤 이것뿐이에요."

"자, 잠깐만요."

덩치 큰 남자가 당황해서 고타로를 만류했다.

"여기 서서 이야기하기도 뭐하니 들어오시죠."

"괜찮을까요?"

"네, 그럼요."

아주 친절하다. 지금은 그 친절에 감사해야 마땅하지만, 저러다 혹시 어린아이를 노리는 변태라도 접근하면 어쩌나 걱정스러웠다. 고타로가 여동생이 있는 입장이라서 그럴 것이다.

사무실은 넓었다. 책상과 의자가 줄지어 있고 캐비닛도 서 있지만 한복판을 비워놓아서 작은 이벤트도 열 수 있을 듯했다.

주위를 둘러보다가 벽에 붙은 그림이 눈에 들어왔다. 대충 스무 장은 넘는 것 같았다. 색색으로 칠한, 화사하고 즐거운 그림들이었다.

그중 딱 한 장, 회색과 검은색, 진녹색만으로 그린 그림이 있었다.

그 그림이다. 틀림없다.

"인사가 늦었네요. 저는 이곳 책임자 오바라고 합니다."

덩치 큰 남자가 명함을 내밀었다. 고타로도 황급히 학생증을 내밀었다.

"미시마 고타로 씨군요. 처음 뵙겠습니다."

오바는 커다란 몸을 구부리며 고개를 숙였다. 명함에는 별다른 직함 없이 '빛의 집 아동부 부장 오바 마사오'라고만 적혀 있었다.

종교법인 빛의 집은 불교 계통의 신신종교* 단체다. 홈페이지를 살펴본 바로는 온당하고 부드러운 분위기였다. 신자—'빛의 집 친구 모임'의 회원은 수도권만 공식적으로 삼천 명. 종교단체로는 중간 규모라고 할 수 있다.

"느닷없이 찾아와서 죄송합니다. 홈페이지에는 아동부 정보가 자세히 나와 있지 않아서 장소만 확인하고 바로 왔어요."

---

* 1970년대 이후 생겨난 신흥종교.

오바는 고개를 끄덕였다. "저희는 활동 상황을 최대한 자세하게 공개합니다만, 아이들과 관련해서는 신중해지지 않을 수 없어서요."

그건 고타로도 이해가 갔다.

"그럴 만도 하죠. 하지만 걱정 안 하셔도 돼요. 저는 그냥 저기 붙어 있는 날개 달린 인간, 새 인간이라고 해야 하나, 아무튼 저 그림 때문에 온 거니까요."

고타로가 벽에 붙은 그림을 가리키자 오바는 그쪽으로 다가가서 마치 그림을 지키기라도 하려는 것처럼 버티고 섰다.

"저희가 〈'빛의 집'의 작은 화가들〉이라는 전시회에 내놓은 작품입니다. 작년 20일부터 30일까지 사카에초 우체국에 전시했어요."

그리고 미간을 살짝 찡그렸다.

"일주일 전쯤이었나. 학생 또래로 보이는 분이 찾아와서 지금과 거의 똑같은 이야기를 했는데요. 찾으시는 친구가 혹시 그 사람입니까?"

역시 왔다!

"그럴 거예요. 그 사람이 이름을 밝혔나요?"

"모리나가 씨죠?"

적중했다. 고타로는 신이 났다. "아마 지난달 30일이었을 거예요. 오후 세시에 이 사진을 보내고 나서요."

"음, 듣고 보니 네시쯤이었던 것 같네요."

30일 오후 다섯시 우체국이 영업을 마치자 이곳 직원이 전시했던 그림을 수거해 왔다. 모리나가는 그때까지 기다리고 있다가 실물을 직접 확인하고 돌아갔다. 오후 일곱시쯤이었다고 한다.

"사카에초 우체국에서 창가의 전시공간을 빌려주거든요. 추첨을 통해 무료로요. 크리스마스 시즌은 경쟁률이 높은데 이번에는 운이 좋았어요."

그런 이야기는 아무래도 상관없다며 고타로가 속으로 안달하는 것을 눈치챘는지, 오바는 벽으로 돌아서서 신중하게 그림을 떼어냈다.

"조심해서 봐주십시오."

고타로는 지극히 공손하고 조심스럽게 그림을 받아들었다.

가까이서 찬찬히 살펴보았다. 잘못 보지 않았다. 역시 머리가 길다. 그리고 뒷모습이다.

"모리나가 씨도 그렇게 흥미진진해하는 표정으로 그림을 보더군요."

"이거 긴 머리네요. 등에 날개가 있는 인간 맞죠? 뒤쪽의 비스듬한 선은 바람이 분다는 표현일 테고요."

"비라고 했습니다."

고타로는 눈을 들었다. "이 그림을 그린 아이가, 비라고 했다고요?"

"아니요. 모리나가 씨 추측으로요. 빗줄기를 표현한 것 아니겠느냐고."

오바는 이제야 생각났다는 듯 의자를 당겨 맞은편에 앉았다. 양손을 책상 위에 얹고 깍지를 끼더니 고타로의 눈을 들여다보았다.

"미시마 씨. 미시마 씨와 모리나가 씨는 진짜 대학생입니까?"

뭐야, 갑자기.

"아, 네."

"그냥 대학생? 모리나가 씨는 쿠마에서 아르바이트를 한다고 했는데요."

모리나가는 솔직하게 밝혔다.

"쿠마를 아세요?"

"그 업계에서는 유명한 회사죠. 사장님은 여자분이시고."

"맞아요. 저는 쿠마에서 모리나가 씨 후배입니다."

오바는 여전히 생각에 잠긴 얼굴이었다. "두 분의 진짜 목적은 뭡니까. 우리를 한번 파헤쳐보라는 부탁을 받고 온 건 아닙니까?"

고타로는 당황해서 눈을 깜박거렸다.

"도대체 무슨 말씀이세요?"

오바는 눈을 내리뜨고 입을 힘주어 다물었다.

"두 분이 정말 쿠마에서 일할 정도로 실력이 좋다면, 마음만 먹으면 뭐든 파헤칠 수 있겠죠."

뼈가 느껴지는 말투였다.

"우리도 거래하는 정보관리회사가 있습니다. 인터넷에 유포되는 정보를 확인하기 위해서요."

그래서 쿠마도 알고 있었던 것이다.

"종교단체는 여러모로 오해받기 쉽거든요. 아무리 조심해도 악의를 품고 거짓말을 퍼뜨리는 사람들은 당해낼 수 없어요."

듣자하니 무슨 오해가 있는 모양이다.

"저와 모리나가 씨가 쿠마에서 일하는 건 사실이에요. 모리나가 씨는 학교 관련 업무를 맡고 있고요. 아르바이트생이지만 정사원과 같은 훈련을 받았고, 늘 상사에게 엄격한 지도를 받고 있습니다."

오바는 침묵했다.

"느닷없이 찾아왔으니 수상쩍어하시는 것도 무리는 아니지만, 저와 모리나가 씨는 추문을 파헤칠 의도로 여기 온 게 아니에요. 절대로 그런 사람이 아닙니다."

오바의 표정은 여전했다. "모리나가 씨가 행방불명이라셨는데, 어쩌다가 그렇게 됐죠?"

"모르겠어요. 그래서 찾는 거죠."

"어디 정보를 넘기고 회사 사람들 몰래 사라진 건 아닐까요."

"정보라니……"

고타로는 말문이 막혔다. 이래서는 안 된다. 사실대로 털어놓아야겠다. 나중에 입이 가볍다고 모리나가가 혼내도 상관없다. 영문 모를 의심을 받고 제자리걸음하기는 싫다.

"오바 씨, 지금까지 무슨 일이 있었는지 설명할게요. 일단 들어보시겠어요?"

이야기하는 동안 사무실은 조용했고 전화 한 통 걸려오지 않았다. 드나드는 사람도 없었다.

"허어, 참."

오바는 커다란 손으로 마른세수를 하더니, 뭔가 이상한 게 묻지 않았는지 확인하듯이 잠시 손을 바라보았다.

"그런 실종사건이 연달아 발생하다니…… 으스스하네요."

손을 내리고 우선 그렇게 말했다.

"모리나가 씨가 무사하면 좋겠는데."

알아들은 모양이다. 바로 그런 말을 하는 걸 보면 오바는 마키나 나리타보다 고타로 쪽에 가까운 사람이다.

"이상한 소리를 해서 미안합니다. 사과할게요. 다만 제게도 억측할 만한 사정이 있습니다. 외부인들은 종교단체에 거북함을 느끼기 일쑤고, 조금이라도 문제가 발생하면 바로 매스컴이 공격하죠. 규모가 우리 정도 되면 내부에서도 다소 의견차가 발생하고요."

묘하게 변명조다.

"그런 것치고 여기는 개방적인 분위기네요. 그림 전시도 그렇고, 아까 채소장수 할아버지와도 친해 보이셨고요."

내일은 다 함께 나나쿠사가유를 먹기로 했다지 않은가.

오바는 쓴웃음을 지었다. "열린 분위기를 유지하려고 애쓰는 겁니다. 동네 주민들과는 특히 친하게 지낼 필요가 있고요."

그리고 다시 머리를 긁적였다. "그래서 모리나가 씨가 찾아왔을 때도, 아주 착실한 인상인데다 이 동네에는 학생이 많으니까 근처에 사는 줄 알았는데."

아까 고타로에게도 싹싹하게 굴었다. 동네 사람에게는 친절하게. 나름대로 신경쓰고 있는 것이다.

"이렇게 일방적으로 찾아온 저나 모리나가 씨도 잘한 건 없죠. 그러니까 괜찮고요."

이 그림에 대한 정보를 얻고 싶다.

"이 그림을 그린 건 이곳 신자분의 아이죠? 만나보면 안 될까요? 너무 갑작스러운 부탁이라 힘들다면, 아이의 보호자를 소개해주실 순 없을까요? 어떻게든 자세한 이야기를 듣고 싶어서 그래요. 모리나가 씨의 행방에 조금이라도 힌트를 줄지도 몰라요. 부탁드립니다."

고타로는 책상에 양손을 짚고 머리를 숙였다. 오바가 머뭇거리며 말을 꺼냈다.

"미안하지만…… 그건 안 됩니다."

고개를 들자 그는 실로 난감하다는 듯이 인상을 쓰고 있었다.

"이 그림을 그린 아이는 다섯 살 여자아이예요."

역시 미취학 아동의 작품이었다.

"엄마와 둘이 살았는데, 생활고가 심해서 엄마가 병원 한 번 못 가보고 폐렴으로 세상을 떠났어요. 정말 비참한 상황이었죠. 전기, 가스, 수도 전부 끊긴 집에서 엄마가 죽은 줄도 모르고 아이 혼자 주린 배를 안고 추위에 떨고 있었습니다."

잠시 말이 나오지 않았다.

"……언제요?"

"지난달 6일 발견됐습니다. 아이 엄마는 5일에 숨을 거둔 모양이고요."

다섯 살 여자아이가 어머니의 시신 옆에서 하룻밤을 보냈다. 불도 들어오지 않고 난방도 되지 않는 방에서.

"전기를 끊고 걱정스러워서 담당 수금원이 찾아갔는데, 아무리 불러도 아이 엄마의 대답이 없더래요."

그래서 집주인에게 알려서 현관문을 따고 들어가 여자아이를 발견했다고 한다.

세상은 그런 법이다. 아무리 걱정스러워도 자격이나 권리가 없는 사람은 허름한 연립주택의 현관문 하나 딸 수 없다. 하지만 그런 절차가 존재해야 안전을 지킬 수 있다. 그것이 도시다.

"그 아이는 지금 어떻게 지내나요? 누가 보호하고 있죠?"

오바는 말하기 더 거북한 듯했다. "다행히 아이 아빠와 연락이 됐습니다. 하지만 아이를 거두기 싫어했다더군요. 뭐, 그렇고 그런 유흥업에 종사하는 사람이라……"

이만하면 알아듣지 않았느냐는 듯 오바는 둥그스름한 코를 찡그렸다.

"그냥 놔뒀으면 아이는 보육원에 맡겨졌을 겁니다. 그런데 집주인이 딱하게 여겨서요. 좀더 일찍 신경을 써줄 걸 그랬다고 후회하는 마음도 있었겠죠."

아이 아빠가 함께 살겠다고 마음먹을 때까지 돌봐주기로 했다고 한다.

"그 연립주택은 이다초에 있지만, 집주인은 이 부근에 삽니다. 저희 신자세요."

그렇게 해서 빛의 집과 이어진 것이다.

"그럼 그 집주인께 부탁하면 아이를 만날 수 있겠군요?"

“아니, 그러니까 그게 힘들다고요.”

오바의 표정이 흐려졌다. “그 아이는 집주인에게 맡겨진 뒤로, 단 한 마디도 안 한답니다.”

친부모처럼 돌봐준 덕에 몸은 건강해졌다. 하지만 입은 열지 않는다. 표정도 거의 없다.

“역시 엄마를 잃은 충격 때문인가요?”

“물론 그 이유도 있겠지만, 그것만은 아닌 것 같아요. 아무래도 엄마랑 둘이 살 때 어린이집이나 유치원에 다니지 않은 모양입니다. 바깥세상과 단절되어 의사소통 능력을 못 키웠어요. 다섯 살이면 그 나이 수준의 언어능력은 갖추어야 하는데.”

다만 아이는 그림 그리기를 좋아한다고 한다. 크레파스와 스케치북을 주면 하루종일 그림을 그린다.

고타로는 긴 머리카락을 나부끼는 ‘새 같은 것’에 시선을 떨어뜨렸다. 이것도 말 대신 표현한 그림 중 하나일까.

“그 아이는 비슷한 그림을 몇 장이나 그렸습니다.”

“네?”

“제가 본 것만 해도 이 새인간 그림이 네다섯 장은 돼요.”

어찌된 일일까.

“무척 인상 깊어서인가—아니, 다섯 살이니까 그냥 무서웠던 건가. 텔레비전이나 그림책에서 본 걸까요?”

"모르겠습니다. 전혀 말을 안 하니까요."

집주인의 상담에 응해 빛의 집 아동부도 이런저런 궁리를 하며 그 아이와 접촉하고 있다. 하지만 지금까지 이렇다 할 성과는 거두지 못했다고 한다.

"모리나가 씨에게는 이 이야기를 해주셨나요?"

"끈덕지게 캐물었지만 알려드리지 않았습니다. 그냥 저희 신자의 자녀가 그린 그림이라고만 말했어요."

그렇다면 모리나가는 빈손으로 물러난 걸까.

"그런데 모리나가 씨가 재미있는 말씀을 하더군요."

오바는 손끝으로 그림 가장자리를 건드렸다.

"아이가 실제로 본 것을 그린 그림이 아닐까 하고요."

고타로는 눈이 휘둥그레졌다.

"네? 이 새 같은 것을요?"

"저도 놀랐습니다. 하지만 듣고 보니 그럴듯하더군요. 이거, 뒷모습이잖습니까. 다섯 살 아이는 보통 사람의 뒷모습을 그리지 않아요."

"하지만 어린애들은 무슨 충격으로 정서가 불안정해지면, 그게 그림에 나타난다고 하잖아요. 좀 별난 그림을 그린다든가."

오바는 눈을 깜박거렸다. "잘 아시는군요. 확실히 그렇습니다. 하지만 그런 경우에도 얼굴이 일그러졌거나 이목구비 없이 밋밋

한 그림을 그리지, 이렇게 뒷모습을 잘 그려내지는 않아요."

"이 그림은, 다섯 살치고는 잘 그린 편인가요?"

"상당히 잘 그렸죠. 그래서 저도 모리나가 씨 의견이 일리 있다고 생각했어요. 아이가 두 눈으로 직접 본 것이 강렬한 인상을 남겨서 이렇게 그릴 수 있었던 게 아닐까 하고."

모리나가가 '흥미롭다'고 한 것도 그런 의미였을까. 하지만 그게 이노 노인과 노숙자들의 실종사건과 어떻게 연결되는 걸까. 이런 생물이 실제로 있을 리는 없으니 그림이나 조각으로 본 게 틀림없다. 그것이 있는 장소가 노인과 노숙자들의 실종사건을 푸는 열쇠일까.

"아이 이름은 마나입니다."

오바는 그렇게 말하고 책상에 손가락으로 한자를 썼다. 진실할 진真에 유채꽃의 채菜.

"형편이 어려웠지만 모녀 사이는 좋았던 모양입니다. 지금도 가끔 엄마를 찾는다고 해요. 세상을 떠났다는 걸 모르는 거죠."

불쌍하게도, 라고 중얼거렸다.

고타로의 재킷 안주머니에서 휴대전화가 진동했다. 확인해보니 마키였다. 메일이 아니라 전화다.

"미시마입니다."

오바에게 미안하다고 손짓하고 일어나 나왔다. 그러기를 잘했다. 마키는 느닷없이 이렇게 말했다. “모리나가의 스마트폰이 발견됐어.”

전원을 꺼놓은 게 아니라 고장났던 거라고 한다.

“어디 있었는데요?”

“니시신주쿠 이다초에 있는 잡거빌딩. 정확하게 말하자면, 그 건물과 옆 건물 사이의 폭 30센티미터쯤 되는 공간에.”

그쪽에 가스계량기가 있어서 검침원이 발견하고 파출소에 맡겼다고 한다.

“본체가 완전히 못쓰게 돼서 바로 조치할 순 없었지만, 데이터가 복구돼서 집과 회사로 연락이 왔지.”

“파출소에서 용케 그 정도까지 조치를 해줬네요.”

“파출소에도 디지털 기기를 잘 아는 젊은 사람이 있으니까. 본체가 심하게 망가진데다 이상한 곳에 떨어져 있었으니 수상해서 조사해봤겠지.”

이런 상황이니 바로 실종신고를 하겠다고 했다.

“모리나가의 부모님도 꼭 그래달라고 부탁하셨어. 아버님이 올라오시겠대.”

“알겠어요.”

“지금 어디 있는지 모르겠지만, 고대시 너—”

“쓸데없는 짓 안 하고 경찰에 맡길게요.”

통화를 끝내고 돌아와서 오바에게 물었다. "이다초는 요 근처인가요?"

오바는 눈을 끔벅였다. "아니요, 지하철을 타고 한 정거장은 가야 합니다. JR 신주쿠역 서쪽 출구에서 가까워요."

"거기서 모리나가 씨의 스마트폰이 발견됐어요."

고타로가 상황을 설명하자 오바의 얼굴에서 표정이 사라졌다.

"마나도 엄마와 함께 이다초 연립주택에 살았습니다."

그 부근은 오래된 동네라고 한다. "옛날에는 주택과 상점이 전부였지만, 지금은 빌딩 천지죠. 사이사이 옛날부터 사람이 살던 낡은 집이 남아 있고요. 신주쿠역 서쪽에는 그런 동네가 많아요."

"오바 씨." 고타로는 자세를 고쳤다. "다시 한번 부탁드리겠습니다. 마나를 만나게 해주세요. 절대로 겁주지 않을게요. 약속하겠습니다."

오다는 잠시 아무 말 없이 고타로의 얼굴을 바라보다가 의자를 밀고 일어섰다.

집주인이 사는 곳은 꽤 큰 저택이었다. 요즘 이 정도 크기의 2층 집은 보기 힘들다. 신주쿠교엔 근처는 더 그렇다.

"미시마 씨, 이쪽은 나가사키 씨와 동생 하쓰코 씨입니다."

고타로는 몸집이 작은 은발의 노인, 그리고 그와 꼭 닮은 노부인을 소개받았다. 노부인은 은발을 연보라색으로 염색했다. 부부가 아니라 남매다.

"무슨 사정인지 몰라도 오바 씨 부탁인데 거절할 수 있나."

나가사키 하쓰코가 머리색과 같은 렌즈를 끼운 안경 너머로 고타로를 훑어보더니 약간 가시 돋친 투로 말했다. "마나가 입을 열 계기가 될지도 모른다는데 한번 만나봐야죠."

"고맙습니다. 정말로요."

오바는 고타로보다 더 기뻐하는 것 같았다.

"우리 천재 화가님은 지금도 그림 그리는 중이에요."

고타로와 오바는 안내를 받아 현관에서 안쪽으로 뻗은 긴 복도를 나아갔다. 겨울빛으로 물든 정원이 복도 옆으로 보였다. 앞에서는 나가사키가 끄는 슬리퍼 소리가 들려왔다.

—이렇게 부자라면.

젊은 엄마가 어렵게 생활하다 병으로 죽기 전, 좀더 일찍 무슨 조치를 했어야지. 당신들 집에서 셋방살이하던 사람이잖아. 집주인은 부모나 마찬가지라는 걸 몰라?

고타로는 휴지처럼 삼키기 힘든 반감과 싸웠다. 구불구불한 복도가 지루할 만큼 길었으므로 그럴 시간은 충분했다.

어려운 건 안다. 개인이 개인을 구제하는 데는 한계가 있고, 일단 시작하면 끝이 없다. 누구를 돕고 누구를 버릴 것인가. 개인이 그 결단과 책임을 짊어지지 않아도 되도록, 국가의 사회보장제도가 존재하는 것이다.

복도 끝에 한층 밝은 방이 있었다. 햇빛이 가득 비쳐들었다. 나가사키가 발을 들여놓으며 손뼉을 짝짝 치고 말했다.

"마나야, 손님 오셨다."

육아잡지에 실려도 될 만큼 이상적인 아이 방이었다. 다섯 살 여자아이는 작고 둥근 테이블 앞에 앉아 크레파스를 쥐고 있었다. 옆에 수수한 스웨터와 청바지를 입은 여자가 붙어 있었다. 그 여자도 크레파스를 쥐고 있다. 둘이서 테이블에 도화지를 펼쳐놓고 뭔가 그리는 참이었다. 아무래도 꽃 그림인 듯하다. 색깔이 다양하고 화사했다.

"이쪽은 우리 부탁으로 오신 보육사 사토 선생님."

고타로가 여자에게 가볍게 고개를 숙이자 여자도 눈인사를 했다. 나이는 서른 살 전후이리라. 얼굴이 통통하니 상냥해 보이지만, 눈으로는 고타로를 주의깊게 살폈다.

종교단체 직원과 신자라는 특수 관계, 거기서 비롯된 신뢰 덕분에 누가 봐도 풋내기인 고타로가 여기까지 올 수 있었다. 조금이라도 잘못했다간 전부 엉망이 된다. 그러니 신중하게 행동해야 한다.

"안녕."

고타로는 마나에게 말을 걸었다. 아이는 모른 체하고 계속 그림만 그렸다. 머리를 버섯 모양으로 잘랐다. 매끄러운 머릿결 위로 엔젤링이 보였다.

몸집이 작다. 이 나이대 아이가 익숙지 않은 고타로 눈에도 다섯 살치고는 작아 보였다. 연분홍색 스웨터에 밑단을 접어올린 부드러운 청바지. 양말은 빨간색과 흰색 물방울무늬다.

"늘 이렇다니까." 나가사키가 말했다. "우리는 관심 한번 끌기 힘들어요."

"하지만 마나는 다 듣고 있어요."

사토 선생이 미소지었다. 자기 방과 전담 보육사라. 환경이 너무 달라져서 오히려 독이 되진 않을까.

"마나, 유치원은 다니나요?"

고타로는 사토 선생에게 물었지만 나가사키가 대답했다. "영 적응 못하는 것 같아서. 유치원에서도 아이가 말을 할 수 있을 때까지는 못 맡겠다고 하고."

"서두를 필요는 없지요."

오바는 그렇게 말하고 계속 서 있으면 분위기가 어수선할까봐 걱정됐는지 나가사키를 데리고 벽 앞 소파로 가서 앉았다. 낮고 작은 어린이용 소파다.

"안녕, 마나."

고타로는 아까보다 조금 더 몸을 앞으로 내밀고 작게 말했다. 마나는 빨간색 크레파스로 꽃이라기보다 나뭇잎처럼 보이는 모양을 그리고는 꼼꼼하게 색칠했다. 이쪽에는 눈길도 주지 않았다.

"열심히 그림 그리는데 귀찮게 해서 미안해."

고타로는 웃어주고 사토 선생에게 말했다. "이 그림은 색채가 풍부하네요."

사토 선생은 묵묵히 고개를 끄덕였다.

"제가 본 마나의 그림은 색깔이 더 적고, 게다가 차가운 색뿐이었어요. 이런 그림을 그리는 걸 보니 마음이 조금은 밝아진 걸까요?"

"실례지만 대학생이시죠?"

처음으로 눈을 보고 질문했다.

"네."

"전공이 아동심리학인가요?"

"아니요. 아, 하지만 교육학부입니다."

뒤에서 오바가 거들어주었다. "미시마 씨는 연구 목적으로 온 게 아닙니다. 마나가 그린 그림의 소재를 찾으려는 것뿐이에요."

사토 선생이 고상하게 눈썹을 치켜세웠다. "그거, 어떤 그림인가요?"

그림은 오바가 가져왔다. 소파에서 일어나 사토 선생에게 조심스레 건네주었다.

선생은 이번에는 눈썹을 찡그렸다. "아, 이거요……"

"비슷한 그림을 여러 장 그렸다던데요."

그림에 시선을 고정한 채 사토 선생이 고개를 살짝 끄덕였다. "하지만 요즘은 안 그려요."

"보여줘도 될까요?"

"꼭 필요한 일인가요?"

사토 선생은 나가사키와 오바에게 물었다. 나가사키가 오바의 얼굴을 보았다.

"마나에게 좋지 않을 것 같습니까?" 오바가 되물었다.

"모르겠어요. 그래도 되도록이면 보여주고 싶지 않은데요."

그리고 고타로에게 말했다. "이렇게 밝은 그림을 그리기 시작한 지도 얼마 안 되고요."

그때 예상 밖의 일이 일어났다. 옆에서 마나가 작은 손을 뻗어 사토 선생이 들고 있는 그림을 만진 것이다.

"마나."

마나의 손끝이 새인간의 날개 끄트머리에 닿았다. 동그란 눈이 새인간을 똑바로 향했다.

고타로는 큰맘 먹고 부탁했다. "마나에게 그림을 줘보세요."

사토 선생은 머뭇거렸다. 부탁합니다, 하고 고타로는 거듭 청했다.

마나의 손가락이 그림 가장자리를 쥐었다. 가냘픈 손가락으로 꽉 붙잡았다. 고타로의 눈에는 달라고 하는 것처럼 보였다.

"그래. 이거 마나 그림이지?"

비위를 맞추듯이 사토 선생이 상냥하게 말했다. 손으로는 그림을 멀리 치우려고 했다. 그러자 마나가 그림을 잡아당기며 확연히 저항했다.

"선생님은 이 그림을 전시하는 걸 반대했어요." 나가사키가 말했다. "그래도 마나가 이걸 제일 마음에 들어하는 것 같아서…… 하쓰코도 그렇게 말했고요. 전시 기간에도 같이 보러 갔습니다."

고타로는 물었다. "그때 마나는 어땠나요?"

"말을 안 하니 무슨 생각인지는 몰랐지만, 그때도 지금처럼 손을 뻗어서 만졌죠."

고타로는 생각에 잠겼다. 다섯 살 여자아이의 마음에 새겨진 광경. 마나는 그 광경을 그렸고, 그림으로써 제 마음 밖으로 토해냈다. 그것은 이제 밖에 있다. 마나의 내면에서 나갔다. 그 사실을 확인하고 안심했다. 그런 것이 아닐까.

—모리나가 씨. 나도 모리나가 씨 생각에 동의해요.

마나는 이것을 실제로 보았다.

"마나야."

고타로는 새인간을 가리키며 목소리를 한층 낮추어 속삭이듯이 천천히 물었다.

"이게 뭐야?"

마나가 짙은 갈색 수정을 두 개 늘어놓은 듯한 눈동자로 새인간을 바라보았다. 이 또래의 아이는 이렇게 오랫동안 눈을 깜박이지 않을 수 있는 걸까.

마나의 입술이 떨리듯이 움직였다.

"괴물."

목소리가 나왔다.

사토 선생과 나가사키, 오바 모두 놀랐다. 고타로는 손에 땀이 뱄다.

"그래, 괴물이네. 무서웠겠다."

마나는 아무 대꾸도 하지 않았다. 시선도 그대로였다.

"이 괴물은 어디 있어?"

대답이 없다.

"그럼, 어디서 왔을까?"

마나가 눈을 깜박거렸다. 눈동자가 빛났다. 그 눈이 고타로를 똑바로 올려다보았다. 한순간 숨을 멈출 만큼 진지한 시선이 고타로를 꿰뚫었다.

마나는 오른손을 펼쳐서 쥐고 있던 빨간색 크레파스를 놓았다. 그대로 오른손을 들어 조그만 집게손가락을 세웠다. 앙증맞은 손톱은 건강해 보이는 분홍색이었다.

마나는 천장을 가리켰다.

"하늘."

이 괴물은 하늘에서 내려왔다.

마나가 어머니와 살던 다다미 여섯 장짜리 단칸방은 현재 비어 있다. 그래도 하쓰코가 열쇠를 내주면서 "모르는 사람을 들이는 건 좀" 하며 망설인 건 자신들의 번듯한 저택과 이 허름한 연립주택의 격차에 다소 양심의 가책을 느꼈기 때문이리라.

"요즘은 연립주택 임대업도 이래저래 힘들어요."

오바가 변명 같은 말을 꺼내며 우물쭈물한 것도 마냥 두둔하기만은 힘들어서인 듯했다.

창가에 섰다. 오후 햇살이 비쳐들었다. 겨울 해는 짧다. 유리창 퍼티가 닳은 탓에 외풍이 들어서 두툼한 재킷을 입고 있어도 추웠다.

그 아이는 여기 있었다. 뒤에서 죽음과 싸우던 어머니가 마침내 숨을 거둘 때까지.

그리고 보았다. 고타로도 그것을 발견했다.

"저게 뭔가요?"

손가락으로 가리킨 곳에는 몽땅한 탑처럼 생긴 건물이 있었다. 4층짜리다. 약간 고지대에 위치한 이 연립주택의 거의 정면에 있으므로 잘 보인다.

"저기도 이다초죠?"

"맞습니다. 어디 보자, 저건 말이죠."

오바는 눈썹선에 손을 얹고 바라보았다.

"옥상 장식품입니다. 가고일이라고 하던가. 이 동네에서는 유명하대요. 건물주 취향이 별났던 모양이에요."

"저 건물에는 지금도 사람이 있나요?"

"아니요. 비었을 겁니다."

사람 없는 탑 꼭대기에 날개 달린 괴물이 웅크려 앉아 있었다.

괴물.

마나가 목격한 것. 그리고 모리나가의 흥미를 끈 것은 바로 저것이었다.

4

쓰즈키 시게노리는 니시신주쿠 종합의료센터에 와 있었다.

응급실 접수처에 딸린 좁은 대합실. 옆에는 지구사 다에의 조카딸이 앉아 있다. 다에를 꼭 닮은 미인이지만, 지금은 그 얼굴에 피곤한 기색이 역력하다. 현재 오전 열시 반. 불안과 긴장 속에서 몇 시간이나 기다리고 있으니 무리도 아니다.

오늘 아침 야마초가 보낸 메모를 보자마자 쓰즈키는 다에에게 메일을 보냈다. 한 시간을 기다려도 답장이 없어 다시 보냈다. 다에의 상태를 빨리 확인하고 싶었다.

삼십 분 더 기다렸다가 이번에는 전화를 걸었다. 받지 않았다. 다에는 지금 쓰즈키와 얘기하거나 메일을 주고받을 기분이 아닐지도 모른다. 충분히 그럴 수 있지만, 그래도 쓰즈키는 다에의 목소리를 듣고 싶었다.

그냥 찾아가볼까. 공동현관 인터폰에서 목소리만 듣고 오자. 그렇게 생각하고 코트를 입는데 노로에게서 전화가 왔다.

"쓰즈키 씨, 지구사 씨가 오늘 아침 구급차로 실려갔대."

오전 다섯시경이었다고 한다. 쓰즈키는 말 그대로 제자리에 굳어버렸다.

"다행히 의식을 잃고 쓰러진 건 아닌 모양이야. 직접 긴급연락 버튼을 눌러서 관리회사에서 바로 달려왔대. 맨션에서 고령자를 대상으로 그런 서비스를 하거든."

노로는 이런 긴급상황이 발생했을 때 연락받을 사람 중 하나로 등록되어 있다고 한다.

"그래서, 용태는요?"

"자세한 건 아직 몰라. 이제 병원에 가보려고."

"저도 같이 가겠습니다."

둘이서 니시신주쿠 종합의료센터로 달려가보니 관리회사 담당자라는 남자가 간호사와 이야기하고 있었다. 다에는 수술중이라고 했다.

"심근경색 같습니다."

다에는 몇 가지 지병을 앓고 있었다. 동맥경화도 그중 하나다. 평소 왕래하던 요양사가 처방약을 가지러 집으로 갔다고 한다.

"가족 중에서 조카님과 연락이 됐습니다. 요코하마에서 오시는 중입니다."

"고생 많았습니다. 아이고, 댁들 덕분에 살았어요."

노로는 관리회사 점퍼를 입은 담당자에게 정중하게 고개를 숙였다.

"쓰러진 채로 방치됐으면 목숨이 위태로울 뻔했군요."

"구급대원이 도착할 때까지 지구사 씨는 의식이 있었고, 말도 하셨답니다. 다만 혀가 잘 돌아가지 않아서 무슨 말인지 알아듣기는 힘들었던 모양입니다."

쓰즈키가 물었다. "혹시 겁을 먹은 것 같지는 않았습니까? 아니면 몹시 놀라서 떨고 있거나."

관리회사 남자와 노로가 얼굴을 마주보고는 쓰즈키의 얼굴을 보았다.

"왜, 노령자는 조금만 자극을 줘도 심장에 부담이 가잖습니까. 큰 소리가 났다든가, 미끄러져서 넘어졌다든가, 그래서 놀란 게 아닌가 싶어서."

"아아, 그렇지. 아무렴."

노로는 사람 좋고 남을 잘 돌보는 성격이지만, 꼬치꼬치 캐묻거나 의심하는 데는 능하지 못하다. 다에 집 창문에서 보이는 가고일이 전혀 떠오르지 않는 듯했다. 쓰즈키는 반쯤은 켕기고 반쯤은 안도하는 기분으로 노로의 시선을 피했다.

관리회사 남자가 돌아가고 한 시간쯤 둘이서 기다리고 있자니 다에의 조카딸이 도착했다. 서로 자기소개를 한 뒤 노로는 가게를 보러 일단 돌아갔다. 그뒤로 쓰즈키는 다에의 조카 지구사 시즈코와 함께 수술이 끝나기를 기다리는 중이었다. 쓰즈키는 아무것도 묻지 않았지만, 침묵을 지키기 힘든지 시즈코가 드문드문 가족 이야기를 꺼냈다. 시즈코는 죽은 다에 남편의 남동생의 외동딸이고 상사에 다닌다고 한다. 성이 지구사이기도 하고, 이야기를 듣다보니 미혼인 듯했다.

"저희 아버지도 이제 안 계시고, 어머니는 큰어머니랑 옛날부터 사이가 안 좋아요."

"다에 씨 아드님과는 연락이 닿았나요?"

"잘 부탁한대요."

시즈코의 말투에서 씁쓸함이 배어났다.

"바쁘겠죠. 초상이라도 나지 않는 한 들어오지 않을 거예요."

다에의 처량한 신세가 여기서도 드러났다.

"그러면 가족 중에서는 시즈코 씨가 제일 가깝게 지냈던 겁니까?"

"가깝다고 할 정도는 아니지만요."

"최근에 큰어머니가 좀 달라지지는 않았습니까?"

"달라지다니요?"

"말 그대로입니다. 처음 듣는 말을 꺼내거나, 희한한 소리를 한다거나."

지구사 시즈코는 의아하다는 듯이 고개를 갸웃했다. 그것만으로도 쓰즈키는 답을 들은 것이나 마찬가지였다.

오늘 아침 다에에게 무슨 일이 있었는가.

—겁이 나서 밖을 못 보겠어요.

쓰즈키가 다에와 통화한 것이 오전 세시 이십이분. 다에는 그로부터 약 두 시간 후에 쓰러진 셈이다.

1월 6일 오전 다섯시, 아직 동트기 전이다. 주위는 어두웠으리라. 동쪽 하늘 일부가 희붐해진 정도였을 것이다.

하지만 시간상으로는 아침이라고 해도 무방한 시각이다. 한밤중은 아니다. 무서워하기만 해서는 안 된다. 다에는 쓰즈키와의 약속을 지키려고 큰맘 먹고 스스로를 격려하며 암막커튼에 손을 댄다. 한 번에 휙 걷을 용기는 없다. 살짝 젖히고 바깥을 살펴보기로 한다.

그리고 뭔가를 보았다. 그것에 놀라 충격을 받고 쓰러졌다. 그것이 심장 발작을 유발한 건 아닐까.

다에는 무엇을 본 걸까.

그 괴물이 또렷하게 움직이는 모습.

날갯짓하는 모습.

새벽의 어둠 속으로 날아오르는 모습.

환각이었을지도 모른다. 다에의 정신상태는 양호하지 않았다. 근거 없는 확신과 공포로 착시를 일으키기 쉬운 상태였다.

어쨌거나 쓰즈키에게 책임이 있다는 사실은 변하지 않는다.

정오가 지나 겨우 수술이 끝났다. 목숨은 건졌지만 예후가 좋지 못해 회복까지 시간이 꽤 걸릴 거라고 했다. 당분간 중환자실에 있어야 한다.

지구사 시즈코가 중환자실로 면회 간 사이 노로가 왔다. 쓰즈키가 다에의 용태를 설명하자 어깨를 축 늘어뜨렸다.

"쯧쯧. 나보다 젊은 사람이 이렇게 되다니."

지구사 시즈코가 중환자실에서 돌아왔다. 울고 있었다.

"갑자기 작아지신 것 같았어요."

죄책감이 쓰즈키의 뼛속까지 스며들었다.

"조카님, 관리회사 사람한테 다에 씨 집 열쇠는 받았습니까?"

노로는 달래듯이 시즈코의 얼굴을 살폈다.

"네."

"그럼 가서 좀 쉬시구려. 여기는 내가 지킬 테니. 무슨 일 있으면 집으로 전화하지요."

"제가 바래다드리죠."

쓰즈키는 사양하는 시즈코를 재촉해 함께 병원을 나섰다.

"기분좋은 이야기는 아니니 몰래 부탁드리는데요."

쓰즈키가 입을 열자 시즈코는 눈물에 젖은 눈을 깜박거렸다.

"제가 큰어머님 댁을 잠깐 살펴보면 안 되겠습니까? 실은—"

쓰즈키는 자신이 전직 형사이며 주민회에서 노로 회장을 돕고 있다고 설명했다.

"혹시 베란다에 사람 형체가 보였다든가, 창밖에서 이상한 소리가 들려서 큰어머님이 놀라신 게 아닐까 영 걱정되는군요."

지구사 시즈코는 눈에 띄게 당황했다. "경찰에 신고해야 할까요?"

"그전에 제가 한번 둘러보고 싶습니다. 생각이 지나쳤을 수도 있고요."

"알겠어요. 부탁드립니다."

아무것도 모르는 다에의 조카를 속이려니 미안했지만, 쓰즈키는 꼭 다시 그 집 창가에 서보고 싶었다. 오늘 차통빌딩 옥상의 괴물은 어떤 자세일까. 무슨 변화는 없을까.

그리고 방금 이야기가 100퍼센트 거짓말인 건 아니다. 다에는 겁을 먹었다. 그리고 말했다. 그것이 창밖에 있다고.

집 현관문은 관리회사가 단단히 잠가놓았다. 안쪽에는 긴급 통보를 받아서 마스터키로 문을 열고 체인을 절단했음을 알리는 보고서가 붙어 있었다. 일처리가 빈틈없는 회사다.

여기요, 하며 쓰즈키에게 슬리퍼를 내주고 지구사 시즈코는 가방에서 스마트폰을 꺼냈다. 병원에 있는 동안 전원을 꺼놓았으니 못 받은 메일이며 전화가 쌓였을 것이다. 확인에 여념 없는 시즈코를 두고 쓰즈키는 거실 창문으로 다가갔다.

암막커튼은 걷혀 있었다. 레이스 속커튼도 당겨서 걷었다.

맑은 겨울하늘 아래, 니시신주쿠 거리의 풍경 속 차통빌딩이 보였다. 옥상에는 예의 가고일이 있었다. 쓰즈키 눈에 모양과 자세는 어제와 같아 보였다. 오른쪽 어깨 위로 튀어나온 낫자루의 각도까지.

—그게 창밖에 있어요. 그것은, 제가 보는 게 싫은 거예요.

단순한 조각상, 단순한 장식품이다.

—작업중 머리 위에서 이상한 소리가 몇 번 들렸음.

—이렇게 커다랗고 새카만 새가 머리 위를 날아갔대요.

—정체 모를 인물이 새는 아니지?

어느 틈엔가 뒤바뀐 괴물 조각상.

저 위로 다시 올라가보는 수밖에 없겠군. 그렇게 마음먹고 쓰즈키는 창문에서 등을 돌리려고 했다.

그때 알아차렸다.

유리창 아랫부분. 이쪽에서 보아 오른쪽. 높이는 쓰즈키의 허리 언저리. 바닥에 붙은 붙박이 선반에 다에가 커다란 꽃병을 올려놓았다. 그 꽃병에 가려서 바로 눈에 들어오지 않은 것이다.

유리창에 남아 있다.

쓰즈키는 제 눈을 의심했다. 실제로도 몇 번이나 눈을 깜박이고 손으로 비볐다. 하지만 그것은 보였다. 똑똑히 보였다. 사라지지 않았다. 없어지지 않았다.

손자국이다.

창밖에서 손을 짚은 자국이 유리에 남아 있었다.

이런 높이. 이런 위치에.

게다가 이 크기는 뭔가. 손가락 길이는 또 어떻고. 쓰즈키의 두 배는 된다.

틀림없이 괴물의 손이다.

여봐란듯이.

바로 그런 생각이 들었다. 이곳에 손자국을 남긴 의미.

여기 있다. 꿈도 환각도 착각도 아니다. 이곳에 있다.

—그게 창밖에 있어요.

분명히 있었다. 지구사 다에는 진실을 말했다.

"너무 갑작스럽네요."

도시코는 의심을 거두지 않았다. 쓰즈키는 작은 보스턴백에 필요한 물건을 챙겼다. 현역 시절 출장을 가거나 서에서 먹고 자고 할 때 편리하게 사용한 가방이다. 오랜만에 쓰일 때가 왔다.

"갑자기 한 사람 빠졌대. 예약해놨다는데 아깝잖아."

"하지만 여보, 그 다리로."

"그래서 그쪽에서도 처음엔 나를 부르지 않은 거야. 그러다 밑져야 본전이라는 생각으로 연락해봤겠지."

그 괴물의 진실을 밝히려면 낮에 가봤자 아무 소용 없다. 밤의 어둠 속에 잠복하고 기다려야 한다.

해가 지면 야마초가 만들어준 열쇠로 숨어들어가, 적당한 잠복 장소를 확보한다. 그리고 건물 옥상에서 하룻밤을 보낸다.

내일 어떤 얼굴로 집에 올지 지금은 생각하지 말자. 다만 도시코에게 핑계를 대야 한다. 쓰즈키는 퇴직 경찰 모임 주관으로 하코네에 여행 간다는 핑계를 생각해냈다. 갑자기 한 명이 병이 나서 불참하게 됐다. 그래서 자기한테 연락이 왔다고.

"뭐, 온천욕은 나쁘지 않겠지만."

도시코는 그렇게 말하고 서운하다는 듯이 덧붙였다.

"나도 가끔은 온천—"

"다리 나으면 같이 가지."

"네, 어련하겠어요. 기대할게요."

"그리고 지구사 씨 상태가 저런데 나만 태평하게 온천여행 가면 노로 씨한테 미안하니까 비밀로 해줘. 나도 대충 둘러댈게."

"주민회 일로 당신이 그렇게까지 책임을 느낄 필요는 없을 것 같은데."

"인간관계라는 게 다 그렇지, 뭐."

도시코는 리모컨을 들어 텔레비전 채널을 돌렸다. 쓰즈키가 있는 곳에서는 화면이 보이지 않지만 어느 채널에서나 비슷하게 긴박한 목소리가 들려왔다.

"뭐 봐?"

"지금 전부 뉴스만 하네요. 특별보도인가? 난리가 났어요."

네번째 피해자가 나왔다고 도시코는 말했다. 쓰즈키는 눈을 끔뻑끔뻑했다.

"네번째라니…… 시신 발가락을 자르는 놈 말이야?"

"네. 근데 이번엔 발가락이 아니라 오른쪽 무릎을 잘랐대요."

너무하다며 도시코는 얼굴을 찌푸렸다. 오랫동안 형사의 아내로 살았어도 이런 때의 반응은 일반인과 다를 바 없다.

보스턴백 지퍼를 잠그고 시린 다리를 움직여 쓰즈키도 거실로 나갔다. 텔레비전 화면에 좁고 지저분한 주유소가 나왔다.

"이번에는 도쓰카래요. 점점 도쿄와 가까워지네요."

"이 뉴스, 언제 시작했어?"

"열시쯤이었나. 그때는 아직 피해자가 누구인지 몰랐는데, 이제 밝혀졌어요. 가와사키에 사는 약사래요."

세 살 남자아이의 엄마라고 알려주며 도시코는 어딘가 아픈 듯한 표정을 지었다.

"빨리 범인이 체포돼야 할 텐데. 가나가와 현경은 실력 있다고 당신이 그랬죠?"

쓰즈키는 건성으로 대답했다. 화면에 시신이 유기된 화장실이 비쳤다. 파란색 비닐시트로 뒤덮은 현장에서 감식원들이 한창 작업중이다.

"이 화장실은 저 비닐시트 안쪽, 지금은 보실 수 없지만, 주유소 건물 뒤편에 있습니다."

카메라가 조금 이동해 길 건너에 마이크를 들고 서 있는 남자리포터를 비추었다. 그는 침을 튀길 기세로 열 올리며 말했다.

"남녀 공용 화장실이고, 주유소 쪽에서는 잘 보이지 않으므로 안전을 고려해 잠가놓는다고 합니다. 손님이 사용하려면 직원에게 열쇠를 받아가야 합니다."

화면 바깥에서 스튜디오의 출연자가 질문했다. "시신이 발견됐을 때 화장실 문은 잠겨 있었습니까?"

"잠겨 있었습니다. 이 주유소는 오전 아홉시에 영업을 시작하는데요. 출근한 직원이 여덟시 반 전후로 화장실 청소를 하려고 들어갔다가 시신을 발견했습니다."

"즉, 시신은 그때까지 화장실에 숨겨져 있었거나, 혹은 갇혀 있었던 셈이군요."

"바로 그렇습니다!"

테이블 옆에 서 있던 쓰즈키는 서서히 한기를 느꼈다.

—도대체 뭐야.

"여보."

도시코가 불렀다. 어쩐지 걱정스러운 목소리였다.

"왜?"

"괜찮아요? 표정이 무서운데."

응, 하고 쓰즈키는 또 건성으로 대답했다. "난 가나가와 현경이 우리랑 견원지간이라고만 했어. 실력이 있는지 어떤지는 몰라."

텔레비전에서 억지로 시선을 돌렸지만, 그래도 한기가 등골을 타고 올라와서 쓰즈키는 부르르 떨었다.

노트북을 챙겨넣은 탓에 보스턴백은 상당히 무거웠다. 건물 입구를 나서자마자 쓰즈키는 택시를 잡았다. 인터넷으로 예약한 비즈니스호텔은 요요기에 있다. 신주쿠 근처는 아는 사람과 마주칠 가능성이 있으므로 한 정거장 떨어진 곳으로 정한 것이다. 밤에 차통빌딩으로 갈 때도 택시를 탈 생각이었다. 요즘 무리해서 다리에 부담이 많이 갔다.

간소한 싱글룸에 들어가자 일단 침대에 누워 쉬었다. 엎드린 채 노트북을 켰다. 새로운 정보가 들어오지는 않았을까. 도시전설 사이트에 눈이 번쩍 뜨일 만한 글은 없을까.

새로운 정보는 하나도 없었다. 차통빌딩의 가고일 이야기는 더는 부풀지 않고 자연스레 사라지는 식으로 마무리될 모양이었다. IT 거품으로 떼돈을 벌어 그 건물을 세운 젊은 사장에 얽힌 추문이 몇 개 올라왔는데, 개중에는 여자 모델 하나가 그 건물에서 죽었다는 이야기도 있었다. 방치된 괴물 조각상보다는 그쪽이 더 흥미롭다는 뜻일까.

노로에게 연락이 없어서 먼저 전화를 걸어보았다. 그도 집에 돌아가 있었다. 지구사 다에는 여전히 혼수상태라고 한다.

"저는 볼일이 생겨서 잠깐 나와 있습니다만……"

"괜찮아요. 우리가 할 수 있는 일은 딱히 없으니까."

그나저나 지구사 씨 아들도 참 매정하다며 노로는 화를 냈다.

"조카님이 울더라고."

오늘은 밤을 새울 생각이다. 미리 좀 자두어야 한다. 형사로 일할 때, 특히 에다노 반에 있을 때는 어중간한 낮시간에도 필요하면 전원을 끄듯이 잠들고 전원을 켜듯이 일어날 수 있었다. 지금은 그렇게 마음대로 껐다 켰다 할 수 없다. 좀처럼 잠을 이루지 못했고, 잠이 들어도 바로 이상한 기척이 느껴져 눈을 뜨고 호텔의 붙박이창을 바라보았다.

그 거대한 손자국.

자는 둥 마는 둥 했지만, 누워 있는 것만으로 다리는 많이 편해졌다. 저리는 느낌이 가셨다. 일어나 텔레비전을 틀었다. 저녁 뉴스가 나올 시간이다. 역시 어느 채널에서나 네번째 희생자가 발생해 연쇄살인사건이 새로운 국면에 접어들었다는 내용을 내보내고 있었다.

피해자의 이름은 고미야 사에코. 회사원 남편과 아들과 함께 가와사키 시내의 대규모 맨션에 살고 있었다. 근무하던 약국은 집에서 버스로 이십 분쯤 걸리는 곳이었다.

고미야 사에코는 어제 오후 다섯시 일이 끝나자 동료에게 인사하고 약국을 나섰다. 그녀의 근무시간은 오전 여덟시 반부터 오후 다섯시. 세 살 아들은 맨션 내 어린이집에 맡긴다. 편리하고 안심이 된다, 그 어린이집에 보내기를 잘했다고 자주 동료에게 말했다고 한다.

평소처럼 정류장으로 향했지만 고미야 사에코는 버스를 타지 않았다. 버스 기사들은 언제나 정해진 시간대에 버스를 타고 내리는 그녀의 얼굴을 알고 있었지만—약국을 드나들다 안면을 튼 기사도 있었다—어제저녁에는 그녀가 타지 않았다고 한다. 정류장에 서 있는 모습을 보았다는 증언도 없었다.

오후 여덟시, 고미야 사에코가 아이를 데리러 오지 않고 휴대전화도 받지 않자 걱정된 어린이집 관계자가 남편에게 연락했다. 놀란 남편이 부랴부랴 아이를 데리고 집에 돌아오니 집안은 휑하고 컴컴했다.

약국에 전화해 아내가 정시에 퇴근했음을 확인한 그는 바로 경찰에 신고했다. 도마코마이, 아키타, 미시마에서 일어난 연쇄살인사건은 전혀 떠올리지 못했다. 그저 아내가 말도 없이 어디 갔을 리는 없으니 무슨 심상치 않은 일이 일어났다고 생각했다.

이것은 그가 직접 한 이야기다. 경찰에서 진술을 마치고 나오면서 기자들에게 둘러싸여 벌벌 떨면서 그렇게 말했다. 얼굴은 나오지 않았지만, 목소리와 몸짓에서 얼마나 동요했고 수심에 잠겼으며 겁에 질렸는지 충분히 전해졌다. 가끔은 표정보다 몸짓이 진심을 더 솔직하고 분명하게 전달한다.

출동한 경찰은 남편에게 집안을 찾아보라고 말했다. 경찰도 함께 수색했다. 도시코가 들으면 또 '너무하다'고 하겠지만 쓰즈키였어도 똑같이 했을 것이다. 그 시점에서는 고미야 사에코가 집안에 있을 가능성을 완전히 배제할 수 없다. 생사는 둘째 치더라도.

하지만 그녀는 발견되지 않았다. 남편은 실종신고를 하고 아이를 어린이집에 맡겼다. 그는 아내가 갈 만한 곳에 연락해보고, 관할서는 병원 응급실을 살펴보았다. 또한 사에코의 귀가 경로를 따라 수색하며 목격자를 찾았다.

그리고 다음날 아침, 그녀는 도쓰카의 주유소에서 발견됐다. 사인은 질식. 밧줄 같은 것에 목이 졸렸다고 한다. 앞선 세 건과 동일하다. 오른다리는 사망 후 절단되었는데, 이 역시 앞선 사건들과 똑같다.

화장실 열쇠를 주유소에서 관리하므로 일차적으로 주유소 주인과 남자 아르바이트생이 의심받고 있는 모양이다. 하지만 고미야 사에코는 이 주유소를 이용한 적이 없었다. 자가용이 없을 뿐더러 운전면허도 따지 않았다. 주인과 아르바이트생도 피해자를 모른다고 진술했다고 한다.

낡은 주유소지만 위치가 도로 옆이고 이만큼 노후할 때까지 영업해왔으니 지금껏 얼마나 많은 손님에게 화장실 열쇠를 건네주었을지 짐작도 가지 않는다. 그래도 일단은 그쪽으로 수사 방향을 잡고 이 잡듯이 찾아내는 수밖에 없다. 손님 중 누군가가 범행에 대비해 화장실 열쇠를 복사해 갔을 것이다. 이곳에 시체를 버리기로 계획하고서.

당혹스러움과 짜증, 그리고 분노 때문에 쓰즈키는 가슴이 답답했다. 밝은 뉴스라면 또 모를까, 밤샘 잠복을 앞두고 이런 걸 보고 있어봤자 아무 도움도 안 된다. 텔레비전을 끄고 다시 누웠다. 일곱시가 되자 근처 편의점에서 도시락과 일회용 손난로를 사서 돌아왔다.

오후 아홉시. 준비를 마치고 방을 나서려다가 문득 생각나서 야마초에게 전화를 걸었다.

"열쇠 만들어줘서 고마워."

"아아, 쓰즈키 씨군."

"실은 이제 그 열쇠를 사용하러 가려고."

"자물쇠는 별것 아니었지만, 건물이 심상치 않던데. 그만한 공간에 불빛 하나 없으니 무덤 속처럼 캄캄하더라고."

그래서 쓰즈키도 손전등을 준비했다.

"그리고 추웠어. 단단히 껴입었나?"

뭘 조사하느냐, 뭘 할 생각이냐 묻지 않는 것도 야마초다웠다.

"뚱뚱해 보일 만큼 껴입었지. 그런데 그 메모 말이야."

커다란 새의 날갯짓 소리가 들렸다고 했다.

"괜한 소리를 해서 미안하이. 하지만 정말이야."

"미안하기는. 이번에는 내가 괜한 질문을 좀 할게. 야마초 씨, 그 소리를 듣고 위험하다는 느낌이 들지는 않았나?"

야마초는 잠시 입을 다물었다.

"하는 일이 일이다보니 그런 데 민감하잖아?"

"사돈 남 말은."

"난 이제 현역이 아니야. 감이 둔해졌어."

야마초가 망설이는 기척이 전해졌다.

"글쎄…… 이상하다는 느낌은 받았지만."

무섭지는 않았다고 한다.

"더 무서운 것이 얼마든지 있으니까."

"잘 아는군."

"경우에 따라서는 쓰즈키 씨네도 그렇고."

"우리는 언제나 사이좋게 협력하는 관계였잖아."

"뭐, 그렇다고 해두지."

야마초는 가볍게 웃었다.

"미안하지만 부탁이 하나 있어." 쓰즈키는 큰맘 먹고 말했다.

"별일 없으면 내일 술 한잔 사면서 안주 삼아 껄껄 웃을 만한 이야기를 해줄게. 그러니까 일단 이 부탁을 들어줘."

"뭔데?"

"내일, 음…… 정오가 지나도 내게서 아무 연락이 없으면 우리 집사람한테 전화 좀 해주겠나? 전화해서 내가 니시신주쿠의 그 건물에 갔다고 알려줘."

"그렇게만 말하면 되나?"

"응. 내게 무슨 일이 생기면 누구와 상의하면 되는지 집사람한테 말해놨으니까."

"쓰즈키 씨, 거기서 뭘 하려는 거야?"

"야경꾼 흉내 좀 내보려고."

"위험한 짓을 할 작정이군."

쓰즈키는 웃었다. 스스로 생각해도 부자연스럽다 싶었지만 지금은 웃음이 필요하다.

"모르겠어. 엉뚱하고 어처구니없는 얘기야. 어쩌면 하루하루가 너무 따분해서 이상한 꿈을 꾼 건지도 모르지. 다만—"

이 대목에서 야마초도 웃어주면 좋겠는데.

"그 건물 근처에서 커다란 새를 봤다는 영감님이 있거든. 그런데 갑자기 자취를 감추고는 감감무소식이야. 마치 그 커다란 새한테 잡혀간 것처럼 사라졌어."

야마초는 웃지 않았다. 다시 잠시 침묵하다가 이렇게 말했다.

"내가 알기로, 새는 보통 밤눈이 어두워."

그래서 새눈*이라는 말도 있지 않은가.

"그러니까, 새 같지만 실은 새가 아닐지도 몰라. 쓰즈키 씨, 조심해."

"그래. 정신 바짝 차릴게."

쓰즈키는 전화를 끊고 생각했다. 새 같지만 새가 아니다. 그 말이 맞다. 그렇게 큰 손을 가졌으니.

그뒤로 또 바리케이드를 건드린 흔적이 있을까. 손전등 불빛으로는 확인하기 힘들었다.

야마초가 만들어준 열쇠는 구멍에 딱 맞았다. 언제나처럼 대단한 솜씨다. 기름칠을 한 것처럼 부드럽게 열쇠가 돌아가더니 안쪽의 탁한 공기가 쓰즈키를 맞았다.

주위 거리와 건물들이 아직 불빛을 밝히고 있으므로 완전히 캄캄하지는 않다. 외부의 빛이 닿지 않는 건물 한복판에 어둠이 뭉쳐 있다. 왠지 끈끈한 감촉이 느껴질 듯 습한 어둠이다.

쓰즈키는 제자리에서 잠시 생각했다. 문을 잠글까.

---

* 낮에만 잘 보이는 눈이라는 뜻.

아니, 닫기만 하고 잠그지는 말자.

어쩌면—정말 어쩌면 여기서 급하게 달아나야 할 일이 벌어질지도 모른다. 퇴로를 확보해두어야 한다.

지난번과 달리 신발에 비닐봉지를 씌우지 않고 계단 한가운데를 밟으며 올라갔다. 창문에 빛이 비치지 않도록 손전등을 발치로 향했다. 몸에 밴 재주는 어디 가지 않는지, 딱 한 번 수색했던 이 건물의 내부 구조가 똑똑히 기억났다.

그냥 어둠은 무섭지 않다. 이 사회에는 더 무서운 것이 얼마든지 있다.

4층까지 올라와 보스턴백을 내려놓고 기계실로 들어갔다. 지난번 왔을 때 구석에 지저분한 종이상자 몇 개가 기대어 있던 것이 생각났다. 이사업체 로고가 찍힌 종이상자를 분해한 것이다.

상자를 질질 끌고 와서 옥상으로 통하는 뚜껑문과 사다리 아래 포개어 깔았다. 쓰즈키 혼자고, 다리는 이 모양이다. 자칫해서 발을 헛디디거나.

—허둥지둥 달아나다가 떨어지거나.

그런 일이 없으리라 단정할 수는 없다. 비록 골판지여도 어느 정도는 충격 완화에 도움이 될 것이다.

사다리를 내리고 위를 올려다보았다. 뚜껑 경첩이 녹슬었는지 빽빽했다. 혼자서 사다리를 붙잡고 한 손으로 열어야 한다. 쓰즈키는 손가락을 풀고 가볍게 무릎 운동을 했다.

그러고는 사다리를 올라 뚜껑을 열고 옥상으로 머리를 내밀었다.

찬 기운이 몰려왔다. 바람이 아니라 찬 기운의 덩어리다. 눈에 스며들어 눈물이 핑 돌았다.

은하수의 별을 긁어모아 사방에 뿌린 듯한 야경이 펼쳐졌다. 인간은 우주를 자유로이 오가지는 못하지만 우주의 풍경을 지상에 만들어내는 데는 성공했다. 하기야 별들은 색깔이 이렇게 상스럽지 않다만.

그렇게 생각한 다음 순간.

쓰즈키는 뚜껑에서 고개를 내민 채 얼어붙었다.

가고일 조각상이 없었다.

5

각 방송국이 저녁 시간에 일제히 보도한 뒤숭숭한 뉴스를 고타로가 접한 곳은 집이었다. 고타로의 집은 오후 일곱시에 저녁을 먹어서 뉴스와 시간대가 겹친다. 살인사건 같은 뉴스가 많을 때는 어머니가 진저리를 내며 채널을 돌리곤 하는데, 오늘은 오히려 나서서 뉴스를 시청했다. 네번째 피해자가 젊은 어머니라는 사실이 마음 아팠던 모양이다.

"범인이 언제쯤 잡히려나. 네가 아르바이트하는 회사도 이런 때는 경찰에 협력하지? 빨리 어떻게 좀 해봐."

"쿠마는 경찰 하부기관이 아니야. 이런 사건을 바로 어떻게 하지는 못해."

"인터넷에 범행성명 같은 건 안 올라왔어?"

"아직은."

"경찰은 뭐하는 거람. 이런 사건은 한시바삐 해결해야지."

텔레비전을 상대로 거듭 분개하는 어머니를 보며 고타로는 속으로 초조함을 달랬다.

니시신주쿠 이다초, 옥상에 가고일 조각상이 놓인 빈 건물. 그 동네에서는 '차통빌딩'이라 부른다고 한다. IT 거품이 한창일 때 돈을 번 사람이 지은 건물이다.

오늘밤 그곳에 몰래 숨어들 작정으로 준비를 마쳤다.

사전조사는 했다. 오후에 마나와 엄마가 살았던 허름한 연립주택을 보고 나서 그길로 가보았다. 걱정된다며 따라온 오바와 분담해 건물 주위를 둘러보았다.

—출입구는 둘 다 꼭 닫혀 있고, 창문도 튼튼하군요. 이래서는 관계자가 아니면 못 들어가겠습니다.

오바는 조금 안도한 듯 말했다.

—모리나가 씨가 여기 왔다고 해도 밖에서 보는 게 고작이었을 겁니다. 역시 마나의 그림과 모리나가 씨의 실종은 관련이 없나보네요.

그런가봐요, 하고 고타로도 그 자리에서는 맞장구를 쳤다. 하지만 속으로는 바쁘게 머리를 굴렸다.

모리나가의 실종과 이 장소, 마나가 그린 '괴물' 그림과 모리나가가 쫓던 실종사건. 연관성이 없을 리 만무하다.

그제, 4일 오후 아홉시 삼십사분 모리나가가 나리타 팀장에게 보낸 메일에는 이렇게 적혀 있었다.

'마음에 좀 걸리는 게 있어서 오늘은 야간에 조사해보려고요.'

즉 모리나가는 메일을 보낸 뒤 조사 장소로 향했다. 당연히 그곳은 차통빌딩이다.

그 건물은 낮과 밤의 상황이 다른지도 모른다. 밤에 누가 드나든다거나, 드나들 수 있게 된다거나. 그래서 모리나가는 야간에 조사를 나갔다.

나도 준비해야 한다. 고타로는 일단 집에 돌아가기로 했다. 주오선 전철을 타고 노트북을 보다가, 그 건물을 처음 발견했을 때만큼 놀랐다.

차통빌딩과 가고일 조각상이라는 검색어. 고타로가 직접 찍은 건물과 조각상 사진. 꽤 멀어 보이지만 선명하게 찍혔다. 검색어와 이미지로 검색하자 정보가 쏟아져나왔다.

그 건물의 가고일 조각상은 밤에 움직인다. 아침과 밤을 비교해보면 자세나 위치가 달라져 있다. 처음 설치됐을 때는 아무것도 들고 있지 않았는데, 지금은 무기 같은 것이 있다.

이런 소문이 있었나.

그렇게 큰 화제는 아니다. 도시전설 사이트에서는 이런 유의 이야기가 쓸어서 버릴 만큼 많다. 조각상이 움직이는 정도로는 아무도 놀라지 않는다. 실제로 게시글을 살펴보니 가고일 이야기보다 건물의 내력과 빈 건물이 된 이유가 더 눈에 띄었다.

하지만 모리나가에게 '움직이는 가고일 조각상'은 귀중한 정보였을 것이다. 그래서 굳이 야간에 조사를 나간 것이다.

그 괴물은 하늘에서 내려왔다. 그리고 밤에 움직인다. 밤이 되면 날개를 펼치고 날아다닌다.

—마나는 그 광경을 보았다.

거기까지 생각하고 흠칫했다. 그 그림의 배경. 비스듬한 선을 수없이 그려놓았다. 모리나가는 그 선을 비로 해석했다. 그 해석이 맞는 것 아닐까.

마나의 어머니는 5일 세상을 떠났다. 폐렴에 걸렸다니 그전부터 앓고 있었을 것이다. 그리고 전날 4일 밤 도쿄에는 겨울인데도 폭풍우가 몰아쳤다. 마나가 '괴물' 배경에 그린 비스듬한 선은 역시 비, 세찬 바람에 흩날리는 비가 아니었을까.

눈에 선했다. 허름한 연립주택, 병으로 몸져누운 어머니 옆에서 창밖을 바라보는 마나의 모습이.

'괴물'은 마나의 시야에 나타났다. 분명하다. 4일 밤 나타나 차통빌딩 옥상에 내려앉았고,

—5일에는 이노 노인이 자취를 감추었다.

지도로 확인하니 이다초와 하쿠닌초는 엎어지면 코 닿을 거리였다.

—노숙자들이 실종되기 시작했다.

세이부신주쿠선을 따라서.

무슨 일이 있어도 그 건물에 들어가 조사해야 한다. 어쩌면—찾아낸다면 가장 좋고 무슨 변고가 생겼다면 가장 나쁜 상상이 되겠지만, 모리나가는 지금도 그 건물 안에 있을지 모른다. 안으로 들어간 것까지는 좋았는데 상황이 바뀌어 갇혀버렸는지도 모른다. 외부와 연락할 수도 없고 소리를 질러 구조를 요청할 수도 없는 상태로.

—그래, 스마트폰을 떨어뜨렸으니까.

모리나가의 스마트폰은 이다초의 잡거빌딩 사이에 떨어져 있었다. 도저히 작동시킬 수 없을 만큼 망가졌다.

왜 그런 곳에 떨어졌지? 왜 그토록 심하게 파손됐지? 모리나가가 죽을힘을 다해 도망쳤기 때문이 아닐까? 하늘을 나는 '괴물'에게서.

아니면 '괴물'에게 붙잡혀 하늘 높이 들려올라갔다가 스마트폰만 땅에 떨어졌나. 그래서 엉망으로 망가진 건 아닌가.

상상만 해봤자 아무 소용 없다. 직접 조사를 해보자.

집에 돌아간 고타로는 일단 어머니에게 핑계를 댔다. 오늘 아르바이트하고 늦게 올 거라고 했는데, '발가락 페티시 킬러' 사건에 새 소식이 생겨서 갑자기 근무시간이 변경됐어. 열시에 다시 출근해서 밤새워야 해.

그리고 방에서 손전등과 디지털카메라 등 필요해 보이는 물건을 모조리 백팩에 챙겼다. 아침까지 조각상을 감시할 작정이다. 꽤 추울 테니 침낭을 가져가면 좋겠지만, 집에 그런 것은 없다. 든든하게 껴입는 수밖에.

제일 중요한 것은 예상과 달리 쉽게 들어갈 수 없을 경우 통용문을 열 도구다.

쇠지레면 될까. 외국인 절도단이 맨션 문을 쇠지레로 비집어 여는 수법을 쓴다는 뉴스를 본 적이 있다. 나가면서 차고에 있는 쇠지레를 몰래 가져가자. 요즘 아버지는 새해 모임이 많아서 연일 귀가가 늦다. 하룻밤쯤 말없이 가져가도 모를 것이다.

잡념이 가시지 않는다고 할까, 머릿속이 혼란스럽기는 했다. 그런 '괴물'이 실제로 존재할 리 없다. 그렇다면 누군가가 괴물인 척하는 것이다. 왜 그렇게 번거로운 짓을 하지? 노숙자를 사냥하고 싶으면 모리나가가 감시하던 중학생들처럼 굴면 그만이다.

허황된 연극 같다. 이상하게 꼬여 있다. 실종자만 없다면 텔레비전의 날조 방송같이 느껴지기도 한다.

차통빌딩은 이권이 복잡해서 매매가 불가능한 채로 방치되어 있다고 한다. 관계자 중 한 명이 이상한 사건으로 건물의 평판을 떨어뜨려 다른 권리자가 권리를 포기하게끔 꾸몄다든가? 아니다, 그렇다면 좀더 요란하고 눈에 띄는 일을 저지를 것이다. 그렇다면 누군가를 협박할 생각일까? 이렇게 번거롭게 에둘러서 협박하는 사람이 어디 있나.

무슨 창작물의 내용이나 설정을 따라 하는 것일지도 모른다. 그래서 만화책과 영화 줄거리 사이트에서 검색해보았다. 도시의 밤거리를 날뛰는 날개 달린 괴물. 사람을 덮친다. 역시 모스맨이나 익룡만 검색될 뿐 가고일은 나오지 않았다. 인간 형체에 날개가 달린 것은 흡혈귀도 마찬가지다.

—흡혈귀.

조금 섬뜩했다. 건물에 들어갔는데 피를 빨린 노숙자들의 시신이 널려 있으면 어쩌지.

아니야, 멋대로 상상하고 겁먹지 말자.

저녁 먹으러 거실로 내려가자 마침 가즈미가 들어왔다. 지역대회가 얼마 안 남았다며 3학기 시작 전부터 동아리 활동에 매진 중이다.

고타로가 설날 인사를 하러 갔을 때, 미카는 표정이 밝았다. 집안에 따스한 분위기가 감돌았고 하나코 아주머니는 기분좋아 보였다. 반쯤 정찰할 마음이었던 고타로는 그 모습에 완전히 마음을 놓았다. 다카코 아주머니 말대로 그 일은 고비를 넘어 막바지로 향하고 있는 모양이다. 이제 거의 해결된 것이리라.

"어서 와."

말을 걸어도 가즈미는 무시했다. 사춘기 여동생에게 오빠는 벌레보다 못한 존재다.

"미카는 잘 지내?"

기진맥진하고 저기압인 상태로 욕실로 향하던 가즈미는 고개를 돌려 힐끗 고타로를 보더니 내뱉듯이 말했다.

"설날에 봤잖아."

"한참 전이잖아."

"최근 아니야? 오늘이 며칠이더라?"

"그래, 알았다."

저녁 먹는 내내 어머니는 텔레비전 뉴스에 집중했다. 끔찍한 사건이다. 세상은 점점 나쁜 방향으로 나아가고 있다고 한탄하면서도 밥은 잘 먹었다.

사건 보도에 관심을 가지고, 관계자의 안위를 걱정하고, 해결을 바란다. 텔레비전 앞에 앉은 보통 시민은 대개 그럴 것이다. 미시마 아사코만 각별히 구경꾼 기질이 강하거나 무책임하거나 마음이 약한 편은 아니다.

다만 모리나가 때문에 속이 타는 고타로 입장에서는 역시 좀 떨떠름했다. 어머니는 피해자들이 당한 일에 마음 아파하면서도 큰 사건이 벌어져서 들떴다.

밥 먹기 전에 샤워를 한 가즈미는 목욕수건을 머리에 감은 채 뚱한 표정으로 젓가락을 놀렸다.

"내일은 나나쿠사가유 먹을 거야. 고타로, 몇시쯤 올 거니?"

내일 이맘때 자신이 어떤 상황일지 고타로는 모른다. 일단은 어머니의 심기를 거스르지 않기로 했다.

"아마 늦지는 않을 거야."

"한숨도 안 자고 학교 갔댔지? 그래, 아르바이트보다 수업이 중요하지."

어머니는 비아냥거리듯이 말하고 매서운 눈으로 쳐다보았다.

"너희 같은 대학생 아르바이트생에게 밤새 일을 시키다니, 엄마는 그 회사 방침이 영 마음에 안 들어."

"사이버 공간은 일상과 다른 시간이 흐르니까 어쩔 수 없어."

"무슨 소리인지 모르겠네."

"우리는 경비원 같은 역할이라 야근이 필요하다는 뜻이야. 뭐, 사회 공부도 되고 좋잖아."

가즈미가 잘 먹었다고 말하고 휙 자리를 떴다. 가즈미가 계단을 올라가자 어머니는 목소리를 낮추었다.

"테니스부에서 무슨 일 있었던 걸까?"

"시합이 얼마 안 남아서 날카로워진 거겠지."

"일 가기 전에 목욕하지그러니?"

"감기 걸릴지도 모르니까 안 할래."

"그럼 나가기 전에 속옷이라도 갈아입어."

아주 조금이지만 이런 어머니에게 거짓말을 하고 나가는 게 미안했다. 그리고 역시 아주 조금 '잔소리도 많다'고 생각했다.

빵빵한 백팩을 메고, 차고 수납함을 뒤져 쇠지레를 꺼냈다. 하지만 이런 걸 들고(혹은 백팩에 꽂고) 신주쿠 밤거리를 돌아다니다간 대번에 경찰에 붙잡혀 불심검문을 당한다. 어쩔까 망설이다가 결국 어머니가 균일가 생활용품점에서 사온 우산 주머니에 넣기로 했다.

자전거를 타고 역까지 갔다. 그동안 쇠지레는 자전거에 묶어 놓았다.

도심으로 향하는 전철 안은 한산한 가운데 난방이 되고 있었다. 좌석 아래서 온기가 올라오자 졸음이 솔솔 몰려왔다. 이제부터 하려는 일이 선잠이 들어 꾸는 꿈 같기도 했다.

날개 달린 '괴물'. 하늘을 가리키는 마나의 작은 손가락.

신주쿠역에 내려서 요일 시간 날씨 상관없이 일 년 내내 붐비는 개찰구를 빠져나왔다. 밝음과 어둠, 품위와 천박, 순수와 불결, 활기와 피로가 공존하는, 가장 번화가다운 번화가. 번화가에 필요한 요소를 모두 충족하고 있기에 오히려 그 존재가 혼돈스럽다.

역에서 차통빌딩은 마나가 살던 연립주택에서 갈 때와 반대 방향이다. 고타로는 길을 한 번 잘못 들었다. 니시신주쿠 일대는 거리의 밀도가 높고, 코끝을 스치는 공기도 역 앞과는 질이 다르다. 얼마간 생활감이 섞여서일까.

차통빌딩은 전기가 끊겼다. 불빛 한 점 없이 캄캄하다. 도시에서 그렇게 순수한 어둠이 뭉쳐 있는 모습은 찾기 힘들 것이다.

심장이 빠른 걸음으로 행진했다. 그 박자에 맞춰 발을 디뎠다.

낮에 둘러보았을 때는 차통빌딩 뒤편 통용문 앞에서 기발한 바리케이드를 보고 놀랐다. 오바는 예전에 원인 모를 불이 나고 나서 설치한 것 같다고 했다.

정문 쪽에는 아무 장애물도 없으므로 두짝문 앞까지 수월하게 갈 수 있었다. 하지만 그게 끝이다. 여기로는 못 들어간다. 단단히 잠겨 있고, 문손잡이에는 체인이 감겨 있다.

차통빌딩 측면을 따라 통용문이 있는 쪽으로 돌아갔다. 고타로도 모로 서야 지나갈 수 있을 정도라 덩치 크고 배가 나온 오바는 무리였다. 물론 통용문도 당연히 잠겨 있었다. 그나마 다행으로 방범카메라나 보안장치 같은 것은 눈에 띄지 않았다.

오늘밤도 고타로는 건물 측면을 따라 통용문으로 향했다. 오후 열시 오 분 전. 예정보다 조금 늦었다.

뒷길에는 인기척이 거의 없고, 길을 따라 늘어선 음식점도 이미 영업을 마친 곳이 많았다. 그래도 이제부터는 남에게 들키면 골치 아파질 테니 몸을 낮추고 숨을 죽였다.

뉴스에서 소개한 외국인 절도단의 수법은 무조건 힘으로 밀어붙이기였다. 비집어서 연 문은 무참하게 뒤틀리고 구부러졌다.

—내 힘으로 할 수 있을까.

옛날에 아버지가 "텔레비전에서 봤다고 뭐든 흉내내는 건 바보나 하는 짓이야"라고 말한 것이 갑자기 생각났다. 이유와 동기가 어떻든 이런 짓을 하려니 켕기고 겁이 나는 것이리라.

우산 주머니에서 쇠지레를 꺼내 움켜쥐었다. 장갑 너머로 싸늘하고 단단한 감촉이 전해졌다. 그 사람들은 경첩이 있는 쪽을 비집어 열었던가. 아니면 문손잡이 쪽인가. 제법 두꺼워 보이는 문이었는데—

일단 확인하려고 밀어보자, 문이 소리도 없이 안쪽으로 몇 센티미터 움직였다.

자물쇠가 풀려 있다.

단숨에 쪼그라든 심장이 머리꼭지까지 튀어올라 뇌 대신 쿵쿵 뛰기 시작했다.

역시 이 건물은 밤이 되면 사람이 드나드는구나.

문을 좀더 밀어보았다. 20센티미터쯤 열렸다. 어두운 안쪽이 눈에 들어왔다.

차 한 대가 등뒤 길을 달려왔다. 고타로는 즉시 쪼그려 앉았다. 한겨울인데도 창문을 열고 달리는지 차는 요란한 음악소리를 흩뿌리며 지나갔다.

고타로는 숨을 헐떡였다. 문득 지금 일어서면 누군가에게 들킬 것 같은 기분이 들었다. 무릎과 손을 바닥에 대고 엎드린 채 문틈에 머리를 집이넣고 어깨로 밀어 열었다.

차통빌딩. 정식 명칭은 니시신주쿠 센트럴 라운드 빌딩. 현재 입주자는 어둠과 먼지와 곰팡이뿐이다. 묵은 냄새가 코를 찔렀다.

안으로 들어가자 고타로는 무릎을 땅에 댄 채 몸을 세우고 등으로 문을 밀어서 닫았다. 쾅 소리가 났다.

외관과 마찬가지로 1층 실내는 원형이었다. 손전등을 켜지 않아도 대충 보였다. 외벽 여기저기 뚫린 조그마한 창문이 채광창 역할을 하고 있다. 도쿄에는 가로등 없는 길이 드물다. 평소에는 의식하지 못했던 불빛이 제법 든든했다.

밖에서 들여다봤을 때보다 오히려 어둠은 덜했다. 마음이 놓이는 한편으로 으스스하기도 한 것이 어쩐지 속은 기분이었다.

널찍한 원형 플로어에 가구나 비품 등은 보이지 않았다. 쓰레기도 없다. 예전 화재 때 타버려서 치운 걸까.

벽면을 따라 빙 돌아 위층으로 이어지는 계단이 있었다. 운이 좋다. 이리저리 찾아다니는 수고를 덜었다.

백팩을 추슬러 메고 손전등을 다운재킷 호주머니에 꽂은 뒤 오른손에 쇠지레를 들고 천천히 계단으로 다가갔다.

계단을 올랐다. 경사는 급하지 않았다. 지독한 곰팡내에 입으로 숨을 쉬니 실내인데도 입김이 하얗게 보였다.

바람이 불어드나? 코끝에 차가운 공기가 느껴지는 듯했다.

위층에 누군가 있다. 그리고 어딘가 창문이 열려 있다.

이제 2층. 창문은 1층보다 큰데도 더 어두웠다. 바깥 가로등과 창문의 위치 때문일까.

쇠지레를 왼손으로 바꿔 쥐고 오른손으로 손전등을 꺼내 켰다. 둥그런 빛의 원이 생겼다. 그 속에 다리가 보였다. 순간 깜짝 놀라 움츠러들었다가 바로 테이블 다리임을 깨닫고 웃음을 터뜨릴 뻔했다. 둥근 테이블이다. 두 개. 그리고 안쪽 벽 앞에 카운터가 있다. 가게 설비일까.

고타로는 벽에 등을 대고 천천히 숨을 가다듬으며 귀기울였다. 무슨 소리가 들리진 않는지. 물건에서 나는 소리, 사람 목소리, 바람 소리.

외풍이 또 코끝을 스쳤다. 계단 위에서 불어내려왔다.

손전등을 끄고 3층으로 향했다. 지금까지 계단 한가운데로 올라왔다. 너무 부주의했다. 왼쪽에 붙어서 등을 반쯤 벽에 대다시피 하며 한 발짝 한 발짝 올라갔다.

3층은 2층보다 더 어두웠다. 층계참 너머가 보이지 않았다. 어둠이 고여 있다. 가로등보다 위치가 높아서인가, 창문이 없어서인가. 아니면 다른 이유로?

뇌가 있어야 할 위치에 눌러앉은 심장이 다시 쿵덕거리기 시작했다. 한 번 뛸 때마다 컴퓨터로 검색하며 상상한 광경이 번쩍 떠올랐다. 즐비하게 널린 노숙자의 시체. 피를 빨려 창백한 얼굴. 아무렇게나 너부러진 팔다리.

상상력이 과하다. 손전등을 켰다.

3층이 어두운 건 파티션 때문이었다. 구조를 보건대 아래층과 달리 주거 공간 같았다.

—여기서 사람이 죽었다는 게시글이 있었지.

건물주인 젊은 사장의 정부인지 전 여자친구인지가 변사했다.

살인 혐의도 있었는데 불문에 부쳐졌다나 뭐라나.

손전등 불빛이 만든 동그라미 속에 이상한 것은 보이지 않았다. 바닥에도, 벽에도, 천장에도. 그냥 빈 건물. 사용되지 않는 텅 빈 방이다.

방금, 위에서 발소리가 나지 않았나?

손가락을 움직여 손전등을 끄고 어둠이 되돌아옴과 동시에 문 뒤편에 몸을 숨겼다. 그대로 옴짝달싹하지 않고 동태를 살폈다.

이 건물은 4층짜리다. 앞으로 한 층 더 남았다. 끝장을 보려면 올라가야 한다.

고타로는 엉거주춤 움직였다. 손전등을 발치로 향하고 우스꽝스러울 만큼 벽에 등을 딱 붙인 채 조심조심 계단을 올랐다.

4층도 어두웠다. 그리고 추웠다. 분명히 외풍이 들고 있다.

손전등으로 비춰보자 묵직해 보이는 문이 눈에 들어왔다. 여기도 주거 공간인가. 아니다, 공간이 반 이상 비어 있다. 저기만 구분해놓은 모양이다.

동그란 빛이 비춘 것을 보고 고타로는 숨을 삼켰다.

사다리다. 4층 천장으로 이어진다. 천장에는 뚜껑이 달려 있다. 지금은 닫혀 있다. 사다리를 내리고 올라가서 뚜껑을 열고 옥상으로 나가는 방식인 모양이다.

아까는 뚜껑이 열려 있었구나. 그래서 찬바람이 불어들었다.

고타로는 천천히 백팩을 벗어 내려놓았다.

사다리를 올라갈까. 위에 사람이—

아니다, 지금, 여기 있다.

기척을 느끼고 몸을 돌리려는 순간, 쇠지레를 든 왼손 손목을 얻어맞았다. 쇠지레가 바닥에 떨어지면서 요란한 소리가 났다. 이어 순식간에 오른팔이 꺾이고 맞은편 벽으로 떠밀렸다. 코가 눌릴 만큼 벽에 세게 얼굴을 부딪혔다.

"아악!"

스스로 생각하기에도 한심했지만 비명밖에 나오지 않았다. 이런 폭력을 당한 것은 태어나서 처음이었다.

"으으, 아파, 아프다고!"

정신을 추스르고 상황을 파악해보니, 누가 고타로의 오른팔을 꺾어올린 채 딱딱한 막대기로 등을 세게 누르고 있었다. 정확하게 말하면 좌우 견갑골을. 단지 그뿐인데도 자유로운 왼손마저 마음대로 움직여지지 않았다. 버둥거려도 손은 허공을 스칠 뿐이다. 얼굴 반쪽이 벽에 짓눌려 코뿐 아니라 왼쪽 광대뼈가 욱신욱신했다.

"무슨 짓이야, 아프잖아!"

입도 절반이 벽에 막혀 있어 자유롭지 못했다. 그래도 한껏 소리질러 항의했다.

의아해하는 반응이 등뒤에서 돌아왔다.

"뭐야, 애잖아."

등뒤의 목소리는 아저씨였다.

"너 누구야? 여기서 뭐해?"

약하게 나가면 안 된다. 고타로는 목소리를 높였다. "그쪽이야말로 누군데!"

등뒤에서 침착한 목소리가 들렸다. "네가 먼저 대답해. 이런 흉측한 걸 들고 뭐하러 왔어?"

등뒤의 아저씨는 그렇게 묻고 나서 고타로의 등을 누른 막대기에 힘을 주었다. 폐에서 숨이 밀려나와 고타로는 컥, 신음했다. 이거 내가 가져온 쇠지레구나.

"대, 대답할 테니까 힘 좀 빼주세요."

역시 정중하게 나가는 편이 낫겠다. 그리고 이 아저씨, 그렇게 위험한 느낌은 아닌데…… 그냥 희망적인 관측인가.

"저는 애가 아니에요. 어, 일단 미성년자이기는 하지만."

뜻밖에도 등뒤의 아저씨는 웃었다. "일단은 뭐야, 일단은."

"그러니까 그, 대학교 1학년이에요. 청소년은 아니지만 법률상 아직 보호받아야 하는 나이랄까요."

"학생증 가지고 있나?"

"백팩에 있어요."

"이 자세로는 못 꺼내겠군."

"그러게요. 그러니까 놔주시겠어요?"

"왜 쇠지레를 들고 왔어?"

"여기 문을 열려고요. 통용문요. 그런데 안 잠겨 있더라고요."

등뒤의 아저씨가 한숨을 쉬었다. "잠글 걸 그랬군."

역시 이 아저씨가 통용문 자물쇠를 열었구나.

"저는 도둑질하러 온 게 아니에요. 사람을 찾으러 왔어요."

"사람을 찾으러?"

"네. 그 사람도 대학생인데."

등을 압박당한 상태로 벽에 대고 말하다보니 금방 숨이 막혔다. 고타로가 숨을 고르는 동안 뒤에서 아저씨가 물었다.

"그 대학생, 혹시 이름이 모리나가 아닌가?"

애써 고른 숨이 멎을 만큼 놀랐다.

"맞아요!"

이 아저씨, 모리나가 씨를 알아!

쇠지레가 등을 누르는 감촉이 사라졌다. 오른팔도 자유로워졌다. 고타로는 제자리에 미끄러지듯이 주저앉아 숨을 내쉬었다. 도중에 사레가 들려 기침을 했다.

고타로의 손전등은 사다리 아래 아무렇게나 뒹굴고 있었다. 부채꼴 빛이 바닥을 쓸었다. 아저씨는 조명기구가 없나.

"어이구야."

이번에는 아저씨가 앓는 소리를 냈다. 검은 사람 형체가 몸을 앞으로 구부리더니 더는 못 버티겠는지 웅크리고 앉았다.

"이제 이렇게 거친 짓은 힘겹군. 나도 나이를 먹었어."

겨우 호흡이 안정됐지만 고타로는 여전히 벽에 기댄 채 아저씨를 관찰했다. 두툼한 다운재킷을 입고 장갑을 꼈다. 보통 키에, 몸집은 조금 뚱뚱한가. 풍채가 좋은 아저씨다. 아니, 저렇게 허리를 구부리고 있는 걸 보면 할아버지인지도 모르겠다.

"괘, 괜찮으세요?"

할아버지 혹은 아저씨는 쇠지레로 바닥을 짚으며 겨우 몸을 지탱했다. 아픈 듯이 끙끙 앓았다.

"다치셨어요? 저, 아무 짓도 안 했는데요."

"어깨 좀 빌려줘."

할아버지 혹은 아저씨가 빈손을 고타로에게 내밀었다.

"사다리 밑에 종이상자를 깔아놨어. 거기 좀 앉혀줘."

그제야 알아챘다. 사다리 아래 종이상자가 몇 장 포개어 있다.

"혹시 여기 사세요?"

"무슨 엉뚱한 소리냐. 잔말 말고 어서 부축이나 해줘."

호통을 들은 고타로는 머뭇머뭇 벽에서 몸을 일으켜 아저씨 혹은 할아버지에게 다가갔다. 부축해주자 아저씨 혹은 할아버지는 고타로에게 의지해 일어서서 지팡이 대신 짚고 있던 쇠지레를 바닥에 놓았다. 딱딱한 금속음이 울렸다.

"쇠지레로 문을 여는 건 어디서 배웠어?"

"텔레비전에서 봤어요."

벽 앞에서 사다리 아래까지는 고작 몇 미터지만, 아저씨 혹은 할아버지가 한 번에 반걸음밖에 내디디지 못해서 속도가 느렸다.

"직접 해본 적은 없어요. 정말이에요."

"텔레비전은 쓸데없는 것만 가르친다니까."

몸놀림이 이래도 이 사람은 역시 아저씨라고 고타로는 생각을 고쳐먹었다. 노인이라고 할 만큼 쇠약하지 않다. 목소리에 탄력이 있고 몸도 다부지다.

"여기면 돼. 앉혀줘."

아저씨는 또 끙끙 앓는 소리를 내며 종이상자 위에 앉더니 벌렁 드러누웠다.

상당히 무거웠다. 역시 노인이 아니다. 방금 다친 것도 아니다. 꽤 아픈 모양인데, 지병일까.

"저기."

우두커니 서서 내려다보기도 뭣해서 고타로도 쪼그리고 앉았다. 아저씨의 이마에 식은땀이 맺혔다.

"관절염인가요? 아니면 디스크?"

아저씨는 시끄럽다는 듯 인상을 쓸 뿐 대답하지 않았다. 눈이 게슴츠레했다.

"구급차를 부를까요?"

"소란을 피우면 내 입장이 난처해져. 너도 그럴 텐데."

"하지만……"

"우리 둘 다 엄연히 주거침입죄야."

"저는 그저 문이 열려 있어서 들어온 건데요."

아저씨는 한숨을 푹 내쉬고 장갑 낀 손가락을 까딱까딱했다.

"학생증."

"아, 네."

순순히 백팩 주머니에서 학생증을 꺼내서 내밀었다.

"빛 좀 비춰봐."

고타로는 손전등으로 아저씨의 손을 비추었다. 이제는 게슴츠레하지 않지만 한쪽 눈을 감고 있다. 아직 아픈 모양이다. 등이나 허리, 아니면 무릎일까.

"미시마 고타로 군."

설마 '군'이라고 부를 줄은 몰랐다.*

* 일본에서 '군'은 동년배나 손아랫사람의 이름 뒤에 붙여서 친근감이나 가벼운 경의를 나타내는 호칭이다. 주로 남자에게 사용한다.

"네."

"모리나가 군과는 어떤 관계지?"

"아저씨, 모리나가 씨를 아시는군요?"

"어떤 관계야?"

다소 위압감이 느껴졌다.

"……같은 회사에서 아르바이트를 해요."

"무슨 회사인데?"

"쿠마라는 회사요."

아저씨는 그게 뭐냐는 표정을 지었다. 이런 때는 특이한 회사 이름이 불편하다.

"저랑 모리나가 씨는 사이버 패트롤 업무를 해요."

"아, 인터넷 정보관리회사군."

오오. 의외로 세상 물정에 밝은 아저씨다.

"그래서? 아까 모리나가 군을 찾는다고 했지? 그 학생은 지금 어디 있어?"

"어디 있는지 몰라서 찾는 거예요. 행방불명됐어요."

아저씨의 눈이 휘둥그레졌다. 놀란 모양이다.

"뭐?"

"그제 밤부터 모리나가 씨 행방이 묘연해요. 그리고, 그."

아저씨가 너무 놀라는 바람에 고타로는 조금 겁이 났다. 왜 저렇게 험악한 표정을 짓지.

“스마트폰만 이 근처에서 발견됐어요. 망가진 채 땅에 떨어져 있었죠.”

“실종신고는?”

“했을 거예요. 호쿠리쿠에 사시는 아버님이 올라오실 만큼 난리가 났으니까요.”

아저씨는 고타로의 학생증을 든 채 표정이 한층 험악해졌다.

“저쪽에 기계실이 있어. 문 보이지?”

아저씨가 누운 채로 학생증을 든 손만 움직여 가리켰다.

“문 안쪽에 내 짐을 놔뒀어. 좀 가져다줘.”

고타로는 또 순순히 지시에 따랐다. 낡은 보스턴백이었는데 상당히 무거웠다.

“이건 돌려주마. 잘 챙겨.” 아저씨가 고타로에게 학생증을 넘겨주었다. “좀 일으켜줘.”

아저씨는 고타로의 손을 잡고 몸을 일으켜 종이상자 위에 앉았다. 후우 하고 숨을 내뱉었다. 보스턴백 지퍼를 열고 안에서 물통을 꺼냈다.

가방 안이 슬쩍 엿보였다. 노트북이 들어 있다. 그것도 뜻밖이다. 저 나이대에 노트북을 가지고 다니는 사람은 드물지 않을까. 그래서 사이버 패트롤이라는 말도 금방 이해했나보다.

"미시마 군."

눈길을 들어보니 아저씨는 물통의 물로 무슨 알약을 삼키고 있었다.

"진통제야. 십 분 정도면 약기운이 돌 거야."

아저씨는 포장지에 든 알약을 다시 보스턴백에 넣었다.

"그러면 나도 머리가 좀더 돌아가겠지. 그때까지 네가 이야기를 좀 해야겠다. 모리나가 군 이름이 정확히 뭐지?"

"모리나가 겐지요."

대학교 3학년, 전공은 토목학이라고 덧붙였다. "성실한 사람이에요. 대학원에 가려고 공부하는 중이었어요."

아저씨는 고개를 끄덕이고 고타로에게 물통을 쓱 내밀었다. "마실래? 뜨거운 물이야."

몹시 마시고 싶은 것처럼 보인 모양이다. 아닌 게 아니라 고타로 눈에 물통 입구에서 피어오르는 김은 확실히 유혹적이었다. 추위에 뼛속까지 차갑게 식었다.

"아니요, 괜찮아요. 감사합니다."

아저씨는 물통을 보스턴백에 넣었다.

"내가 알기로 모리나가 군은 행방불명 노인을 찾고 있었어."

거기까지 알고 있었나.

"그런 사람이 왜 행방불명됐지?"

"모리나가 씨랑은 언제 만나셨어요? 어디서—"

"아직 십 분 안 지났잖아. 머리가 돌아가려면 멀었어."

이해력 부족한 학생을 나무라는 듯한 말투다. 손전등 불빛에 창백하게 비치는 아저씨의 얼굴을 보며 그 목소리를 들으니 고타로는 문득 초등학교 시절 학부모회 회장이 생각났다. 그 지역 건축자재회사 사장이었는데, 교장선생님보다 풍채가 당당하고 강압적인데다 발언에도 힘이 있었다.

아저씨가 고타로의 코앞에 운전면허증을 내밀었다.

"내 거야."

받아서 손전등으로 비추었다. 쓰즈키 시게노리. 사진 속 얼굴은 지금보다 약간 날렵했다.

"근처에 살아."

고타로는 고개를 끄덕였다. 주소는 니시신주쿠 와카바초다.

"생년월일 봤어? 예순세 살이야. 네 할아버지뻘이지. 공경심을 품고 예의바르게 대하도록."

짧은 시간이지만 지금까지 계속 예의바르게 대한 것 같은데.

"척추관 협착증이야."

"네?"

"관절염이나 디스크가 아니라고. 다른 지병도 없어. 마음먹으면 오늘밤 한 번쯤은 더 너랑 맞붙어줄 수 있지. 또 벽에 처박히기 싫거든 냉큼 털어놔. 도대체 무슨 사정으로 여기 온 거냐?"

고타로가 망설이자 쓰즈키 아저씨는 다시 입을 열었다. "난 주민회 방범 담당이야."

주민회 방범 담당자가 보통 이렇게 공격적으로 활동하나.

"예전에 형사였거든. 본청에서 일한 적도 있어."

되는대로 하는 말은 아닌 것 같았다. 이 아저씨에게서 위압감이 풍기는 이유가 그건가. 학부모회 회장은 명함도 못 내밀겠다.

"네가 믿든 말든 사실이니까 말해두는데, 난 오랜 세월 강도범과 살인범, 방화범을 상대했어. 그런 놈들의 공통점이 뭔지 알아?"

고타로는 잠자코 고개를 저었다.

"거짓말쟁이라는 거지." 쓰즈키 아저씨가 말했다. "그래서 난 거짓말쟁이를 다루는 데 도가 텄어. 네가 거짓말을 하면 금방 알아봐. 알겠어?"

고타로는 고개를 끄덕였다. "알았어요. 저는 거짓말할 생각이 없어요. 그냥 워낙 희한한 이야기라서 그래요."

전직 형사 쓰즈키가 미간을 모으고 눈을 가늘게 떴다.

"일단 이걸 봐주세요."

고타로는 백팩을 끌어당겨 노트북을 꺼냈다. 거추장스러운 장갑을 벗고 재빨리 전원을 켜서 마나가 그린 '괴물' 그림을 연 후 쓰즈키에게 화면을 돌렸다.

노트북 액정화면 불빛에 쓰즈키의 얼굴이 환해졌다. 방금 전과 표정이 똑같다. 놀란 얼굴. 명백히 경악한 얼굴이었다.

"이 건물 옥상의 가고일 조각상과 관계있지 않을까 해서요."

쓰즈키는 화면에 시선을 고정한 채 말했다. "이거, 누가 그린 거지?"

경악에 흥미가 더해졌다. 고타로는 마음이 훨씬 편해졌다. 이유는 모르지만 이 아저씨는 나와 같은 의혹을 쫓고 있다.

지금까지의 경위—즉 모리나가가 '보험'이 되어달라고 부탁했을 때부터 오늘 오후 이 건물을 발견할 때까지 무슨 일이 있었고, 어떤 사람들을 만났으며, 무슨 이야기를 들었는지 차례대로 설명했다. 도중에 추위가 심해져 양팔로 몸을 끌어안았다. 호주머니에 넣어둔 일회용 손난로는 마음의 위안 정도에 그쳤다.

고타로가 한차례 설명하고 나자 쓰즈키는 다시 물통을 내밀었다. 이번에는 고맙게 받아들었다. 손이 떨려서 쏟을 것 같았다.

"리어카 영감님만 사라진 게 아니었다……"

쓰즈키가 중얼거렸다. "이노 고자부로 씨는 동네에서 리어카 영감님으로 불렸어."

아직 식지 않은 물통의 물이 고타로의 뱃속에 스몄다.

"하지만 경찰은…… 이 정도로는 움직여주지 않는대요."

"뭐, 그렇지."

좀 겸연쩍은 듯한 말투였다. 진통제가 듣는지 아까보다 자세가 편해졌다.

"그럼 넌 미니FM방송국이나 가도마 카페에는 안 가봤구나?"

"더이상 모리나가 씨의 행적을 쫓지 말라고 상사가 말려서요."

"옳은 판단이야. 수사가 시작되면 도리어 방해될 테고, 자칫하면 네가 의심받을지도 몰라."

고타로는 새삼스레 목을 움츠렸다.

"이 그림 하나를 실마리 삼아 여기까지 온 거냐?"

쓰즈키는 마나의 '괴물' 그림에 눈길을 던졌다.

"촉이 좋군."

칭찬일까.

"상으로 좋은 걸 보여줄게. 사다리를 올라가 옥상을 살펴봐."

고타로는 천장의 뚜껑을 올려다보았다.

"뚜껑은 완전히 닫지 않고 내려만 놨어. 꽉 닫으면 열 때 꽤 큰 소리가 나거든."

그래서 이렇게 쌀쌀한 거구나.

"가만히 내다봐. 조심해서. 아직 주위 건물이나 간판에 불이 켜져 있으니 손전등 없이도 보일 거다."

고타로가 일어서자 벗어둔 장갑이 발치에 떨어졌다. 양손에 입김을 호 불고 마주 비빈 다음 다시 장갑을 꼈다. 그리고 큰맘 먹고 사다리 가로대를 잡았다.

올라가서 뚜껑을 밀어올렸다. 생각보다 가볍고, 몇 번 두드리면 움푹 파일 듯했다. 그 대신 쓰즈키의 말대로 빗장은 튼튼해 보였다.

조심스레 머리를 내밀었다. 눈을 내밀기 직전에 아래서 쓰즈키가 말했다.

"가고일 위치는 왼쪽이야."

고타로는 고개를 왼쪽으로 돌렸다.

니시신주쿠의 야경을 장식하는 불빛이 차통빌딩 옥상을 희미하게 비추었다. 밤공기가 콧속을 찌를 만큼 차가워서 금방 눈물이 핑 돌았다.

가고일 조각상은 없었다. 한 손으로 뚜껑을 받친 채 옥상으로 머리를 내밀어 둘러보았다. 역시 없다. 원형의 옥상 어디에도 보이지 않았다.

"없는데요. 그런데—"

저기 널려 있는 것들은 뭐지?

"저게 뭔가요?"

밑에서 쓰즈키가 대답했다. "조각상 파편."

"네? 그럼 부서진 건가요?"

고타로가 위로 올라가려고 하자 밑에서 쓰즈키가 청바지를 잡아당겼다. "내려와."

고타로는 뚜껑을 닫고 사다리 중간에서 뛰어내렸다.

"내가, 아니, 제가 오늘 오후에 그 조각상을 확인했는데요. 사진도 찍었어요."

"그렇겠지. 낮에는 멀쩡하게 잘 있었어."

"언제 부서졌는데요?"

"글쎄, 언제였을까. 작년 12월, 크리스마스 전에 내가 와봤을 때 이미 저렇게 산산조각나 있더구나."

이번에는 고타로가 미간을 모으고 눈을 가늘게 뜰 차례였다. 뭐라고?

"흥미롭지?"

쓰즈키는 모리나가와 똑같은 말을 했다.

"실로 기묘해. 원래 여기 있던 조각상은 망가졌어. 그리고 지금은 다른 녀석이 대신 그 자리에 앉아 있지."

낮 동안은, 하고 말을 이었다. "밤이 되면 녀석은 어딘가로 사라져. 오늘밤도 그래. 내가 온 게 한 시간 전쯤인데, 그때도 이미 없더군. 솔직히 그렇게 이른 밤부터 움직일 줄은 몰라서 놀랐어."

그 괴물은 하늘에서 왔다. 날개를 펼치고 이 옥상에 내려앉았다. 그리고 밤이 되면 돌아다닌다. 다시 하늘로 날아올라서.

"나, 아니, 저는."

"그냥 편하게 말해. 뭔데."

"나름대로 이치를 따져보려고 애쓰는 중인데요. 가끔은 웃음이 날 것 같아요. 혼자 열 올리며 바보 같은 공상을 하는 게 아닌가 싶어서."

쓰즈키는 잠시 고타로의 얼굴을 응시하고는 말했다. "나도 완전히 동감이야."

이번에는 전직 형사가 자기 이야기를 해줄 차례였다.

이야기를 다 들었을 때쯤 고타로는 추위에 몸이 완전히 식어버렸다.

"화장실 다녀올게요."

"여기 화장실은 못 써."

"알아요. 금방 돌아올게요."

고타로는 손전등을 들고 종종걸음으로 계단을 내려갔다. 발끝까지 얼어붙어서 하마터면 발을 헛디딜 뻔했다.

오는 길에 카페 체인점을 하나 보았다. 다행히 아직 열려 있었다. 역시 신주쿠다. 블렌드 커피를 두 잔 주문하고 호주머니에서 동전을 꺼내 계산한 후 바로 화장실에 갔다.

단지 생리현상이 급해서 차통빌딩을 빠져나온 것은 아니다. 잠깐이나마 혼자 생각하고 싶었다. 그 쓰즈키라는 아저씨는 위압감과 더불어 존재감도 상당하다. 또한 말에 설득력이 있었다.

위압감과 존재감, 설득력에 휘둘려 그의 말을 곧이곧대로 믿어도 될까.

—우리 둘 다 공상의 세계에 너무 깊이 빠졌을 가능성은?

있을 수 있다.

—하지만 아무래도 그건 아닌 것 같아.

일상으로 돌아와 거리 풍경을 보며 혼자 생각해봐도 그렇다.

카페 종이봉투를 들고 밖으로 나섰다. 왔던 길을 되돌아가다가 도로 건너편에서 차통빌딩을 올려다보았다. 신기하게도 조금 떨어진 곳에서 보니 더 밝았다. 건물 가까이 다가가면 오히려 어둠이 짙어진다.

4층으로 오니 쓰즈키가 사다리에 올라서서 뚜껑 틈새로 밖을 내다보고 있었다. 고타로의 발소리가 들렸는지 뚜껑을 닫고 내려왔다.

"아무 변화도 없어."

그리고 종이상자 위에 책상다리를 하고 앉아 희미하게 코웃음을 쳤다.

"어때, 머리는 좀 식혔어?"

고타로의 생각쯤은 다 꿰뚫어보고 있다.

"죄송해요."

"네 기분은 이해해. 나도 너 같은 애한테 숨김없이 털어놓다니

경솔했다고 후회하던 참이야."

고타로는 잠시 입을 다물고 있다가 떠오른 생각을 말해보았다. "저나 쓰즈키 씨나, 이런 이야기를 혼자 마음속에 담아두고 있기 벅찬 것 아닐까요?"

"그렇겠지."

쓰즈키가 쓴웃음을 지었다. 고타로는 안도했다.

"하지만 역시 적어도 지금까지는 쓰즈키 씨와 제 생각이—"

"맞는지 틀린지 여기서 확인하자. 그거 커피지, 얼마야?"

"에이, 됐어요."

"그럼 손자 같은 학생한테 얻어먹어볼까."

쓰즈키는 반가운 듯이 종이컵을 받아들었다.

"잠복할 때는 수분 섭취를 삼가야겠지만요."

"난 괜찮아. 오줌보가 크거든. 경찰은 대부분 그래."

4층의 싸늘한 어둠 속에 커피 향과 따뜻한 김이 감돌았다.

"왜 옥상에 숨어 있지 않으세요?"

"건너편에서도 훤히 보이니까. 옥상에는 몸을 숨길 만한 곳이 전혀 없어."

"종이상자를 뒤집어쓰면요?"

"오히려 눈에 띄겠지."

그 가고일, 혹은 가고일로 위장한 뭔가가 눈치채고 달아나버리면 헛수고다.

"근처 가게에 부탁해 창가에서 망원경으로 감시하면 어떨까요? 그럼 놈이 달아나거나 습격할 위험성이 낮지 않을까요?"

"그럼 넌 그렇게 해."

"전 아무 연고도 없는걸요. 쓰즈키 씨는 이 동네 사람이니까."

"난 더이상 아무도 끌어들이고 싶지 않아."

쌀쌀한 말투지만 고타로는 가슴 한구석을 찔린 기분이었다. 맞다. 아저씨 부탁을 받고 창밖을 감시하던 할머니가—

"저기, 그 주민회 할머니요."

"지구사 씨?"

"몸은 좀 어떠세요? 주민회장님께 전화해보는 게 어떨까요?"

쓰즈키는 눈길을 떨어뜨리고 손목시계를 만지작거렸다. 불이 켜져서 문자반이 보였다. 오후 열한시 반이 넘었다.

"벌써 잠들었을 거야. 노인들은 일찍 잠자리에 드니까."

"……걱정이네요."

"그나저나 너, 휴대전화 있지?"

고타로는 휴대전화를 꺼냈다.

"허, 요즘 대학생은 다들 스마트폰을 들고 다니지 않나?"

"바꿀 시기를 놓쳐서요."

쿠마에서나 학교 친구들 사이에서나 이른바 폴더폰을 사용하는 사람은 고타로뿐이다. 쓰즈키처럼 의아해하는 사람이 많다.

"노트북이 있으면 딱히 불편하지도 않고요."

"진짜배기 인터넷 사용자는 그런가보더군. 좋아, 알람을 맞추자. 삼십 분에 한 번씩 교대로 옥상을 감시하는 거야."

"그럼 각자 한 시간마다…… 오전 여섯시까지로 할까요?"

"응. 벨소리 말고."

"물론 진동으로."

쓰즈키는 알람을 맞추는 고타로를 물끄러미 바라보았다.

"내 것도 부탁해." 쓰즈키가 뚱하니 말했다.

"알겠습니다."

고타로는 무심코 웃음을 흘리며 쓰즈키의 휴대전화 알람을 맞추어주었다.

"이제 기다리는 것만 남았네요."

"잠복이니까."

"입다물고 가만있으면 몸이 얼 것 같아서 그런데, 이야기 좀 해도 되나요?"

"큰 소리는 내지 말고."

"네. 그리고 상자 가장자리에 좀 앉으면 안 될까요?"

쓰즈키는 들으라는 듯이 영차, 소리를 내며 옆으로 비켜주었다. 차갑고 딱딱한 바닥에 앉아 있던 고타로는 엉덩이에 감각이 없었다.

종이상자에 앉아 양손으로 몸 여기저기를 문질렀다. 그러면서 입을 열었다.

"쓰즈키 씨는 프로잖아요. 프로의 견해를 듣고 싶은데요."

추워서 목소리가 바르르 떨렸다.

"음, 그렇지, 일단 노숙자가 사라진 일은 툭 까놓고 어떻게 생각하세요? 세이부신주쿠선을 따라 '실종사건'이 발생한다는 건 가설치고도 너무 대담하다고 할까, 비약이 심하다고 할까, 이노 씨의 행방불명과 연관지어 생각할 수는—"

"너도 제법 오지랖이 넓은 것 같다만, 모리나가 군도 그러냐?"

쓰즈키는 목소리가 차분했고 전혀 추워 보이지 않았다. 입김은 하얀데.

"저, 오지랖이 넓은가요?"

"스스로는 모르나보군."

주위 사람에게 그런 말을 들은 적은 한 번도 없다. 다만 가즈미는 가끔 불평한다. 오빠는 너무 성가시게 군다고.

"언제부터 인터넷에 빠졌지?"

"저는 인터넷을 즐기지 않아요. 아르바이트는 고등학교 선배 부탁으로 하는 거예요."

"그렇다기에는 꽤 열심이군."

"해보니까 재미있더라고요."

"모리나가 군도?"

"아마 그럴 거예요."

"흐음. 재미로 형사 흉내라도 내는 건가."

다소 비아냥거리는 말투였다. 아까 '영차' 소리를 낸 것과 마찬가지로 일부러 그러는 것이다. 고타로는 저도 모르게 말했다.

"모리나가 씨는 어릴 적 아버지 회사가 망해서 가족과 함께 야반도주한 적이 있어요. 그래서 마찬가지로 처지가 불리한 사람들을 그냥 두고보지 못하는 거죠. 행방불명인데 아무도 찾아주지 않는다니 가슴 아프다면서요."

쓰즈키는 아까보다 한 박자 늦게 "흐음" 하고 대꾸했다. 팔짱을 풀고 장갑 낀 양손을 마주 비비고는 입김을 호 불었다.

"나도 네 말마따나 이노 노인과 실종된 다른 노숙자들 사이에 직접적인 연결고리가 있다고는 생각지 않아."

"역시."

"하지만 아까 옥상에서 주위를 둘러보고 알아차린 게 있지."

"옥상에 올라가셨어요?"

"확인해보고 싶었거든."

역과 선로가 잘 보인다고 말을 이었다.

"가고일 조각상 위치에서는 JR 주오선이 시야를 좌우로 가로

질러. 세이부신주쿠선은 왼쪽에서 북북서 방향으로 뻗어 있고. 낮에는 눈에 잘 들어오지 않겠지만 밤에는 조명등이 있으니까. 도로와 달리 전철이 지나가지 않는 선로는 텅 빈 선처럼 보이고, 역 건물은 출발 지점에서 얼마나 멀리 떨어졌는지 거리를 재는 기준이 돼."

즉, 길잡이로 삼을 수 있다고 한다.

"길잡이?"

고타로가 되물었지만 쓰즈키는 대답하지 않았다. 얼굴을 이쪽으로 돌리지도 않았다.

"오늘, 아니, 이제 어제인가. 지구사 씨 집 창문에서 큼지막한 손자국을 발견하기 전까진 웬 동물이 행패를 부리는 거라 추측했지. 외래종의 커다란 육식 새…… 그런 걸 뭐라고 하더라?"

"맹금류요?"

"그래, 그래. 다른 나라에는 그런 새가 있잖아."

"하지만 그런 게 우리 나라에."

"들여온 놈이 있어도 이상할 것 없지. 애완동물가게를 봐봐. 뱀이니 왕도마뱀이니 악어거북이니 온갖 걸 다 팔잖아. 이노가시라 공원 연못에 악어가 있다고 큰 소동이 벌어진 것도 그렇게 옛날 일이 아니야."

고타로는 모르는 일이었다.

"포획하고 보니 머리 모양이 악어와 비슷한 메기였지만. 아무튼 토종은 아니었어. 누가 애완용으로 들여왔는데 팔리지 않았든가, 더는 키울 수 없었든가, 아니면 질려서 연못에 풀어준 거겠지."

그와 비슷한 사정으로 대형 맹금류 한 마리가 이 신주쿠 부근에 자리잡게 된 것은 아닐까—

"타당한 추측이지?"

고타로는 이의를 제기했다. "하지만 아무리 외래종이라 해도 사람을 채서 날아갈 만큼 커다란 맹금류가 있을까요? 무슨 익룡도 아니고."

"그러니까 그건."

아저씨는 머쓱한 듯이 콧잔등을 긁적였다.

"새가 채어간 게 아니라, 습격당해서 당황한 리어카 영감님이 어디 눈에 잘 띄지 않는 곳에 숨은 거지. 그런데 다치는 바람에 꼼짝 못하게 됐거나."

고타로는 잠자코 있었다.

"너무 터무니없는 소리 같아?"

"왜 눈에 잘 띄지 않는 곳에 숨었을까 싶어서요."

"하늘에서 새가 덮치면 누구든 피하거나 숨을 곳을 찾지 않겠어?"

음. 궁색한 답변이다.

"그러면 네 생각은 어떤데?"

"모르겠어요. 하지만 새는 아닌 것 같아요."

쓰즈키도 어쩔 수 없다는 듯 못마땅하게 고개를 끄덕였다.

"그래. 이제 마나라는 여자애가 그린 그림도 더이상 새라고 볼 수 없겠군. 그건 분명히 인간이야. 적어도 부분적으로는 인간을 닮은 생물이야."

냉기가 눈에 스며들어 눈물이 나왔다. 고타로는 실눈을 떴다.

"그럼 인간이 새 모양을 하고 하늘을 날아서—활공하는 정도일지도 모르지만, 아무튼 그렇게 하늘에서 내려와서 행패를 부린다고요?"

"현시점에서는 그게 두번째로 타당한 추측이지."

"스파이더맨 같네요."

"그건 영화잖아."

"아니요, 실제로도 있어요. 그 미국 코믹스 주인공과 똑같은 차림으로 고층빌딩 벽면을 기어오르는 퍼포먼스를 하는 사람요. 일본인은 아니지만."

고타로의 다운재킷 가슴주머니에서 휴대전화가 진동했다.

자리에서 일어나 사다리를 올라가서 살그머니 뚜껑을 올렸다. 이상 없음.

내친김에 옥상으로 나가보았다. 나가자마자 강한 바람이 몰아쳐서 비틀거렸다. 손으로 눈가를 막으며 재빨리 주위를 둘러보았다.

돌아와서 뚜껑을 닫은 뒤에도 한동안 턱이 덜덜 떨렸다.

"저, 정말이네요."

선로는 길잡이로 적절했다. 니시신주쿠에서 북북서 방향으로 한 줄기 선이 쭉 뻗어 있다.

"여기를 기점으로 그 선을 따라 새 모양을 한 미친놈이 사람을 덮치는 거야."

인간 사냥인가, 하고 고타로는 말했다. 쓰즈키가 즉시 목소리에 힘을 주어 받아쳤다.

"내 두번째 타당한 추측에 그렇게 단정적인 표현은 없었다."

"하지만 길잡이라고 하셨잖아요."

"애당초 두번째 추측을 진실로 받아들이면 낮에 가고일 조각상이 여기 있는 이유를 설명할 수 없어. 네가 '새인간'이라고 칭한 그 미친놈은 왜 낮 동안 여기서 괴물 조각상 흉내를 내며 가만히 앉아 있는 걸까?"

그건…… 그렇지만.

"아무튼 여기서 감시해서 그 녀석의 정체를 밝히자."

고타로는 고개를 끄덕이고 4층 바닥을 훑어보았다. 어둠에 익숙해진 눈이 바로 찾아냈다. 아무렇게나 뒹굴고 있는 쇠지레를 주워서 발 옆에 놓았다. 가져오기를 잘했다. 여차할 때는 무기로 쓸 수 있다.

"뭐, 그렇게 겁먹지는 말고."

쓰즈키가 웃었다. 고타로는 또 속마음을 읽힌 기분이었다. 형사는 다들 이런가. 생각해보니 아까부터 아저씨는 고타로의 질문에 한 번도 똑바로 대답하지 않았다. 질문에 질문으로 답할 뿐이었다. 그것도 형사의 방식이라고 드라마인가 어디서 본 기억이 있다.

"네 선배나 친구는 다 올빼미족이겠지. 누구 연락할 만한 사람 없어? 모리나가 군 소식이 들어왔을지도 몰라."

쓰즈키가 말하기 전에 신경썼어야 했다. 고타로는 서둘러 마키에게 메일을 보냈다. 기다렸다는 듯이 바로 답장이 왔다.

'아직 못 찾았어. 새로운 정보도 없고. 오늘밤은 얌전히 자.'

고타로는 쓰즈키에게 고개를 저었다.

각자 한 번씩 뚜껑 밖으로 옥상의 상황을 살폈다. 변화는 없었다. 쓰즈키는 도중에 잠깐 존 것 같았다.

다시 차례가 온 아저씨가 사다리를 올라갔다 내려오더니 양손으로 입을 막고 크게 재채기를 했다.

"네 말이 맞아. 잠자코 있으니 더 추운 것 같군."

고타로는 추워서 입이 얼어붙었다.

"이봐, 살아 있나?"

"……얼어죽기 직전인데요."

"계속 말하는 편이 낫겠어. 네가 아르바이트하는 회사, 쿠마의 사장이 여자인 걸로 아는데. 야마시나 아유코 씨 맞지?"

성명에 씨까지 붙였다. 이 아저씨는 남을 그냥 이름으로 부르지 않는다.

"잘 아시네요."

"얼마 전 텔레비전에서 봤거든. 빛나는 인물 클로즈업이니 뭐니 하는 방송이었어."

회사에 취재를 온 그 방송이다. 벌써 방영했구나.

"이번에는 NPO를 만들었다며? 그쪽 일은 너희와 관계없어?"

함께 메밀 코스 요릿집에 갔을 때가 머릿속에 번쩍 떠올랐다. 회사는 끌어들이지 않겠다고 했다.

"저희랑은 상관없는 일이에요. 방송도 홍보 겸 후원자를 찾을 목적으로 출연했다고 들었어요. 무슨 NPO라던가요?"

"모르냐?"

"방송을 놓쳐서요."

어둠 속에서 쓰즈키가 난감한 듯 약간 머뭇거렸다. 대답을 듣고 나서 그 이유를 알았다.

"지원 단체야."

"누구를 지원하는데요?"

"성폭력 범죄 피해자."

놀라움과 함께 야마시나 사장의 웃는 얼굴이 머릿속을 스쳤다. 그 매끈한 다리도 자연스럽게.

"경찰만으로는 피해자에게 세심하게 대응할 수 없으니까. 미국에는 오래전부터 그런 단체가 있다는군. 성폭력 대책 센터라던가."

또 말하기 거북한 듯했다.

"피해자와 함께 병원에 가거나 경찰에 신고하는 등 이래저래 시중을 들어준다고 해."

"'돌본다'고 하세요."

"알았다. 뭐냐, 지금까지 몰랐으면서."

쓰즈키의 말투는 부드러웠다.

"저희 사장님은 그런 분이세요."

사회를 위해 일하고 싶어한다. 곤경에 처한 사람을 도와주고 싶어한다. 순수하고 다정하고 행동력이 넘친다. 그래, 그랬구나. 나한테도 말해주지. 도울 일이 있으면 쿠마의 부하직원 모두 도울 텐데. 마키도 분명 같은 생각일 것이다.

"멋진 분이세요."

"미인이고 말이다."

말에 놀리는 듯한 어감이 담겨 있었다. 또 속마음을 읽혔는지도 모르겠다.

"사이버 패트롤 일을 하다보면 싫어도 알게 되는데, 인터넷 사회에서 여자가 그런 유의 범죄에 피해를 입을 가능성은 아주 높아요. 실제로 다양한 피해를 입고요. 그래서 보다못해 사장님이 나서셨을 거예요."

쓰즈키가 이번에는 매우 의미심장하게 흐음, 하고 말했다. "넌 사장님을 존경하는구나."

"하, 하지만 경찰에서는 그런 단체를 좀 못마땅하게 여기지 않나요?"

"어째서?"

"아마추어가 뭣도 모르고 나서면요."

"전혀 그렇게 여기지 않는데. 적어도 나는."

관에서 할 수 있는 일에는 한계가 있다고 한다.

"민간의 힘을 빌려 원만하고 효율적으로 처리할 수 있다면 민간에 맡기는 게 좋지. 그게 사업의 형태든 자원봉사의 형태든."

"쓰즈키 씨는 진보적이네요."

"이 정도 의견에 놀라는 네가 경직된 거야."

조금 야단맞은 기분이다.

"어떤 사건이든 다소 그런 면이 있지만, 특히 성폭력 범죄가 발생했을 때 세상 사람들이 반드시 피해자에게 동정의 눈길을 보내지는 않아."

피해당한 쪽에게도 잘못이 있다고 여긴다. 빈틈을 보였거나, 경솔했거나.

"그런 까닭에 야마시나 사장이 하려는 일을 관에서 맡으면 꼭 반대하는 작자들이 나타나지. 그런 일에 혈세를 쓰지 말라면서."

무슨 일에든 불만을 토하는 불평론자들을 보면 짜증나지만, 고타로도 이해가 안 가는 건 아니었다. 인터넷상에서 무방비하게 교제 상대를 찾거나 원조교제 '구매자'를 모집하는 글을 수두룩하게 본 지금은 더욱 그렇다.

"민주주의 사회에서는 그런 반대 의견도 무시할 수 없어. 어쨌거나 이쪽은 세금으로 월급을 받는 입장이니까."

자유롭지 못하다고 한다. "그러니까 민간에서 활동해주면 고맙지."

"그런 식으로는 생각 못해봤어요."

"너와도 무관하지 않을 텐데. 인터넷 감시도 똑같거든. 경찰이 인터넷을 감시하면 국가가 언론과 표현의 자유, 사상과 신조를 침해하고 검열한다는 주장이 나와."

"저희에게도 그런 항의가 들어온 적 있대요. 직접 겪은 건 아니지만."

마키한테 얼핏 들었다. '네놈들은 국가권력의 개다'라며 욕설과 폭언을 퍼부었다고 한다. 다만 익명 메일로. 마키는 멍청한 겁쟁이라고 평했다.

"그건 그렇고 참 미인이야, 야마시나 아유코."

이번에는 씨를 떼고 불렀다.

"그렇게 돋보이는 사람에게는 역풍도 심하겠지. 앞으로가 걱정이야."

"부하직원들이 단단히 보호할 거예요."

쓰즈키가 또 웃었다. 뭐, 호의적인 웃음이었으니 넘어가자.

그후로 몇 시간 동안 서로 얼어죽지 않았는지 확인하는 정도로 이야기를 나누며 추위를 견뎠다. 옥상에는 별다른 변화가 없었다. 날개 달린 괴물이 잠복을 눈치챘는지도 모르겠다 싶었지만, 입 밖에 내어 말하면 사실이 될 것 같아서 잠자코 있었다.

오전 네시 반. 고타로가 뚜껑으로 밖을 살펴보고 내려오자 쓰즈키가 종이상자를 밟고 서서 어깨를 돌리고 있었다.

"어때?"

"아무 이상 없어요."

"내뺐나."

"저희, 들킬 만한 행동은 안 했죠?"

"모르겠어. 지구사 씨도—"

말하다 말고 부정하듯이 고개를 저었다.

"날이 샐 때까지 버텨보자. 깜박 잠들었네. 차라리 좀 낫군."

쓰즈키는 장갑 낀 손으로 얼굴을 문지르고 사다리에 기대앉았다. 고타로도 아저씨 등뒤에 앉았다.

"만약 이 일이 정말로 범죄사건이라면 '발가락 빌'보다 피해자가 많겠네요."

말하고 나서 설명을 덧붙이려 했지만, 쓰즈키는 알고 있었다.

"인터넷에서는 그 범인을 '발가락 수집가 버펄로 빌'이라고 부른다면서?"

말투에서 분노가 묻어났다.

"어떤 놈일 것 같으세요?"

대답은 없었다. 퇴직했다고는 하나 형사가 이런 화제에 의견을 늘어놓는 건 바람직하지 않다고 여기는 걸까. 묻지 말 걸 그랬나.

그때 쓰즈키가 나지막하게 말했다. "놈이 아니야. 놈들이야."

"네?"

"범인은 여럿이야. 한 명 짓이라고는 볼 수 없어."

"하지만 살해 방법도 거의 동일하고, 신체의 일부를 잘라가는 수법은—"

"시신에 그런 표식을 남기기로 미리 정했는지도 모르지."

"뭐 때문에요?"

"모르겠어."

좀전의 '모르겠어'보다 무겁게 들렸다.

"왜 한 명의 짓으로 볼 수 없다는 거죠?"

쓰즈키는 등을 돌린 채 깊게 한숨을 쉬었다.

"어차피 오늘쯤 누가 텔레비전에서 말할 테지. 요즘은 퇴직 형사가 방송에 나와서 사건을 검증하곤 하니까."

그걸 긍정적으로 여기는지 부정적으로 여기는진 알 수 없었다.

"도마코마이의 피해자는 선술집 사장이지. 미시마의 피해자도 스낵바 마담. 단골손님도 많았고."

고타로는 쓰즈키의 등에 대고 고개를 끄덕였다.

"도쓰카의 피해자는 약사야. 그리고 세 사람 모두 생판 남에게 억지로 끌려가서 살해당한 게 아니야."

면식범의 소행이라고 한다.

"도마코마이의 선술집 사장도, 미시마의 마담도 영업을 마치고 귀가하는 그 짧은 시간에 살해당했어. 도쓰카의 약사도 퇴근 후 귀갓길에 범인을 마주쳤다고 봐도 무방하겠지. 약사는 출퇴근에 늘 이용하는 버스 정류장으로 향하던 사이 사라졌어. 목격 정보가 적은 걸로 봐서 도중에 차에 탔겠지."

범인은 피해자의 생활 패턴을 잘 안다. 그리고 피해자와 생활권이 같아서, 가까이 접근해 인사해도 경계받지 않을 사람이다.

고타로는 상상해보았다. 범인이 피해자에게 친근하게 말을 건다. 안녕하세요. 고생 많으셨어요. 괜찮으면 타고 가실래요? 혹은, 태워주실래요? 그리고 차문이 열린다.

미시마의 피해자는 그렇게 자기 차 안에서 살해당했다—

"한 사람이 고작 반년 사이 도마코마이, 미시마, 도쓰카로 이동하면서 생활의 거점을 만들고, 성별도 직업도 입장도 제각각인 세 사람과 그만큼 가까워질 수 있을까?"

"하지만 셋 다 접객업을 했잖아요. 손님들과 가깝게 지내지 않았을까요?"

"선술집과 스낵바와 약국은 접객 방식이 완전히 달라. 거리감도 다르고."

물장사하는 사람이라면 영업을 마치고 돌아가다가 단골손님과 마주쳤을 때 "바래다줘요" 혹은 "바래다줄게요" 하며 차에 타거나 차에 태울 수도 있다. 하지만.

"도쓰카의 고미야 사에코는 세 살 아이의 엄마야. 어린이집에 아이를 데리러 가는 길이었어. 그런데 샛길로 빠지거나 약국에서 안면을 튼 손님, 이 경우에는 환자를 따라갈 수 있을까? 혹시나 같은 맨션에 사는 사람이나 같은 어린이집 아이의 보호자와 마주쳤다면 그나마 가능성이 있겠지."

—같이 가시죠.

"아키타의 피해자는 아직 신원을 몰라. 하지만 모른다는 것 자체가 하나의 정보지. 여행자일 수도 있고, 이사한 지 얼마 되지 않았을지도 몰라. 그리고 무슨 사정이 있어."

"사정이라니요?"

"세간의 이목을 꺼릴 입장이라는 뜻이야. 어쩌면 물장사하던 여자였는지도 모르고."

"아, 그럼 불륜 상대와 여행을 왔다거나, 바람을 피웠다거나."

그렇다면 상대는 역시 손님이리라.

"단기간에 네 명에게 그런 식으로 접근해 친해지다니, 혼자서는 도저히 불가능해."

고타로는 무릎을 감싸안고 잠시 생각에 잠겼다.

"하지만 인터넷이라면요?"

쓰즈키는 살짝 뒤를 보더니 고개를 저었다. "피해자들에게는 접점이 없어. 인터넷에서 알던 사이, 혹은 블로그 이웃이었다, 그리고 공통의 친구가 있었다? 그것도 아니야. 있었다면 아무리 그래도 수사본부에서 밝혀냈겠지. 컴퓨터나 휴대전화를 조사하면 단박에 드러나."

"아니요, 그게 아니에요. 저는 범인을 말하는 거예요."

쓰즈키가 의아하다는 듯이 돌아보았다.

"피해자 네 명에게는 접점이 없어요. 다만 각자 범인과는 접점이 있었죠. 개별적으로 인터넷을 통해서."

간단한 일이라고 고타로는 말했다. "인터넷에서 주거지의 실제 거리는 아무 문제도 안 돼요. 직업과 입장도 별다른 장애물이 아니고요. 단기간에 이 네 사람과 인터넷상에서 만나고 친분을 쌓아서."

—마침 일이 생겨서 근처에 왔는데 잠깐 뵐 수 있을까요?

"핑계는 뭐든 상관없어요. 오프라인 모임처럼 자리를 정해놓고 만날 필요도 없어요. 아키타의 피해자는 어떤지 모르겠지만, 나머지 세 사람과는 충분히 인터넷에서 친분을 쌓았을 가능성이 있어요."

"홋카이도와 시즈오카, 그리고 가나가와인데?"

"어쨌든 국내잖아요. 도마코마이는 좀 멀긴 하지만, 여기서 문제는 현실의 거리감이 아니에요. 마음의 거리감이죠. 인터넷 친구는 '가깝다'고요. 한 명의 범인이 혼자 실행할 수 있어요."

쓰즈키가 어이없다는 듯이 고타로를 보았다.

"그렇다 해도, 범인과 피해자가 대화를 나눴다면 컴퓨터나 휴대전화에 흔적이 남을 텐데?"

"그런 건 충분히 지울 수 있어요. 범인에게 기술과 프로그램만

있으면 원격으로 조작해서요."

쓰즈키가 뭐라고 말하려다 입을 다물었다. 그리고 고타로에게 조용히 하라는 손짓을 했다. 얼굴은 그대로 둔 채 눈알만 움직여 사다리 위, 뚜껑을 보았다.

고타로도 따라 했다. 그리고 속삭였다. "왜요?"

"움직였어." 쓰즈키도 속삭였다. "뭔가가 움직였어. 위를 지나갔어."

한순간 숨을 멈추었던 고타로가 사다리를 잡고 일어섰다. "보고 올게요."

"내가 갈게."

"쓰즈키 씨는 몸놀림이 느리잖아요."

쇠지레를 움켜쥐고 사다리에 발을 올렸다.

"그건 두고 가."

"만약에 대비해서요."

신중하게 뚜껑을 밀어올렸다. 밖은 아직 밤이다. 하지만 아침 기운이 조금 섞여 있었다. 오전 다섯시가 지났다.

옥상에는 아무도 없었다. 여전히 가고일 파편이 널브러져 있을 뿐이다. 바람이 세차게 불었다.

고타로는 뚜껑을 열고 옥상으로 몸을 반쯤 내밀었다. 내친김에 과감하게 사다리 위로 올라갔다. 뚜껑 옆에 섰다. 긴장으로 몸이 굳었다.

주위를 빙 둘러보았다. 이상 없음. 북풍만 휭휭 불고 있다. 이런 시간에도 켜져 있는 네온사인이 빛바래 보이는 것은 밤의 어둠이 물러가고 있기 때문일까.

쓰즈키가 뚜껑 사이로 고개를 내밀고 고타로를 올려다보았다.

"이봐, 빨리 내려와."

"괜찮아요. 아무도 없어요."

"하지만—"

말하다 말고 쓰즈키의 눈이 휘둥그레졌다. 입이 벌어졌다. 새파랗게 질린 얼굴로 고타로를 쳐다보았다.

아니다. 고타로를 쳐다보는 것이 아니다. 고타로 뒤쪽을 올려다보고 있다.

천천히, 목 관절에서 삐걱대는 소리가 들릴 만큼 천천히 고타로는 뒤를 돌아보았다.

3장

'테두리'와 전사

1

마나가 그린 그 그림이 눈앞에 있었다.

그러나 이것은 그림이 아니다. 현실이다. 2차원이 아니라 3차원 입체다.

그것은 날아내려왔다.

뒤돌아보았을 때는 발이 고타로의 머리보다 높은 곳에 있었다. 펼쳐진 두 날개가 올려다보는 고타로의 시야를 뒤덮었다. 날개 한쪽 끝에서 다른 쪽 끝까지 4미터가 넘어 보였다.

크다. 키가 크다. 2미터, 아니, 더 큰가.

북풍과는 다른 바람이 위에서 불었다. 그 바람이 고타로의 얼굴을 정통으로 때렸다. 날갯짓이 만들어낸 바람이다. 그것은 한 쌍의 날개를 펄럭여 생긴 부력으로 정지비행을 하며 내려왔다. 슬로모션. 일부러 느릿하게.

두 눈동자가 고타로를 내려다보았다. 고타로는 마비된 것처럼 옴짝달싹할 수 없었다.

이어서 이 상황에 가장 어울리지 않을 감정을 느꼈다.

아름답다.

날갯짓하며 내려오는 그것은 분명 여자의 모습이었다.

마나의 묘사는 정확했다. 관찰력이 좋은 아이다. 날개 달린 여자는 머리가 길었다. 큰 키에도 허리까지 내려올 만큼 긴 흑발이다. 바람에 나부꼈다.

등에 달린 날개도 검다. 까마귀 날개 같다. 흑요석처럼 그윽하게 빛났다.

그와 대조적으로 살결은 희다. 그야말로 투명할 정도다. 다만 드러난 양팔과 오른쪽 어깨에 정교한 문양이 그려져 있었다. 문신인가. 당초무늬처럼 복잡한 곡선이 하얀 피부를 빈틈없이 덮고 있다.

제일 처음 떠오른 말은 '전사'였다. 영락없이 그런 옷차림이었다. 판타지 영화나 게임에 등장하는 여전사. 가죽조끼, 가죽바지, 무릎까지 올라오는 튼튼한 부츠, 어깨에서 다른 쪽 겨드랑이로 비스듬히 걸친 널찍한 끈. 금속이 박힌 투박한 벨트.

모두 검정 일색이다. 장식 같은 것은 없다. 길이 잘 든 가죽에 생긴 희미한 주름만 무슨 무늬처럼 보였다.

사람은 너무 놀라면 웃는다. 고타로도 웃었다. 입을 벌리고, 두 눈을 둥그렇게 뜨고서, 하지만 소리는 없이.

여자의 얼굴에는 표정이 없었다. 눈도 깜박이지 않았다. 검은 눈동자로 고타로를 내려다보았다. 고타로도 빨려들듯이 그 눈동자를 쳐다보았다.

말이 나오지 않았다. 꼼짝도 할 수 없었다. 호흡조차 멈췄다.

여자의 두 발이 옥상에 닿았다. 날개가 마지막으로 한 번 펄럭이고 움직임을 멈추었다. 내려설 때 양 무릎을 가볍게 구부렸다. 그 동작이 그녀가 살아 있는 생물임을 뒷받침해주었다.

여자가 오른팔을 재빠르게 움직였다. 어깻부들기로 올라간 손이 뭔가를 붙잡았다. 고타로는 공기를 가르는 소리를 들었다. 다음 순간 옆으로 쓰러졌다. 탑 모양 옥상의 가장자리를 둘러싼 나지막한 벽까지 날아가서 어깨를 세게 부딪혔다.

금속음이 쨍 울려퍼지고 불꽃이 튀었다.

이 초쯤 기절했는지도 모르겠다. 정신을 차리자 고타로는 머리와 양어깨를 옥상 벽에 기대고 팔다리를 아무렇게나 내팽개친 채 뻗어 있었다. 부자연스러운 자세라 목덜미가 아팠다. 하지만 몸이 움직이지 않았다.

목 오른쪽 벽에 날카로운 칼날이 박혀 있었다. 고타로의 팔보다 긴 초승달 모양 날. 튼튼해 보이는 자루가 달려 있다. 날과 자루가 이어지는 부분에는 가죽끈이 단단히 감겨 있었다.

—낫이다.

쓰즈키가 말했었다. 사이스. 사신의 무기. 여자는 오른손 하나로 그것을 다루어 고타로를 제압한 것이다.

쓰즈키는 뚜껑 사이로 얼굴을 내밀고 있었다. 그 상태로 얼어붙었다. 놀랐기 때문만은 아니다. 그도 제압당했다. 여자는 아저씨 얼굴 정면에 손가락을 들이대고 있었다. 정확하게는 양손에 낀 검은색 가죽보호대의 손가락 위치에 튀어나온 송곳 같은 것을 들이대고 있었다.

어디선가 희미하게 빛이 비쳤다. 낫의 날과 보호대에서 튀어나온 송곳 끄트머리가 그 빛을 반사했다.

여자는 고타로의 얼굴을 응시하며 고개를 기웃했다. 핥는 듯한 시선이 느껴졌다.

이형異形의 존재다. 괴물이다. 그런데 여자다. 눈이 휘둥그레질 만큼 아름답다. 그리고 몸집이 크다. 신화에 등장하는 거인족 전사가 분명 이런 모습이었으리라.

여자가 색이 없는 입술을 움직여 말했다. "—누구냐."

이쪽이야말로 묻고 싶은 말이다.

고타로는 목소리가 나오지 않았다. 입을 움직일 수도 없었다. 눈을 계속 부릅뜨고 있어서 눈물이 났다. 옴짝달싹할 수 없는데 몸이 떨렸다. 더이상 웃음이 나오지 않았다. 추위와 공포로 뼛속까지 덜덜 떨렸다.

여자와 눈이 마주쳤다. 저 눈동자. 뭔가 이상하다. 잘 모르겠지만 위화감이 있다.

여자가 고개를 기울인 채 다시 물었다. "너희는 누구냐."

일본어다. 이 여자는 우리 말을 이해한다. 할 줄도 안다.

목소리가 신비롭게 울려퍼졌다. 여자가 질문한 뒤에는 소리굽쇠가 진동하는 듯한 울림이 남았다. 그 진동이 귓속이 아니라 몸속 깊은 곳으로 전해져왔다. 정확히 심장 한가운데로. 그리고 그곳에 머무르며 고타로의 몸속에 새로운 공명을 일으켜 동심원 모양으로 퍼져나갔다.

스캔하고 있다.

바로 깨달았다. 설명 없이도 알 수 있었다. 탐색하고 있다.

"……어린애야."

쓰즈키 목소리였다. 사다리를 붙잡은 채 옥상으로 내민 얼굴이 창백했다. 목소리도 갈라졌다.

"걔는 아직 어린애야. 난폭한 짓은 삼가주었으면 하는데."

여자의 질문에 대답하는 것이다.

여자는 자세를 그대로 유지한 채 고개만 돌려 쓰즈키를 내려다보았다.

"—올라와."

그 순간 쓰즈키가 부들부들 떠는 것을 알 수 있었다.

"양손을 보여라."

고타로는 그저 어리벙벙했지만, 쓰즈키는 여자의 의도를 이해한 모양이었다.

"알았어. 무기는 없다."

쓰즈키가 금속 사다리를 올라오는지 신발 밑창이 찍 미끄러지는 소리가 들렸다. 아저씨는 다리가 불편하다. 이 상황인데도 그런 생각이 들었다. 무사히 올라올 수 있으려나.

쓰즈키가 사다리를 다 올라왔다. 뚜껑 옆에 무릎을 꿇고 괴로운 듯이 숨을 몰아쉬었다. 그 상태로 양손을 들어 손바닥을 보여주고는 머리 뒤에 깍지를 꼈다. 여자는 그동안 미동도 없이 가죽 보호대의 송곳을 쓰즈키에게 겨누고 있었다.

"나도 질문해도 될까?"

쓰즈키는 여전히 창백한 얼굴로 헐떡이며 목소리를 쥐어짰다.

"당신은 누구지?"

대답은 없었다. 쓰즈키와 여자와 고타로. 누구도 움직이지 않았다. 아무 도움도 못 된 쇠지레가 엉뚱한 데서 뒹굴고 있었다.

칠흑 같은 날개가 소리 없이 접혀 여자의 등으로 모였다. 그와 동시에 여자는 쓰즈키에게 들이대고 있던 오른손을 내렸다. 보호대의 송곳이 안으로 쑥 들어갔다.

고타로는 여전히 옴짝달싹 못했다. 온몸이 얼어붙었는데도 낫의 날이 바짝 다가붙은 목 오른쪽이 한층 차갑게 느껴졌다.

여자가 쓰즈키에게 말했다.

"미안하다."

다른 어떤 말보다 의외였다.

사과한 건가.

"난 이 '영역'의 존재가 아니야. 목적을 이루면 바로 떠나겠다."

그리고 다시 한번 미안하다고 말했다.

여자가 말할 때마다 여전히 신비로운 울림이 남았다. 하지만 이제 탐색하는 듯한 느낌은 들지 않았다.

고타로 같은 인간으로서는 그 목소리를 낮다든가 높다든가, 부드럽다든가 탁하든가 하는 식으로 표현하기 힘들었다. 여자 목소리로 들리지만 금속 같은 무기물의 질감도 느껴졌다. 바람소리처럼 자연현상의 일부 같기도 했다.

"영역이 뭐지?"

쓰즈키의 표정은 여전히 딱딱했다. 하지만 목소리는 다소 차분함을 되찾았다.

“세계를 뜻한다.”

“이 세계?”

목이 부러질 것 같은 자세였지만 고타로도 겨우 소리내어 두 사람의 대화에 끼어들었다.

“우리가 사는 이 세계?”

여자가 다시 이쪽으로 얼굴을 돌렸다. 고타로는 숨을 삼켰다. 역시 아름답다. 미인이라는 말로는 형용할 수 없다. 일상과 동떨어진 자연의 조형물에서 접할 수 있는 아름다움. 예를 들면 은하수 저편에서 빛나는 성운 같다고나 할까.

어깨를 살짝 흔드는가 싶더니 여자가 벽에 박힌 낫을 뽑았다. 긴 낫자루를 힘도 들이지 않고 빙글 돌려서 바람이 채 가라앉기도 전에 등에 멨다. 허리의 벨트에 고정한 걸까. 초승달 모양의 시퍼런 날이 여자의 머리 위에서 차갑게 빛났다.

그리고 이쪽으로 한 발짝 다가왔다. 성큼 걸음을 떼어놓자 거리가 확 좁아졌다. 여자의 장비에서 금속끼리 부딪치는 소리가 났다. 여자는 고타로에게 몸을 구부렸다. 나중에 생각할 때마다 한심하고 창피해서 쥐구멍에 숨고 싶은 기억인데, 이때 고타로는 하마터면 오줌을 지릴 뻔했다.

여자는 보호대를 낀 손을 고타로에게 내밀었다. 물론 송곳은 튀어나오지 않았다.

마치 악수를 청하듯이 손을 내민 채 가만있었다. 고타로는 거의 드러누운 자세로 그 얼굴을 올려다보았다.

그리고 알아챘다. 여자의 눈동자에서 느껴진 위화감의 정체를.

왼눈. 눈동자가 두 개다. 초등학교 교과서에서 집합 개념을 설명하는 그림처럼, 옆으로 늘어선 동그라미 두 개의 가장자리가 조금 겹쳐 있었다.

"일어설 수 있겠나?"

커다란 손이다. 고타로 손보다 두 배는 크다. 송곳이 장착된 보호대가 두툼했다.

하지만 손가락은 희고 가늘게 쭉 뻗었고 손톱 모양도 반듯했다. 여자의 손과 손가락이다.

고타로는 이가 딱딱 부딪칠 만큼 몸을 떨면서 여자의 얼굴에서 눈을 떼지 못한 채 숨을 멈추고 오른손을 들어 맞잡았다.

일으켜세운 것이 다가 아니었다. 여자는 고타로를 들어올려 가볍게 내던지듯 쓰즈키 옆으로 옮겨주었다. 쓰즈키는 고타로를 받아주려다가 결국 한데 쓰러지고 말았다.

"이런."

여자가 짧게 소리쳤다. 매우 인간적인 반응이었다. 웃음이 나올 만큼 자연스럽고 인간적이다. 날개, 2미터가 넘는 키, 괴력,

게다가 무장까지 한 여자. 하지만 인간답다.

필요하지도 급하지도 않은 의문이 고타로의 머릿속을 스쳤다. 이 여자는 웃을 줄 알까.

여자의 표정에는 변화가 없었다. 가면처럼 보이기도 한다. 여자는 예의 신비롭게 울려퍼지는 목소리로 다시 말했다.

"그렇군. 너희는 '테두리'를 모르는군."

서로 부축하며 일어서서 딱 붙어 있던 고타로와 쓰즈키는 얼굴을 마주보았다가 키 큰 여자를 올려다보았다.

"테두리? 그건 또 뭐야? 무슨 이야기인지 통 모르겠어."

말은 통하는데, 하고 쓰즈키가 답답하다는 듯이 내뱉었다.

"모르면 됐다."

여자는 그렇게 말하고 고개를 돌려 차통빌딩을 둘러싼 거리를 바라보았다.

"소란을 피워 미안하다. 난 여기를 떠날 거야. 슬슬 다른 곳에 근거지를 만들 생각이었어."

또 사과했다. 사과하는 목소리의 울림은 다른 말을 할 때와 조금 다르다. 매끄러워서 더 편안하다.

그렇다, 여자의 목소리가 빚어내는 울림은 불쾌하지 않다. 오히려 맑고 편하다. 나뭇잎 사이로 비치는 따스한 햇살과 여름철 해질녘에 부는 시원한 바람을 소리로 바꾸어 마음에 들려주면 이런 기분이지 않을까.

"근거지를 만들어서 뭘 하려고?"

쓰즈키가 물었다. 방심의 빛 하나 없이 엄격한 얼굴과 말투였다. 고타로는 놀랐다. 아저씨는 이 울림이 느껴지지 않는 걸까.

"최근 이 부근에서 노인이 행방불명됐어. 모습을 감추어서 어디 있는지 알 수 없다는 뜻이야. 뭐 짚이는 구석 없나?"

상대가 무기를 거두었다고 바로 저렇게 물을 일인가.

"젊은 남자도 한 명 사라졌어. 이애 정도 나이야."

쓰즈키는 여자에게서 시선을 떼지 않고 고타로의 어깨를 잡았다. 기죽지 않았다. 용의자를 추궁하는 형사의 눈이다.

"당신은 여기서 뭘 하는 거지? 아까 '목적'이라고 했는데, 무슨 목적으로 여기 있는 거야?"

여자는 두 사람을 내려다보며 가볍게 머리를 흔들었다. 얼굴로 내려온 머리카락을 걷어낸 것이다.

손질하기 귀찮고 끝이 갈라진다고 불평하면서도, 가즈미와 미카는 머리카락을 자르지 않고 계속 기른다. 그리고 둘 다 지금 여자가 그런 것처럼 곧잘 머리를 흔든다.

여자는 또다시 인간다운, 인간 여자다운 모습을 보였다.

"미안하다."

고타로가 듣기에 이번에는 사과한 게 아니라, 그 질문에는 대답할 수 없고 대답할 필요도 없다는 뜻을 요약한 것 같았다.

"너희 둘, 나와 만난 일은 잊어버리는 게 나을 것이다."

"그렇게는 안 되지."

몸을 내미는 쓰즈키의 팔을 붙잡고 고타로가 입을 열었다. "사라진 사람은 제 친구 모리나가라는 사람이에요."

여자가 처음으로 눈을 깜박였다. 오른쪽은 하나, 왼쪽은 둘인 검은 눈동자가 흔들렸다.

"성실하고 착한 사람이에요. 그런데 갑자기 행방불명이라 걱정돼서, 그래서—"

그때.

여자의 머리 위로 튀어나온 낫이 빛났다. 초승달 모양의 시퍼런 날이 번쩍였다.

동이 튼 것은 아니다. 하늘은 아직 어둡다. 여명의 빛이 비치려면 아직 멀었다. 동쪽 하늘 끄트머리가, 두툼한 어둠의 천막이 약간 느슨해진 듯 희붐해졌을 뿐이다.

그 빛은, 그 움직임은, 시퍼런 날 안쪽에서 일었다. 날 안쪽에서 뭔가가 움직이고 있었다.

고타로는 깜짝 놀라 눈을 부릅떴다. 반사적으로 쓰즈키의 팔을 잡은 손에 힘이 들어가서 아저씨가 윽 하고 신음했다.

저건 모리나가다. 모리나가의 눈이 낫의 날 안쪽에서 이쪽을 보았다. 익숙한 얼굴이다. 틀림없다.

"모리나가 씨!"

고타로의 입에서 스스로도 놀랄 만큼 날카롭고 높은 목소리가 튀어나왔다.

낫 안쪽에 있는 모리나가의 두 눈. 마치 초승달 모양 창문 너머에서 이쪽을 바라보는 것 같다. 그 눈이 고타로의 외침에 반응했다. 곧 눈을 깜박이더니 옆으로 움직여 사라졌다. 마치 달아나듯이.

"모리나가 씨!"

고타로는 다시 한번 외치며 여자에게 돌진했다. 여자는 아까 착지했을 때처럼 무릎을 살짝 구부렸다가 훌쩍 뛰어올라 옥상 가장자리에 내려서며 거리를 벌렸다. 고타로는 앞으로 고꾸라지며 콘크리트 바닥에 얼굴을 찧었다.

버둥거리며 상반신을 일으켰다. 믿기지 않는 광경이 눈에 들어왔다. 이번에는 다른 한 쌍의 눈이 낫이라는 '창' 너머에 나타났다. 누군지는 모르겠다. 다시 금방 사라졌다. 저건 뭐지. 도대체 뭐냐고.

고타로는 엎드린 채 쓰즈키에게 고개를 돌려 외쳤다.

"보셨어요? 방금 그거 보셨느냐고요?"

봤어, 쓰즈키가 신음하듯 목소리를 쥐어짜내 대답했다.

“사람 얼굴이었어. 그게 모리나가 군이냐?”

“맞아요!”

“이봐, 그 사람한테 무슨 짓을 한 거야?”

쓰즈키는 여자에게 고함을 지르며 일어서려다가 엉거주춤 멈췄다.

여자는 옥상 가장자리 벽 위에 서 있었다. 폭이 15센티미터 정도밖에 되지 않는데 아주 편해 보였다. 그곳에서 쓰즈키와 고타로를 내려다보았다.

오른눈에 하나, 왼눈에 둘. 현실에 존재할 수 없는 세 개의 눈동자에 희미하게 감정이 깃들었다. 연민인가. 우리 둘 다 제대로 일어서지도 못한 채 여자의 눈길 아래 놓여 있다. 그래서 그렇게 느껴지는 것뿐인가.

“난 사정이 있어서 이 영역에서 힘을 모으고 있다.”

진동하는 목소리. 다시 심장에 울려퍼진다. 여자는 어린아이에게 어려운 내용을 설명하듯이 한마디 한마디 똑똑히 발음했다. 그때마다 울림이 퍼져나갔다.

“동포를 걱정하는 네 마음은 이해해. 미안하다. 하지만 그들의 목숨을 베어낸 건 아니야.”

죽이지는 않았다는 뜻일까.

“모리나가 씨에게 무슨 짓을 한 거야? 이노 씨도 거기 있어?

너의…… 그 낫 속에."

살아 있는 인간이 무기 속에 갇히다니, 가능한 일일까?

"아무것도 묻지 마라."

여자는 천천히 고개를 저었다.

"나를 쫓지 마라."

이번에는 쓰즈키를 향해 말했다.

"너는 이 영역의 죄를 낚아올리는 자군."

쓰즈키가 벙한 표정을 지었다.

"무슨 뜻이야?" 고타로가 물었다. 이 여자는 아저씨가 형사였다는 걸 아나?

여자가 쓰즈키에게 말했다. "하지만 더럽고 탁한 죄악의 물결이 밀려오는 해변에서 물러난 지 오래야. 너는 늙고 병들었다."

쓰즈키는 다시 무릎을 꿇었지만, 채 몸을 지탱하지 못해 콘크리트 바닥에 손을 짚었다. 밑을 보고 숨을 헐떡이며 괴로운 듯이 한 손으로 왼쪽 가슴을 눌렀다. 손가락에 힘을 주어 꽉 붙잡듯이.

"하지 마! 그만둬."

고타로는 여자에게 덤벼들려고 했다. 무릎에 힘이 들어가지 않았다. 여자는 가볍게 벽을 박차고 뛰어올라 다시 거리를 벌렸다. 쓰즈키가 몸을 구부린 채 고개만 들어 여자를 눈으로 좇았다. 호흡이 거칠었다.

"늙은 어부여, 너는 분별력이 있을 테지. 나를 쫓지 마라. 이 아이도 나를 쫓지 못하게 하고."

여자는 손가락을 뻗어 고타로를 가리키면서 '이 아이'라고 말했다.

"나는 이 영역에 사는 자들의 목숨을 베러 온 것이 아니다. 그게 목적이 아니야. 하지만 너희가 나를 쫓아와서 방해한다면, 그때는 벨 수밖에 없다."

베다. 그 말만 듣고도 고타로는 미묘한 어감의 차이를 심장으로 느끼고 구분할 수 있었다. 사냥하는 것이 아니다. 베는 것이다. 저 커다란 낫을 휘둘러 풀을 베어내듯이.

"나는."

주저하듯이 잠깐 뜸을 들이다가 여자는 말을 이었다.

"말이라는 정령이 태어나는 영역에서 왔다. 너희가 귀로 동포의 목소리를 듣고 눈으로 얼굴과 모습을 분간하듯이, 나는 너희의 말을 분간할 수 있다. 말의 흐름을 읽어 너희를 찾아낼 것이다. 아무리 멀리 떨어져 있어도, 어디 숨어 있어도."

고타로의 머리가 허무하게 헛돌았다. 제 심장이 뛰는 소리가 너무 시끄러워 집중할 수가 없었다. 이 여자가 무슨 소리를 하는 거지?

"테두리에 사는 자는 모두 말의 집적체다. 말의 정령이 낳은

갓난아이다."

무슨 소리지. 이해가 안 된다.

"너희가 나를 쫓는다면 나는 알 수 있다. 너희가 나를 방해하려 한다면 나는 알 수 있다."

너희의 말을 읽고, 거슬러올라가, 더듬어서 찾아낼 것이다.

"그리고 베어내겠다. 나는 전사다. 막아서는 자는 쓰러뜨려야 하지."

여자의 목소리에 호응하듯이 낫이 차가운 빛을 뿜었다.

"나를 쫓지 마라."

미안하다—또 그렇게 중얼거렸다. 지금까지 몇 번이나 사과한 걸까.

"아, 알았어."

쓰즈키가 대답했다. 꽉 눌린 목소리. 얼굴은 흙빛이다. 산소 결핍이다. 여전히 왼손으로 가슴을 움켜쥐고 있었다. 제 손으로 심장을 꺼내기라도 하려는 듯이.

"알았어. 약속하지. 널 쫓지 않겠다. 아무에게도 말 안 할게."

여자가 가볍게 턱을 움직여 바람에 눈가로 흘러내린 흑발을 넘겼다. 동시에 쓰즈키가 콜록거리며 마구 숨을 들이쉬었다. 마치 물에 빠졌다가 건져진 것처럼.

"죄를 너무 많이 모았구나, 늙은이여."

여자가 쓰즈키 옆에 사뿐히 내려섰다. 무릎을 꿇고 엎드린 쓰즈키에게 가죽보호대를 낀 오른손을 내밀었다.

"약정의 증표로 편하게 해주마."

그 손으로 쓰즈키의 머리를 잡으려고 했다.

고타로는 온몸의 피가 끓어올랐다. 순간적으로 상상도 못했던 힘이 솟았다. 말은 나오지 않았다. 그저 야수처럼 울부짖으며 여자에게 덤벼들었다.

여자가 왼손으로 고타로를 제지했다. 손이 닿지도 않았는데 고타로는 제자리에 굳어버렸다. 물리법칙을 거스르는 부자연스러운 자세로 공중에 못박힌 듯 멈추고 말았다.

여자가 오른손을 쓰즈키의 머리에 얹었다. 커다란 손바닥이 뒤통수에서 이마까지 감쌌다. 희고 가늘고 긴 손가락.

여자가 입술을 달싹이자 진동하는 목소리가 노랫가락처럼 흘러나왔다.

"내 이름은 가라. 말의 정령을 섬기고, 시원始原의 대종루 세번째 기둥을 수호하는 전사다. 그 이름과 명예를 걸고 너를 정화하노라."

아저씨가 죽는다. 머리가 뭉개진다. 목이 부러진다—

커질 대로 커진 고타로의 눈에 눈물이 차올랐다. 손가락 하나 까딱할 수 없는데 어째서인지 눈물만 뺨을 타고 흘러내렸다.

여자가 다시 입술을 달싹였다. 이번에는 알아들을 수 없었다. 쓰즈키에게 말을 건 것 같았다.

여자의 손이 쓰즈키의 머리를 쓰다듬었다.

쓰즈키가 고개를 푹 숙였다. 그리고 웅크린 채 쓰러졌다.

"쓰즈키 씨!"

소리쳤다. 목소리가 나왔다. 몸이 다시 자유로워졌다.

여자가 갑자기 등의 날개를 펼쳤다. 칠흑 같은 날개가 고타로의 시야를 뒤덮었다.

날개가 펄럭였다. 바람이 일었다. 여자는 쓰러진 쓰즈키와 고타로의 눈앞에서 날개를 몸에 휘감았다가 다시 펼치면서 쏜살같이 날아올랐다. 칠흑 같은 날개 끄트머리가 아슬아슬하게 코끝을 스친 다음 순간, 고타로의 몸이 붕 떠올랐다.

아프다.

어디라고 할 것 없이 온몸이 아프다. 그리고 춥다. 완전히 꽁꽁 얼었다.

고타로는 옥상 구석에 처박혀 있었다. 모로 누워 몸을 둥글게 말고서 왼쪽 얼굴을 콘크리트 바닥에 찰싹 붙이고 있었다.

몸을 일으키려고 하자 구역질이 났다. 손을 움직이니 신경을 찌르는 듯한 통증이 밀려왔다.

뚜껑 바로 옆에 쓰즈키가 쓰러져 있었다. 무릎을 꿇고 상반신을 앞으로 구부린 채. 마치 땅에 머리를 조아린 듯한 자세였다.

고타로는 앓는 소리를 내며 몸을 일으켰다. 다리가 움직이지 않았다. 무릎을 구부리고 일어서려다가 푹 엎어지고 말았다. 그 상태에서 두 팔꿈치로 엉금엉금 기듯이 쓰즈키에게 다가갔다.

하늘이 희미하게 밝아왔다.

쓰즈키의 얼굴이 보이지 않았다. 귓불까지 핏기가 가셨다.

"……쓰즈키 씨."

손을 뻗어 쓰즈키의 어깨를 잡았다. 흔들려고 했지만 힘이 들어가지 않았다.

"쓰즈키 씨, 살아 계세요?"

틀렸다. 죽었다. 그 괴물에게 살해당했다.

갑자기 쓰즈키가 몸을 움찔했다. 전기충격을 받은 것처럼 튀어오르더니 상체를 일으켰다. 땅에 머리를 조아리다가 무릎을 꿇고 앉은 자세가 됐다. 정신없이 눈을 깜박거렸다. 그 눈에 새빨갛게 핏발이 섰다. 아무래도 핏줄이 터진 모양이었다.

"쓰즈키 씨."

누가 때리기라도 한 것처럼 또 몸을 움찔하더니 쓰즈키는 고타로에게 눈을 돌렸다.

"……미시마 군."

둘이서 그저 얼굴만 마주보았다.

"괜찮아?"

쓰즈키는 겨우 몸을 어색하게 움직여 고타로를 안아 일으키려고 했다.

"쓰, 쓰즈키 씨야말로 괜찮으세요?"

살아 있다. 숨을 쉬고, 움직이고, 말을 한다.

—편하게 해주마.

그 말은 죽이겠다는 뜻이 아니었구나.

"얼굴 꼴이 말이 아니군. 이봐, 어디 부러지지는 않았어?"

쓰즈키의 부축을 받아 고타로도 몸을 일으켰다.

"무턱대고 움직이지 마. 앉아. 앉아서 천천히 숨을 쉬어."

시키는 대로 하자 가슴 오른쪽이 아팠다. 뺨이 따끔했다. 만져보니 피가 났다. 바닥에 쓸려서 까진 모양이었다.

서로의 얼굴이 잘 보였다. 날이 샜다. 신주쿠 거리에 한겨울 아침이 왔다.

"움직일 수 있겠어?"

고타로는 양손으로 신중하게 몸을 더듬어보았다. 발목을 구부렸다가 폈다. 아팠다. 온몸 여기저기 안 아픈 곳이 없었지만 단순한 타박상인 듯했다. 참지 못할 정도는 아니다.

"네."

"그럼 일단 아래로 내려가자."

하지만 정작 쓰즈키가 다리를 쓰지 못했다.

"저리군. 젠장, 드디어 완전히 고장났나."

"저를 붙잡으세요. 손가락에 힘은 들어가세요?"

"그럭저럭."

"사다리를 내려가야 해요."

고타로가 돕는다고 도왔지만 결국 쓰즈키는 팔 힘만으로 사다리를 내려갔다. 반쯤은 떨어지는 것이나 다를 바 없었다. 쓰즈키는 종이상자에 누워 또 한동안 꼼짝 못하고 끙끙 앓았다.

"구급차를 부를게요."

"잠깐. 일단 여기서 나간 다음에."

"하지만."

"어깨 좀 빌려줘. 천천히 내려가자. 너도 발밑 조심하고. 같이 계단에서 굴러떨어졌다가는 웃음거리도 못 될 테니까."

그나마 쓰즈키를 둘러업고 4층까지 올라가는 것이 아니라서 다행이었다.

"미안한데, 짐도 부탁해. 그동안 난 생각 좀 정리할게."

뭘 어떻게 정리하겠다는 거지.

고타로가 백팩을 메고 쓰즈키의 가방을 들고 내려오자, 쓰즈키는 1층 계단 아래서 머리를 감싸쥐고 있었다.

"괜찮으세요?"

묻는 말에는 대답도 없이 쓰즈키는 눈에 힘을 주고 고타로를 바라보았다.

"넌 나와 만난 적이 없어. 알겠지?"

조급하게 서두는 말투였다.

"넌 어젯밤 여기 없었어."

"무슨 말씀이세요. 아무것도 기억 안 나시는 거예요?"

"기억나. 그러니까 말하는 거야. 너야말로 그 괴물의 말을 잊었어?"

나를 쫓지 마라.

"그건 경고야. 아니, 그 녀석은 '약정'이라고 했지만."

"시키는 대로 하시겠다는 건가요?"

"일단 지금은 따르는 수밖에."

쓰즈키의 새빨개진 흰자위에 눈물 같은 것이 맺혔다.

"미안하다. 어젯밤 널 쫓아보냈어야 했는데."

"그게 무슨……"

"하지만 이렇게 된 이상 어쩔 수 없지. 알겠어? 잘 들어."

쓰즈키는 뜻밖에 강한 힘으로 고타로의 손목을 잡았다.

"어젯밤 일은 아무에게도 말하지 마. 난 입다물 거야. 너도 입다물고 있어."

"하지만 모리나가 씨가."

"경찰에 맡겨. 넌 손떼."

쓰즈키는 고타로가 아니라 자기 자신을 타이르는 것 같았다.

"쓰즈키 씨, 겁먹으신 거예요?"

전직 형사 아저씨는 자포자기한 듯이 소리내어 웃었다.

"그래! 그런 괴물을 보고 이런 꼴을 당했는데 겁나지 않을 놈이 어디 있겠어?"

"저는 싫어요."

"싫어도 지금은 내 말대로 해. 다른 방법이 없어. 이런 이야기를 남에게 해봤자 아무도 믿어주지 않아. 오히려 일이 꼬일 뿐이라고."

한차례 눈싸움을 벌였다. 나이와 경험이 아니라 기백과 설득력에서 고타로가 졌다.

"내 가방만 정문 앞으로 옮겨줘. 그다음은 알아서 할게. 의심받지 않을 만한 거리에서 구급차를 부를 거야. 너는 가라. 바로 가."

그 말에 고타로는 간신히 저항할 방도를 찾았다.

"휴대전화는 잘 가지고 계세요?"

쓰즈키는 다운재킷 호주머니를 뒤졌다. "여기 있군. 이걸로 119에 신고할게."

고타로는 쓰즈키가 꺼낸 휴대전화를 낚아챘다. 쓰즈키의 눈이 등잔만해졌다.

"무슨 짓이야?"

"적외선통신 쓰려고요."

고타로는 자기 휴대전화를 꺼냈다.

"나중에 연락하기로 해요. 전 이렇게 끝낼 생각 없으니까요."

"건방진 녀석이군."

"네, 그럼요."

조작을 끝내고 고타로는 자기 휴대전화를 집어넣었다. 쓰즈키의 휴대전화를 쥔 채 그의 얼굴을 바라보았다.

"왜? 또 뭐가 남았어?"

"쓰즈키 씨, 괜찮으세요?"

"괜찮기는. 걷지를 못하겠는데."

그런 의미가 아니다.

—아저씨, 어디 이상해진 곳은 없나?

옥상에서 가라라는 이름의 전사는 이렇게 말했다. 죄를 너무 많이 모았구나, 늙은이여. 편하게 해주마. 쓰즈키의 머리에 손을 얹고 '정화하노라'라고도 말했다.

그건 무슨 뜻이었을까. 가라는 쓰즈키에게 뭘 어떻게 한 걸까.

겉보기에는 아무 변화도 없다. 아무래도 머리, 혹은 마음속을 건드린 것 같지만 기억이 사라지거나 변질되지는 않은 모양이다.

아저씨, 무슨 짓을 당한 거지?

"내 휴대전화 돌려줘. 그리고 냉큼 돌아가."

쓰즈키가 안달했다. 고타로는 몸을 뒤로 물리고 빈손을 쓰즈키 앞에 내밀었다.

"열쇠 주세요."

"뭐?"

"여기 통용문 열쇠요. 가지고 계시잖아요."

쓰즈키는 기가 막힌다는 듯 눈을 끔벅였다. "그걸 어쩌려고?"

"제가 보관할게요."

"그럴 필요 없어. 어서 휴대전화나 내놔."

"열쇠랑 교환해요."

쓰즈키의 얼굴에 시선을 고정한 채 고타로는 일부러 휴대전화를 든 손을 멀리 뻗었다.

"열쇠 주세요."

쓰즈키는 화난 표정으로 콧김을 한 번 내뿜고 바지 호주머니에서 반짝이는 딤플키를 꺼냈다.

"이제 쓸모없을 텐데."

"그야 모르죠."

열쇠와 휴대전화를 교환한 후 고타로가 백팩을 메고 일어서자 쓰즈키가 매달리듯 불러세웠다.

"그 괴물을 쫓아가면 안 돼. 쫓지 말라는 말 들었지?"

대답 없이 통용문으로 향했다. 종종걸음치자 오른쪽 발목이 욱신거렸다.

"그건 우리가 어떻게 할 수 있는 상대가 아니야."

쓰즈키가 갈라진 목소리로 외쳤다.

"혼자서 엉뚱한 짓 하지 마라!"

어깨로 문을 밀었다. 신선한 아침햇살이 차통빌딩 1층 로비에 비쳐들었다.

"쓰즈키 씨도 빨리 밖으로 나오세요."

고개를 돌려 그렇게 말하고 고타로는 차통빌딩을 벗어났다. 아픈 오른발을 조심하면서 최대한 빨리 길로 나섰다.

통용문 열쇠를 꽉 움켜쥐었다. 그 감촉이 어젯밤 일어난 일의 유일한 물증처럼 느껴졌다.

2

다음날은 하루종일 생각을 하지 않으려 애썼다.

그러기는 쉬웠다. 하지만 불쑥 떠오르는 생각을 막기는 어려웠다. 눈을 감지 않아도 현실에서 조금만 한눈을 팔면 머릿속에 새겨진 그때 광경이 보였다. 칠흑 같은 날개를 단 전사의 목소리가 신비로운 울림과 함께 귓속뿐 아니라 온몸에 되살아났다.

그때마다 확신했다. 그건 현실이었다. 환각을 본 것이 아니다. 전사는 분명히 존재했다. 그리고 그녀의 낫 속에는 모리나가가 갇혀 있었다.

아무리 거짓말 같고 믿기 어려워도 차통빌딩에서 겪은 일은 사실이다. 스스로를 속일 수는 없고, 머리가 이상해진 것도 아니다.

마음을 정하자 고타로는 조사에 열을 올렸다. 수업을 빼먹고 아르바이트도 쉬겠다고 연락하고는 제 방에 틀어박혔다. 컴퓨터에 달라붙었다. 검색, 검색, 또 검색.

가라라는 이름 혹은 명칭의 검색 결과는 너무 많았다. '날개 달린 사람'도 판타지 소설에 흔한 탓인지 역시 정보가 너무 많았다.

그렇다면 '테두리'는 어떨까. 매우 평범한 단어지만 그 전사는 왠지 특별한 의미를 담아서 말한 듯했다. '영역'도 그렇다.

조금 각도를 바꾸어 음성의 공명현상에 대해서도 조사해보았다. 어떤 생물의 목소리가 다른 생물의 신체에 작용해 진동을 발생시킬 수 있을까. 그리하여 그 대상의 구조를 알아보거나 생리현상에 변화를 일으킬 수 있을까.

수많은 정보 중 고타로가 겪은 일을 설명해줄 만한 것은 눈에 띄지 않았다. 도서관과 서점에도 가보았다.

그러는 동안 쓰즈키에게는 딱 한 번 메일을 보냈다. 몸은 괜찮은지, 만나고 싶으면 어디로 가야 하는지 묻는 내용이었다. 답장은 없었다. 고타로도 바로 연락이 오리라 기대하지는 않았다.

처음 맞닥뜨렸을 때 쓰즈키는 꽤나 기골 있는 사람으로 보였다. 전직 형사라는 경력과 상관없이 그 자체로도 만만치 않은 아저씨였다. 그런데 그 전사 앞에서 맥없이 항복하고 '약정'을 받아들인 것은 압도적인 힘의 차이를 목도한데다 괜히 심기를 거슬렀다간 고타로와 함께 죽을지도 모른다고 생각했기 때문이리라.

물론 둘 다 주눅들었다. 충분히 겁먹었다. 쓰즈키의 말을 빌리자면, 그런 괴물을 보고 겁나지 않을 놈이 어디 있겠는가.

하지만 아무리 그래도 가라와 마주친 지 얼마 되지도 않아 싱겁게 패배를 인정하다니, 고타로는 쓰즈키가 영 수상쩍었다. 나를 쫓지 마라. 네, 쫓지 않겠습니다. 약속했으니까 너도 쫓으면 안 된다, 미시마 군. 엄청난 상황을 목격하고도 그렇게 굴다니 전직 형사라는 경력이 아깝다.

어쩌면 아저씨가 가라에게 '정화'당한 것은 그 부분이 아닐까 고타로는 의심했다. 즉, 기개를 빼앗기고 기골이 꺾인 것.

전사 가라는 쓰즈키를 보고 '죄를 낚아올리는 자'라고 했다. 겉멋이 든 표현이지만, 아마 범죄를 쫓는 일이 사명인 사람이라는 뜻일 것이다. 가라는 그 불가사의한 울림으로 대상을 투시해 정보를 얻어내는 것이리라. 앞뒤 상황을 고려하면 그렇게밖에 생각할 수 없다.

그렇다면 가라는 고타로가 어떤 사람인지도 알아챘을 것이다. 평범한 대학생. 싸우는 법은 전혀 모른다. 들고 온 쇠지레를 제대로 한번 휘둘러보지도 못했고, 쓰즈키도 "걔는 아직 어린애야" 하고 감싸주었다.

가라가 두 사람을 견주어보고 쓰즈키가 주도권을 쥐고 있으며 좀더 버거운 상대라고 판단했다 해도 무리는 아니다. 그러므로 쓰즈키에게 '약정'을 강요했다. 약한 어린애인 고타로에게 손대지 않아도 두 사람을 막기에는 충분하다는 생각으로. 나를 쫓지 마라. 네, 쫓지 않겠습니다.

그랬다면 큰 오산이다. 나는 포기 안 한다. 내가 뒤쫓아주마. 깊은 밤 컴퓨터 앞에 앉아 있을 때도, 혹은 찬바람을 뚫고 역을 향해 자전거 페달을 밟을 때도, 또는 가족들과 식탁에 둘러앉은 순간에도 그 결심은 고타로의 머릿속을 떠나지 않았다. 때로 혼자 소리내어 중얼거려보기도 했다. 난 쫓아갈 거야. 모리나가 씨에게 무슨 일이 있었는지, 또 지금 무슨 일이 벌어지고 있는지 밝혀내기 전에는 포기 안 해.

—나는 너희의 말을 분간할 수 있다. 말의 흐름을 읽어 너희

를 찾아낼 것이다.

잘됐네. 그럼 분간해서 나를 찾아내. 난 너한테 볼일이 있어. 전사 가라. 나는 절대로, 절대로 이대로 물러나지 않을 거야.

고타로는 감정이 격해졌다. 이것이 분노라면 무모한 분노다. 불의를 보고 참을 수 없거나 정의를 지키기 위해서는 아니고, 하물며 용기에서 비롯된 것도 아니라는 사실은 잘 알고 있었다.

다른 사람을 끌어들여선 안 된다. 아무에게도 털어놓지 말고 혼자서 비밀을 감당해야 한다. 아무리 감정이 격해졌어도 그만한 분별력은 있었다. 그리고 이번에는 쓰즈키의 말이 옳다. 누가 이런 이야기를 믿어주겠는가.

그런 상태로 이틀을 보냈을 때, 밤중에 아시야 가나메의 전화가 왔다.

"고타로, 무슨 일 있어?"

고타로는 아직 자기 방 컴퓨터 앞에 앉아 있었다. 가나메의 목소리를 듣자 갑자기 피로가 몰려왔다.

"계속 메일 보냈는데, 안 봤어?"

쓰즈키의 답장이 없나 싶어 휴대전화 수신함을 확인하기는 했지만 내용은 읽지 않았다. 산더미처럼 쌓여 있다는 것은 알고 있었다.

"미안."

"너무하네. 멋대로 쉬기나 하고. 나, 고아가 된 기분이야."

고작 며칠인데 과장이 심하다. 하지만 기뻤다. 오랜만에 마음의 다른 부분이 움직인 것 같았다.

"마키 씨도 메일 보냈을 거야. 모리나가 씨 일로 경찰이 널 만나고 싶어해."

"그럼 수사가 시작된 거야?"

가나메의 대답은 조금 늦었다. "응, 뭐 그런 것 같아."

"왜 날 만나고 싶대?"

"고타로, 모리나가 씨한테 무슨 말 들었다며? 네가 회사에 나오면 연락해달라고 나한테도 부탁하더라."

겨우 그 정도인가. 직접 찾아오는 것도 아니고 회사에 나오기나 기다리고 있다.

"경찰은 모리나가 씨의 실종을 어떻게 받아들이고 있을까?"

"나는 잘 모르겠지만, 무슨 사건에 휘말린 것 아니겠느냐는 입장인가봐. 그건 마키 씨한테 물어봐. 설마 아르바이트 그만두려는 건 아니지?"

"내일 갈게. 아침 일찍."

더이상 경찰수사는 기대할 수 없다. 그렇다고 그냥 무시하는 것도 상책은 아니겠지.

"마키 씨 화났어. 하필이면 이런 때 왜 갑자기 쉬었는지 잘 설명하고 사과하는 게 좋을 거야."

"알았어."

미안하다고 다시 한번 사과하고 전화를 끊자 한숨이 나왔다.

무슨 사건에 휘말린 게 아니겠느냐. 네, 그래요. 모리나가 씨는 무시무시하고 괴상한 사건에 휘말렸어요. 하지만 경찰의 힘으로는 해결할 수 없어요.

—난 이 '영역'의 존재가 아니야.

범인은 다른 세계에서 왔으니까.

다음날 아침, 여덟시 정각 쿠마에 출근했다. 마키는 이미 자리에 앉아 있었다.

"잠깐 와봐."

야단부터 치려나 싶었는데 그는 일단 상황을 설명해주었다. 실종신고는 모리나가 주소지의 관할서가 접수했다. 하지만 심각하게 여기지 않는 듯 엉덩이가 무겁다. 왜 망가진 스마트폰이 떨어져 있었는지 조금 미심쩍어하는 정도다.

"모리나가가 여자라면 꽤 다르게 대응했겠지만."

마키도 못마땅하다는 표정을 감추지 않았다.

"녀석이 '조사'를 하고 있었다는 건 나리타 씨가 얘기했어. 형사가 널 보려는 것도 그걸 확인하기 위해서야."

"알겠어요."

"모리나가 아버님도 고대시를 보고 싶어하셨는데."

"……그런가요. 죄송합니다."

"왜 갑자기 쉬었어?"

변명은 준비해왔다. "집안에 일이 생겨서요. 개인 사정이라 말씀드리기가 좀."

정말로 죄송합니다, 하고 머리를 깊이 숙였다. 고개를 들자 마키는 수상쩍기 그지없다는 표정이었다.

"이상하네."

고타로는 눈을 피했다.

"갑자기 열의가 확 식은 것 같아. 이제 모리나가 걱정 안 돼?"

"걱정되죠."

"그렇게 안 보이는데."

고타로는 대답하지 않았다. 마키도 더는 묻지 않았다.

"아씨랑 상의해서 근무시간표 다시 짜. 네가 내놓은 구멍을 엄청 무리해서 메워줬어."

"그럴게요."

대화가 어색하게 끊겼다. 고타로가 물러가려고 하자 마키가 입을 열었다. "'발가락 빌' 사건 전담반을 만들었어."

고타로는 눈을 몇 번 깜박였다.

“사건이 커졌으니까. 정확하게 말하면 이제 ‘발가락’ 빌도 아니잖아. 앞으로는 더 끔찍한 일이 벌어질지도 몰라.”

“알겠어요.”

“그게 다야? 지원 안 해?”

마키는 수상쩍어하는 것을 넘어 불만스러운 기색이 역력했다.

“그 사건에 대한 열의도 식어버린 모양이군. 어떻게 된 거야, 고대시?”

고타로는 솟아오르는 감정을 억지로 삼켰다.

“아무것도 아니에요.”

털어놓고 싶었다. 말해버리고 싶었다. 솔직히 지금 그럴 때가 아니에요. 저, 엄청 비현실적인 일을 겪었어요. 목숨에 직결된 경험이었죠. 믿기지 않을지 모르지만 정말이에요. 모리나가 씨는 말도 안 되는 상황에 빠졌어요. 그가 어디 있는지 알지만—

안 돼, 안 돼, 안 된다. 아무도 끌어들여선 안 된다. 쓰즈키 아저씨도 그렇게 말했잖아. 지구사 씨를 끌어들인 걸 몹시 후회했잖아. 비밀을 지킨다는 것은 그런 것이다. 그저 마음이 무겁고 괴로운 데 그치지 않는다. 주위 사람들과 거리를 둘 각오를 해야 한다.

그뒤로는 여느 때처럼 일했다. 이미 손에 익은 업무다. 형사가 찾아와서 만나보기도 했다. 말투는 정중하지만 의욕 없어 보이는 중년 남자였다.

오후에 가나메가 출근했다. 처음에는 장난치듯 비싼 밥이나 사라고 했지만, 말투에 점점 걱정이 묻어났다.

"고타로, 정말로 무슨 일 있었던 거야?"

"별일 없는데."

"왠지 달라진 것 같아."

"새사람이 된 의미로 내가 더 일할 테니 가나메는 쉬어."

"그런 의미로 '달라졌다'고 한 게 아니야."

그때 난데없이 야마시나 사장이 사무실로 고개를 들이밀었다. 막 도착한 듯 가방을 메고 코트를 입은 채였다.

"세이" 하며 마키에게 손을 흔들었다. 마키가 고개를 끄덕이고 자리에서 일어섰다.

묵직한 유리문을 어깨로 받친 야마시나 사장이 고타로와 가나메에게 웃음을 지었다.

"수고가 많네."

"안녕하세요. 수고는요." 가나메가 인사했다.

"모리나가가 걱정되겠지만 기운 내자."

"네." 가나메는 힘차게 고개를 끄덕이고 아무 반응이 없는 고타로를 팔꿈치로 쿡 찔렀다.

야마시나 사장이 입가에 미소를 머금은 채 고타로의 얼굴을 살폈다.

"충격이 크겠지. 이렇게 예기치 못한 사태가 터지면 의외로 남자가 더 여린 모습을 보인다니까."

뒷부분은 가나메에게 한 말이었다.

"가나메, 잘 부탁해."

"고타로를 잘 보살필게요."

마키가 다가와서 말했다. "난 그렇게 여리지 않은데."

"무슨 소리야. 너도 밤잠 못 잘 만큼 걱정하면서."

"쓸데없는 소리는."

마키가 야마시나 사장의 등을 밀었다. 두 사람은 문밖으로 나갔다.

마키 세이고는 자연스럽고 친밀하게 야마시나 아유코의 몸을 건드렸다. 이런 상황에서도 한순간 고타로의 미숙한 질투심을 자극할 만큼 '익숙한' 분위기였다.

"기운 내, 고타로."

가나메가 손을 뻗어 '착하지, 착하지' 하며 아이를 달랠 때처럼 고타로의 머리를 가볍게 쓰다듬었다. 그 다정한 감촉을 느끼자 고타로는 다시 정신이 번쩍 났다.

난 역시 이 사람들 모두 좋아해.

이들을 지키기 위해서라도 힘을 내야 해. 이들이 있는 여기로 모리나가 씨를 데려오자.

이리저리 머리를 굴려보다가 한 가지 방법을 떠올렸다.

가라가 말의 흐름을 읽어서 대상을 찾아낼 수 있다면, 내 쪽에서 가능한 한 말을 많이 내뱉으면 되지 않을까. 가라 입장에서 유쾌하지 않은 말을. 그러면 녀석은 당장이라도 나를 '베러' 나타나지 않을까.

인터넷은 말의 바다다. 수많은 말이 혼돈을 일으키는 대해다. 즉 말을 받아내는 그릇이기도 한 셈이다.

테두리, 영역, 가라, 말이라는 정령. 이 말이 무슨 뜻인지 아는 사람 없습니까. 뭐 짚이는 것 없나요. 고타로는 온갖 인터넷 게시판과 사이트에 질문을 올렸다. 그때 가라가 대종루가 어쩌고 저쩌고 하지 않았던가. 무슨무슨 대종루의—세번째 기둥이었던가? 그런 글도 올렸다.

많은 댓글이 달렸다. 진지한 댓글부터 장난스러운 댓글까지, 친절한 댓글부터 심술궂은 댓글까지. 그건 아무래도 상관없었다. 아무튼 계속 말을 던지자. 가라, 날 얕본 건 실수였어. 난 너를 쫓을 거야.

씩씩하게 나아가고 있다고 하면 거짓말이다. 솔직히 몹시 겁이 났다. 이래도 안 나타날래, 이건 어떠냐, 하며 키보드를 두드리다가 뒤를 돌아보면 가라가 낫을 내리친다—그런 상상도 해 보지 않은 건 아니었다.

다만 조금 차분해진 뒤에야 생각이 미친 부분은,

—가라와는 말이 통한다.

그 전사와는 대화가 가능하다는 것이었다.

싸우면 명백히 승산이 없다. 하지만 내가 얼마나 절실하게 모리나가를 걱정하며, 그에게 무슨 일이 있었는지, 가라가 뭘 하는 건지 알고 싶다는 마음을 전달하면 길이 열리지 않을까.

부질없는 기대일지도 모른다. 하지만 새삼 이러한 기대를 품은 것은 그때 가라가 몇 번이나,

—미안하다.

그렇게 사과했기 때문이다. 성의가 느껴지고 악의는 담겨 있지 않은 사과였다.

게다가 이런 말도 했다.

—난 사정이 있어서 이 영역에서 힘을 모으고 있다.

가라에게는 동기가 있다. 이 세계에 온 사정이 있다. 그녀의 표현에 따르면, 이 영역에 와서 인간의 힘을 모으고 있다.

그 '사정'이란 어쩌면 무슨 사명일지도 모른다. 그녀는 누군가를, 뭔가를 섬기는 기사 같은 신분인지도 모른다.

그렇게 며칠이나 말을 던져도 가라는 나타나지 않았다.

차통빌딩에 가볼까.

쓰즈키는 여전히 답장도 연락도 없다. 형사 아저씨 없이 형사 드라마 흉내를 내보는 것도 괜찮겠지. 자고로 막히면 현장으로 돌아가라고 했다.

가라를 목격한 지 딱 열흘 후, 이번에는 고타로 혼자 차통빌딩 옥상으로 올라갔다.

어둠은 더이상 겁나지 않았다. 얼어붙을 듯이 차가운 밤바람 가운데, 산산이 부서진 가고일 조각상 파편 사이에 우뚝 서서 밤하늘을 올려다보며 참을성 있게 기다렸다.

결국 기다리기만 하다가 끝났다. 그때 말한 대로 가라는 다른 곳에 근거지를 마련한 모양이다.

이른 아침 백팩과 낙담을 짊어지고 싸늘해진 몸으로 집에 돌아왔을 때 현관에서 가즈미와 마주쳤다. 운동복 차림에 라켓 가방을 들고 있었다.

"오빠네."

가즈미는 마음에 안 든다는 듯이 실눈을 뜨고 하얀 입김을 내뿜었다.

"난 아침 훈련 가."

"아, 그래."

한 발짝 옆으로 비켜주었는데도 가즈미는 문 앞에서 움직이지 않았다.

"또 밤새우고 왔네. 벌써 두번째야."

야단치는 걸까.

"엄마가 오빠 아르바이트 못하게 하겠대."

어머니는 고타로가 쿠마 업무에 치여 밤을 새운다고 여긴다.

"쿠마에서도 그 연쇄절단마를 조사중이지?"

네번째 피해자가 무릎이 잘려나간 상태로 발견된 후, '발가락 빌'은 '절단마'라는 매우 살벌한 호칭으로 바뀌었다. 경찰기구에서 제일 질색하는 광역합동수사를 펼쳤지만 여전히 진전은 없었다. 텔레비전 뉴스쇼에서는 똑같은 정보를 되풀이해 내보낼 뿐이었다.

고타로가 고된 생활을 하는 까닭을 가족들이 그렇게 오해한다면, 순순히 그 오해를 이용하자.

"아르바이트는 계속할 거야. 수업은 꼬박꼬박 나가니까 문제없잖아. 엄마한테는 내가 설명할게."

"그러든가." 가즈미는 쌀쌀맞게 대답하고 장갑 낀 손으로 앞머리를 쓸어올렸다.

"내 생각에는 오빠가 아르바이트를 하느라고 날밤 새우는 건 아닌 것 같아. 여자친구 생겼지?"

무심코 웃음이 터졌다. 여자친구가 생겨서 아침에야 집에 왔다라. 생각도 짧기는.

"그래, 뭐 그런 셈이지."

가볍게 받아넘겼지만 가즈미는 웃기는커녕 화난 눈빛이었다.

"어떤 여자인지 모르지만 헤어져."

너무 나가는 거 아니냐.

"거울 좀 봐봐. 꼴이 말이 아니라고. 사람을 이 지경으로 만들다니 정상이 아니야."

이 녀석, 밤새 밖에 있느라 뼛속까지 얼어붙고 피곤하고 배고파 죽을 지경인 오빠한테 설교하는 건가.

동생의 진지하기 그지없는 표정을 보고 있자니 고타로는 또 웃음이 나왔다. 요전에 가나메가 그랬던 것처럼 가즈미의 머리를 쓰다듬고 싶었다. 아니, 꼭 끌어안아주고 싶었다. 정말로 그랬다가는 한 방 얻어맞겠지만.

"걱정 마."

실은 걱정해줘서 고맙다고 말하고 싶었지만 오빠의 체면상 말을 바꾸었다.

"동아리 활동 열심히 하네. 미카도 잘 지내?"

가즈미는 테니스 발리 연습을 하던 중 배구공이 날아온 듯한 표정을 지었다.

"갑자기 무슨 소리야? 은근슬쩍 넘어가려고 하지 마."

"그런 거 아니야. 잘 지내면 됐어."

제자리에서 움직이지 않는 가즈미를 지나쳐 문을 열려고 했다.

"사이트 일은 수습됐어."

가즈미는 작은 목소리로 빠르게 말했다.

"아무 일 없었다는 듯이 깔끔하게. 그래서 오히려 기분이……"

거기서 말을 끊고 입을 다물었다. 굳이 좋지 않은 말을 하기 싫은 듯했다.

"기분이 찝찝하다고?"

가즈미는 말없이 고개를 끄덕였다.

"인터넷에서 벌어지는 소동은 다 그래. 태풍이랑 똑같아. 물론 무슨 일이 벌어지면 어딘가에 기록으로 남으니까, 아무 자취 없이 사라지는 건 아니야. 하지만 광적인 분위기가 식고 나면 대체 그게 뭐였나 신기해질 만큼 순식간에 가라앉아."

"정말?"

"응. 아르바이트생이지만 나름 전문가가 하는 말이니까 믿어도 돼."

가즈미는 대꾸하는 대신 커다란 라켓 가방을 고쳐 멨다. 그러고는 몸을 휙 돌려 나갔다.

고타로는 제자리에 서 있었다. 가즈미는 길을 건너 맞은편 집 인터폰을 눌렀다. 미카가 같은 운동복 차림으로 라켓 가방을 메고 나왔다.

"어? 안녕."

고타로에게 손을 흔들었다. 얼굴도 목소리도 밝다.

"안녕."

가즈미가 미카에게 얼굴을 가까이 대더니 뭐라고 소곤거렸다. 오빠가 밤새우고 들어왔다고 고자질한 모양이다. 미카가 웃음을 터뜨렸다.

"아이참. 몸 좀 챙겨, 오빠."

"뭐?"

"다녀올게."

통통 튀는 걸음으로 아침 훈련을 가는 동생과, 동생이나 다름없는 아이를 바라보고 있자니,

—아저씨가 보고 싶다.

아무 맥락 없이 갑자기 그런 생각이 솟구쳤다. 지금 직면한 사태를 이해해줄 단 한 사람을 만나고 싶다. 그러지 않으면 펑 터져버릴 것만 같았다.

집안으로 들어가기 전에 쓰즈키에게 다시 메일을 보냈다. 그러길 잘했다. 문을 열자마자 어머니의 호통이 날아왔기 때문이다.

"고타로!"

아침밥을 먹으면서 야단맞고, 변명하고, 의견을 절충하고, 겨

우 타협점을 찾은 뒤에야 녹초가 된 몸을 욕조에 담갔다. 오늘 수업은 오후 두시부터다. 자명종을 맞춰놓고 잠들었다.

일어나자 쓰즈키의 답장이 와 있었다.

'지요다구 구단시타, 고요카이 병원 신관 302호실.'

"그게 뭐예요?"

"보행기야."

고요카이 병원 3층 로비. 파자마 위에 카디건을 걸친 쓰즈키가 조그마한 파이프행거 같은 것을 붙잡고 있다. 고타로가 엘리베이터에서 내려 로비로 나오자마자 본 광경이었다.

"매일 이 복도를 오가며 걷기 연습을 하고 있어."

고타로와 헤어진 뒤 구급차를 부른 쓰즈키는 평소 진찰받던 병원으로 이송되어 그길로 입원했다. 그리고 이틀 후 척추관 협착증 수술을 받았다고 한다.

"벌써 걸을 수 있으세요?"

"걸어다닌 지야 오래됐지."

허리 깁스는 아직 풀지 않았고, 수술 부위 통증도 있고, 퇴원하려면 삼 주는 더 남았지만,

"다리는 아프지 않아. 저리지도 않고. 거짓말처럼 싹 나았어."

풀려난 인질 같은 표정이었다.

"병실로 같이 가자꾸나."

쓰즈키는 보행기를 밀며 천천히 방향을 바꾸었다. 고타로가 조금 망설이자 다시 입을 열었다.

"1인실이니까 괜찮아. 이야기할 수 있어."

다행이다. 너무 밝아 보여서 아저씨가 정말로 기억을 잃었나 싶었다.

"예정보다 서둘러 입원했더니 빈 병실이 1인실밖에 없더라고. 다음주에는 4인실로 옮길 수 있다고 한다만."

아담하고 깔끔한 병실이다. 창밖으로 지도리가후치*가 내다보였다.

"그나저나 어떻게 지냈니?"

쓰즈키는 침대에 눕더니 먼저 물었다.

"영 어수선했죠, 뭐……"

접이식 의자에 앉은 고타로는 부끄럽지만 눈물이 찔끔 날 뻔했다. 동료를 만났다. 그것만으로도 비밀의 무게에 짓눌려 삐걱거리던 마음이 가라앉았다.

"부인께는 뭐라고 하셨어요?"

"적당히 둘러댔어."

* 황거 북서쪽에 있는 해자.

그날 밤 쓰즈키는 퇴직 경찰 모임에서 주관하는 온천여행을 간다는 핑계로 집을 빠져나왔다.

"집사람은 처음부터 거짓말 같다고 눈치챘대. 뭔가 다른 일로 나간다고 생각했다는군."

아내들은 원래 그렇게 육감이 예민한가. 쓰즈키 씨 부인은 형사의 아내니까 예외로 봐야 하나.

"하지만 내가 바람피운다고 의심한 적은 단 한 번도 없어. 그런 부분만 철석같이 믿는다니, 왠지 김이 빠진다만."

아저씨는 정말로 후련해 보였다. 불안감이 고타로의 목덜미를 살짝 어루만졌다.

"저, 그뒤로 이래저래 조사해봤는데요."

요 열흘간 있었던 일을 더듬더듬 이야기했다. 하지만 어젯밤 차통빌딩에서 밤을 새웠다는 이야기는 하지 않았다. 말할 수 없었다. 침대에 누워 머리만 이쪽으로 둔 채 이야기를 듣던 쓰즈키가 고타로를 애처로워하면서도 어쩐지 난처하다는 듯한 표정, 즉 공감과는 동떨어진 표정을 지었기 때문이다.

고타로가 입을 다물자 밝은 병실이 고요해졌다.

쓰즈키가 불쑥 말했다. "새로운 정보는 없는 거군."

"……네."

"그리고 그 가라라는 여자도 너한테 나타나지 않았고."

고타로가 고개를 끄덕이자 의자에서 끽 소리가 났다.

"이봐, 미시마 군."

침대 위에서 어깨를 살짝 움직이다가 쓰즈키는 통증보다 짜증이 섞인 신음을 내고 다시 입을 열었다.

"그건 악몽이었다고 생각하면 안 되겠니?"

고타로는 아무 대답도 하지 못했다. 쓰즈키도 대답을 바라는 건 아닌 듯 담담히 말을 이었다.

"그 여자는 우리를 위협했어. 자기를 쫓지 말라고 몇 번이나 말했지. 자기는 전사니까 막아서는 자는 쓰러뜨려야 한다고."

의자를 삐걱거리며 고타로는 잠자코 고개만 끄덕끄덕했다.

"하지만 요 열흘간 네가 그렇게 활동했는데 그 여자는 나타나지 않았어. 그 여자와 맺은 약정을 깨고 네가 인터넷에다 정보를 마구 뿌렸는데도."

그러니까, 하고 쓰즈키가 처음으로 고타로를 위로하듯이 눈매를 누그러뜨렸다.

"그건 현실이 아니었던 거야. 그 여자는 실체가 아니야. 우리는 함께 엉뚱하고 불가사의한 꿈을 꾼 거야."

고타로는 또 대답하지 못했다. 하지만 이번에는 할말이 없어서가 아니었다. 할말이 있지만 목소리가 나오지 않았다.

아저씨, 역시 이상해.

가나메 말을 따라 하려는 건 아니지만, '뭔가 달라진 것 같아'.

같은 게 아니라 정말로 달라졌다. 가라 때문이다.

아저씨의 뭘 정화했지? 아저씨를 편하게 해주겠다면서 뭘 빼낸 거지?

기골, 기개, 형사의 혼. 명칭은 뭐든 상관없다. 아무튼 오늘 눈앞에 있는 쓰즈키라는 전직 형사는 고타로가 차통빌딩에서 만난 아저씨와는 다른 사람이다. 움직이는 가고일 조각상의 수수께끼를 쫓던 남자와 다른 사람이다.

"그렇겠죠."

저도 모르게 남 이야기를 하듯 무덤덤한 목소리가 나왔다.

"저도 그렇게 생각하도록 해볼게요. 이제 뭘 어떻게 할 방도도 없으니까요."

"그래야지."

쓰즈키의 흐리멍덩한 눈이 평화롭고 태평해 보였다.

"수술이 성공적이라 다행이네요."

"수술받은 날은 아파서 잠도 못 잤어."

비뚤어진 척추를 원위치로 되돌리고, 이렇게 굵은 티타늄 볼트로 고정했다며 손가락으로 동그라미를 만들었다.

"볼트를 네 개나 박았어. 이제 비행기도 못 타겠네. 금속 탐지기에 걸릴 거 아니야."

"위험인물이 아니라고 증명하려면 엑스레이 사진을 가지고 다녀야겠어요."

고타로가 웃자 쓰즈키도 아픈 듯한 얼굴로 웃었다.

이 병원 여자 간호사는 전부 미인이지만 투정을 받아주지 않는다. 수술 전 검사가 엄청나게 아팠다. 병원 밥이 맛있어서 놀랐다. 봄에 입원했으면 이 병실 창문으로 지도리가후치를 보며 벚꽃놀이를 할 수 있었겠다. 회복기에 접어든 입원환자와 병문안을 온 손님에 어울리는 이야기를 잠시 나눈 뒤 고타로는 자리에서 일어났다.

"다행이네요. 안심했어요. 몸조리 잘하세요."

"그래, 고맙다."

병실 문 앞까지 갔을 때 실낱같은 희망이라도 확인하고 싶어서 고타로는 물어보았다.

"쓰즈키 씨, 지구사 할머니라고 했나요? 쓰러져서 입원하신 이웃분 말이에요. 그뒤로 좀 어떠세요? 소식 들으셨어요?"

쓰즈키는 가볍게 눈을 깜박이고 말했다.

"참 안타깝게 됐어. 사흘 전이었다는데."

의식을 찾지 못한 채 세상을 떠났다고 한다.

"그런가요. 정말 안됐네요."

"마음 써줘서 고맙다."

쓰즈키의 말은 그뿐이었다.

복도로 나오자 무릎이 와들와들 떨렸다. 아까 쓰즈키의 얼굴을 보았을 때와는 정반대의 이유로 눈물이 날 것 같았다.

아저씨의 힘을 빌릴 수 없다.

난 이제 정말로 외톨이다.

실제로도 더는 손쓸 방법이 없었다. 이제 그저 기다릴 뿐이다.

가라가 나타나기를? 새로운 미지의 인물이 정보를 주기를?

학교에 가서 수업을 듣고, 시간표에 따라 쿠마에 출근해 약물 관련 정보를 감시했다. 가나메에게는 사과의 의미로 머플러를 선물했다. 아주 기뻐했다.

고타로는 일상으로 돌아왔다. 인터넷으로 말을 던지는 것도 그만두었다. 어차피 똑같은 질문만 반복해서야 헛수고다.

2월이 되어 절분이 오고 입춘이 지났다. 절기상으로는 봄이다.

모리나가는 돌아오지 않았다. 경찰이 실종사건으로 보고 수사를 진행중인지도 확실치 않다.

가라도 나타나지 않았다. 아침에 일어나보니 방 유리창에 큼지막한 손자국이 남아 있는 일도 없었다.

그건 악몽이었다. 환각이었다. 쓰즈키의 말대로 그렇게 생각하는 것이 맞는지도 모른다.

아저씨에게 받은, 아니, 빼앗은 차통빌딩 통용문 열쇠는 백팩 주머니에 넣어두었다. 그러고 보니 쓰즈키는 열쇠를 어쨌는지도 고타로에게 묻지 않았다.

텔레비전 뉴스에서는 여전히 연쇄절단마에 대해 보도하고 있다. 이쪽도 똑같은 소재를 재탕하다보니 사람들의 관심이 조금씩 식고 있다. 별다른 뉴스거리가 없으니 계속 내보내는 것뿐이겠지. 좀더 큰 사건이나 급물살을 타는 사건이 터지면 그쪽으로 갈아탈 것이다.

세이부신주쿠선 인근에서 노숙자가 실종되고 니시신주쿠에 사는 이노 고자부로 노인이 실종된 사건은 뉴스에 언급조차 되지 않았다.

그건 악몽이었다. 환각이었다.

나도 그렇게 생각하자. 모두가 네, 라고 말하는 대로 따라가자. 흐름을 거스르지 말아야 한다.

포기하자. 그러면 편하다. 하지만 고타로의 가슴속에 박힌 작고 단단한 심 같은 것이 그때마다 깊숙이에서 저항했다. 고타로는 그 저항을 무시할 수 없었다.

건국기념일 연휴 전날, 주말 오후 수업이 휴강됐다. 쿠마 근무는 오후 여섯시부터다.

그래서 문득 생각이 들었다. 마나를 다시 만나볼까.

한사코 말문을 열지 않던 마나가 고타로에게만 말했다.

—괴물.

—하늘.

그뒤로 어떻게 지내고 있을까. 그 아이를 만나보고, 잘 지내고 있다면 나도 그만 마음을 정리하자.

이왕이면 그때 나와의 만남을 계기로 마나가 말문이 트였으면 좋겠다. 까르르 웃어주면 마음을 뒤덮은 안개도 걷히겠지.

예의에 어긋나지만 사전 연락 없이 신주쿠교엔 근처 나가사키 씨 집을 방문했다. 인터폰에 대고 이름을 말하자 하쓰코가 바로 문을 열고 나왔다.

"요전에 왔던 학생이구나."

어서 들어오라면서 재촉했다.

"마침 잘됐네. 우리가 먼저 와달라고 부탁하기도 뭣해서, 어떻게 할까 오빠랑 고민중이었어."

"무슨 일 있었나요?"

"아무 일도 없어서 고민이지."

마나는 여전히 입을 꾹 닫고 있다고 한다.

"아동심리학자 선생님하고도 상담해봤거든. 이런 증상은 갑자기 좋아지지 않는대. 그러니 서두르면 안 되겠지만."

그러나 마나가 이 집에 와서 딱 한 번 고타로에게 입을 열었다

고 이야기하자,

“가능하면 그 사람의 협조를 구하는 게 좋겠다고 충고하더라고. 하지만 그쪽은 무슨 전문가도 아니고 그냥 대학생이잖니? 우리랑 무슨 친분이 있는 것도 아니고. 도무지 결정을 내릴 수가 없어서.”

차선책으로 빛의 집 오바에게 의견을 구했더니,

—평범한 대학생에게 부탁해봤자 서로 좋을 일 없을 것 같은데요.

지극히 상식적인 조언을 받고 고민중이었다고 한다.

“마나는 지금도 혼자서 그림을 그리고 있어.”

그날처럼 슬리퍼 끄는 소리를 내며 긴 복도를 나아갔다.

“오빠는 오늘 사토 선생님과 함께 마나 아빠를 만나러 갔어.”

아빠와의 만남을 준비하고 있다고 한다.

“애 아빠 쪽은 여전히 소극적이야. 오빠가 아무리 말해도 소용없어서 사토 선생님한테 설득해달라고 했지.”

아이 방의 문은 열려 있었다. 오늘도 햇빛이 가득했다. 하쓰코가 쾌활하게 말을 걸었다.

“마나야, 요전에 왔던 오빠가 또 너 보러 왔어. 기억나지?”

마나는 스케치북과 크레파스가 어질러진 작고 둥근 테이블에 앉아 있었다. 처음 만났을 때와 거의 똑같은 광경이다.

다른 점도 있었다. 일단 마나의 옷차림. 그리고 고타로가 방에 들어오자 크레파스를 쥔 손을 멈추고 이쪽을 올려다보았다.

하쓰코가 얼굴을 가까이 대고 고타로의 귀에 속삭였다. "학생을 만난 뒤로 그 이상한 새 그림은 안 그려."

'괴물' 그림이다.

"안녕, 마나야."

다가가서 맞은편에 앉았다. 스케치북을 들여다보니 행진하는 병아리들을 다양한 색으로 그려놓았다. 바로 옆에 펼쳐놓은 그림책에 비슷한 그림이 있었다. 그것을 흉내낸 것이리라.

"병아리가 참 예쁘네."

마나는 고타로를 가만히 쳐다보다가 고개를 한 번 끄덕였다.

"응."

하쓰코가 "우아"와 "아아"의 중간쯤으로 들리는 목소리를 흘려냈다.

마나의 눈. 맑은 눈동자. 이애는 이 눈으로 가라를 보았다. 폭풍우 치던 밤 창문 너머 차통빌딩 옥상에 내려온 이형의 전사를.

"그 괴물은 이제 안 그려?"

마나는 또 고개를 끄덕였다. "응."

"그렇구나. 너무 많이 그려서 재미가 없어진 모양이네."

그 말에는 마나의 눈동자가 아주 약간 흔들렸다.

고타로는 나가사키 하쓰코를 올려다보았다. "죄송한데, 잠시 마나랑 단둘이 얘기해도 될까요?"

하쓰코는 펄쩍 뛰어오를 기세로 반색했다.

"그럼, 물론이지. 곧 세시니까 간식 먹자. 준비해올게. 마나, 오늘은 푸딩이야. 푸딩 좋아하지?"

하쓰코는 고타로에게 '어서 계속해. 말을 걸어' 하듯이 손을 내젓고 부리나케 방에서 나갔다.

둘만 남자 고타로는 엉덩이를 움직여 마나 옆에 나란히 앉았다. 마나도 다가앉아 머리를 이쪽으로 기울였다.

"있지."

고타로는 숨을 죽인 채 마나의 매끈한 뺨에 대고 속삭였다.

"오빠도 그 괴물 봤어. 괴물을 만났어."

마나가 눈을 한 번 깜박였다. 작은 콧구멍에서 희미하게 숨이 새어나왔다.

입술이 움직였다. 아까 고타로가 그랬듯이 숨을 죽인 채 속삭이는 투로 물었다.

"무서웠어?"

둘만의 비밀 이야기를 하듯이 친밀한 말투였다.

마음이 통한다.

이 아이와 나는 똑같은 걸 보았고 똑같은 감정을 품었다. 그래서 마음이 통하는 것이다.

"처음에는 무서웠어."

고타로가 고개를 끄덕이자 마나도 고개를 끄덕여 답했다.

"진짜로 하늘에서 내려오더라. 커다랗고 새카만 날개로."

마나는 계속 고개를 끄덕였다. 고타로는 마나의 뺨에 살짝 손을 얹어 움직임을 멈추었다.

"하지만 그 괴물하고는 말이 통했어. 오빠는 괴물이랑 이야기를 하고 왔어."

이렇게, 하고 마나의 얼굴을 가리킨 후 제 콧등을 가리켰다.

"지금 마나랑 이야기하는 것처럼 괴물과 이야기를 했어. 그랬더니 괴물이 사과했어."

상대는 다섯 살 아이다. 표현을 바꾸는 편이 나을까.

"괴물이 미안하다고 했어. 마나에게 겁을 줘서 미안하다고."

마나는 눈을 내리깔았다. 생각에 잠겼다. 눈알이 비칠 듯 얇은 눈꺼풀과 섬세한 속눈썹이 떨렸다.

마나가 또 살짝 머리를 기울였다. 고타로도 귀를 가까이 댔다.

"괴물이 엄마를 데려갔어?"

놀랐다.

마나가 가라를 목격했을 때 방안에서는 어머니가 죽어가고 있었다. 마나 곁에는 죽음이 도사리고 있었다. 이 아이는 그 공포를, 그 어두운 징조를 하늘에서 내려온 비일상적인 존재와 연관시켜 받아들였다. 그것이 어머니를 데려갔다고.

어머니와 아이는 사회의 틀에서 밀려나 아무에게도 도움받지 못하고 서로만 의지하며 살았다. 마나는 어린이집에도 유치원에도 다니지 않았다고 한다.

하지만 어머니는 마나를 훌륭하게 키웠다. 애정을 다해 마나에게 가르쳐줄 수 있는 것을 전부 가르쳐주었다. 마나의 마음은 분명히 성장했다.

그렇다면 어떻게 대답해야 할까. 고타로는 마나의 눈을 들여다보며 잠깐 망설였다.

"마나 엄마가 떠난 건 그 괴물 탓이 아니야."

마나의 어머니는 병으로 세상을 떠났다. 모리나가나 행방불명된 노숙자들과는 사정이 다르다. 괴물, 즉 전사 가라가 그들에게 무슨 짓을 했는지는 아직 모르지만 마나 어머니의 죽음에 관여하지 않았다는 것은 확실하다. 그것만은 책임지고 단언할 수 있다.

"엄마는 괴물이 데려간 게 아니야."

다섯 살 여자아이가 눈꺼풀을 움직여 고타로를 보았다. 고타로는 고개를 끄덕여주었다.

"그 괴물은 마나에게 무서운 짓을 하지 않아. 어디로 데려가지도 않고. 마나는 이제 겁내지 않아도 돼."

마나는 조금도 안심한 것처럼 보이지 않았다. 오히려 약간 슬퍼 보였다.

"엄마는 어디로 갔어?"

대답하기 더 어려운 질문이다.

"그건—"

둘이 처음 만났을 때처럼 자그만 손가락이 천장을 가리켰다.

"하늘?"

"왜 그렇게 생각해?"

"할머니랑 할아버지가, 엄마는 하늘나라에 있대."

나가사키 남매 얘기다. 그들이 그렇게 가르쳐준 것이다.

"오바 아저씨도 그랬어."

마나는 말만 하지 않을 뿐, 주위에서 무슨 일이 있었고 어떤 사람을 만났는지 정확히 이해하고 있었다.

"그래. 하늘나라야. 하지만 그 괴물이 온 곳은 또다른 곳이야. 하늘은 넓으니까."

한순간 제 귀에 좀 미심쩍게 들렸다. 전사 가라가 살고 있다는 '말이라는 정령이 태어나는 영역'을 나를 비롯한 사람들이 생각하는 '저세상'과 다르다고 단정해도 될까.

저세상이 어떤 곳인지는 아무도 모른다. 사후세계에 대해 아는 사람은 없다.

안다고 주장하는 사람들도 있다. 직접 가서 보고 왔다면서. 하지만 그 주장의 근거는 말뿐이다. 사후세계를 존속시키는 근거는 살아 있는 사람들의 말이다. 그게 바로 '말이라는 정령이 태어나는 영역'이 뜻하는 바 아닐까.

아니, 그렇다면 순서가 반대다. 사후세계가 살아 있는 사람의 말에서 태어나는 것이지, 거기서 말이 태어나는 것은 아니니까.

하지만 인간을 그런 식으로 낫에 가둘 수 있는 것은, 혹은 봉인할 수 있는 것은 가라가 인간이 아니며 혼을 다룰 수 있기 때문이 아닐까. 그리고 혼이 몸을 떠나 존재할 수 있는 곳은 사후세계이지 않은가.

"엄마는 돌아와?"

마나의 말에 고타로는 눈이 휘둥그레졌다. 질문을 피하려고 시선을 돌릴 뻔했다.

"……오빠는 모르겠어."

겁쟁이의 대답이다. 솔직함을 빼면 아무 가치도 없는 대답.

"하지만 알게 되면 마나한테 말해줄게. 약속해."

고타로가 오른손 새끼손가락을 내밀자 마나도 바로 따라 했다. 가늘고 작고 따스한 손가락에 손가락을 걸었다.

문에서 인기척이 났다. 돌아보자 나가사키 하쓰코가 컵과 접시를 얹은 쟁반을 들고 고개를 쭉 뻗어 들여다보고 있었다.

"들어가도 될까?"

고타로는 마나에게 웃어 보였다. "와, 간식 왔네."

마나는 고타로에게서 하쓰코에게로 시선을 돌리고 눈을 한 번 깜박였다.

그리고 말했다. "푸딩."

그 순간 하쓰코가 울음을 터뜨렸다.

나중에야 고타로는 깨달았다. 손가락을 걸고 약속한 것은 태어나서 처음이다. 어릴 때도 그런 적은 없었다. 남자아이는 원래 그런 법일까. 아니면 우리 부모님이 그런 형식을 따지지 않았던 걸까.

―알게 되면 말해줄게.

약속했다.

역시 가라를 다시 만나 물어봐야 한다. 너는 어디서 왔는지. 네가 말하는 영역은 어떤 세계인지. 다른 차원이나 평행우주 같은 것인지. 거기에는 사후세계도 포함되는지.

그리고, 테두리란 도대체 무엇인지.

3

일반교양 수업이 끝나고 다른 학생들과 섞여 복도로 나가는데, 계단형 강의실 제일 뒷줄에 앉은 여자와 눈이 마주쳤다.

한순간 아시야 가나메인 줄 알았다. 뽀얀 얼굴. 길고 검은 머리를 하나로 묶었다. 얼핏 보면 인상이 비슷하다.

하지만 아니었다. 가나메는 항상 앞머리가 눈썹을 가릴 만한 길이로 내려와 있다. 이마가 조금 튀어나온 게 컴플렉스이기 때문이다.

반면 여자는 앞머리를 올려 이마를 훤히 드러냈다. 가나메는 절대로 저러지 않는다. 고타로는 눈을 깜박이고 시선을 돌렸다.

이 수업을 듣는 학생은 꽤 많다. 모두 한꺼번에 밖으로 나가려다보니 매진된 영화나 공연이 끝났을 때처럼 통로에 줄이 늘어섰다.

멍하니 주위를 보고 있는데 또 그 여자와 눈이 마주쳤다. 여전히 자리에 앉아 있다.

고타로는 아까보다 더 티 나게 시선을 돌렸다.

그리고 곁눈질로 여자를 살폈다. 여자는 꼼짝도 하지 않았다. 그 시선이 느껴졌다. 고타로를 똑바로 바라보고 있다.

이번에는 발로 시선을 내려 후줄근한 자기 운동화와 바로 앞에 있는 남학생의 뒤축 꺾인 운동화를 비교해보았다. 고타로의 운동화는 나이키고 남학생의 운동화는 아디다스다. 고타로의 운동화는 전용 세제로 세탁했지만, 저 학생은 운동화를 한 번도 빨지 않은 것 같았다. 하기야 고타로도 제 손으로 운동화를 빤 것은 아니다. 어머니가 빨아주었다. 고약한 냄새가 현관에 배면 안 된다면서.

운동화 두 켤레에 대해 충분한 고찰을 마쳤을 즈음 고타로는 겨우 강의실 뒤편에 다다랐다. 그제야 고개를 들었다.

여자가 앉아 있던 자리는 비어 있었다.

아무 일도 아니었다. 괜히 혼자 신경쓴 건가.

강의실 건물에서 캠퍼스 중정으로 나갔다. 오늘은 햇볕이 따뜻하다. 중정 가장자리에는 아담한 매화나무숲이 있는데, 꽃이 만발하면 아주 예쁘다고 한다. 올해는 추위 탓에 개화 시기가 늦어서 아직 꽃봉오리가 살짝 벌어진 정도다.

삼십 분 후 과학사개론 수업이 있다. 이것도 일반교양이라 자유로이 선택한 과목 중 하나였다. 흥미가 있어서 수강신청을 했지만 정작 수업을 들어보니 서점에서 살 수 있는 과학사 입문서를 줄줄 읽는 내용이라 지루하기 짝이 없었다. 출석도 부르지 않는다. 좋아, 땡땡이 치고 쿠마에 가자. 그전에 매점에서 빵이나 사서—

"테두리에 관심 있어?"

느닷없이 뒤에서 누가 말을 걸었다. 고타로가 매화나무숲에 다다랐을 때였다. 여기를 빠져나가면 매점과 학생식당, 도서관이 있는 종합동이 나온다.

돌아보자 좀전의 여자가 서 있었다. 불과 1미터 정도의 거리다.

고타로는 일단 주위를 두리번거렸다. 나한테 말을 건 게 맞나?

"왜 테두리에 대해 알고 싶은데?"

여자는 고타로의 얼굴을 똑바로 바라보며 다시 물었다. 그리고 한 발짝 다가섰다.

고타로도 한 발짝 뒤로 물러났다. 갑자기 당황스러웠다.

가까이서 보니 여자는 미인이었다. 가나메도 예쁘지만 이 사람은 미모의 종류가 다르다고 할까. 가나메 같은 여자를 갈고닦은 후 무언가—지금의 고타로는 상상도 못할 어떤 에센스를 더하면 이 미모가 완성된다. 가나메에게는 미안하지만 그런 기분이었다.

"나, 나한테 묻는 거야?"

고타로가 제 콧등을 가리키자 여자는 짧게 웃었다. 그 어떤 경계심과 의심도 가볍게 날려버릴 봄바람 같은 웃음소리였다.

"테두리에 대해 알려달라고, 그렇게 열심히 글을 올렸잖아?"

고타로의 심장이 갈팡질팡 모드에서 두근두근 모드로 변했다.

"검색하다 봤어."

입꼬리에 웃음을 머금은 채 여자는 대번에 1미터의 거리를 좁혀서 고타로와 나란히 섰다. 고타로보다 머리 하나만큼 작다. 몸집도 가냘프다.

미소녀다. 그래, 이애는 고타로 같은 대학생이 '여자'라고 부르는 대상보다 어리다. 정말로 사전적 의미의 '소녀'다.

"너, 우리 학교 학생이 아니구나."

어떻게 봐도 아직 고등학생이다. 그것도 1학년, 4월이 오면 2학년으로 올라갈 나이로 보였다.

"응." 미소녀는 순순히 인정했다. "대학교 캠퍼스는 넓네."

청바지에 후드티, 헐렁한 인조가죽재킷. 같은 소재의 밑창 두꺼운 부츠. 분명 인조가죽이다. 빛이 바래서 꽤나 빈티지 느낌이 나는 것이, 진짜라면 눈알이 튀어나올 만큼 비쌀 것이다.

"뭐하러 왔어? 진로 견학 올 시기는 아닌데."

"널 만나러 왔어."

"나를? 네가? 혼자서?"

미소녀는 뭐가 우스운지 간지럽다는 듯이 목을 움츠렸다.

"응, 혼자서. 동료랑 같이 오면 네가 너무 놀랄 것 같았거든."

동료? 그 말에 담긴 온갖 가능성을 고타로가 곰곰이 따져보기도 전에 미소녀가 말을 이었다.

"같이 놀거나 나쁜 짓을 하는 사이는 아니야. 친구도 아니고. 알기 쉽게 말하자면 '동업자'지."

더 모르겠다.

그때 고타로는 알아차렸다. 여자가 목에 건 펜던트. 튼튼한 은사슬에 달린 장식이 독특하다. 어쩐지 뾰족한 것이—

엄니다. 다른 것으로는 보이지 않았다. 짐승의 날카로운 엄니.

혹시 폭주족이나 불량서클 소속인가.

고타로의 시선을 알아챘는지 소녀가 펜던트 장식을 손가락으로 가볍게 만졌다.

"이건 내 부적이야."

"여자애들 취향과는 거리가 좀 있네."

"난 보통 여자애가 아니거든."

천연덕스럽게 말했다. 심장의 두근두근 모드가 심상치 않은 부정맥 모드로 변할 것 같았다.

"나, 난."

고타로가 슬금슬금 뒷걸음치자 그애는 팔을 가볍게 건드리는가 싶더니 도무지 여자애 같지 않은 힘으로 꽉 붙잡았다. 우와! 얘, 무슨 운동이라도 하나?

"어떤 사람인지 만나서 확인하는 편이 나을 것 같았는데, 와보길 잘했네. 너, 다른 영역의 존재와 접촉했구나."

고타로는 꼼짝할 수 없었다. 미소녀는 얼굴을 가까이 갖다대고 고타로의 눈을 살폈다. 고타로가 마나에게 했던 동작과 비슷하지만, 그때 고타로가 품었던 상냥함은 미소녀에게서 느껴지지 않았다. 대신 강한 호기심과 위기감 같은 감정이 눈빛에서 전해져왔다.

"나는 테두리와 영역이 무슨 뜻인지 알아. 그래서 그것을 무턱대고 알려 들면 안 된다는 사실도 알지. 그걸 알고 싶어하는 넌 어쩌면 위험한 존재일지 모르고, 어쩌면 직접 위험에 빠졌었는지도 몰라."

단숨에 매끄럽게 말했다. 앳된 목소리는 지극히 여고생답다.

"난 널 도울 수 있을지도 모르고, 어쩌면 널 퇴치해야 할지도 몰라. 그래서 어느 쪽인지 확인하기 위해 묻는 거야. 왜 테두리에 대한 지식을 원하지? 다른 영역의 어떤 존재와 접촉했어?"

한심하게도 고타로는 몸이 벌벌 떨렸다.

"아, 아무튼."

"아무튼?"

"여기서 이야기하기도 뭣하니까, 차라도 마시지 않을래?"

다행히 카페테리아는 한산했다.

"여기 괜찮다."

통유리 외벽에 블라인드가 반쯤 내려와 있었다. 미소녀는 창가의 둥근 테이블에서, 고타로는 입에 댈 엄두도 못 낼 만큼 단 초콜릿카푸치노를 앞에 두고 앉아 매우 흡족한 표정을 지었다.

"대학생이 되면 수업시간 사이에 이렇게 멋진 카페테리아에서 시간을 보낼 수 있구나. 좋겠다."

그렇게 말하는 말투와 표정은 평범한 고등학생 자체였다.

자리에 앉아 한숨 돌리고 나자 미소녀는 등에 멘 보디백에서 학생증을 꺼내 보여주었다. 역시 1학년이었다. 심지어 도내 명문고. 머리가 고타로보다 두 단계쯤은 좋아야 갈 수 있는 학교다.

모리사키 유리코. 그것이 그애의 이름이었다.

"미시마 고타로 군."

유리코는 고타로의 학생증을 보고 소리내어 읽었다. '너'라고 한 것도 그렇고 '군'이라는 호칭도 그렇고, 영 낮잡아 보는 눈치다.

"너는 유리코고."

고타로는 일부러 어린아이 대하듯 그 이름을 불렀다.

"친구들은 유리라고 불러?"

"아니. 모리사키라고 해."

웃음기 하나 없는 대답이었다.

"하지만 동업자는 '유리'라고 불러. 그게 내 통칭이고, 내 본질을 나타내는 진짜 이름이거든."

어쩌면 이 미소녀는 이른바 4차원 소녀일지도 모른다. 고타로는 등 언저리가 오싹했다. 인터넷에 마구 질문을 던지다가 몹시 성가신 유형의 괴짜와 얽혔는지도 모르겠다.

“미시마 군.”

모리사키 유리코가 고개를 갸웃했다.

“내가 기인이나 괴짜가 아닌지 의심하기 전에 좀더 의문을 가져야 할 부분이 있을 텐데.”

“뭐, 뭔데?”

“난 인터넷 검색을 하다가 네 질문을 봤어.”

“그랬다며.”

“그런데도 이상하지 않아?”

이 미모, 이 패션, 이 분위기. 모리사키 유리코는 사람의 이목을 끈다. 카페테리아에 손님이 별로 없는데도 고타로는 여기저기서 날아오는 시선을 느꼈다. 방금 두 사람 옆을 지나친 남학생은 유리코의 얼굴을 노골적으로 빤히 보았다.

“이상하다니, 무슨 뜻이야?”

“내가 느닷없이 널 만나러 와서 이렇게 앉아 있는 것 말이야.”

두 눈이 고타로를 똑바로 향했다. 크진 않지만 동그란 눈이다.

“난 해커가 아니야. 오히려 인터넷은 잘 모르는 편이지. 네 닉네임과 메일 주소만 가지고 직접 찾아올 재주는 없어.”

고타로는 애써 여유로운 웃음을 지었다. "그럼 네 오빠나 아버지가 해커일지도 모르겠네. 아니면 남자친구가."

유리코는 고타로에게 시선을 고정한 채 입가만 움직여 희미하게 미소지었다.

"논리적이라 마음에 들어."

"그거 고맙군."

아까의 남학생이 돌아왔다. 스마트폰을 귀에 대고 짐짓 큰 소리로 말하며 지나갔다. 염색 머리에 피어스. 밀리터리 무늬 백팩을 멨다.

"하지만 아쉽게도 우리 부모님은 해커가 아니야. 오빠는—"

어째서인지 눈을 휙 돌리더니 잠깐 뜸을 들였다.

"오빠가 있긴 했지만, 이제 이 세상에 없어."

고타로는 가슴이 철렁했다. "미, 미안."

"괜찮아. 오빠는 죽은 게 아니야. 그저 이 세상에 없을 뿐."

—유리, 미안하지만 내 기준에서 넌 역시 중증의 4차원이야.

고타로는 찬물을 한 모금 마셨다. 그때 뒤쪽에서 희미하지만 분명하게 카메라 셔터 소리가 들렸다. 휙 돌아보자 아까 그 남학생이 히죽히죽 웃으며 유리코에게 스마트폰을 들이대고 있었다. 생김새와 옷차림, 히죽거리는 표정까지 비슷한 또다른 남자와 함께였다.

"어이, 멋대로 찍지 마."

고타로는 의자에서 일어나면서 소리쳤다.

스마트폰을 든 남자는 더 능글맞게 웃으면서 연달아 사진을 찍었다. 다른 한 명은 으르듯이 고타로를 노려보았다.

"됐어."

유리코의 손가락이 고타로의 손목을 톡 쳤다.

"신경쓰지 마. 난 안 찍히니까."

고타로가 눈을 너무 크게 떴는지 유리코는 빙긋 웃었다.

"그렇게 겁먹지 마. 유령은 아니야. 그냥 저런 기기에 찍히지 않도록 방어막을 쳐놨을 뿐이야."

눈이 더이상 크게 뜨이지도 않았고 달리 뭘 어쩔 수도 없어서 고타로는 자리에 앉았다.

"미시마 군은 규칙을 지키지 않는 사람을 싫어하는구나."

유리코가 다정한 투로 말했다.

"아무리 사소해도 잘못된 일은 싫어해. 우리 오빠도 그랬어."

고타로가 물러섰다고 여겼는지 스마트폰을 든 남자와 일행이 건들거리며 다가왔다.

"야, 예쁜이. 여기서 뭐해?"

"시간 있으면 우리 동아리에 놀러오지 않을래?"

남자의 친구에게서는 향수 냄새가 풀풀 풍겼다.

"컴퓨터통신 동아리야. 재미있어."

스마트폰을 들고 히죽거리던 놈이 화면을 만지작거리다가 이상하다는 표정을 지었다. 뭐야, 하고 작게 중얼거렸다.

"야, 안 찍혔어."

친구에게 스마트폰을 보여주었다. 화면을 들여다본 남자도 인상을 찌푸렸다.

"야, 사진 하나 제대로 못 찍냐?"

"그게 아니라니까."

그때 빙긋 웃는 표정으로 두 사람을 바라보던 유리코가 재빨리 입을 달싹여 뭐라고 중얼거렸다. 고타로에게 한 말이 아니다. 두 남자에게 한 말도 아니다.

"뭐야, 잡아당기지 마."

남자의 친구가 갑자기 날카롭게 소리쳤다. 그는 커다란 숄더백의 어깨끈을 안전벨트처럼 비스듬히 메고 빵빵하게 부풀어오른 가방 부분을 등뒤로 돌린 상태였다. 그 어깨끈이 분명 뒤에서 잡아당겨지고 있었다.

스마트폰을 든 남자가 깜짝 놀라서 소리쳤다. "어!"

고타로도 보았다. 남자의 숄더백이 등뒤 허공에 떠 있었다. 마치 제멋대로 그의 몸을 벗어나 달아나려는 듯했다. 그리고 주인을 뒤에서 잡아당겼다. 산책중 주인의 뜻과 다른 방향으로 가려고 고집부리는 개처럼.

카페테리아에 드문드문 앉아 있던 학생들이 놀라서 소리쳤다. 창밖에서도 몇몇 사람이 걸음을 멈추고 바라보았다.

"이거 왜 이래!"

남자의 외침에 친구는 뒤쪽으로 고개를 틀었다. 팔이 올라가서 두 겨드랑이가 비었다. 그 순간 가방 어깨끈이 두둥실 떠오르더니 주인의 팔을 빠져나와 몸에서 떨어졌다.

그러나 가방은 바닥에 떨어지지 않았다. 허공을 날았다. 가방 자체에 의지와 운동능력이 있거나, 아니면 보이지 않는 손이 붙잡아 멀리 내던진 것처럼 테이블을 족히 다섯 개는 넘어가서 입구 근처 냉온수기 옆에 툭 떨어졌다.

"무슨 짓이야!"

남자의 친구는 바로 격분해 고타로에게 다가왔다. 그때 남자가 갑자기 몸으로 친구를 들이받았다. 두 사람은 함께 카페테리아 바닥에 나동그라졌다.

"아악!"

"내가 그런 거 아니야. 난 안 그랬어!"

"무슨 헛소리야, 비켜!"

"그러니까 내가 그러는 거 아니라고! 뭐가 누르고 있어."

남자가 멘 밀리터리무늬 백팩도 빵빵하고 묵직해 보였다. 그 백팩이 등에서 통통 튀어오르며 주인을 짓눌렀다.

그러는가 싶더니 이번에는 백팩의 양쪽 어깨끈이 위로 올라가며 남자를 잡아당기기 시작했다. 그리고 먼저 날아간 친구의 숄더백 쪽으로 가려 했다. 그때 숄더백도 다시 움직이기 시작했다. 살아 있는 것처럼, 혹은 안에 무슨 동물이 숨어 있는 것처럼 재빠르게 벌떡 일어나더니, 바닥 부분을 땅에 대고 고리 모양 어깨끈이 휘날릴 만큼 재빠르게 카페테리아 밖으로 나갔다.

그 뒤를 쫓듯이 백팩도 움직였다. 으아아아, 하고 비명을 지르는 주인을 질질 끌면서. 남자의 친구도 반쯤 우는 얼굴로 대체 무슨 일이냐고 소리치며 따라갔다.

고타로를 포함해 카페테리아의 손님들은 거의 모두 일어서 있었다. 단 한 명, 모리사키 유리코를 제외하고.

유리코는 초콜릿카푸치노 컵을 받침에 내려놓고 고타로에게 말했다.

"이제 갔네."

"저놈들 어디까지 가려나."

"어디 부딪히면 멈추겠지."

대수롭지 않다는 표정으로 유리코도 자리에서 일어섰다. "다들 저기를 보고 있을 때 나가자. 응?"

고타로도 이의는 없었다. 두 사람은 부랴부랴 카페테리아 반대쪽 입구로 나갔다.

"어디 조용하게 이야기할 만한 곳 없어?"

캠퍼스를 나서서 길을 건너면 나오는 도립도서관 옆에 재해 발생시 피난구역으로 지정된 커다란 공원이 있다. 고타로는 그쪽으로 발길을 향했다. 저도 모르게 종종걸음을 쳤다.

"그렇게 서두르지 않아도 돼."

"너, 뭘 한 거야?"

"간단한 마술이야."

몸집이 작은 유리코는 고타로의 빠른 걸음도 잘 따라왔다.

"그 일이 일어나기 전에 뭐라고 중얼거렸잖아. 주문을 외는 것 같았어."

유리코는 자연스럽게 다듬은 눈썹을 치켰다.

"미시마 군은 관찰력이 대단하네."

그렇다면 정답인가. 그게 말이 돼?

공원으로 들어가서 산책로를 걷다가 벤치가 보이자 고타로는 멈춰 섰다. 숨이 찼다.

"그 정도 걸었다고 헉헉대다니, 컴퓨터만 만지느라 운동부족인 거 아니야?"

"정신적으로 동요해서 숨이 찬 거야."

"어머, 그래. 그럼 앉아서 좀 쉬어."

유리코가 먼저 척하니 앉아서 익숙하게 다리를 꼬았다.

"그런 건 처음 봤구나. 즉, 네가 만난 존재는 주문을 사용하지 않았어."

고타로는 여전히 서서 숨을 몰아쉬며 유리코를 내려다보았다.

"아까 뭘 한 거야?"

유리코는 헐렁한 가죽재킷에 감싸인 어깨를 가볍게 움츠렸다.

"그들의 숄더백과 백팩에 든 책들의 힘을 빌렸어."

뭐?

"그 책들, 그들이 소홀하게 대접해서 꽤나 오래전부터 화가 난 모양이더라고."

무슨 말인지 못 알아듣겠다.

"책에는 힘이 있어. 다들 어느 정도 기본적인 힘이 있고 책의 내용에 따라 고유의 힘도 생기지."

고타로는 또다시 '뭐?' 하는 표정을 지었다.

"그들이 가지고 있던 책은 자연과학 계열이었어. 초급용 교과서나 참고서겠지. 그래서 '물건을 움직이는' 힘이 소박하게나마 발휘된 거야."

숄더백과 백팩이 달아났다.

"그런 유의 대학생이 가방에 넣어다닐 책이라면 어린이나 아기일 게 뻔하니까."

"자, 잠깐만."

유리코는 기다려주지 않았다. 나무들 너머로 보이는 도립도서관 건물의 통유리에 시선을 던지며 말했다.

"저기도 아기와 어린이가 가득하지만, 장로도 한 명 있네. 돌아가는 길에 인사나 할까."

머리가 어질어질했다. 고타로는 벤치를 손으로 짚으며 겨우 앉았다.

"말이라는 정령이 태어나는 영역."

유리코가 편하게 수다떠는 말투를 거두고 진지하게 말했다.

"네가 만난 건 그 영역에서 온 존재였어. 그렇지?"

고타로는 손으로 이마를 눌렀다. "내가 인터넷에 그런 질문도 올렸던가?"

"응. '스다마*'라고 독음도 달아놨던데. 한자로 정령이라 쓰고 발음은 스다마. 그 존재가 그렇게 가르쳐줬어?"

"아니, 귀로 들었을 뿐이야. 질문을 올리면서 사전에서 찾아봤어. 발음만 듣고는 무슨 뜻인지 몰랐거든."

"미시마 군은 착실하구나."

황송하옵니다.

---

* 이매, 산신령, 산림과 목석의 정령이라는 뜻.

“네가 만난 그 존재는 사람 형태였어?”

고타로는 냉큼 손을 내리고 유리코의 얼굴을 보았다. “왜 그런 걸 묻는 거지?”

“내가 아는 ‘말이라는 정령이 태어나는 영역’에 있는 존재는, 평범한 인간과 동떨어진 모습이거든.”

고타로는 침을 꿀꺽 삼켰다.

“그 영역의 존재가 본래 모습으로 나타나면 보통 사람 눈에는 괴물로 보일 거야. 무서워서 대화는 꿈도 못 꿀걸. 하지만 미시마 군은 그렇지 않았던 모양이네.”

고타로는 저도 모르게 한 번, 또 한 번 고개를 끄덕였다.

“……새인간이었어.”

“등에 날개가 달린 사람?”

“응. 거대했고. 키가 2미터도 넘겠더라. 그리고, 그리고.”

미인이었다고 고타로는 말했다.

유리코는 웃지 않았다. “아아. 아름다운 여자 모습이었구나.”

“전사라고 했어.”

이번에는 유리코가 천천히 고개를 끄덕였다.

“시원의 대종루를 지키는 전사야. 그녀가 ‘세번째 기둥을 수호하는 전사’라고 하지 않았어?”

“맞아.”

"첫번째 기둥을 지키는 전사는 지위가 높아. 어지간한 일이 없으면 기둥 곁을 떠나지 않지."

그리고 작게 중얼거렸다. "……애시가 걱정한 대로네."

고타로는 여전히 뭐가 뭔지 통 짐작이 가지 않았지만, 지금 유리코가 중얼거린 말에 섞인 고유명사는 알아들었다.

"애시?"

"내 동업자."

유리코는 처음으로 입가뿐 아니라 눈가에도 웃음을 지었다.

"전에 날 도와준 사람이야. '늑대'로는 내 스승이기도 하고."

이애한테 "잠깐만"이라는 말이 소용없다는 건 잘 알겠다.

"늑대라는 건, 동물을 가리키는 거야? 아니면 '커다란 신'을 줄여서 늑대라고 부르는 거야*?"

유리코는 뜻밖이라는 표정을 지었다. "뒤쪽 해석은 처음 들었어. 미시마 군은 재미있는 사람이네."

다른 때였다면 이런 미소녀에게 칭찬을 받았다고 기뻐했겠지만, 지금은 아니다.

"모리사키 유리코 씨, 제게 테두리가 무슨 뜻인지 가르쳐주시겠어요?"

---

* 일본어로 '커다란 신'은 '오키나카미', '늑대'는 '오카미'로 발음한다.

"질문은 내가 해. 왜 그걸 알고 싶은데?"

고타로는 조금 화가 치밀었다.

"아까 치근대던 녀석들을 해치웠을 때처럼 주문을 써보지그래? 너, 마법사잖아. 마법을 걸어서 내가 술술 불게 만들어봐."

유리코는 고개를 저었다. "늑대 중에는 강력한 마도사도 있지만, 난 아니야. 내가 할 수 있는 일에는 한계가 있어. 아직 신참이거든."

"아아, 그러셔."

"하지만 네 이야기를 읽을 수는 있어."

그리고 고타로를 보았다. 눈이나 코 같은 특정 부위가 아니라 고타로라는 존재의 윤곽을 훑듯이.

"부모님과 여동생이 두 명이네. 쌍둥이?"

유리코는 고타로의 반응을 기다리지 않고 눈을 깜박이더니 다시 눈동자를 움직였다.

"노인도 주위에 있어. 여자. 하지만 이 사람은 가족이 아닌 것 같아. 아."

가볍게 오른손을 들고 집게손가락을 세워서 흔들었다.

"정정할게. 여동생은 한 명. 쌍둥이가 아니야. 그 동생과 친한 친구가 있는데, 너도 그애와 잘 아는 사이야."

시선을 움직이며 혼잣말하듯이 말을 이었다.

"이끌어주는 스승 같은 사람도 있어. 미시마 군에게 강한 영향력을 발휘하는 사람. 남녀 한 쌍이고—부부나 연인 사이야. 그리고 미시마 군이 몹시 걱정하는 사람이 한 명. 친구나 선배. 읽어내기 쉽지는 않은데…… 친형은 아니네."

고타로는 너무 놀라 혀가 목구멍으로 쑥 들어간 기분이었다.

모리사키 유리코의 시선이 멈췄다. 뭔가에 귀기울이는 듯한 표정으로 실눈을 떴다.

"아까 말한 여자애, 동생 친구한테 최근에 무슨 일 생기지 않았어?"

고타로는 여전히 꿀 먹은 벙어리였다. 그저 눈만 크게 떴다.

"농담 아니야. 뭔가 불쾌한 일이나 찜찜한 일이 생겼지?"

"그, 그, 그거, 그거."

"그걸 어떻게 알았느냐고 묻고 싶은 거야?"

고타로는 어색하게 고개를 끄덕였다.

"네 백팩 속 책이 알려줬어. 많이 걱정하지? 그애—미카를."

미카를.

"그거, 미카 책이지? 걔한테 빌렸거나 받은 책."

고타로는 백팩을 당겨서 지퍼를 열었다. 이것저것 쑤셔넣어서 어수선했다. 거꾸로 뒤집어 내용물을 전부 쏟아냈다. 교과서와 노트, 사전 등에 문고판 책 한 권이 끼여 있었다.

그래, 분명 소노이 미카의 책이다. 자세하게 말하면 미카가 산 책을 가즈미가 빌려 읽고 거실 책장에 처박아둔 것을 가지고 나왔다.

『태양의 세계—이집트 고대문명과 피라미드의 수수께끼』.

심심풀이로 읽기에는 괜찮은 제목 아닌가.

"미카는 이런 데 흥미가 있구나."

유리코의 눈빛이 부드러워졌다.

"그애는 책을 많이 읽어?"

겨우 대답할 말이 생각났다. "응. 나랑 가즈미—동생은 거의 안 읽지만 미카는 책을 좋아해."

"미시마 군은 그 책 읽었어?"

가지고 나오기는 했지만 결국 읽지 않았다. 언제 백팩에 넣었는지도 기억이 안 난다. 요즘은 수업이 지루해도 책을 읽을 여유는 없었다. 생각할 게 많기 때문이다.

"……이 책이 미카를 걱정한다고?"

"아주 걱정하고 있어. 이 책은 그애가 직접 골라 완독했거든. 그래서 서로 통하지. 하지만 그 때문만은 아닌 것 같아."

유리코는 『태양의 세계』를 집어들려다가 손을 멈췄다.

"미시마 군이 찾아봐. 뭔가 적혀 있거나 끼여 있을 거야."

고타로는 시키는 대로 책을 펼쳤다. 차례차례 책장을 넘겼다.

깨끗하다. 아무것도 적혀 있지 않았다.

유리코가 조바심 난다는 듯이 말했다. "좀 잘 찾아봐."

"어떻게 더 잘 찾아보냐."

그러다가 손을 멈췄다. 『태양의 세계』 책과 겉표지의 책날개 사이에 작은 메모지가 끼여 있었다. 연분홍색. 아주 얇고 작은 메모지다. 그냥 훌훌 넘겨서는 못 볼 만도 하다.

동글동글한 글씨가 적혀 있었다.

'가쿠 선배한테 꼬리치면 죽여버릴 거야.'

고타로는 그 작은 메모지를 쥔 채 족히 십 초는 굳어버렸다.

"여자애들이 수업중 쪽지를 주고받을 때 이런 메모지를 쓰지."

안다. 중학교와 고등학교 때 같은 반 애들이 그랬다.

유리코가 재빨리 고타로 손에서 메모지를 빼앗았다. "구기면 안 돼."

안 그래도 지금 구기려고 했는데.

"이 책, 미카한테 빌렸지?"

"정확하게 말하면 미카가 가즈미에게 빌려준 책을 내가 다시 빌린 셈이야."

"가즈미가 네 동생이랬지. 아무튼 미카는 책에 이런 메모지가 끼여 있는 줄 몰랐을 거야. 알았다면 그대로 빌려줬을 리 없어. 그렇지?"

그럴 거다.

"하지만 이건 미카 주위에서 일어나고 있는 일을 경고하는 중요한 증거품이야. 버리면 안 돼."

"그래도 원래대로 끼워놓는 건."

"물론 원래대로 끼워놓으라는 건 아니야. 책이 불쌍한걸. 미시마 군이 따로 보관하면 되잖아."

고타로는 어째서인지 변명조로 말했다. "이 일은 이미 수습됐는걸."

연식 테니스부에서 가쿠 선배를 둘러싸고 벌어진 소동은 마무리됐다. 가즈미도 그렇게 말했다. 거짓말처럼 깔끔하게 끝났다고. '반짝반짝 키티'도 잠잠해졌다.

"말썽이 생긴 건—내가 알게 된 건 작년 말 무렵이야. 소동 자체는 훨씬 전에 일어났고. 이 메모도 아마 그때 끼워놨을 거야."

"책은 언제 빌렸어?"

기억이 전혀 안 난다. 백팩에 든 물건을 언제 마지막으로 확인했는지도 기억나지 않았다.

"판권면을 봐봐."

고타로는 무슨 말인지 이해하지 못했다.

"제일 뒷장을 보라고. 발행연월일이 실려 있어. 그 책은 신간인 것 같으니까."

발행일은 작년 10월 25일이었다.

안도했다. "봐, 맞지? 미카는 책을 금방 읽어. 다 읽고 가즈미에게 빌려줬으면 11월 초나, 늦어도 중순쯤이었을 거야. 소동은 그 무렵이 최고조였던 모양이고. 지금은 괜찮아."

"남자를 놓고 싸운 모양이네."

"……응."

"걔들 몇학년이야?"

"내 동생은 중학교 2학년이야. 4월부터 3학년. 미카는 2학년에 올라가고."

"어린 여자애들이라고 만만하게 보면 안 돼."

가즈미와 미카랑 나이차도 별로 나지 않으면서 유리코는 묘하게 어른스러운 투로 말했다.

"그 나이대 여자애들이니까 오히려 무분별하게 극단적인 짓을 저지를지도 몰라."

"하긴, 죽여버리겠다는 건 너무 심하지."

"말뿐이라면 심하지 않아. 문제는 이 말의 바탕이 되는 '이야기'야."

어느덧 유리코의 표정이 험악해졌다. 곤충 관찰을 좋아하는 아이가 잎사귀 뒤에서 화려한 색깔의 독충을 발견한 것처럼.

"이야기?"

유리코가 무슨 말을 하려는지는 이해했다. 하지만 고타로 생각에는 단어를 잘못 선택한 것 같았다.

"보통은 동기나 이유라고 하지 않나?"

"아니, 이야기야." 유리코가 딱 잘라 말했다. "모든 것은 이야기야. 우리 인간은 이야기를 만들면서 살아가. 각각의 인간이 자아내는 이야기 속에서 그 인간의 말이 태어나지."

그것도 순서가 반대다. 일단 말이 먼저고, 그다음이 이야기일 텐데.

"난 방금 미시마 군의 이야기를 읽었어."

유리코는 얼굴을 조금 가까이 가져와 말했다.

"미시마 군을 둘러싼 이야기의 흐름을 읽었어. 그래서 네 가족이나 주위 사람에 대해 알 수 있었던 거지."

"이야기의 흐름?"

"그래, 에너지 같은 거야. 하지만 이런 표현은 어려우니."

난감하다는 듯이 손가락으로 뺨을 긁적였다. 그 동작은 귀여웠다.

"간단하게 '오라'라고 하고 싶지만, 이 말은 너무 남용돼서 입 밖으로 꺼내는 순간 미심쩍은 인상이 강해져."

"응, 충분히 미심쩍지."

"하지만 내 독해는 들어맞았지?"

고타로는 잠자코 있었다.

모리사키 유리코는 숨을 한 번 내쉬고 고타로의 얼굴을 빤히 바라보았다.

"넌 현명한 사람이야."

"뭐, 뭐야."

"미시마 군은 지금 나와 나누는 대화보다 훨씬 신기하고 위험한 일을 겪었지? 하지만 그렇다고 이성의 끈을 놔버리지는 않았어. 대부분의 사람은 그렇게 신중하게 대처 못해. 이른바 '신비체험'을 딱 한 번 하고 현실의 인생을 송두리째 내팽개치는 사람이 셀 수 없이 많지. 하지만 넌 안 그래. 커다란 수수께끼를 끌어안고 절실하게 해답을 찾고 있지만, 해답이 눈앞에 던져졌다고 맛도 확인하지 않고 꿀꺽 삼켜버리지는 않아."

아마 칭찬인 것 같다.

"난 미시마 군이 가진 수수께끼에 답해줄 수 있어. 하지만 그 해답을 최대한 정확하고 올바른 형태로 만들려면 정보가 더 필요해. 그러니 말해주지 않을래? 네가 날개 달린 전사를 만나게 된 경위를. 처음부터 지금까지 전부."

고타로는 유리코를 곁눈질했다.

"또 '읽어'보는 건 어때?"

"난 너와 같은 영역의 존재니까 네 이야기는 읽을 수 있어. 하지만 네가 다른 영역의 존재와 접촉하며 끌어들인 이야기는 못 읽어. 그런 게 있다는 건 알고, 네게 달라붙어 있는 모습도 보이지만, 내용까지는 이해하지 못해."

그편이 낫다고 한다.

"다른 영역의 이야기를 제대로 독해하지 못하면 혼돈이 생기니까."

현기증을 넘어 머리가 아파오는 것 같았다.

"미시마 군이 걱정하는 사람도 틀림없이 다른 영역과 얽혀 있을 거야."

"읽을 수 있어?"

"이건 그냥 추측이야."

"그 사람은 아르바이트 선배야. 모리나가 씨라고 해."

"그 사람은 너와 나이가 비슷하지? 훨씬 나이가 많은 사람—미시마 군 입장에서는 할아버지뻘인 사람도 주위에 있지 않아? 이 사람의 존재도 모리나가라는 사람처럼 다른 영역의 이야기에 섞여들어가서 잘 못 읽어내겠어."

쓰즈키 아저씨 얘기다.

고타로는 고개를 푹 숙였다. 낙담한 것이 아니다. 맥이 풀려서 속으로 무릎을 꿇은 기분이었다.

"이야기하자면 길어."

그렇게 서론을 깔고 설명했다. 유리코는 한 번 움찔하지도 않고 귀기울였다. 가끔 관계자의 이름을 확인했다. 고타로도 꼬박꼬박 대답했다.

고타로가 이야기를 끝내자 유리코는 어째서인지 다시 도립도서관 쪽에 눈길을 주었다. 유리로 된 외벽이 석양을 받아 진노란색으로 빛났다.

"우선 하나 알려줄게."

안심하라며 미소지었다.

"모리나가 씨는 살아 있어. 지금 우리가 있는 이 영역에서 모습을 감추었을 뿐이야. 행방불명된 다른 사람들도 마찬가지고."

"그럼 돌아올 수 있는 거야?"

"아마도."

"확실하진 않아?"

"100퍼센트 장담은 못해. 그들의 의지도 있으니까."

"의지라니, 무슨 소리야?"

고타로는 무심코 인상을 썼다.

"모리나가 씨를 비롯한 사람들은 강제로 납치돼서 전사 가라의 무기에 봉인된 게 아니라는 뜻이야. 즉 일종의 거래지."

추측하기로는 그렇다고 한다.

"영 못 미더운데."

"어쩔 수 없어. 시원의 대종루 수호전사가 엮인 사건은 나도 처음이거든. 과거의 예를 토대로 추측하는 수밖에."

고등학생답게, 시험 기출문제를 참고한다는 건가.

"거래라면, 그 사람들은 대가로 뭔가 받을 수 있는 거야?"

"그렇겠지. 그렇다기보다 그들이 내놓은 게 그대로 대가야."

좀 알아들을 수 있게 설명해주면 좋겠다.

"전사 가라는 아마 이 영역에 사는 인간의 '소망'을 모으고 있을 거야."

혹은 갈망. 또는 바람.

"가라는 '사정이 있어서 이 영역에서 힘을 모으고 있다'라고 말했어."

"그건 거짓말이 아니야."

소망은 곧 '힘'이기 때문이다.

"소망은 인간이 가진 가장 근원적인 힘이야. 그것과 쌍을 이루는 힘이 '억제'지. 인간의 마음속에서는 이 두 힘이 항상 절묘한 균형을 유지하고 있어."

명쾌하게 단언했지만 고타로의 생각은 달랐다.

"인간이 가진 근원적인 힘은 소망이 아니야."

"그럼 뭔데?"

"애정이라든가, 창조성이라든가."

"둘 다 소망이지 않아? 마음을 줄 대상을 원한다. 뭔가를 만들고 싶어한다. 크게 보면 소망이지."

"하지만 대가를 바라지 않는 사랑도 있잖아."

"사랑의 감정을 품는 것만으로 사랑하고 싶다는 소망이 충족되니까 대상에게 대가를 요구하지 않을 뿐이야."

그런가.

"하지만 억제가 소망만큼이나 중요하다는 건 좀."

"중요하잖아? 사랑도 억제 없이 폭주하면 무섭지 않아? 창조성도 그래. 모두 자신의 창조성에 제동을 걸지 않고 뭐든 멋대로 만들어내면 인간 사회는 성립하지 않아."

"멋대로 만들다니?"

"가끔 있잖아. 자기 멋대로 규정을 만드는 사람." 유리코는 어깨를 살짝 으쓱했다. "아까 치근거리던 녀석도 그래. 마음에 드는 여자를 보면 양해도 구하지 않고 사진을 찍어. 예의 없고 상식에도 어긋나는 짓이야. 상대의 감정을 생각하지 않지. 하지만 자기는 그래도 괜찮다는 규정을 적용하는 거야. 내가 괜찮으니까 괜찮다고."

"……그런 것도 창조에 들어가?"

"그럼. 사람이 행하는 일은 다 창조야."

고타로는 입을 다물었다.

"모리나가 씨를 비롯해 가라의 낫에 봉인된 사람들 역시 저마다 소망을 품고 있었어. 그리고 그 소망을 억제하며 살아왔지. 하지만 소망이 너무 강해 억제하기 힘들어졌어. 전사 가라는 그렇듯 마음이 불균형한 사람을 찾아내 그들의 소망을 모으고 있을 거야."

"그게 어떻게 거래가 되는데?"

"자기 힘으로 균형을 잡지 못해 괴로운 사람의 소망을 없애주면, 그들은 일시적으로나마 편해지지 않겠어?"

그러므로 소망을 내놓는 행위 자체를 대가로 거래가 성립할 수 있다.

"아무리 편해진대도 그런 꼴이 되어서야—"

고타로는 세차게 고개를 저었다.

"그런 꼴이 되면서까지 없애고 싶을 만큼 괴로운 소망이 대체 뭐길래."

"여러 가지겠지. 노숙자라면 가족을 만나고 싶다거나 사회에 복귀하고 싶다거나 직업을 얻고 싶다거나, 뭐 그런 거."

"모리나가 씨는? 모리나가 씨는 가족, 일, 학교, 친구 전부 가지고 있어."

"그럼 그외에 뭔가 절실하게 바라는 것이나 일이 있었겠지."

미시마가 몰랐을 뿐이라고 한다.

"쓰즈키 씨라는 네 파트너가 가라에게 정화당한 후 변해버린 것도 그런 까닭일걸."

아저씨는 어떤 소망을 빼앗겼지?

"은퇴한 형사라고 했지?"

"응. 지금도 녹록지 않아 보여."

"좀더 일하고 싶었는지도 모르겠네. 아직 일할 수 있다, 아직 사회에 공헌할 수 있다, 살아갈 목적이 필요하다, 내게 사건을 달라—"

아닌 게 아니라 쓰즈키 아저씨는 혼자 열심히 가고일 조각상의 수수께끼를 쫓았다. 아저씨에게는 그게 사건이었기 때문이다.

고타로는 한기를 느꼈다.

"가라는 아저씨에게 '죄를 너무 많이 모았구나, 늙은이여'라고 말했어."

—너는 이 영역의 죄를 낚아올리는 자군.

"죄를 모으는 어부 역할에 너무 숙달된 탓에 어부를 계속하고 싶다는 소망에서 자유로워질 수 없었어. 과거에 모은 죄의 무게—아니, 이 경우는 손맛이라고 해야겠지. 그걸 잊지 못한다. 아마 그런 의미에서 한 말일 거야."

유리코는 고타로를 위로하는 듯한 표정을 지었다.

"너무 걱정하지 않아도 시간이 지나면 쓰즈키 씨는 원래대로 돌아올 거야. 마음이 살아 있으면 소망은 또 싹트는 법이거든."

"그럼 아저씨는 왜 끌려가지 않은 걸까."

모리나가 씨 같은 사람들과 달리.

"그건 미시마 군도 알 텐데."

위험하니까, 라고 유리코는 말했다.

"쓰즈키 씨와 너를 한꺼번에 없애면 주위 사람들이 무슨 조치를 취할 가능성이 높아져. 특히 미시마 군은 모리나가 씨와 직접적인 연관이 있잖아."

"그래서 아저씨는 소망을 빼앗은 뒤 그냥 내버려뒀고."

"너한테는 위협만 하고 갔지. 그걸로 충분하다 여겼을 거야."

유리코가 그런 말을 하자 스스로가 더욱 한심하게 느껴졌다.

"가라는 사과했지?"

미안하다고 몇 번이나 말했다.

"그것도 솔직한 심정일 거야. 모리나가 씨를 걱정하는 두 사람에게 미안해서 더이상 아무 짓도 하지 않고 떠난 거지."

하지만 고타로는 역시 가라가 자신을 얕보았다는 기분이었다.

"저기, 시원의 대종루를 수호하는 전사는 원래 사악한 존재가 아니야. 닥치는 대로 인간을 사냥하는 악당이 아니라고. 그건 알아둬."

뭐가 나쁘고 뭐가 나쁘지 않은지 고타로는 아직 판단이 서지 않았다. 과연 이해할 수 있을지도 의심스러웠다.

"가라는 뭣 때문에 힘을 모으는 걸까?"

유리코는 고개를 저었다. "그건 나도 모르겠어. 가라에게 물어봐야겠지."

어쨌거나 아주 절실하다.

"분명 그 영역의 안정과 연관 있는 중대한 목적일 거야. 그래서 애시도 걱정하는 거고."

또 그 '늑대' 스승의 이름이 나왔다.

유리코가 고타로에게 미소지었다.

"자, 이제 내 차례네."

유리코가 미시마 군의 질문에 대답할 차례다.

"테두리란 무엇인가."

고타로는 무심코 자세를 바로 했다.

"테두리란 이 세계를 감싼 모든 이야기가 펼쳐져 있는 세계를 뜻해."

이야기?

"세계는 여기 있잖아."

유리코는 가볍게 양손을 펼치고 하늘을 올려다보았다.

"우주도 여기 있어. 보이지 않지만 지식으로 알지. 과학이 해명한 사실이니까."

하지만 우리는 그 지식만 가지고 살아가지는 않는다.

"사람은 현실의 사물과 현상 속에 살고 있지만, 그것만으로는 살아갈 수 없어. 사물과 현상을 해석하고, 나아가 소망과 상상을 덧씌워야 비로소 인간답게 살 수 있지. 그런 소망과 상상이 '이야기'야."

'테두리'는 그런 이야기의 집적체다.

"세계에 대한 해석의 집적체."

그리고 이야기는 사람 수만큼 존재한다.

"그 결과 테두리는 실제 세계보다, 우주보다 더 광대해졌지."

그리고 다종다양한 '영역'을 내포하고 있다.

"우리가 있는 현실, 이것도 영역이야. 우리가 있는 이 나라, 이것도 영역이고. 영역이라는 말은 넓은 의미로도 좁은 의미로도 쓸 수 있어. 인류를 단위로 삼으면 전 지구가 하나의 영역이지. 어떤 민족이나 국가를 단위로 삼으면 그 민족 집단과 국가가 하나의 영역이 되고. 그 민족이나 국가의 구성원이 공통으로 간직하는 이야기가 존재하니까."

"잠, 잠, 잠."

"잠깐 멈추라고?"

"응. 유리, 네 말은 틀렸어."

"어디가 어떻게 틀렸는데?"

"어떤 민족이나 국가의 구성원이 공통으로 간직하는 건 이야기가 아니야. '역사'지."

유리코는 여유롭게 웃었다. "그래. 하지만 역사도 이야기야."

"말도 안 되는 소리!"

역사학자에게 실례다.

"과연 그럴까? 직접 과거로 돌아가 확인하고 온 사람이 있어? 연구로 알아낸 건 어디까지나 가설이야. 가설은 즉 이야기고."

고타로는 반박할 말이 없었다.

"인문과학이든 자연과학이든 과학자는 '이것으로 모두 해명되었다' '이건 순도 100퍼센트 진실이다' 같은 표현은 안 써. 왜냐하면 그건 사실이 아니니까."

고타로는 막힘없이 말하는 연하의 미소녀를 입을 떡 벌리고 바라보았다.

"항상 앞으로 나아가며 최전선에서 '미지의 것'과 직면하지. 그게 과학이자 과학자가 할 일이야. 동시에 그 미지의 것에 대해 다양한 가설을 세우고 추측해. 그건 창조야. 그리고 해명되지 않고 창조된 것은 정확도가 아무리 높을지라도 이야기의 일종이야."

우수한 과학자는 그 경계를 안다. 결코 애매하게 두지 않는다.

"하지만 과학자가 아닌 사람들은 경계선을 그리 엄밀하게 긋지 않아. 과학자들도 자기 전문이 아닌 분야에서는 종종 이야기를 우선해서 경계선을 애매하게 만들지. 그래서 이야기는 점점 늘어나고 부풀어올라."

그 자체는 나쁘지 않다고 한다.

"이야기는 결코 나쁜 게 아니야. 인간의 희망이자 살아가는 기쁨 그 자체니까. 혹은 위로이자 구제, 정의이자 선의이니까."

하지만 이야기가 결과적으로 '악'을 불러들이기도 한다.

"이야기는 자유자재거든. 인간의 선의에서, 동시에 인간의 업에서 태어나기 때문이야."

고타로는 무심코 물었다. "종교 말이야?"

유리코는 밝은 눈으로 고개를 끄덕였다. "종교도 이야기야. 신도 이야기고. 인류가 만들어낸 가장 큰 이야기지."

"그런…… 사고방식이면 왠지 장소에 따라서는 죄스럽게 여겨질 것 같은데."

"그래. 하나의 이야기를 근거 삼아 그 이야기에 동의하지 않는 사람을 공격하지. 중세의 종교재판과 여러 종교의 극단적인 원리주의자가 저지르는 파괴적인 테러. 전부 이야기의 죄야. 이야기가 결과적으로 악의를 불러들였을 때 일어나는 현상이지."

말은 쉽게 하지만 그 내용은 엄청나다.

"지금 내가 하는 말도 하나의 이야기야. 세계의 해석 중 하나."

이렇듯 인간은 세계를 해석하며 살아간다. 그러므로 테두리가 탄생했고, 확장되면서 존속하는 것이다.

유리코가 갑자기 얼굴을 가까이 가져왔다. "이야기가 어디서 왔을 것 같아?"

고타로는 몸을 조금 뒤로 물렸다. "그, 그야 당연히 인간의 머릿속이지."

머리가 아니라 마음인가.

"아니, 틀렸어."

유리코는 조금도 주저하지 않고 말했다.

"모든 이야기에는 원천이 있어. 그곳에서 나와서 그곳으로 돌아가."

그 장소를 '이름 없는 땅'이라고 한다.

"거대한 죄업의 대륜 한 쌍이 돌아가는 곳이지. 그 대륜이 회전하며 이야기를 풀어내고 또 되감아. 모든 이야기를 환원시키는 시작의 땅이야."

고타로는 여전히 얼떨떨할 따름이었다.

"어, 어째서 그렇게 단언할 수 있는데?"

"가서 보고 왔으니까."

오빠를 구하려고, 라고 했다.

"오빠가 거기 있었거든."

오빠. 그 말에 감정이 묻어났다. 유리코의 눈에 그늘이 졌다.

"죄, 죄업의 대륜이라니, 잘못을 뜻하는 그 죄 말이야?"

"그래. 이야기는 인간이 뱉어내고 인간이 쌓는 업이니까."

"아까 이야기는 나쁜 게 아니라고 했잖아!"

"나쁘지 않아도 업은 업이야. 죄는 죄고."

고타로는 어이가 없었다. 뒤죽박죽이다.

"저기, 하나 지적해도 될까?"

"해봐."

"네 말이 이야기라면, 그 이름 없는 땅도 이야기야. 맞지?"

"응."

유리코는 맥이 풀릴 만큼 선선히 인정했다.

"이름 없는 땅 역시 이야기에 의해 태어난 영역 중 하나야. 나도 알아."

정말로 확실한 것은 '테두리'라는 존재뿐이다.

"우리 중 아무도 테두리에서 달아날 수 없다는 말을 하고 싶었을 뿐이야."

달아날 필요도 없다고 작게 덧붙였다.

고타로는 호흡을 가다듬었다. 이런 논쟁을 벌여봤자 유리코의 말발에 휘말릴 뿐이다. 좀더 구체적인 부분을 파고들어야 한다.

"이름 없는 땅과 시원의 대종루는 다른 곳이야?"

유리코는 힘주어 고개를 끄덕였다.

"이름 없는 땅은 이야기가 처음으로 시작되는 땅. 시원의 대종루는—"

말이 처음으로 시작되는 땅이다.

"말이 태어나는 영역이지."

이 두 영역은 한 쌍을 이룬다. 이야기와 말. 말과 이야기. 뭐가 먼저고 뭐가 나중인지 가려내기는 불가능하다. 서로 꼬리를 문 두 마리 뱀처럼 이어져 있다고 한다.

고타로는 웃음을 터뜨렸다. "당연히 말이 먼저지!"

"어째서?"

"말이 없는데 누가 이야기를 할 수 있겠어?"

"하지만 말의 기원은 이야기에 담겨 있잖아. 이야기가 먼저 존재하지 않았다면 아무도 말할 수 없지 않겠어?"

고타로는 입을 벌린 채 말문이 막혔다.

잠시 후 겨우 말을 꺼냈다. "닭이 먼저냐 달걀이 먼저냐군. 우기려면 얼마든지 우길 수 있어."

모리사키 유리코는 소리내어 웃으며 손뼉을 짝짝 쳤다.

"미시마 군은 정말 재미있다니까!"

웃음으로 넘기지 마, 이 꼬맹아. 네가 아무리 미소녀라도 모든 남자가 헤벌쭉하니 정신 못 차릴 줄 아냐.

"그리고 듣자하니 아까부터 계속, 현실에 있는 나라와 장소랑 가상의 나라와 장소를 똑같이 취급하더라?"

이름 없는 땅 그리고 시원의 대종루, 둘 다 지어낸 이야기가 틀림없다.

유리코는 태연했다. "마찬가지니까. 양쪽 다 영역이야."

"그런 말도 안 되는 소리가 어디 있어!"

"왜? 한쪽은 현실에 있어. 한쪽은 존재하지만 현실에는 없고. 그 차이일 뿐 영역으로서의 가치는 똑같지 않아?"

"아니."

"그럼 예를 들어 『나니아 연대기』는?"

미카가 좋아하는 판타지 소설이다. 영화를 보고 감동해서 원작도 읽었다. 그리고 더 감동했다고 말했다.

"수많은 사람이 나니아 왕국에 대해서 알지? 그 나라에서 무슨 일이 일어났고 어떤 생물들이 사는지 알아. 그런 이야기를 하고 감정을 가져."

"하지만 실제로는 없어."

"존재는 해."

"그 차이는 어마어마하게 크다고."

"그럴까? 실재하지 않는 것이 의미가 없다고 단언할 수 있어? 현실에 없는 것은 우리 인간에게 아무 영향도 미치지 않아? 인간이라는 '현실의 존재'에게, '현실에 없는 존재'는 그저 기분전환이나 심심풀이를 위한 도구야? 입맛에 맞게 소비하는 환상이라고 무시해도 되는 거냐고?"

또 아득바득 우기네.

"아니, 그렇지 않아. 그건 우리에게 영향을 줘. 드물게는 현실의 우리에게 실제로 관여할 때도 있어."

그래서 네가 가라와 만난 거야. 유리코는 고타로를 똑바로 바라보며 말했다.

"가라와 만나서 혼란스럽다는 건 잘 알아. 무리도 아니지. 하지만 넌 신비로운 체험을 했다고 친구에게 재미삼아 떠들고 넘어가지도 않았고, 이상한 환각을 보았다며 스스로를 설득하고 입을 다물지도 않았고, 그저 알고 싶어해. 좀더 알고 싶어해. 좀더 관여하고 싶어한다고. 그게 위험해 보여서 널 찾아온 거야."

처음에, 퇴치해야 할지도 모른다고 했었지.

"호기심을 가지면 안 되는 거야?"

"이 경우는 안 돼. 분별없는 짓이야."

"너한테 그런 말을 들을 줄이야."

유리코는 웃지 않았고, 고타로도 웃지 않았다.

"모리나가 씨를 되찾아오고 싶어."

"그 사람은 안 죽었어. 자진해서 가라와 거래했고 그 결과에 만족했어. 그래도?"

"모리나가 씨의 기분을 어떻게 알아? 너 혼자 그렇게 말할 뿐이잖아."

"남의 말만 듣고서 아, 그렇구나, 하고 넘어갈 때 있지? 아주 많을 거야. 이번 일도 그렇게 받아들일 수 없겠어?"

—그건 악몽이었다고 생각하면 안 되겠니?

쓰즈키의 말이 귓속에 되살아났다.

"미시마 군, 낫 속의 모리나가 씨와 눈이 마주쳤다고 했지."

"……그래."

"그때 그 사람이 너한테 도움을 청했어? 도와달라고. 여기서 꺼내달라고."

"몰라. 그걸 확인할 만큼 여유 있는 상황이 아니었어."

"약은 대답이네."

확실히 그렇다. 그래서 고타로는 고개를 숙이고 중얼거렸다.

"모리나가 씨는 뭘 그렇게 바라고 원한 걸까. 가라와 거래할 만큼."

"비밀이었겠지. 본인밖에 모를 거야."

"그렇게 엄청난 비밀을 품고 있는 것처럼 보이진 않았는데."

"주위 사람들에게 들키지 않도록 숨기는 게 '비밀'이잖아?"

한 방 맞았다.

"모리나가 씨가 어떤 상황이고 가라의 목적이 무엇인지, 무슨 일이 있어도 꼭 알고 싶어하면 가라가 내 앞에 나타날까?"
유리코는 어깨를 늘어뜨리고 한숨을 쉬었다.
"즉, 넓적한 덧신을 신고 지뢰밭을 지나가고 싶은 거구나?"
고타로는 웃었지만 유리코는 웃지 않았다.
"미시마 군, 아까 내가 현실과 가상의 이야기를 똑같이 취급한다고 비난했지. 하지만 너도 다를 바 없어. 현실에는 없지만 존재하는 영역과, 거기서 온 가라라는 존재를 인정하고 받아들였잖아."
그 말이 맞다.
"……늑대는 뭐야?"
"질문을 바꿔서 공격을 피해보려고?"
"질문에 질문으로 답해서 얼버무릴 작정이야?"
유리코는 진심으로 발끈한 기색이었다. 고타로는 머리를 긁적였다.
"정말 궁금해서 물어보는 거야. 그게 뭐야? 존재하지만 현실에는 없는 영역에 접근해버린 사람이야?"
대답하기 전에 유리코는 잠시 생각에 잠겼다.
"아니. 그런 인간이 모두 늑대가 되지는 않아."
말을 고르듯이 또 뜸을 들였다.
"이야기 중에는 힘이 너무 강해서 그 이야기를 접한 인간을 근본적으로 바꿔버리는 것도 있어. 좋은 쪽인지 나쁜 쪽인지는 때와 조건에 따라 달라. 한 가지 현상에는 표리가 있으니까. 단, 나쁜 쪽으로 바뀌면 커다란 비극을 불러와."

싸움이 시작된다고 한다.

"싸움? 전쟁 말이야?"

"사람들이 서로 다투는 것. 혹은 한쪽이 다른 쪽을 침범해 괴롭히는 것."

갈등을 빚는 모든 것.

"그런 위험한 이야기의 근원은 이야기가 시작되는 '이름 없는 땅'에 봉인되어 있어. 하지만 이 봉인이 깨질 때가 있지. 봉인되어 있어도 근원에서 무수히 뻗어나오는 곁가지 이야기는 사본 형태로 우리가 사는 세계, 이 영역에 이미 수없이 나돌고 있고."

늑대는 그 사본을 사냥한다고 한다.

"테두리 속에 있는 위험한 이야기, 그 내용이 담긴 사본을 사냥하는 것이 우리 임무야."

고타로가 과장되게 눈을 부릅뜨자 그제야 유리코가 웃었다.

"뭐야, 그 표정은."

"그런 건 분서라고 하는 거야. 책을 사냥하다니, 표현의 자유를 침해하는 짓이잖아."

"아무도 그런 짓 안 해. 우리는 그저 위험한 사본이 존재한다는 지식을 전수해서 사람들이 최대한 그것을 접하지 않도록 할 뿐이야. 만약 사본을 접해 물들어버린 사람이 나타나면, 넌 이야기에 씌었다, 넌 자신의 수명을 살며 너 자신의 이야기를 자아내는 것이 아니라, 씐 이야기 속에서 살려는 거라고 알려주지. 그리고 그 사람을 현실로 다시 불러오려고 노력해. 단지 그뿐이야. 할 수 있는 것도 그 정도지."

그래도 늦을 때가 있다고 중얼거렸다. 눈에 드리운 그늘이 짙어졌다. 거의 어둠에 가깝다.

"이름 없는 땅과 시원의 대종루는 아주 오래된 영역이야."

언제 탄생했는지도 모를 만큼 오래됐다.

"어떤 특정한 '자아내는 자', 즉 작가가 있는 것도 아니야. 수많은 사람의 마음속에서 생겨났지. 인간은 이야기와 말의 기원은 이러이러하지 않을까, 하고 막연하게 생각해. 막연하게 외경심을 품어. 그런 마음이 낳은 영역이야."

역사가 되지도, 종교가 되지도, 신화가 되지도 않고 그저 탄생했을 때의 모습을 지켜오고 있다. 태곳적부터.

"간단해. 그 이상도 그 이하도 아니야. 그래서 강하지. 위험하지는 않지만 아주, 아주 강력해."

고타로는 고개를 들고 물었다. "그렇게 오래된 영역이면 죽은 사람도 있어? 죽은 사람이 거기 가기도 해?"

유리코는 눈을 깜박였다. "질문이 이상하네. 이야기와 말이 처음으로 시작되는 땅에 왜 죽은 사람이 간다고 생각해?"

"그 검은 날개 때문에 가라를 사신이라고 믿는 애가 있거든."

고타로는 마나의 사연을 밝혔다. 마나의 이야기를 듣고 무슨 심정이 들었는지도 솔직히 털어놓았다.

유리코는 듣는 도중 눈을 감았다. 고타로가 입을 다물자 천천히 눈을 뜨고 다정하게 말했다. "다섯 살 아이한테 엄마의 죽음을 이해시키기란 아주 힘들지."

"……내 생각도 그래."

"하지만 잘 판단했어. '사후세계를 존속시키는 근거는 살아 있는 사람들의 말이다'. 그건 올바른 판단이야."

"그래서?"

"그애한테 네가, 사후세계에 대해 이야기해줘."

엄마는 별이 됐어. 엄마는 천국에 있어. 엄마는 언제나 마나를 보고 있어. 엄마는 보이지 않아도 마나 곁에 있어.

"어떤 식이라도 괜찮아. 네가 마음을 담아서 말한다면."

그것이 바로 이야기라고 유리코는 말했다.

"늑대가 된 뒤로 생각했어. 이야기는 인간이 '죽음'에 대항하기 위해 만들어낸 거라고."

목소리에 힘이 들어갔다.

"단 한 번뿐인 인생. 불합리하다는 의미에서만 만인에게 평등하게 찾아오는 죽음. 그 공포를 이겨내고 상실의 슬픔을 넘어 살아가기 위해, 인간은 이야기를 만들어냈어. 입에서 입으로, 세대에서 세대로 전해지지. 내용은 아주 다양해. 개인적인 일이든 한 나라의 역사든, 큰 이야기든 작은 이야기든 그 가치는 똑같아."

그렇듯 수많은 이야기 중 '사후세계'라는 이야기도 있다.

"사람은 죽었다고 끝나는 게 아니야. 다음 인생이 있어. 환생할지 모르고, 하늘로 올라갈지 몰라. 아무튼 끝은 아니야. 우리가 사랑하는 사람은 사라진 게 아니야. 그런 내용의 이야기들."

사실은 다르다고 유리코는 힘주어 말했다.

"죽음은 완결된 현상이야. 사람의 삶은 죽음으로 끝을 맞아. 목숨이 있는 자는 반드시 죽어. 그리고 죽은 자는 더이상 어디에도 존재하지 않고 돌아오지도 않아. 하지만 이야기는 그 사실과 다른 내용을 말해. 사실에 맞서며 남은 사람을 위로하고, 격려하고, 계속 살아가기 위한 빛과 희망을 전하지."

그것이 바로 이야기가 존재하는 가장 크고 중요한 의의이자 의미다. 인생이 한 번뿐이라는 사실에 맞서는 창조와 상상의 힘.

"죽음에 맞서다. 그것은 즉 노골적인 현실을 향해 이렇게 선언한다는 뜻이야."

우리는 사라지지 않겠다.

그러니까 이야기해주라고 다시 한번 말했다.

"너의 말로, 그 아이에게 이야기해줘. 엄마는 천국에 있어. 엄마는 마나 곁에 있어. 뭐든 상관없어. 미시마 군이 원하는 대로 이야기해줘. 하지만 이야기로 그 아이를 달래고 나서도 지켜봐줘야 해. 계속 지켜볼 수 없다면 하다못해 기도라도 해줘."

"뭐, 뭘?"

"그 아이가 건강하게 성장해서 언젠가 스스로 깨달을 수 있기를. 그때 미시마란 사람이 해준 말은 사실이 아니다. 그건 그냥 이야기였다. 사실 엄마는 이미 죽고 없다. 사람이 죽는 건 아주 괴롭고 슬픈 일이며, 죽은 사람은 두 번 다시 돌아오지 않는다."

어둠 같은 그늘을 눈 속에 드리운 채 모리사키 유리코는 고타로를 바라보았다.

"하지만 그때 내게는 미시마란 사람이 해준 이야기가 진실이었다. 엄마는 지금도 여기 있다. 내 품속에. 그걸로 됐다. 살아 있는 사람은 그렇게 믿고 그 믿음을 소중히 아낀다. 사후세계란 그런 형태로 존재하는 법이다—그렇게 생각할 수 있는 어른으로 그 아이가 자라기를."

"어른이 되면 더—잘 구분해서 받아들일 수 있도록?"

유리코는 고개를 끄덕였다. "사람은 이야기를 자아내며 살아가는 동시에 이야기에서 빠져나오면서 살기도 해. 완전히 빠져

나오지 못하면 지금의 너처럼 되지."

그리고 갑자기 쿡 웃었다.

"미시마 군은 신기해. 분명히 잘 알면서 자신이 안다는 사실을 모르니까 혼란스러운 거야. 무슨 말인지 알겠어?"

그렇게 복잡한 소리는 알아듣고 싶지도 않다.

"네가 가라와 만나려는 건 다섯 살 여자아이를 달래고 힘을 북돋아주기 위해 만든 이야기인 사후세계를 실제로 찾아내려 드는 것과 마찬가지야."

"하지만 난 가라와 한 번 만났어!"

"그녀는 현실에 없는 존재야. 넌 현실에 없지만 존재하는 것과 우연히 마주쳤을 뿐이라고."

유리코가 손을 뻗어 고타로의 팔을 잡았다.

"그래, 우연히 마주친 거야. 네가 나쁜 짓을 해서도 아니고, 네가 특별한 인간이어서도 아니야. 그냥 그럴 운명이었을 뿐이야."

거기서 더 나아가면 안 된다.

"무엇보다 가라가 모으는 강렬한 소망, 갈망, 바람은 너와 거리가 멀어. 그 사실에 기뻐해야 할걸."

고타로는 입을 부루퉁히 내밀었다. "나도 원하는 건 있어. 콤플렉스도 있고."

"그런 수준의 문제가 아니야."

유리코의 말투에 위협하는 듯한 기운이 섞였다.

“넌 집을 잃어본 적이 없어. 죽을 만큼 굶주려본 적도 없고. 인간의 존엄성을 박탈당한 적도 없지.”

“노숙자들 이야기야? 그들은 겪어봤으니까, 나 같은 건 모르는 갈망을 품고 있다?”

고타로가 얼굴을 가까이 대고 대들듯이 묻자, 유리코는 태도를 바꾸어 눈초리를 누그러뜨리고 미소지었다.

“그렇지 않겠어?”

혼신의 힘을 다해 날린 펀치가 허공을 가른 느낌이라 고타로는 입을 벌린 채 할말을 잃었다.

“아니면 넌 지금, 내가 상상도 못할 만큼 불행해?”

“그렇지는…… 않지만.”

“그럼 더 드라마틱한 갈망은 어때? 누군가에게 복수하고 싶다거나, 수명과 맞바꾸어서라도 가지고 싶은 것이 있다거나.”

유리코는 잠깐 말을 끊고 가볍게 눈을 깜박인 후 덧붙였다.

“혹은 죽은 사람을 되살리고 싶다거나.”

그때 고타로는 옆에 앉은 이 미소녀가 처음으로 무섭게 느껴졌다.

꺼낸 말이 부당했기 때문이 아니다. 죽은 사람을 되살리고 싶다거나, 라고 말했을 때 유리코의 눈이 ‘뭔가’를 보고 있는 듯했기 때문이다. 그 '뭔가'는 그녀의 기억이다. 과거의 어느 시점에서 보았던 광경을 머릿속에 되살려 다시 보고 있다. 그런 눈빛이었다.

고등학교 2학년 때, 어린 시절 밤에 화재가 나서 집이 몽땅 불타고 여동생까지 잃었다는 아이와 잠깐 사귀었다. 그 아이의 눈에 가끔 이런 눈빛이 깃들었다. 전혀 상관없는 이야기를 하다가, 둘이서 영화를 보다가, 맥도날드에서 햄버거와 감자튀김을 사 먹다가도 느닷없이 그애 눈에 그런 눈빛이 감돌면 고타로는 몸이 얼어붙는 듯했다. 아아, 생각났구나. 지금 이 상황의 무엇이 계기로 작용했는지 몰라도 생각이 난 것이다. 불이 난 밤 보았던 광경과 들었던 소리가. 원하지 않았는데 보아야 했던 광경과 들어야 했던 소리가.

그런 일이 되풀이되는 것이 힘들어서 반년 만에 헤어졌다. 예쁘고 착한 애였는데.

"—유리, 어이."

작게 말을 걸자 유리코는 다시 눈을 깜박이고 고타로에게 얼굴을 돌렸다. 예의 눈빛은 사라졌다. 그리고 고타로가 말을 이으려는 것을 막듯이 벤치에서 일어섰다.

"아무튼 난 충고했어."

얌전하게 자신이 맡은 자리를 지키도록.

"네가 아르바이트하는 회사는 연쇄절단마 수사에 협력 안 해?"

이애가 그 화제를 꺼내자 어쩐지 위화감이 들었다.

"우리는 경찰 하부기관이 아니야."

"하지만 인터넷상의 정보를 감시하잖아."

"그것 말고도 할일이 많거든."

"그럼 그 일 열심히 해. 잘 있어."

고타로는 문득 생각이 났다. "너희는 왜 그런 범죄자를 사냥하지 않지?"

등을 돌리던 유리코가 묶은 머리를 휘날리며 다시 돌아섰다.

"무슨 뜻이야?"

"그 사건, 연쇄살인범의 소행이지? 범인과 피해자의 이해관계나 인간관계에서 충돌이 생긴 게 아니야. 범인은 일방적으로 품은 욕망이나 소망을 이루려고 사람을 가리지 않고 죽였어. 운 나쁘게도 범인에게 유리한 때와 상황에 있던 사람을 죽인 거라고."

범인이 '사건'이라는 이야기를 자아낸 것 아닌가.

"범인의 머릿속에서만 아귀가 들어맞는 이야기 말이야. 아주 위험한 이야기지. 너희 늑대가 사냥해야 할 대상 아닌가?"

이번에는 의도적으로 머리를 흔들며 유리코는 고개를 저었다.

"그렇기는 하지만, 그건 사본의 영향이 아니야. 그리고 이야기가 개인의 것일 때는 우리도 어쩔 수 없어."

"의욕이 없군."

"미시마 군이 우리 늑대를 이해 못한 거지, 뭐."

유리코는 코웃음을 쳤다.

"늑대는 연쇄절단마의 체포 여부와 상관없이 사건이 끝난 뒤 생겨나는 이야기에 신경써야 해. 개인과는 별개의 이야기로 계속 존재하는지, 이야기를 소모시키는 시간의 힘과 이런 걸 이야깃거리로 삼아도 되겠느냐는 사람들의 지성과 양식을 능가할 만큼 강력한 이야기로 정착되지는 않는지 주의깊게 관찰해야 한다고."

그러고 나서 유리코는 미간을 찌푸렸다.

"하지만 한 명이든 여러 명이든, 그 사건의 범인은 분명 미시마 군의 말대로 무슨 욕망에 자극을 받았을 거야."

"그렇지? 미치광이의 미친 욕망이야."

"그러니까 그건 늑대보다는 오히려 수호전사 가라의 사냥감이라 할 수 있지. 가라가 마음만 먹으면 그 녀석, 혹은 그 녀석들과 거래해서 사건을 종결시킬 수 있을 거야."

그게 바람직한지는 모르겠지만, 하고 말했다.

"이만 가볼게, 미시마 군."

유리코는 손을 흔들고 아까 들어왔던 공원 입구와 반대쪽으로 걸음을 옮겼다.

"자, 잠깐만. 길 알아?"

근처에 안내판 없나. 고타로가 주위를 두리번거리는 사이 유리코는 시야에서 사라졌다. 어? 걸음이 너무 빠르잖아. 그렇게 빨리 사라질 수가 있나?

그 순간.

"미시마 군, 이 말은 꼭 해둬야겠어."

등뒤에서 소리가 들려 고타로는 말 그대로 펄쩍 뛰어올랐다.

"놀랐잖아!"

유리코는 고타로에게서 1미터쯤 떨어진 곳에 팔짱을 끼고 서 있었다.

"미카에게 관심을 가지고 잘 지켜봐. 그애가 휘말린 문제는 아직 끝나지 않았어. 안심해서는 안 돼."

"그, 그걸 어떻게 아는데?"

"미카의 책이 걱정하니까. 말했지? 책에는 힘이 있다고. 지혜가 있어. 마음도 있고."

약속한 거다, 하며 모리사키 유리코가 고타로의 얼굴에 집게 손가락을 들이댔다.

"미카를 지켜줘."

고타로는 덜덜 떨듯이 고개를 끄덕였다. "아, 알았어."

유리코는 다시 몸을 돌려 고타로를 등졌다. 그리고 이번에는 아주 멀쩡하고 당연하게, 평범한 인간다운 걸음으로 멀어졌다.

4

—얌전하게 자신이 맡은 자리를 지키도록.

고타로는 그 충고를 따르기로 했다. 지금으로선 가장 타당한 지침 같았기 때문이다.

지금까지 일어난 일련의 일에 아직 결말이 나지 않았다면, 고타로가 가만있어도 분명 또 무슨 움직임이 생길 것이다. 툭하면 설교하려 드는 별난 미소녀 모리사키 유리코가 나타난 것처럼. 한편 결말이 났다면 아무 변화 없이 시간만 흘러가겠지. 화살표가 어느 쪽을 가리킬지 일단 기다려보자.

새 학기가 시작되기 전에 쓰즈키의 병실과 신주쿠교엔 근처 나가사키 댁에 한 번씩 더 다녀왔다. 쓰즈키는 엑스레이 사진을 찍으러 가고 병실에는 부인 혼자 있었다. 아저씨에게 아까울 만큼 말끔하고 인상이 좋은 사람이었다.

"쓰즈키 씨랑은 인터넷 친구예요."

"어머나. 우리집 양반이 작년 말부터 갑자기 컴퓨터를 열심히 하더니만."

"전직 형사라고 하셔서 호기심이 생기더라고요. 제가 먼저 연락해서 만나뵈었어요."

"그냥 무뚝뚝한 아저씨라 실망했겠어요."

차통빌딩에서 하룻밤을 보낸 뒤 갑작스레 입원한 이유를 아저씨가 어떻게 둘러댔는지는 모르겠지만 부인은 전부 꿰뚫어보지 않았을까 싶다. 현명한 사람이다.

삼십 분쯤 이야기를 나눴는데도 쓰즈키가 돌아오지 않아서 고타로는 그만 가기로 했다. 남편이 퇴원하면 집에 놀러오라고 쓰즈키 부인이 생글생글 웃으며 말했다.

나가사키 댁에 가자 마나가 "안녕, 오빠" 하며 맞이해주었다. 아직 표정이 풍부하지 않고 말수도 적지만, 나날이 나가사키 남매와 주고받는 말이 늘어나고 있다고 한다.

"다 학생 덕분이야. 고마워."

울면서 끌어안을 기세인 하쓰코를 피해 마나와 넓은 정원으로 나가서 한 시간쯤 공놀이를 했다. 부끄럼을 타듯이 배시시 웃는 마나 덕에 고타로도 오랜만에 즐거웠다. 이 아이가 이렇게 웃음을 되찾았으니 이제 복잡한 수수께끼나 사건은 아무래도 상관없다는 기분이 들 만큼.

4월이 오고 새 학기가 시작됐다. 고타로는 대학교 2학년이, 가즈미는 중학교 3학년 수험생이, 소노이 미카는 중학교 2학년이 됐다.

모리사키 유리코의 당부 때문에 고타로는 (역시 꽤나 고생한 끝에) 부모님 몰래 가즈미를 한 번 붙잡고 미카의 주변 상황이 어떻게 되었는지 캐물었다. 가즈미가 노골적으로 귀찮은 티를 내서 일단 안도했다.

"오빠도 참 끈덕지네."

이제 아무 일도 없다, 깨끗이 끝났다고 했다.

"오빠가 그랬잖아. 인터넷에서 일어난 소동은 다 그렇다고."

"그래. 알아. 하지만 거짓말처럼 수습되는 반면 사소한 계기로 다시 불붙기도 하거든."

그나저나 이 문제의 원인을 제공한 가쿠 선배는 지망한 학교에 붙었나?

"떨어졌어."

가즈미가 쌤통이라는 투로 말했다.

"자신만만했던 모양인데 보기 좋게 떨어졌대. 그래서 안전책으로 원서를 낸 학교에 갈 것이냐 2차 모집에 걸어볼 것이냐를 두고 골치 아팠던 모양이더라."

결국은 처음 목표보다 조금 떨어지는 고등학교에 턱걸이로 들어갔다. 그래도 테니스부가 특화된 학교라고 한다.

"거기서 만회하겠다고 구시렁대더라."

가즈미가 냉소했다. 아니, 고타로가 난생처음 '아아, 이런 게 냉소구나'라고 납득할 만한 웃음을 지었다고 해도 될 것이다.

"그럼 미카랑은?"

"미카가 분명하게 거절했고, 가쿠 선배도 자기 계산과 다르게 진로가 틀어졌으니 연애에 신경쓸 여유가 없지 않겠어?"

고백 소동은 가라앉았다고 한다.

"'반짝반짝 키티'도 더이상 트집 잡지 않고, 가쿠 선배에게 열 올리던 여자애들도 싸늘해졌어. 보기 좋게 지망한 학교에 떨어졌으니, 지금까지 폼 잡은 만큼 더 꼴사납잖아."

가쿠 선배의 주가는 리먼 쇼크처럼 폭락한 모양이다.

"꼴좋다."

"그렇고말고. 하지만 오빠가 그렇게 말하는 건 좀 어른스럽지 못하네."

가즈미가 가차없이 지적했다. 이 녀석이 이렇게 말하는 걸 보니 정말로 괜찮은가본데.

2학년이 돼도 고타로의 학교생활에는 변화가 없었지만, 쿠마에는 변화가 있었다. 가나메와 둘이서 돌리던 근무시간표에 새로운 얼굴이 한 명 추가됐다.

이름은 미야마 마코토. 이름이 고타로처럼 '미'로 시작되니 중학교나 고등학교 때 같은 반이었다면 가까운 자리에 앉았을 것이다. 만약 그랬다면 얘랑 자리가 가까워서 다행이라고 생각할 법한 사람이었다. 가나메도 금방 친해져서 '마코'라고 불렀다.

마코는 대학교 대신 컴퓨터 관련 전문학교를 일 년 다녔다. 이

업계에서는 젊음이 무기고 수업보다는 실전에서 배우는 것이 더 중요하다고 본다며 이력서를 들고 직접 쿠마를 찾아왔다. 마키는 그 적극성과 자신감을 높이 산 듯했다.

"그런데 마코, 이 사무실은 얼마 안 가서 없어질 거야."

"알아요. 저, 부모님이 삿포로에 사시거든요."

오호, 마코는 삿포로의 새 지사에 투입될 요원인가.

"마키 씨가 현장에서 일하다보면 학교에서 배워야 하는 지식도 있다는 걸 깨달을 거라고 하셨어요. 정말 그렇다면 삿포로 지사에서 일하면서 대학 입시에 다시 도전해보려고요."

"마코는 진취적인 젊은이구나."

"가나메, 우리도 아직 젊은이야."

"하지만 마코의 순수한 눈동자가 눈부신걸."

2학년이 되어 들어야 할 수업이 늘고 학회 일도 바빠진 가나메는 삼 인 체제를 대환영했다. 마코는 일도 빨리 배웠다.

4차원 소녀 모리사키 유리코가 신경쓰던 연쇄절단마사건은 수사나 보도나 완전히 정체 상황이다. 매스컴은 이 사건에 흥미를 잃은데다 보도할 만한 소재도 떨어져서 난감한 기색이었다.

자극적이고 엽기적이며 혐오스러워 세상을 요동치게 만든 이런 사건도 미궁에 빠지는 걸까. 과연 그래도 될까, 모처럼 저녁 식사 시간에 맞춰 돌아온 아버지에게 말하자, 그런 일은 옛날에도 있었다면서 밥 먹는 중에 실제 사례를 두세 가지 들어줘서 당황했다.

"아버지는 그런 사건을 잘 알아?"

"주간지에서 읽었어. 특집이 실렸더라고."

주간지 기자들도 '이 사건은 아무래도 미궁에 빠지겠다'라는 느낌을 받은 것이다.

"운이 좋으면 사람들의 기억이 희미해질 때쯤 범인이 또다른 사건을 저지르다가 실수해서 현행범으로 체포될 수도 있겠지. 그래서 지문과 DNA를 조합해보았더니 이 녀석이 연쇄절단마였더라, 할지도 몰라."

"소가 뒷걸음치다가 쥐 잡는 격이네."

"미야자키 쓰토무* 사건도 비슷했는걸, 뭐. 미국에서도 연쇄살인범은 대부분 다른 혐의로 체포된다더라."

그러면 너무 찝찝할 것 같아서 가나메와 마코에게 메일을 보냈더니,

'우리 특수본부도 이제 없어졌어.'

'절단마사건 팀은 해산했다고 들었는데, 미시마 씨가 개인적

* 1989년 발생한 유아연쇄유괴살인의 범인. 본 사건이 아니라 강제추행 혐의로 체포되었다.

으로 추적하는 거예요?'
라는 답장이 와서 고타로는 더 울컥했다.

제발 절단마사건만은 속이 후련하게 해결됐으면.

—다른 일은 해결할 수 없으니까.

모리나가 겐지가 실종된 지 한참이 지났지만, 현실 세계에서 진행되는 수사와 조사와 수색은 여전히 제자리걸음이었다. 사람들의 관심과 걱정도 줄었다. 담당 형사는 이제 쿠마에 나타나지 않는다. 마키와 나리타 팀장도 더이상 언급하지 않고, 가나메는 요즘 입만 열었다 하면 "마코가 말이야" 한다. 혹시 둘이 사귀나? 가나메의 그런 행동은 애정의 표시인가?

덧붙여 야마시나 사장에게 변화가 생겨서 쿠마도 조금 영향을 받았다. 예의 NPO의 후원자를 찾기 위해 야마시나 아유코는 마치 딴사람처럼 적극적으로 각종 매체에 모습을 드러냈다. 전국에 방송되는 뉴스에 일주일에 한 번 고정 패널로 출연하기도 했다.

야마시나 사장은 외모가 수려하고 패션 감각도 탁월하다. 머리가 잘 돌아가고 마음만 먹으면 마키도 구워삶을 수 있을 만큼 말솜씨도 좋다. 그래서 순식간에 인기를 얻었다. 동시에 비방과 중상의 표적이 됐다. 물론 인터넷상에서만 그렇고 그중 95퍼센트는 어처구니없는 생트집이지만, 나머지 5퍼센트에서 위험하게 느껴지는 협박과 스토커 같은 집착이 엿보이기도 해 쿠마에서 보안을 강화하고 야마시나 사장은 단독행동을 삼가기로 했다. 또한 사생활상의 안전을 위해 지금까지 서로의 집을 오가며 사귀던 마키 세이고와 동거를 시작했다.

고타로는 조금 서글펐다. 하지만 두 사람의 관계가 확실해지자 개운해지는 면도 있었다. 센 척하는 것이 아니라 정말로.

"저기, 고타로. 나 너네 학교 가보고 싶어."

황금연휴 직전인 4월 말, 수도권에서 완연한 여름 날씨가 이어져서 고타로도 얇은 후드티 밑에 티셔츠를 입고 왔지만, 가나메는 아무래도 너무 이르지 않나 싶은 민소매 원피스 차림이었다.

"뭐하러?"

"거참, 퉁명스럽기는."

둘이서만 일할 때는 가나메와 어디 나갈 기회가 거의 없었지만 마코가 들어오자 서로 아르바이트와 수업이 비는 시간을 맞출 수 있게 되었다.

"도내의 세련된 캠퍼스를 친선방문하려는 거야."

"와도 상관없는데, 마코는 안 불러도 되겠어?"

"왜?"

고타로가 대답하기 어려운 물음이었다.

"고, 질투하는 거야?"

뭐야, 뜬금없이? 게다가 '고'라니. 가나메가 그렇게 부르니까 어쩐지 쑥스러운데.

"웬일이래. 고는 사장님바라기인 줄 알았는데."

"자, 잠깐만. 그게 무슨 뜻이야?"

고타로의 청춘은 여자에게 "잠깐만"을 연발하는 나날이다.

"그냥 말 그대로의 뜻이야. 고는 사장님을 연모하잖아."

역시 국문학과답다. 요즘 젊은이 중 일상회화에서 '연모한다'라는 표현을 쓰는 사람이 어디 있다고.

"동경한다는 말로 바꿔줘."

"그렇게 소심하게 저항하면 더 남자답지 못한걸."

이러쿵저러쿵해서 결국 연휴의 한복판인 5월 1일 가나메가 고타로의 학교에 놀러오기로 했다.

"도서관에 가보고 싶어. 점심은 학생식당에서 먹고."

"내가 쏘는 거야?"

"당연하지."

황금연휴건 명절이건 쿠마는 연중무휴다. 그래도 가정이 있는 사원이 최대한 길게 쉴 수 있도록 근무시간을 조정해줄 정도의 인정미는 있다. 이리저리 시간을 조정하고 있으니 이번에는 마코가 물었다.

"저도 같이 놀러가도 될까요?"

근무시간이 조정된 덕분에 1일 낮에는 세 명이 한꺼번에 빠져도 괜찮다고 한다.

“저도 가나메 씨처럼 고타로 씨 학교 학생식당에 가보고 싶거든요.”

텔레비전 맛집 방송에서 ‘학생식당 특집’을 했는데, 고타로의 학교가 높은 평가를 받았다고 한다.

“뭐야, 가나메도 학생식당을 노리고 오는 거야?”

“가나메 씨는 날씬하지만 대식가잖아요.”

메밀 코스 요리를 사주면서 야마시나 사장도 그런 말을 했다.

“사실 가나메랑 데이트하고 싶은 건 아니고?”

“네? 저, 여자친구 있는데요.”

요즘 애들은 어떤 원리로 행동하는지 통 모르겠다. 고타로는 두 손을 들었다.

5월 1일 오전 열시, 약속 장소에 모인 셋은 일단 수업 하나를 같이 들었다. 출석을 부르지 않는데다 연휴라서 계단식 강의실은 바람이 숭숭 통할 만큼 휑했다. 가나메와 마코가 청강해준 덕분에 조금은 활기가 더해졌으리라.

“그 교수님, 과학사 분야에서는 유명한 분이야. 알고 있었어?”

가나메의 말에 깜짝 놀랐다. “에이, 설마.”

수업이 그렇게 지루한데.

"학생을 가르치는 게 본업이 아니야. 연구자니까."

마코가 입을 열었다. "대학교는 아카데미즘의 구조적 모순이 드러나는 곳이네요."

도서관에 가자 가나메와 마코는 고타로를 내버려두고 서가를 이리저리 돌아다니기 시작했다. 좋아하는 분야는 달라도 둘 다 책을 즐겨 읽는 모양이다. 고타로는 열람실 구석에서 노트북을 펼쳐놓고 웹 서핑을 하거나 메일 확인을 하며 오후까지 멍하니 시간을 때웠다.

"점심 먹고 다시 도서관에 들러도 돼? 한 시간 정도만."

"우리 도서관이 그렇게 재미있나?"

"장서에 통일성이 없다는 점이 아주 흥미로워."

"저는 두시부터 일해야 해요."

"그럼 마코, 점심부터 든든하게 먹자."

"네!"

연휴라서 학생식당 메뉴가 줄었다. 그런데도 붐비는 것은 예의 맛집 방송 때문인 듯하다.

"가족 동반도 있네. 외부인 아닌가."

자기도 외부인이면서 가나메는 입을 삐죽 내밀었다.

"닭튀김 정식, 다 나갔대."

"민스커틀릿 정식도 맛있으니까 화내지 마."

학생식당의 간판 메뉴 세 가지에 마카로니 그라탱과 피자 토스트, 게살크림 크로켓, 돼지고기 된장국을 추가했다.

"뭐 재미있는 일이라도 있었어?"

왕성한 식욕을 자랑하던 가나메가 물었다. 도서관에서 고타로가 노트북을 보고 있어서다.

"별것 없었어."

"저희 하숙집 부근은 오늘 엄청 떠들썩했어요."

마코는 요요기 공원 옆에 산다고 한다.

"노동절이니까."

"옛날에는 노동절 분위기가 제법 과격했던 모양이더라고요."

"마코, 좋은 데 사는구나."

"그래봤자 하숙집인걸요, 모르타르를 바른 허름한 단독주택이에요."

집주인 부부가 아들이 독립하고 빈방에 하숙을 쳤다고 한다.

"아침저녁으로 식사를 제공해줘요."

"하지만 쿠마에서 먹을 때도 있잖아?"

"하숙집에 가서 또 먹어요."

마코도 대식가다. 복스럽게 많이 먹는다.

"아무래도 편의점 도시락보다 아주머니가 해주시는 집밥이 더 맛있고, 영양 균형도 좋으니까요."

부부와 함께 장을 보러 가서 짐꾼 역할을 할 때도 있다고 한다.

"그럼 니시신주쿠 부근도 마코 생활권이야?"

"으음, 무슨 가게가 있느냐에 따라 다른데요."

"종교단체가 있는데, 알아? 빛의 집이라는 곳이야."

"그 근처에요? 아아, 그래서 가끔 우편함에 팸플릿이 들어 있구나."

"마코, 그런 데 빠지면 큰일나. 부모님이 통곡하실 거야."

"덮어놓고 나쁘게 보는 건 옳지 못해."

"몰라도 한참 모르네. 신흥종교 쪽을 한번 감시해보지그래?"

"가나메는 해본 적 있어?"

"사장님에게 얘기 듣고 시험 삼아서. 한 번으로 충분했어."

"난 그런 얘기 못 들었는데. 마코는?"

"저는 아직 야마시나 사장님을 못 뵀는데요."

그렇구나. 마코가 들어왔을 때 사장은 이미 외부 활동으로 바쁜 몸이었다.

"내가 여자라서 사장님이 걱정하신 건지도 몰라. 요즘 신흥종교는 다이어트나 요가, 아로마 요법같이 여심을 노리는 요소를 대외적으로 내걸 때가 많거든."

"가나메는 그런 데 넘어갈 것 같지 않은데."

"심적으로 약해진 상태면 또 모르지."

"가나메 씨는 어떤 때도 손해와 이득을 잘 계산하는 사람이니까 걱정 없어요."

마코가 제법 큰 게살크림 크로켓을 한입에 먹어치우고 물컵에 손을 뻗었을 때였다.

세 사람의 휴대전화가 동시에 울렸다. 고타로의 수신음은 '딩동', 가나메의 수신음은 교회음악으로 쓰이는 클래식의 한 소절, 마코의 수신음은 뭔가가 충돌하는 소리였다.

"마코, 그 수신음 좀 깬다."

가나메가 웃은 후 각자 자기 휴대전화 화면을 확인하고,

"—역시."

라는 표정으로 마주보았다.

세 사람에게 동시에 메일이 온다면, 쿠마의 단체메일일 것이 뻔하다.

'전 직원 긴급소집. 출근 가능한 사람은 즉시 도쿄 지사 사무실로 집합할 것.'

"무슨 일이지?"

가나메가 접시에 남은 그라탱을 입에 쏙 집어넣고 말했다. "절단마사건에 무슨 진전이 있었나?"

마코가 재빨리 인터넷 뉴스를 검색했다.

"아직…… 그런 기사는…… 안 올라왔는데요."

"묻지 마 살인사건이 일어났는지도 모르지."

고타로는 빈 그릇을 쟁반에 쌓았다. 요란한 소리가 났다.

"아키하바라에서 사건이 터졌을 때* 긴급소집이 걸렸다고 마에다 씨가 말해준 적이 있어."

"둘 다 이런 일은 처음이에요?"

"응. 어째 좀 불안하네."

바로 이 순간 세 사람이 나눈 이야기를, 각자의 동작과 표정을, 고타로는 훨씬 시간이 지나서도 선명하게 떠올릴 수 있었다. 그저 그런 대화. 그라탱을 좋아하지만 뜨거운 것을 잘 못 먹는 가나메가 후후 불기 바빴던 것. 마코가 무슨 튀김에든 소스를 듬뿍 뿌렸던 것. 밥을 먹으면서 별것 아닌 이야기가 너무 웃겨서 젓가락을 떨어뜨릴 뻔했던 것. 경쟁하듯 열심히 밥을 먹었던 것. 가나메가 마코의 입가에 붙은 밥풀을 가리키며 "도시락 싸놨네" 라고 말하자 마코가 엄청 감격했던 것. 우아, 재미있다! 그걸 '도시락'이라고 해요? 처음 들었어요!

세 번의 메일 수신음이 한꺼번에 울린 순간 셋이 동시에 눈을 깜박였던 것.

---

* 2008년 아키하바라에서 발생한 묻지 마 살인사건. 일곱 명이 사망하고 열 명이 다쳤다.

그 순간이 경계였기 때문이다. 빛과 어둠. 충족과 상실. 돌이킬 수 없는, 지우려야 지울 수 없는 경계선. 그 이전과 이후의 단절이 너무나 깊어서 모든 것이 변해버렸으므로, 변하기 직전의 빛이 고타로의 머릿속에 단단히 새겨진 것이다.

"아무튼 빨리 가자."

쟁반을 치우고 함께 학생식당 문으로 향하는데 이번에는 고타로의 휴대전화만 울렸다. 음성전화 벨소리다. 옛날 다이얼식 전화 같은 따르릉 소리로 설정해놓았다.

"마에다 씨야."

고타로는 표시된 이름을 확인하고 두 사람에게 말했다. '약물섬' 소속으로 세 사람의 직속 선배다.

"호랑이도 제 말 하면 온다더니. 진짜로 묻지 마 살인사건이면 싫은데."

가나메의 표정이 흐려졌다. 마코는 다시 스마트폰 뉴스 검색 화면을 들여다보았다. 고타로는 두 사람을 보고 선 채로 전화를 받았다.

"네, 미시마입니다."

"지금 어디 있어?"

운동이 취미인 마에다는 근육질에 인상도 무섭지만 보통은 이렇게 퉁명스럽게 말하지 않는다.

"학교요. 가나메랑 마코도 같이 있어요."

"아아, 학생식당에 간다고 했지."

잘됐다며 조급하게 말하고 마에다는 목소리를 살짝 낮추었다.

"벌써 알고 있어?"

"뭘요?"

스마트폰 화면을 스크롤하던 마코가 손을 멈췄다.

"모르면 됐어. 아무튼 빨리 회사로 와."

마코의 표정이 딱딱해진 것을 알아차리고 가나메가 그의 손 언저리를 들여다보았다. 그리고 작게 숨을 들이마셨다.

고타로는 목덜미가 서늘해졌다. 가나메, 왜 그런 표정을 짓는 거야.

"—여보세요, 고타로? 듣고 있어?"

가나메가 양손으로 입을 막고, 마코는 눈을 부릅뜬 채 다시 바쁘게 화면을 스크롤했다.

"마에다 씨, 무슨 일 있었어요?"

대답을 듣기 전에 마코가 말했다.

"고 씨, 절단마사건의 다섯번째 피해자가 나왔어요."

그 소리가 들렸는지 휴대전화 속 마에다의 목소리가 갈라졌다. "검색중이야? 그만둬! 셋 다 빨리 회사로 와."

얼굴의 핏기가 가신 가나메가 떨리는 목소리로 말했다.

"고, 동영상이 올라왔어."

"사이트에?"

마코가 고개를 끄덕이고 뭐라고 말하려다 가나메의 안색을 보고 입을 다물었다. 스마트폰을 청바지 호주머니에 찔러넣었다.

"빨리 회사로 가죠."

마에다가 고타로를 불렀다. 큰 소리로 외쳤다. 고타로는 저도 모르게 휴대전화를 귀에서 떼어놓고 있었다.

"고타로! 고타로!"

"……금방 갈게요."

가나메가 울음을 터뜨리며 제자리에 주저앉았다. 마코가 옆에 앉아 가나메를 끌어안았다.

"지금 우는 거, 아시야야?"

마에다의 목소리도 떨리기 시작했다.

"네."

가나메는 우는 데 그치지 않고 구역질까지 했다. 방금 먹은 점심이 올라오는 모양이었다. 마코가 등을 문질러주었다.

"너무해…… 너무해……"

잔뜩 일그러진 얼굴로 허덕이며 오열했다. 마코도 얼굴이 새파랗게 질렸다.

"아시야 좀 부탁한다. 여자애니까—"

"저랑 마코가 잘 데려갈게요."

고타로는 전화를 끊고 웅크리고 앉아 마코의 청바지 호주머니에서 스마트폰을 꺼냈다.

"아아, 토할 것 같아."

가나메가 양손으로 입을 틀어막고 한층 심하게 구역질을 했다. 마코가 허둥지둥 부축해 일으켰다.

"화장실, 저쪽이에요."

둘이서 비척대며 화장실 방향으로 뛰어갔다.

스마트폰의 동영상은 정지상태였다. 그 화면만 보았는데도 고타로는 힘이 쭉 빠졌다. 웅크린 자세로 모자라 털썩 주저앉고 말았다.

여자의 상반신이 찍혀 있었다. 둑이나 풀밭 같은 곳이다. 몸을 오른쪽으로 약간 비튼 채 위를 보고 쓰러져 있다. 두 눈을 뜨고 있다. 입도 살짝 벌어졌다.

헝클어진 머리카락이 뺨을 가렸다. 검은색 정장과 그 아래 블라우스 앞섶이 흐트러졌다. 목둘레를 따라 거무튀튀하게 변색된 멍이 보였다. 번쩍 뜬 눈 위를 날벌레가 윙윙 날아다녔다.

잘못 볼 리 없는 얼굴이었다.

야마시나 아유코.

—사장님.

동영상을 틀자 심하게 떨리는 영상이 쓰러진 야마시나 아유코의 온몸을 훑었다. 스커트가 젖혀져 속옷이 훤히 보였다. 신발은 신고 있지 않았다. 망가진 인형처럼 팔다리를 아무렇게나 내뻗은 채 쓰러져 있었었다.

대체 어떤 놈이 이런 영상을 찍은 거야? 왜 인터넷에 올렸지? 사이트 관리자는 뭘 하는 거야?

영상의 떨림이 멈추고 한 장면, 또 한 장면 클로즈업됐다.

야마시나 아유코의 왼손 손가락이 전부 잘려나갔다.

그 광경을 집요하게 보여주는 스마트폰을 떨어뜨리고 고타로는 주저앉은 채 크게 소리질렀다. 말이 아니었다. 그저 부르짖었을 뿐이다. 몇 번이고, 몇 번이고, 몇 번이고.

"그 영상을 찍고 유포한 놈은 이미 체포됐으니까 안심해."

마에다가 울다 지쳐 아무 표정도 없는 가나메를 보고 말했다.

셋이 쿠마에 도착하자 '약물섬' 팀원이 70퍼센트쯤 모여 있었다. 나머지는 여행 간 사람들이다. 곧장 돌아오기는 힘들 것이다.

다른 팀원들도 모였지만 마키는 어디에도 보이지 않았다. 그래서 각 팀장이 모여 의논한 뒤 따로 상황을 설명하기로 한 모양이다. 마키가 팀장을 겸하는 '약물섬'은 일단 선임자인 마에다가 팀장 역할을 대행하기로 했다.

가나메는 걸음도 제대로 못 뗄 지경이라 마코가 여기까지 업고 왔다. 지금도 마코에게 기대어 있다. 다른 섬에서도 여자 사원과 아르바이트생들은 서로 의지하듯 붙어 서서 울고 있었다.

쿠마의 남자들도 울고 싶기는 매한가지다. 마에다도 새빨갛게 충혈된 눈으로 급히 달려온 고타로 일행을 맞이했다. '학교섬'의 나리타 팀장도 아까 보았을 때 손으로 눈을 누르고 있었다.

다만 슬픔 이상으로 분노가 크다. 지금은 충격받아 우는 여자 사원들도 얼마 지나지 않아 분노가 끓어오를 것이다. 우리 사장님, 그 멋진 사람이, 모든 이의 존경과 사랑을 받으며 사회를 위해 열심히 일해온 사람이 왜 부당하게 살해되어야 한단 말인가.

게다가 시신이 그런 꼴로 구경거리가 되다니.

"그 동영상을 찍은 놈이 범인 아닙니까?"

"변태예요, 변태."

팀원들의 말에 마에다는 근육이 불룩한 팔을 들어올리고 두툼한 손을 펼쳐 사방에서 밀려드는 분노의 물결을 밀어냈다.

"그건 아니야. 아무튼—정말 열받지만 그 동영상을 찍은 망할 자식은 성인이 아니었어."

야마시나 사장의 시신이 발견된 현장 근처에 사는 중학교 3학년 남학생이라고 한다.

그야말로 '인터넷 관심병자'다. 고타로는 잠자코 고개를 저었다. 정말 어처구니없다. 정말 너무하다. 옆에서 마코도 고개를 저었다. 할말이 없다.

"지금쯤 경찰에서 마구 쪼아대서 울상이 됐겠지."

야마시나 아유코의 시신은 스미다 구 남부 주택 밀집지역에 뻥 뚫린 빈터 한구석에 유기되어 있었다. 원래 있던 주택이 철거되고 땅은 매각을 기다리는 중이었다. 풀이 무성한 것도 그 때문이다.

"주위에는 주택과 허름한 목조 연립주택이 모여 있어. 뭐, 전형적인 서민 동네라고 보면 돼."

오늘 아침 다섯시 반경, 빈터 옆에 사는 주부가 쓰레기를 버리러 나왔다가 시신을 발견했다. 주택이 밀집해 있는데다 워낙 크게 비명을 질러서 금방 큰 소동이 벌어졌다.

"그리고 경찰차가 도착하기까지 오 분 남짓한 사이, 그 망할 녀석이 동영상을 찍은 거지."

아싸! 오늘 운빨 쩌네! 이거 찍어서 올리면 조회 수가 100만 단위로 나오겠다. 다들 이 동영상을 보겠지. 나, 이러다 대번에 유명해지겠는데? 인터넷 스타다, 스타! 분명 그렇게 생각했겠지. 그 무참한 시신을 보고도 그런 생각밖에 들지 않았으리라.

누구나 정보를 발신할 수 있는 개방적인 인터넷 사회는 이렇듯 골 빈 관심병자들의 방목장이기도 하다. 고타로는 뒤늦게 구역질이 났다.

"아무도 말리지 않았을까요?"

마코가 상식적인 질문을 했다.

"걔가 뭘 하는지 아무도 몰랐겠지. 동네 사람들은 당황했고, 몇 명이나 빈터를 들락날락했다니까."

"현장을 훼손하면 안 된다는 것도 모르나, 참."

한 팀원이 불쾌하다는 듯이 중얼거렸다.

"다만…… 뭐랄까, 다행인지 불행인지."

마에다가 얼굴을 일그러뜨렸다.

"우리 사원이 그 자식이 올린 동영상을 보고 피해자가 사장님이라는 걸 알아차렸어. 그래서 경찰에 신고했지. 다, 닮."

혀가 꼬였는지 마에다가 말을 더듬었다.

"닮기만 한 다른 사람이길 바랐는데."

목소리에 울음이 섞였다.

"안 그랬으면 사장님이 변고를 당한 줄도 아직 몰랐을 거야."

시신 곁에는 사장이 애용하던 검은색 가방, 스마트폰, 노트북, 지갑, 명함집 등 신원을 알 수 있을 만한 물건이 하나도 없었다고 한다. 이래서야 '스미다 구의 주택 밀집지역 빈터에 유기된 여성 시신을 발견'이라는 제목으로만 뉴스가 떴을 것이다.

"그런데 사장님은 원래 어디 계셨어요? 언제 도쿄에 오신 거죠? 왜 혼자 계셨고요? 사장님의 일정을 아무도 관리 안 한 거예요?"

여자 중 가장 경력이 오래된 팀원이 날카로운 목소리로 따졌다. 다들 미심쩍어하던 참이다. 마에다는 일그러진 얼굴로 고개를 끄덕였다.

"이번주는 계속 나고야에 계실 예정이었어. 마키 씨한테 그렇게 들었지. 그런데 무슨 볼일이 생겼는지 어젯밤 여덟시 도쿄역에 도착해 아자부의 집으로 갔다가, 오늘 정오에 회사에 나오실 예정이었대."

"혼자서 신칸센을?"

"아니, 모로하시 씨가 동행했어. 도쿄역에서 사장님을 택시에 태워 보내고 헤어졌지."

모로하시는 나고야 본사에서 야마시나 사장의 전속 비서 격인 사원이다. 체격 좋은 서른 살 전후의 남자다.

미디어에 노출되기 전 사장은 간소하게 지냈다. 특별히 필요하지 않으면 이동하거나 출장 갈 때 일일이 모로하시를 대동하지 않았다. 그러므로 도쿄 지사 사람들도 모로하시의 얼굴을 볼 기회가 거의 없었다.

하지만 사정이 달라진 요즘은 늘 모로하시와 함께 다녔다. 고타로도 모로하시를 보고 사장이 지금 와 있다고 판단하곤 했다. 가나메는 모로하시를 '사장님의 경호원'이라고 불렀다.

어젯밤 그 경호원과 헤어진 후 오늘 아침 일찍 서민가 빈터에서 발견될 때까지, 야마시나 아유코에게 무슨 일이 있었던 걸까.

마에다가 팀원들의 얼굴을 둘러보고 말했다.

"모두 알고 있거나 모르더라도 어렴풋이 짐작했겠지만, 사장님과 마키 씨는 옛날부터 가까운 사이였고 요 일 년 동안 사실혼 관계였어."

혼인신고는 하지 않았지만 서로를 동반자로 인정하고 아자부 2번가 맨션에서 동거했다.

"그동안은 나고야와 도쿄를 오가셨지만, 여기를 정리하고 삿포로 지사가 개업하는 시기에 맞춰 함께 나고야로 가서 신접살림을 할 계획이었지."

참고로, 라고 말한 후 마에다가 머리를 긁적였다.

"사장님은 마키 씨에게 사장직을 넘겨주고 새로 설립한 NPO에 전념할 생각이셨대. 마키 씨는 떨떠름한 눈치였지만 팀장 회의 안건으로 나왔으니 뭐, 두 사람 사이에서는 이미 결론 난 부분이었겠지."

그래서 이래저래 할일이 많아진 거야, 하고 이상하게 변명조로 말했다.

"안 그래도 바쁜 사장님이 업무에 더해 결혼 준비까지 시작하셨어. 여자에게는 아주 특별한 일이잖아. 모로하시 씨가 요즘은 자기도 사장님의 동향을 파악하기 힘들다고 푸념했는데, 그럴 만도 해."

"모로하시 씨는 지금 어디 있죠?"

"마키 씨와 함께 경찰에 있어. 아, 사장님 부모님 마중을 나갔으려나."

사장님의 부모님. 가슴이 철렁했다.

모두 같은 기분이었으리라. 한 줄로 서서 따귀를 맞은 듯한 표정이었다.

"……마키 씨는 뭘 했는데요?"

누구 목소리인가 싶었는데 가나메였다. 마코의 어깨에서 고개를 들었지만, 눈은 아무도 보고 있지 않았다. 허공을 응시하고 있었다. 그리고 주문을 외듯이, 아니, 저주를 걸듯이 으스스한 억양으로 말을 이었다.

"그 누구보다 사장님을 지켜야 했던 마키 씨는 어젯밤 대체 뭘 했느냐고요."

마코와 마에다를 제외한 모두가 텅 빈 눈으로 허공을 노려보는 가나메에게서 눈을 피했다.

"아시야."

마에다가 책상에 손을 짚고 가나메 쪽으로 몸을 내밀었다.

"네 마음은 이해해. 이렇게 허무하게 사장님을 잃다니 나도 원통하고 화가 나. 하지만 그런 식으로 말하면 안 돼. 지금 마키 씨는 우리보다 훨씬 억울하고 슬프고 화나고 그 누구보다 책임을 느끼고 있을 거야."

남자 팀원들이 고개를 끄덕였다.

"팀장님은 어제 밤새 근무했어."

제일 경력이 오래된 여자 팀원이 말했다. 아까처럼 날카로운 목소리는 아니었다.

"나도 새벽 네시까지 있어서 알아. 마키 씨가 나한테 너무 열심히 하지 말라고 말했지. 우리 어머니가 입원해서 요즘 돈이 필요하거든."

눈물을 흘리며 목멘 소리로 말을 이었다.

"그렇다고 너무 열심히 일하지는 말라더라. 마키 씨도 밤을 새웠으면서. 삿포로 지사 관련으로 확인할 서류가 쌓였대. 낮에는 차분하게 볼 수 없으니까 밤에 본다고."

계속 일했단 말이야, 하고 가나메를 나무라듯 언성을 높였다.

"마키 씨는 사장님을 내버려두고 편하게 논 게 아니야."

그 순간 가나메가 엉엉 울기 시작했다.

마에다가 고개를 숙였다. 그의 눈이 다시 붉어졌다.

"사건에 대해서는 아직 모르는 점이 많아. 수사는 경찰에게 맡기고 우리는 우리가 할 수 있는 일을 하자."

원래의 업무를 내팽개칠 수는 없다.

"그리고 각 섬에서 두 명씩 뽑아서 이 사건에 대응할 팀을 만들기로 했어. 지원자 있어?"

고타로는 손을 들지 않았다. 의외라는 듯이 눈을 깜박거리던 마코가 손을 들었다.

인터넷 정보관리와 위기관리 대응 전문회사의 사장이 살해당했다. 지금부터, 아니, 이미 시시각각 쿠마를 다루는 정보가 무수히 쏟아져나오고 있을 것이다. 유익한 정보, 무익한 정보, 무해한 정보, 유해한 정보. 그리고 방대한 구경꾼들의 목소리.

"이거, 연쇄절단마가 저지른 다섯번째 사건이라고 결론을 내려도 될까요?"

"경찰은 아직 공식적으로 아무것도 인정하지 않았어. 이번만이 아니지. 지금까지 벌어진 네 건도 그렇잖아."

"이제 막 경시청 관할로 넘어왔어. 앞으로는 좀 달라질 거야."

팀원들이 그런 대화를 주고받았다. 고타로는 손을 뻗어 가나메의 손을 잡았다. 가나메도 힘주어 맞잡았다.

—나는 기계다.

업무 능력이 우수하다. 눈앞의 업무를 처리한다. 지성이 있지만 마음은 없다. 동요하지 않는다, 울지 않는다, 화내지 않는다. 고타로는 그렇게 스스로를 세뇌했다. 그리고 원래 하던 업무를 여느 때와 똑같이 처리했다. 쿠마에 큰일이 생긴 지금 이 순간에도 인터넷에서는 누군가가 남에게 약물을 팔아넘기려 하고, 약물을 해보라 유혹하고, 끊고 싶은데 끊지 못하는 것은 마음에 이러저러한 상처가 있어서라며 구구절절 변명을 늘어놓고 있다. 고타로는 그런 글들을 감시했다.

야마시나 아유코가 죽었다.

누군지도 모르는 사람에게 목숨을 빼앗기고 풀이 무성한 빈터에 버려진 주검이 되었다.

손닿을 수 없을 정도로 멀리 있지만 이 세상에 존재하는 것만으로도 고타로가 삶의 의미와 가치를 믿으며 살아갈 수 있을 듯했던, 그만큼 멋진 사람이었다.

여신이 살해당한 거나 마찬가지다.

나는 기계다. 아무 감정도 없다. 적어도 지금은. 감정도 없고 생각도 없다. 그렇지 않으면 여기 있을 수 없다.

기자와 리포터가 쿠마에도 몰려왔다. 창밖이 소란스러웠다. 이곳과 본사 홍보 담당자가 스카이프로 회의해 대응책을 마련한 모양이다. 양복 차림의 낯선 남자가 이마에 땀을 흘리며 팀장 회의중인 방으로 들어갔다. 변호사인가봐, 하고 가나메가 말했다.

"옷깃에 배지를 달았어."

쿠마 사원들의 개인 휴대전화에도 계속 전화와 메일이 왔다.

사건을 접하고 걱정하는 가족들과 친구들이다. 고타로에게도 부모님에 이어 놀랍게도 하나코 아주머니의 메일이 왔다. 고타로의 답장이 없어 속이 탔는지 비슷한 내용으로 몇 통이나 왔다. '괜찮니?' '텔레비전에 쿠마가 나오던데, 넌 아무 일 없어?' '쿠마면 네가 아르바이트하는 회사잖아. 네 아빠가 잘못 알고 있나?'

휴식시간에 캔커피를 마시며 메일을 보고 있자니 갑자기 눈물이 솟구쳤다.

쿠마, 쿠마, 쿠마.

피오르에 면한 조그만 마을과, 그곳에 사는 사람들과, 교회 종소리를 좋아하던 다정한 괴물. 사람들 몰래 마을을 지키던 괴물.

그 괴물을 사랑했던 사람은 이제 없다.

—안녕. 언젠가 다시 만나.

그 '언젠가'는 두 번 다시 오지 않는다.

고타로는 휴대전화를 움켜쥐고 울었다.

5

—사흘 후.

오전 열시경이었다. 밤샘 근무를 마치고 가수면실 간이침대에 누워 있던 고타로를 약물섬 팀장으로 승격한 마에다가 흔들어 깨웠다.

"범행성명이 나왔어."

잠옷 대신 입은 운동복을 갈아입을 새도 없이 마에다와 함께 사무실로 가보니 자리에 있는 사람들의 시선이 모니터에 못박혀 있었다. 모든 모니터에 텔레비전 화면이 나오고 있었다.

마침내 이때가 왔다. 역시 이렇게 됐다. 고타로는 목에서 억눌린 소리를 쥐어짜냈다.

"어, 어디인가요? NHK?"

"전부야. 주요 방송국 다섯 곳 전부."

고타로도 자기 자리의 모니터를 켰다. 아닌 게 아니라 어느 채널을 틀어도 특별보도 방송이 나왔다. 인터넷 뉴스 사이트에는 텔레비전에서 방송되는 내용이 시간차를 두고 올라왔다.

"범인 자식, 방송국에 편지를 보냈어."

범인은 아날로그파였구나. 고타로는 아직 잠이 덜 깬 머리로 멍하니 생각했다. 인터넷과 거리가 멀다면 노인인가. 아니면 인터넷을 자유롭게 쓸 도구가 없는 어린애인가.

"범인은 인터넷을 잘 알아."

우뚝 서서 모니터를 노려보던 마에다가 고타로의 생각을 읽은 듯이 말했다.

"잘 안다고요?"

"이런 정보를 인터넷에 올리면 반드시 추적당한다는 걸 아는 거야."

바보는 아니군요, 하고 누군가가 말했다.

"우리가 여태 감시해온 자칭 범인들과는 다른 유형이네요."

미시마 시에서 세번째 사건이 벌어지고 고타로가 인터넷 대형 게시판을 훑는 작업을 했을 때도 '내가 그랬다' '제가 범인입니다'라고 주장하는 글이 여기저기 눈에 띄었다. 하지만 그런 글들은 첫 구절부터 장난기가 넘치거나 명백히 망상이 섞여 있어서 진지하게 상대할 가치가 없었다.

"범행성명을 낸다면 역시 방송국이 좋겠다고 생각했는지도 모르죠."

뒤에서 목소리가 들려서 돌아보자 마코가 피로한 얼굴로 서 있었다. 머리카락이 젖어 있다. 그 역시 며칠 밤을 새웠을 테니 졸음을 떨치려고 세수를 하고 온 모양이다. 고타로에게 고개를 끄덕이더니 평소답지 않게 가시 돋친 투로 말했다.

"마침내 도쿄에서도 사건을 저질렀으니, 이를테면 전국 데뷔잖아요? 이왕이면 텔레비전 방송으로 화려하게 데뷔해야겠다 싶었겠죠."

"다섯 번 만에 처음으로 유명인을 죽이기도 했고 말이지."

사무실 입구에 이번에는 마키가 서 있었다. 셔츠와 바지가 구깃구깃하고 얼굴에는 수염이 삐죽했다.

"마키 씨, 계셨어요?"

마에다가 놀라 다가가려 하자 성가시다는 듯 손을 내저었다.

"경찰에 다녀올게. 확인할 게 있대."

"네?"

"텔레비전 보고 있어. 나는 아유코 어머님을 모시러 가야 해."

병자처럼 휘청거렸다. 유령처럼 존재감이 희미했다.

"……어머님께 어떻게 보여드린담, 젠장."

마키는 목소리를 쥐어짜내고 비틀거리며 세면실 쪽으로 향했다. 마에다가 허둥지둥 뒤따라갔다.

고타로와 마코는 나란히 앉아 특별보도 방송을 지켜보았다. 둘이 나눠서 다섯 채널을 빈틈없이 확인했다. 어디서도 자기들 앞으로 온 범행성명의 내용을 분명하게 보도하지 않았다. 아무래도 내용이 전부 동일한지, 방송국에 따라 차이가 있는지 확실해지기 전까지 신중을 기하기로 한 듯하다.

또 한 가지 신경쓰이는 것이 있었다.

"아나운서가 영 시원시원하게 말을 못하네요."

그렇다. '범행성명'에 동봉된 물건이 있는 모양이다. 그렇지만 그게 무엇인지 어느 방송국에서도 확실히 말하려 하지 않았다.

물건의 성질상 말하기가 힘든 걸까, 또는 빨리 밝히면 앞으로의 수사에 지장이 생길 가능성이 있는 걸까.

정오가 지나고 나서도 특별보도 방송은 정규 편성을 무시하면서 계속됐고, 그제야 상세한 내용이 보도되기 시작했다.

각 방송국으로 보내진 범행성명문은 내용이 모두 동일했다. 자를 사용해 쓴 것처럼 각진 글씨로 B5 크기 복사용지 한가운데 딱 한 줄.

'저는 그저 잃어버린 몸을 모아서 되찾고 싶을 뿐입니다'

쉼표나 마침표는 찍혀 있지 않다.

각 방송국의 주소도 똑같은 글씨체였다. 봉투는 일본 전국 어디서나 살 수 있는 평범한 사무용 봉투다. 지문이나 장문은 찍혀 있을까. 어느 우체통에 넣었을까. 면밀한 수사는 이제부터겠지만 고타로는 그렇듯 사소한 부분에는 관심이 없었다. 이 범행성명이 '진짜'이기만 하면 된다.

그리고 그것은 분명 진짜였다. 그 사실을 뒷받침하는 증거가 다섯 통 중 세 통에 하나씩 동봉되었다.

1. 백금 링에 0.8캐럿 러시안 다이아몬드를 박은 반지. 한 달 전쯤 마키 세이고가 야마시나 아유코에게 준 약혼반지다. 반지 뒷면에는 날짜와 두 사람의 이니셜이 새겨져 있다.

2. 다이아몬드 귀고리 한 짝. 야마시나 아유코의 시신 오른쪽

귀에 남아 있던 귀고리와 세트인 것으로 판명됐다.

3. 야마시나 아유코의 소지품인 가죽 카드지갑. 교통카드와 스냅사진 한 장이 들어 있었다. 마키 세이고와 야마시나 아유코가 함께 찍은 사진이다.

시신 주위에 소지품은 일절 남아 있지 않았다. 핸드백, 휴대전화, 지갑도 사라졌다. 범인이 가져간 것으로 추정된다.

그 일부가 이런 형태로 나타났다. 아나운서들이 시원스럽게 말하지 못한 것도 무리는 아니다.

진범이 아니라면 할 수 없는 짓이다.

'잃어버린 몸을 모아서 되찾고 싶을 뿐입니다'

그것이 범인의 진짜 동기일까.

첫번째 도마코마이 사건에서 남성 피해자 나카노메 시로는 왼발 엄지발가락을 절단당했다.

두번째 아키타 사건에서 아직 신원 불명인 여성 피해자는 오른발 약지발가락을 절단당했다.

세번째 미시마 사건에서 의류보관함에 담겨 있던 마사미 마담, 도오 마사미는 오른발 가운뎃발가락을 절단당했다.

네번째 피해자, 도쓰카의 약사는 오른쪽 무릎을 절단당했다.

그리고 다섯번째 피해자 야마시나 아유코는 양손 손가락 열개를 모두 절단당했다.

'잃어버린 몸을 모아서 되찾고 싶을 뿐입니다'

고타로에게 그런 계획 따위는 상관없었다.

원하는 것은 범인의 '말'뿐이다.

늦은 오후 각 방송국이 범행성명 실물을 공개했다. 그 방송을 녹화해 출력했다. 사내 분위기가 평소와 달라 고타로가 업무시간에 그런 짓을 해도 눈치채는 사람이 없었고, 아무런 주의도 받지 않았다. 기존 업무를 유지하기로 한 사람들은 여느 때처럼 일하는 것만으로 벅찼다.

신문도 샀다. 호외가 나왔다는 말을 듣고 오차노미즈역 앞까지 달려갔다. 고타로가 원하는 범행성명 사진은 각 석간지에 실려 있었다.

말. 범인이 풀어놓은 말.

이런 형태로도 괜찮을까. 육성이어야 할까. 인쇄본 말고 실물이 필요할까.

모르겠다. 도박을 해보는 수밖에.

저녁에 가나메가 출근했다. 가나메도 근무시간이 조정되어 오늘은 밤을 새워야 한다.

"집에 있어도 학교에 가도 아무 생각이 안 나. 울기만 해. 쿠마에 있는 게 차라리 나아."

눈 주변이 거뭇거뭇하고 며칠 만에 뺨이 쏙 들어갔다.

"고, 좀 쉬어."

"응, 그럴게."

"가수면실 말고 집에 가서."

"좀더 있다가."

휴게실에서 빵을 꾸역꾸역 먹고 노트북을 켰다.

다시 전과 똑같이 하는 거다. 인터넷이라는 말의 대해에 돌을 던진다. 그리고 파문이 퍼져나가 닿기를 기다린다.

지난번에는 고타로가 발신한 정보에 반응해 모리사키 유리코라는 미소녀가 나타났다. 수수께끼 같은 이야기만 하더니 이제 이런 짓을 하면 안 된다고 나무랐다.

이번에는 다른 결과를 바란다. 만나고 싶은 사람은 그애가 아니다. 지금의 나는 이제까지와 다르다.

고타로는 키보드를 두드렸다.

'수호전사 가라에게. 거래를 원한다.'

호기심 많은 작자들이 이 글을 보고 무슨 반응을 한들 개의치 않는다. 인터넷 사회의 친절한 시민이 걱정해줘도 무시한다.

나는 거래를 원한다. 가라, 내 앞에 나타나라.

자정.

고타로는 다시 니시신주쿠의 차통빌딩 옥상에 서 있었다.

쓰즈키와 여기서 처음 마주쳤을 때는 밤바람에 몸이 얼어붙는 것 같았다. 지금은 바람이 상쾌했다. 밤바람이 펄펄 끓어오르는 가슴을 식혀준다. 날뛰는 심장을 달래준다.

눈길을 들면 그날 밤과 마찬가지로 고층빌딩들이 우주 정류장처럼 비현실적인 빛을 내뿜는 모습이 보인다. 눈길을 내리면 차통빌딩을 둘러싼 생활감 감도는 불빛과 그 틈새의 어둠이 보인다. 공기에 고인 번화가의 냄새와 저녁 반찬 냄새도 맡아진다.

고타로는 뚜껑 옆에 내려놓은 백팩을 깔고 앉아 양팔로 무릎을 끌어안았다. 머리를 숙여 무릎에 이마를 댔다.

—충격이 크겠지.

모리나가 겐지의 실종이 확실해졌을 때 야마시나 사장은 그렇게 말했다.

—이렇게 예기치 못한 사태가 터지면 의외로 남자가 더 여린 모습을 보인다니까.

그 부드러운 목소리. 다정한 눈빛.

—말은 남으니까.

누구도 자신이 꺼내놓은 말에서 달아날 수 없다.

—현실에서 받은 스트레스는 현실에서 처리할 것. 알았지?

나는 사장님의 충고를 어기려 한다. 충고와 정반대되는 일을 하려고 한다.

현실 세계에서 일어난 일에 맞서고자, 존재하지만 현실에는 없는 것의 힘을 빌리려고 한다.

그 검은 날개가, 그 전사가, 그 낫의 차가운 빛이 필요하다. 존재하지만 현실에는 없는 것이 현실 세계의 인간인 고타로와 접촉했다. 그러니까 이번에는 이쪽에서 손을 뻗어 그 전사를 붙잡아보자—

밤바람과는 다른 바람이 고타로의 귀를 스치고 머리카락을 흐트러뜨렸다.

고개를 들고 돌아보았다. 실에 묶여 이끌린 것처럼 그대로 일어섰다.

날개를 반쯤 접고 고개를 살짝 기울인 채 가슴 앞에 팔짱을 낀 칠흑의 전사가 거기 서 있었다. 어이없을 만큼 쉽게. 꿈처럼 선명하게.

언제 내려왔을까.

전사가 입술을 움직여 말했다.

"나에게 무슨 볼일이지?"

고타로는 크게 심호흡하고 대답했다.

"당신이 사냥해주었으면 하는 사냥감이 있어."

—역시 이건 환각일지도 모른다.

나는 눈을 뜬 채 꿈을 꾸고 있다. 그리고 꿈과 현실의 경계에서 발을 내디뎌 꿈의 세계로 추락한다. 지금은 그 직전의 한순간이 아닐까.

"그 사냥감이 너의 거래 품목인가?"

가라의 목소리가 가슴속에 울려퍼졌다. 처음 만났을 때와 같은 투시다. 가라는 고타로의 내면을 탐색하고 있다.

"거래란 양쪽이 거래에 합당한 것을 가지고 있어야 성립되는 법이다."

가라는 팔짱을 풀고 오른손을 들어 집게손가락을 세웠다. 길고 날카로운 손톱은 날개와 마찬가지로 칠흑 같았다.

"하지만 넌 그저 사냥감이 있으니 나더러 사냥하라는군. 빈손으로 와서 나만 거래에 응하라는 거지."

어린아이를 타이르듯 전사가 집게손가락을 가볍게 흔들었다.

"그건 올바른 처사가 아니야."

고타로는 시야가 흔들릴 만큼 온몸이 덜덜 떨리는 것을 깨닫고 두 다리에 힘을 주어 버텼다.

가라는 분명히 여기 있다. 우리는 대화를 나누고 있다. 그래, 이 이형의 전사와는 말이 통한다.

"염치없는 소리라는 건 나도 잘 알아."

고타로는 가라에게 한 발짝 다가섰다.

"하지만 당신에게 손해되는 이야기는 아니야. 이 사냥감에서는 지금까지 모은 것과 비교도 안 될 만큼 커다란 갈망을 얻을 수 있어."

가라는 고타로에게 시선을 고정한 채 오른손 집게손가락을 제 입술에 댔다.

"엄청난 갈망이야. 당신은 그걸 모으고 있지? 그 낫에 흡수해서—"

가라는 이번에도 '쉿, 조용히 하렴' 하고 어린아이를 타이르는 어머니처럼 입술에 손가락을 댄 채 천천히 고개를 저었다.

"입다물어라."

굳이 지시할 필요도 없었다. 고타로는 더이상 목소리가 나오지 않았다. 또 투시를 하는지 불가사의한 진동이 가슴속에서 온몸으로 퍼져나갔다. 아프지는 않았다. 괴롭지도 않았다. 다만 누가 몸속에 손을 쑤셔넣어 당장이라도 뒤집어버릴 듯한 느낌이었다.

"……어때, 알겠어?"

아래턱을 부들부들 떨고 입가에 침을 흘리며 고타로는 간신히 말했다.

"난 진심이야. 거짓말은 안 해. 정말로 거래하고 싶어서 당신을 부른 거야. 당신도."

느닷없이 투시가 끝났다. 고타로는 떠밀린 것처럼 비틀거리다가 엉덩방아를 찧었다.

숨이 턱까지 차올랐다. 심장이 미친듯이 두근거렸다. 그래도 말을 멈추지 않았다.

"다, 당신도 이번에는 내가 도움이 될 것 같으니까 이렇게 나타난 거잖아?"

갑자기 구역질이 나서 고타로는 손으로 입을 막을 겨를도 없이 토했다. 쓰고 신 위액이 사방에 튀었다.

"지, 지금까지는 내가 아무리 소란을 피워도 모, 모르는 척했으면서."

가라는 손을 내리고 고개를 가볍게 흔들어 긴 머리카락을 뒤로 넘긴 후 한 발짝, 또 한 발짝 걸음을 내디디며 고타로 주변을 돌기 시작했다.

덩치가 크고 투박한 장비도 들고 있는데 어쩌면 이렇게 조용히 움직일 수 있을까. 환각이라서? 실체가 없어서?

"네가 소란을 피웠다고?"

고타로의 왼편에서 가라가 물었다.

"인터넷에 글을 올려서 우리 말고도 당신에 대해 아는 사람이 있는지 찾았어."

가라는 고타로의 뒤로 돌아갔다.

"몰랐다."

뒤에서 멈춰 선 것 같았다. 고타로는 돌아서려고 했지만 머리가 어질어질해서 겨우 고개만 돌리는 것이 고작이었다.

"그럼 지금은 왜 여기 있는 거야?"

심장박동이 좀 느려졌다. 숨쉬기도 편해졌다.

가라의 대답이 등뒤로 들렸다.

"네 갈망이 느껴져서 왔다."

고타로의 갈망.

"넌 내게 이유를 물으려고 하지 않아."

왜 갈망을 모으는지. 등에 멘 낫에 이 '영역' 인간들의 혼을 담아서.

"내가 선한지 악한지도 물으려고 하지 않고."

가라가 다시 걸음을 옮겨 고타로의 오른편으로 왔다.

"넌 그저 나를 도구처럼 사용하고 싶어할 뿐이야."

다시 고타로의 정면으로 돌아왔다.

"그렇게까지 그 여자의 원수를 갚고 싶은가?"

그렇구나. 가라도 고타로의 '이야기'를 읽을 수 있다. 장황하게 설명하지 않아도 통한다. 혹은 간파해버린다.

그 여자.

"그래."

고타로는 고개를 끄덕였다. 얼굴이 차가웠다. 침에 젖은 탓이다. 팔로 입가를 닦았다.

"사장님을—야마시나 아유코 씨를 죽인 자식을 잡고 싶어."

연쇄살인마다.

"그 밖에도 네 명을 더 죽였어. 그리고 피해자의 신체 일부를 잘라갔지. 범행성명을 내서 잃어버린 몸을 되찾고 싶다고 지껄였지만, 과연 그 말을 어디까지 믿어도 될지."

스스로는 정상이라고 생각하지만 머릿속 나사가 몇 개 빠진 엽기살인범일까. 아니면 그저 그러한 이야기를 만들어서 세상을 뒤숭숭하게 만들고 싶은 유쾌범*일까.

"알 게 뭐야. 난 범인의 주장을 들어줄 마음 없어. 동기는 몰라도 돼."

하지만 범인의 갈망이 거대하다는 것은 안다. 평범한 인간의 마음에 깃든 실망, 슬픔, 상실감, 분노와는 비교도 안 된다.

"정신이 나갔든 아니든 상관없어. 그런 짓을 저지르는 놈이 품은 갈망은 당신에게 틀림없이 큼지막한 사냥감이겠지. 아니야?"

가라의 긴 흑발이 바람에 흐트러졌다. 칠흑 같은 한 쌍의 날개가 살짝 펼쳐졌다가 다시 접혔다. 인간이 어깨를 으쓱하는 행동과 비슷한 건가.

---

* 사람들의 반응을 즐길 목적으로 개인이나 사회집단을 혼란과 위험에 빠뜨리는 범죄자.

"—넌 아직 어린애군."

"뭐, 뭐야. 갑자기."

"울보라는 뜻이다."

얼굴이 차가운 것은 울고 있기 때문이었다. 스스로는 몰랐다. 당황한 고타로는 재킷 소매를 잡아당겨 얼굴을 벅벅 닦았다. 콧물까지 났다.

올려다보자 가라의 입가에 희미한 미소가 맺혀 있었다.

"—늑대를 만났군."

그런 것도 보이나.

"당신을 찾으면 안 된다고 충고하던데."

"그자들의 충고는 언제나 허무하지."

비아냥거리는 말투는 아니었다.

"충고란 그런 법이야."

조금 슬퍼하는 것처럼 들렸다.

"늑대를 알아? 그쪽은 당신을 잘 아는 것 같았어."

가라는 대답하지 않고 고타로에게 다가와 한쪽 무릎을 꿇고 앉아 말했다.

"복수가 이끌어내는 건 절망뿐이다. 이 두 말의 정령은 떼려야 뗄 수 없는 한 쌍이며, 분노의 아이이자 한탄의 부모이니까."

어둠처럼 검은 눈동자가 고타로의 눈동자를 들여다보았다. 고타로가 지금껏 살면서 한 번도 본 적 없는 심연의 어둠, 빛조차 삼키는 어둠이었다. 그렇지만 차갑지는 않다. 공포를 안겨주지 않는다.

상처받고 우는 아이를 감싸안아 바깥세상으로부터 숨기고 위로해주는 어둠.

다시 한번 가라가 물었다.

"그래도 너는 그 여자의 원수를 갚고 싶은가?"

고타로는 몸을 일으켜 제자리에 무릎을 꿇었다.

"그래. 하지만 이건 그냥 복수가 아니야. 정의의 심판이지. 희생자가 더 나오지 않도록 막고 이 영역을 지키려는 올바른 행동이야."

가라는 고타로에게서 눈을 떼지 않고 고개를 저었다.

"복수와 심판은 다르다. 비슷한 것 같지만 다르지. 사람과 사람의 형태를 본떠 만든 것이 다르듯이."

"당신이 그걸 어떻게 알아?"

"나는 말이 처음으로 시작되는 땅에서 온 자니까."

"그런 영역은, 현실에 없어!"

고타로는 저도 모르게 소리를 질렀다.

"당신도 현실에는 없고! 당신도, 당신의 영역도, 말이라는 것부터가 살아 있는 인간이 만들어낸 거야! 모두 인간의 그림자에 불과하다고!"

그림자는 본체를 따르면 그만이다. 본체가 바라는 대로, 본체가 가는 곳으로 따라가면 그만이다.

부탁이야.

"—넌."

가라가 눈을 내리떴다. 흰 뺨에 속눈썹 그림자가 졌다.

"어리구나."

두려움을 모른다고 중얼거렸다.

"거래해줄 수 없겠어?"

고타로는 또다시 눈물을 흘렸다. 바람 탓이다. 아까부터 계속 바람이 눈에 스며서다.

"나는 단서를 가지고 있어. 범행성명. 범인의 말이야. 당신은 말의 흐름을 읽어서 사람을 찾아낼 수 있지? 전에 그렇게 말했잖아."

고타로가 백팩을 열려고 하자 가라가 소리 없이 손을 뻗어 제지했다. 다시 찌르는 듯한 시선을 고타로에게 던졌다.

"지금 여기서 복수를 바라는 너의 갈망을 없애주마. 그것으로 만족할 수는 없겠나?"

나의 갈망. 오늘밤 가라를 여기로 불러낸 것.

고타로는 이를 악물었다. "싫어."

거절한다. 쓰즈키 아저씨처럼 쭉정이 꼴이 되어야 하는 것은 내가 아니다. 야마시나 아유코를 죽인 범인이다. 연쇄절단마다.

"사장님을 죽인 놈을 찾아내고 싶어."

그놈의 얼굴을 이 두 눈으로 보고 싶다.

"그놈의 갈망은 당신한테 줄게. 당신은 사람을 죽이지 않지? 그러니까 텅 빈 그놈의 몸은 나한테 줘."

"그 몸을 어쩌려고?"

"마땅한 처리를 해줄 거야."

아마 양지에 누운 고양이 같겠지. 물렁하고 온화해질 거다. 쓰즈키 아저씨가 그랬듯이.

그래, 연쇄살인범에게서 동기를 빼앗으면 어떻게 될까. 인간다운 양심에 눈뜨고 죄책감에 시달릴까? 인격이 붕괴될까? 기억상실증에 걸리나?

뭐든 상관없다. 그래, 나는 그저 인간 같지도 않은 놈이 정말로 인간이 아니게 되는 광경을 내 눈으로 보고 싶을 뿐이다.

가라가 말했다. "너는 네가 무엇을 걸려고 하는지 몰라."

고타로는 말했다. "몰라도 나서야 할 때가 있어."

칠흑 같은 날개를 단 커다란 전사와 말라깽이 청년은 무릎을 꿇고 마주앉아 서로 노려보았다. 그 두 사람을 고층빌딩의 현란한 불빛이 감쌌다. 대도시의 밤. 거기서 뚝 떨어져나온 듯한, 버려진 작은 건물의 옥상.

"—후회할 거다."

가라가 실눈을 떴다. 그 순간 눈동자도 고양이처럼 가늘고 뾰족해지는 것을 고타로는 보았다.

악마의 눈동자다.

"거래를 받아들이겠다. 내게 '말'을 내보여라."

부산한 소리와 함께 가라가 날개를 펼치더니 고타로를 감쌌다.

고타로는 니시신주쿠의 뒷길에 서 있었다.

힘을 줘보니 서 있을 수 있을 만큼 다리는 멀쩡했다. 숨도 쉬어진다. 손도 움직인다.

기억이 날아갔다. 가라와 헤어져 차통빌딩에서 내려왔는데—

눈이 이상하다. 시야가 좁아졌다.

발을 내디뎠다. 가로등 불빛이 흐릿했다. 아직 문을 연 가게가 몇 곳 있었다. 음식 냄새가 풍겼다.

갑자기 배가 고팠다. 라면집 포렴이 눈에 들어왔다.

백팩은 등에 잘 메고 있었다. 고타로가 가게에 들어서자 카운터 너머에서 머리에 수건을 묶은 체격 좋은 남자가 "어서 오세요"라고 말했다.

가게 안은 붐볐다. 사람의 훈기. 양복 차림 남자들. 화려한 정장을 입은 여자들. 한 노인이 신문을 읽고 있다.

가게 구석에 텔레비전이 있었다. 한밤중인데도 여전히 뉴스 프로그램에서 사람들이 떠들고 있었다. 아나운서와 게스트 연예인이 나란히 앉아 차트를 넘겨가며 뭐라고 이야기를 나누었다. 모든 손님이 보고 있다. 음량이 크다. 귓속이 쨍쨍 울렸다.

“정말로 섬뜩한 수법입니다만, 시신을 훼손하는 장면을 촬영해 유포하지는 않아서 다행입니다.”

“그럴 생각은 못했을 거예요. 동영상 사이트의 존재도 모르는 것 아닐까요?”

“아니요, 인터넷은 추적이 되니까요. 꼬리가 잡힐까봐 두려웠던 겁니다.”

고타로는 구석자리에 앉아 카운터에 양 팔꿈치를 짚었다. 손으로 얼굴을 덮었다. 손을 뗐다. 다시 덮었다. 왼눈이 보이지 않았다. 캄캄하다. 눈을 뜨나 감으나 어둠이었다. 가라의 눈동자 속 어둠과 똑같다.

이것이 거래가 성립됐다는 증표였다. 고타로는 가라에게 통하는 눈을 얻은 것이다.

(2권으로 이어집니다)

지은이 **미야베 미유키**

1987년 단편 「우리 이웃의 범죄」로 올요미모노 추리소설 신인상을 수상하며 데뷔했다. 1993년 『화차』로 제6회 야마모토 슈고로 상, 1999년 『이유』로 나오키 상, 『모방범』으로 2001년 마이니치 출판문화상 특별상과 2002년 제6회 시바 료타로 상, 제52회 예술선장 문부과학대신상 등을 수상했다. 그 외의 작품으로 『영웅의 서』 『낙원』 『솔로몬의 위증』 등이 있으며, 다수의 작품이 텔레비전 드라마와 영화로 만들어졌다.

옮긴이 **김은모**

일본 미스터리 번역가. 옮긴 책으로 『명탐정에게 장미를』 『메르카토르는 이렇게 말했다』 『영웅의 서』 『달과 게』 등이 있다. 드넓은 일본 미스터리의 바다에서 색다르고 재미있는 작품을 건져올리기 위해 항해중이다.

문학동네 세계문학

비탄의 문 1

1판 1쇄 2018년 10월 19일 | 1판 3쇄 2018년 11월 19일

지은이 미야베 미유키 | 옮긴이 김은모 | 펴낸이 염현숙
책임편집 양수현 | 편집 황문정 | 독자모니터 양은희
디자인 엄자영 유현아 | 저작권 한문숙 김지영
마케팅 정민호 정진아 함유지 김혜연 박지영 | 홍보 김희숙 김상만 이천희
제작 강신은 김동욱 임현식 | 제작처 한영문화사(인쇄) 경일제책(제본)

펴낸곳 (주)문학동네
출판등록 1993년 10월 22일 제406-2003-000045호
주소 10881 경기도 파주시 회동길 210
전자우편 editor@munhak.com | 대표전화 031) 955-8888 | 팩스 031) 955-8855
문의전화 031) 955-8896(마케팅) 031) 955-2684(편집)
문학동네카페 http://cafe.naver.com/mhdn
북클럽문학동네 http://bookclubmunhak.com

ISBN 978-89-546-5320-6
978-89-546-5319-0(세트)

www.munhak.com